d

Joan Aiken

Die jüngste Miss Ward

Roman

Aus dem Englischen von Renate Orth-Guttmann

Diogenes

Titel der 1998 bei Victor Gollancz,
London, erschienenen Originalausgabe:
›The Youngest Miss Ward‹

Umschlagillustration: David Sulzer,
›Drei Winterthurerinnen‹,
1822 (Ausschnitt)

200/00/44/1
ISBN 3 257 06233 8

ERSTER TEIL

I

Henry Ward, Herr über das Anwesen Bythorn Lodge in der Grafschaft Huntingdon, empfand es als äußerst bitter, daß er angesichts seiner prekären Vermögensverhältnisse nur eine Mitgift von siebentausend Pfund aufbringen konnte, als seine Tochter Maria das Glück hatte, die Zuneigung von Sir Thomas Bertram zu gewinnen, der als Baronet einen stattlichen Besitz in der Grafschaft Northamptonshire sein eigen nannte. Mr. Wards anderen Töchtern sollte es später noch schlechter ergehen. Da sich bis dahin das Vermögen ihres Vaters weiter dezimiert hatte, sollte Agnes, die älteste Miss Ward, nur zweitausend Pfund erhalten, als sie sechs Jahre nach der Hochzeit ihrer Schwester eine achtbare, wenn auch keineswegs blendende Verbindung mit Mr. Norris einging, einem von ihrem Schwager protegierten Geistlichen in mittleren Jahren. Frances, die dritte Schwester, brannte dann in einer für die Familie besonders aufreibenden und kummervollen Zeit mit einem Marineleutnant aus Portsmouth durch und hieß von da an bei den Schwestern – insbesondere bei Mrs. Norris – halb herablassend, halb mißbilligend nur noch die »arme Fanny«. Harriet aber, die jüngste Miss Ward, setzte allem die Krone auf: Ihr Leben nahm einen so unerhörten, ja geradezu empörenden Verlauf, daß die Familie (natürlich bis auf Mrs. Norris) nicht einmal mehr ihren Namen in den Mund nahm.

Ihr Schicksal mit all seinen Widrigkeiten ist es, das hier geschildert wird, wobei mit falschen Anschuldigungen und Verleumdungen ein für allemal aufgeräumt werden soll.

Der jüngsten Miss Ward, Harriet – oder Hatty, wie sie meist gerufen wurde – hätte im Alter von zwölf Jahren, zu dem Zeitpunkt, da dieser Bericht beginnt, niemand ein Leben in Unehre vorausgesagt. Sie war von jeher der Liebling ihrer Mutter, die drei Jahre nach Hattys Geburt bettlägerig geworden war, und verbrachte viel Zeit in Mrs. Wards Zimmer, las mit ihr Bibeltexte, Erzählungen und Gedichte oder sang ihr mit zarter, aber reiner Stimme etwas vor.

Was das Äußere betraf, hatte das Schicksal die Ward-Schwestern sehr ungleichmäßig bedacht. Zwei von ihnen, Maria und Frances, sahen ihrem gutaussehenden Vater ähnlich. Sie konnten sich über einen strahlend klaren Teint, große blaue Augen, einen hohen schlanken Wuchs und gefällige Formen freuen, und man war sich darüber einig, daß sie zu den hübschesten jungen Frauen der Grafschaft zählten.

Die anderen beiden Schwestern, Agnes und Hatty, schlugen ihrer Mutter nach, die in die Familie Lebensart, aber weder Geld noch Schönheit eingebracht hatte. Die geborene Isabel Wisbech, entfernt mit dem Herzog von Dungeness verwandt, war eine gescheite, gutherzige und vornehme Frau, aber klein von Wuchs, schmal und unauffällig. Sie hatte dunkle Augen, einen blassen Teint und ein wenig ausgeprägtes Selbstbewußtsein. Da sie zudem sehr still und in sich gekehrt war, nährte das in der Grafschaft Gerüchte, ihre Ehe sei nicht eben glücklich.

Agnes und Hatty hatten beide den kleinen Wuchs und die dunklen Haare und Augen ihrer Mutter geerbt, nicht aber ihr passives Wesen. Hatty besaß Mrs. Wards Anmut und einen Liebreiz der Züge, durch den sie sich Fremden, die genauer hinzusehen verstanden, sofort empfahl. Agnes, die Älteste, war ein scharfzüngiges, übereifriges und herrisches Geschöpf, während Hatty Witz und Schlagfertigkeit und die Fähigkeit zu eigenständigem Denken besaß. Da zwei ihrer älteren Schwestern zu schwerfällig waren, um ihre Scherze und Einfälle zu würdigen, die dritte hingegen zu hitzig, hatte Hatty sich schon immer auf eigene Faust vergnügen müssen.

Mr. Ward war in diesem Weiberhaushalt zu einem vergrämten Mann geworden. Zeitlebens war es sein größter Wunsch, Master of Foxhounds, also oberster Jagdleiter, zu werden, denn er war ein leidenschaftlicher Waidmann, der am liebsten tagtäglich auf die Jagd gegangen wäre und den größten Teil seines Vermögens auf edle Reitpferde verwendet hatte. Zum Zeitpunkt seiner Eheschließung hatte er gehofft, verwandtschaftliche Bande mit Oberst Frederick Wisbech, einem Vetter zweiten Grades seiner Frau und jüngerem Sohn des Herzogs von Dungeness, welcher zudem in dem Ruf stand, sein Geld überaus geschickt in der City von London anzulegen, könnten ihm gesellschaftliche und finanzielle Vorteile bringen, doch war er weder in der einen noch in der anderen Hinsicht in den Genuß der ersehnten Wohltaten gekommen. Oberst Wisbech betrachtete Mr. Ward als einen Langweiler erster Güte und hielt sich tunlichst von ihm fern, während der Herzog seine Jagdmeute weiter in der recht nachlässigen Obhut seines Schwagers beließ.

Die Enttäuschung aber, die am heftigsten an Henry Ward nagte, betraf seinen Besitz, der nur in männlicher Linie vererbt werden konnte und in Ermangelung eines Erben an einen der Söhne seines Bruders fallen würde. Philip Ward war Advokat in Portsmouth und in den Augen von Henry Ward gesellschaftlich ohne jede Bedeutung. Die beiden Brüder schrieben sich nur selten und waren im Lauf von achtzehn Jahren nur einmal zusammengekommen. Für Mr. Ward war es ein ständiges Ärgernis, daß diese unerhebliche Familie aufgrund lächerlicher juristischer Federfuchsereien das Recht haben sollte, seinen Besitz zu übernehmen. Das Leben war für einen Mann wie ihn, der zwar in eine vornehme Verwandtschaft eingeheiratet hatte, aber aufgrund seiner ungenügenden Mittel niemals mit ihr von gleich zu gleich verkehren konnte, nicht eben einfach.

Vier Töchter hatte die unglückliche Mrs. Ward bis zu ihrem einunddreißigsten Lebensjahr zur Welt gebracht, und nach der Geburt der vierten erklärte ihr Hausarzt, daß ein fünftes Kind ihr sicherer Tod wäre, was Mr. Ward in helle Empörung versetzte. Von den ersten drei Töchtern hatte er kaum Notiz genommen, die vierte ignorierte er völlig. Nach Hattys Geburt hatte Mrs. Ward ein schweres Kindbettfieber bekommen, danach ging es mit ihrer Gesundheit stetig bergab, und als Miss Marias Hochzeit näher rückte, war sie schon seit acht oder neun Jahren ans Bett gefesselt.

Daß die Vorbereitungen für die einer künftigen Lady Bertram angemessenen Feierlichkeiten ihre Kräfte bei weitem übersteigen würden, war allen Beteiligten bewußt.

»Könnten wir nicht meine Base Ursula Fowldes um Hilfe bitten?« fragte sie eines Tages zaudernd ihren Mann. »Ich denke, daß sie zu bewegen wäre, ein paar Tage vor der Hochzeit zu kommen und sich um alle Einzelheiten zu kümmern. In diesen Dingen dürfte niemand kenntnisreicher und tauglicher sein als sie. Du weißt, daß zwei ihrer Schwestern bereits verheiratet sind, so daß sie reichlich Erfahrungen sammeln konnte. Und bei der Hochzeit unserer lieben Maria mit Sir Thomas Bertram wollen wir uns doch keine Fehler oder Nachlässigkeiten leisten.«

Mr. Ward nahm diesen Vorschlag sehr wohlwollend auf. Lady Ursula Fowldes, die älteste Tochter des fuchsjagdbesessenen Grafen von Elstow, des Herzogs Schwager, hatte mitgeholfen, zwei ihrer jüngeren Schwestern, Lady Mary und Lady Anne, durchaus angemessen unter die Haube zu bringen, weshalb zu vermuten stand, daß sie mit Prozedur und Etikette bis ins kleinste vertraut war. (Über die Frage, warum Lady Ursula nicht geheiratet hatte, wurde in der Nachbarschaft viel getuschelt und gerätselt, man sprach von einer romantischen Liebe, die vor einigen Jahren zerbrochen war.) Mittlerweile war sie siebenundzwanzig Jahre alt, und mit der Möglichkeit, sie könne doch noch in den Stand der Ehe treten, rechnete aus allerlei Gründen inzwischen längst niemand mehr.

»Ich glaube, daß Base Ursula bereit wäre, herzukommen und uns mit Rat und Tat zur Seite zu stehen«, wiederholte Mrs. Ward, »auch wenn ich sie lange nicht mehr gesehen habe. In jüngeren Jahren waren wir einander sehr zugetan. Wenn du mir Papier und Feder bringst, Hatty, will ich gleich an sie schreiben.«

Hatty gehorchte; allerdings konnte sie, als sie der Mutter die Schreibutensilien brachte, einen leisen Seufzer nicht unterdrücken. Bei den Töchtern der Wards war Lady Ursula recht unbeliebt, denn sie bildete sich auf ihre gesellschaftliche Stellung nicht wenig ein und gab sich (vielleicht als Folge jener legendären Romanze) stets säuerlich-formell und überheblich. Ihre stocksteife Haltung versetzte jedem geselligen Beisammensein, an dem sie teilnahm, einen betrüblichen Dämpfer. Nase, Kinn und Augenbrauen strebten ständig in verwunderter Mißbilligung nach oben. Niemand verstand es so gut wie Lady Ursula, gemeine Anmaßung niederzuhalten oder kurzen Prozeß mit parvenühafter Unverfrorenheit zu machen.

»Ja gewiß, deine Cousine Ursula ist bestimmt die geeignetste Person, um die Vorbereitungen für Marias großen Tag zu beaufsichtigen«, bestätigte Mr. Ward in ausnahmsweise hochzufriedenem Ton.

Zu jener Zeit sah Mr. Ward, nachdem Maria eine so überaus willkommene Verbindung mit Sir Thomas Bertram eingegangen war, seine Aussichten für die Zukunft noch in leidlich rosigem Licht. Es stand zu hoffen, daß Maria dank ihrer künftigen angeheirateten Verwandten auch den jüngeren Töchtern akzeptable Partien würde vermitteln können. Der Plan, Lady Ursula zu einem Besuch in seinem bescheidenen Heim zu überreden, kam ihm sehr entgegen, denn bislang hatten sich trotz der verwandtschaftlichen Verbindungen kaum Kontakte zwischen den Wards und der Familie von Lord Elstow in Underwood Priors ergeben. »Unsere Verwandten, die Fowldes … unsere Cousine, Lady Ursula …«, hörte Mr. Ward sich im Geiste bereits sagen. Bei den bevorstehenden Hochzeitsfeierlichkeiten würde das ein sehr erwünschtes Gegengewicht zu den adligen Verwandten des Bräutigams sein.

Mr. Ward war bereit und willens, für die Dauer der Hochzeitsfeierlichkeiten den abschätzigen, um nicht zu sagen rüden Ton abzulegen, den er gewöhnlich der Weiblichkeit gegenüber anschlug, und Lady Ursula mit Ehrerbietung, Liebenswürdigkeit, ja nachgerade Galanterie zu begegnen, worüber sich seine Töchter später nicht genug wundern konnten.

Doch galt es vor dem Eintreffen der Hochzeitsgäste noch verschiedene häusliche Hürden zu überwinden. Auch eine alte Tante von Mr. Ward, Mrs. Winchilsea aus Somerset, war eingeladen, und Bythorn Lodge verfügte nur über ein Gästezimmer. Eine der vier Töchter würde deshalb ihr Zimmer an Lady Ursula abtreten müssen. Daß Maria, die Braut, nicht aus ihrem Zimmer vertrieben werden konnte, lag auf der Hand. Naheliegend wäre es gewesen, eines der beiden jüngeren Mädchen, Hatty oder Frances, auszuquartieren, deren Räume aber nicht so ansprechend waren.

»Agnes muß ein Opfer bringen«, entschied Mr. Ward, als ihm die Sache zur Beurteilung vorgelegt wurde. »Sie hat das größte Zimmer mit einer schönen Aussicht auf die Trift. Es ist die am besten geeignete und einzig angemessene Unterkunft für Lady Ursula, die ja schließlich Zeit und Mühe auf unsere Angelegenheiten verwendet. Was für ihre Bequemlichkeit getan werden kann, soll geschehen. Agnes muß dann eben zu Frances ziehen.«

Der ältesten Miss Ward mißfiel diese Entscheidung sehr. Sie war ohnedies gekränkt, weil Maria als Begleiterin für die

Hochzeitsreise nach Bath und Wells nicht die ältere Schwester ausersehen hatte. Nicht Agnes, sondern Frances sollte ihre Reisegefährtin sein. Der Familie kam die Wahl nicht unerwartet, denn Frances und Maria, die sich vom Wesen und vom Aussehen her so ähnlich waren, standen sich seit jeher sehr nah, während Agnes, die Älteste, und Hatty, die Jüngste, getrennt durch dreizehn Jahre und in jeder Beziehung denkbar gegensätzlich, mehr schlecht als recht miteinander zurechtkamen.

Die Zurücksetzung hatte Agnes tief getroffen. Es lag in ihrer Natur, sich über jeden Tort, den man ihr antat, auch wenn er nur in ihrer Einbildung bestand, heftig zu kränken, und die Sache wurde nicht besser dadurch, daß die künftige Lady Bertram in ihrem ruhig-schleppenden Ton bemerkte: »Es ist eindeutig deine Pflicht, daheim zu bleiben und dich um Mama zu kümmern, während Frances und ich mit Sir Thomas auf Reisen sind. Wie oft habe ich dich sagen hören, daß allein du dich auf die Pflege unserer Mutter verstehst, daß man Fanny mit ihrem Spatzenhirn unmöglich den Haushalt anvertrauen kann und Hatty natürlich noch zu jung ist. Wenn wir es so regeln, ist allen geholfen. Ich denke, du wirst gut daran tun, in Hattys Zimmer zu ziehen, denn bei Fanny wird es durch das Kofferpacken und die übrigen Reisevorbereitungen ein großes Durcheinander geben. Fanny ist so fahrig. Wenn wir fort sind, hast du dann, falls Lady Ursula länger bleibt, die Wahl zwischen meinem und Fannys Zimmer, denn ich denke doch, daß Fanny, wenn wir uns in Mansfield Park, dem Besitz von Sir Thomas, eingerichtet haben, noch etliche Monate bei uns bleiben wird.«

Agnes mit ihrem reizbaren Temperament schmeckten

diese Ausführungen gallebitter, zumal ihnen durchaus vernünftige Argumente und unwiderlegbare Fakten zugrunde lagen. Das Ende vom Lied war, daß Agnes sich zu Hattys großem Kummer tatsächlich dafür entschied, zu der jüngeren Schwester zu ziehen. Zwei Gründe gaben den Ausschlag. Erstens war das Zimmer näher an ihrem eigenen, und zweitens konnte sie Hatty, als die Jüngste, am besten herumkommandieren und mit Kleiderbündeln und anderen Dingen von einem Raum zum anderen schicken.

Dieser kleine häusliche Umzug war der Anlaß für ein Mißgeschick, dessen Auswirkungen noch über viele Jahre spürbar bleiben sollten.

Marias Hochzeit sollte im Juni gefeiert werden. Der Frühsommer jenes Jahres war ausnehmend schwül und gewittrig, und die Sonne ließ sich nur selten blicken. Die kränkelnde Mrs. Ward, die unter der stickigen Wärme besonders litt, hatte gebeten, möglichst viele Türen und Fenster zu öffnen. Und deshalb stand die Haustür von Bythorn Lodge sperrangelweit offen, als der Vierspänner aus Underwood Priors mit Lady Ursula eintraf, was mehrere Stunden früher als vorgesehen geschah. Es war bekannt, daß diese bei ihren Reisen sich nicht um die Bequemlichkeit ihrer Mitmenschen scherte, und da sie ihren Besuch als außerordentlichen Gunstbeweis betrachtete, hatte sie nicht die mindesten Bedenken gehabt, ihre Ankunft um einen halben Tag vorzuverlegen.

Durch die Hochzeitsvorbereitungen und die Zurichtungen für einen weiteren Gast befand sich der Haushalt bereits in einiger Unordnung, und deshalb war kein Diener zur Stelle, als die hochgewachsene Lady Ursula mit düster-mißbilligender Miene durch die offenstehende Haustür die Eingangshalle betrat. Sie stieß kräftig mit ihrem Stock auf die Steinplatten, sah sich um und rief mit ihrer hohen, gebieterischen Stimme: »Heda! Ist hier niemand?«

Fanny Ward, die gerade mit einem Bündel Bettwäsche die Treppe herunterkam, war beim Anblick der furchterregenden Erscheinung wie vom Donner gerührt.

»O Himmel! Tante Ursula! Ich... Ich w-wußte ja nicht, daß man dich schon so früh erwartet. Papa ist drüben bei den Ställen...«

Mr. Ward war tagsüber unweigerlich in den Ställen zu finden, sofern er sich nicht seinem geliebten Waidwerk widmen konnte.

»Besten Dank, aber mit ihm habe ich im Augenblick nichts zu schaffen«, sagte Lady Ursula frostig. »Frances, wenn ich nicht irre? Du wirst mich zu deiner Mutter führen, wenn ich bitten darf.«

»Ja... ja, natürlich.« In ihrer Verzweiflung zog Fanny an der Klingelschnur und gab, als die sichtlich nervöse Haushälterin erschien, ebenso nervös ihre Anweisungen.

»Sag Jenny und meiner Schwester Hatty, sie sollen unverzüglich Lady Ursulas Zimmer richten.«

»Führe mich zu deiner Mutter, wenn ich bitten darf«, wiederholte Lady Ursula merklich lauter. Sie war es offenbar nicht gewohnt, eine Aufforderung wiederholen zu müssen.

»Gewiß doch, Tante Ursula. Bitte hier entlang... Ich weiß nicht recht, ob Mama... aber wenn du mir folgen würdest... und wenn du nur eben...«

Lady Ursulas Miene machte deutlich, daß sie nicht gewillt

war, wartend in einem Gang herumzustehen. Auf der kleinen Galerie im Obergeschoß führte eine Glastür zu einem Balkon, aber Fannys hoffnungsvolle Geste in Richtung des dort plazierten Sessels verfehlte ihre Wirkung auf Lady Ursula, die der verstörten Nichte ungerührt folgte.

Die Tür zu Mrs. Wards Schlafzimmer war ebenso weit geöffnet wie die Haustür und bot ein Bild, das die meisten Betrachter anrührend, ja bewegend gefunden hätten.

Um sich in der drückenden Schwüle möglichst viel Erleichterung zu verschaffen, hatte die Kranke im Bett, durch einen Berg von Kissen gestützt, eine halb liegende, halb sitzende Stellung eingenommen und war in leichteste Gaze- und Batiststoffe gehüllt. Schon in gesunden Tagen schmal und dünn, wirkte sie jetzt spinnwebleicht, fast körperlos. Das dunkle Haar war der Hitze wegen hochgesteckt und mit einem Spitzentüchlein bedeckt. Das schmale, heute nur ausnahmsweise nicht von Schmerz gezeichnete Antlitz, das Lady Ursula jetzt einigermaßen bestürzt betrachtete, schien sich in den letzten zwölf Jahren kaum verändert zu haben. Das kleine Mädchen, das es sich mit einem Buch in der Hand auf einem kleinen Polstersessel neben dem Bett bequem gemacht hatte, wies eine frappierende Ähnlichkeit mit der Mutter auf, aber im Ausdruck unterschieden sich die beiden Gesichter erheblich. Das des Kindes verriet Erschrecken, die Miene der Frau erhellte sich in freudigem Erkennen.

»Ursie! Liebste Ursie! Welche Freude! Wir hatten dich erst gegen Abend erwartet.«

»Ja, das habe ich an den unzulänglichen Vorbereitungen gemerkt«, gab die Besucherin bissig zurück, nahm aber der Kritik die Spitze, indem sie näher trat und ihre Wange kurz an die der Kranken legte. Das Kind hatte sich indessen wie ein scheues kleines Tier ängstlich vom Bett entfernt.

Lady Ursula gönnte der Kleinen kaum einen Blick, aber Mrs. Ward sagte leise, indem sie eine abgezehrte Hand ausstreckte: »Wir lesen unseren Shakespeare später weiter, Liebes. Bald, das verspreche ich dir. Wir waren gerade an einer so spannenden Stelle angekommen. Du kannst dir vorstellen, daß Cousine Ursula und ich im Gespräch viel nachzuholen haben. Sei ein liebes Mädchen und hilf Fanny, die Zimmer für Ursula und Tante Winchilsea herzurichten. Pflücke beiden ein Wickensträußchen im Garten. Hattys Sträuße sind die schönsten«, fügte Mrs. Ward, zu der Freundin gewandt, hinzu und deutete mit einem matten, hoffnungsvollen Lächeln auf das zierliche Gebinde aus Lavendel, Eberraute und Storchenschnabel, während die Kleine wieder näher kam und mit der Wange die ausgestreckte Hand streifte.

Doch Lady Ursula sah auch jetzt die jüngere Nichte kaum an. »Lauf, Kind«, sagte sie schroff. »Du wirst hier nicht gebraucht. Deine Mutter und ich haben vertrauliche Dinge zu bereden. Jetzt geh schon, spute dich. Und mach die Tür hinter dir zu.«

Mrs. Ward öffnete den Mund zu einem Protest und schloß ihn wieder. Dann sagte sie sanft: »Setz dich, meine liebe Ursie. Such dir einen bequemen Sessel. Es tut gut, dich nach so langer Zeit wiederzusehen. Du mußt mir ausführlich von der Hochzeit deiner Schwestern erzählen. Und von deiner Mutter. Und wie geht es deinem Papa, meinem Onkel Owen?«

»Schlecht«, erwiderte Lady Ursula kurz angebunden.

»Zu Hause ist er öfter betrunken als nüchtern. Und wenn er sich in London aufhält – was meist der Fall ist –, zieht es meine Mutter vor, sich nicht allzu genau nach seinem Tun und Treiben zu erkundigen. Sie selbst lebt meist in ihrer eigenen Welt. Sprechen wir nicht von ihnen. Es wäre Zeitverschwendung.«

Angewidert schob sie den kleinen Polstersessel vom Bett weg, sah sich suchend um und wählte eine Sitzgelegenheit, die ihrer geraden Haltung mehr entgegenkam. Als sie Platz genommen hatte, musterte sie ihre Gastgeberin mit gerunzelter Stirn. »Du dürftest nicht zulassen, daß dieses Kind dich derart ermüdet. Soll doch eine ihrer Schwestern sie beim Lernen beaufsichtigen.«

»Aber wir haben es so schön miteinander, liebste Ursie. Hatty ist jetzt meine einzige – ist eine meiner größten Freuden. Bitte schilt nicht mit mir. Ich hoffe, du bist nicht zum Schelten gekommen. Ich habe mich so nach dir gesehnt.«

Mrs. Ward griff liebevoll nach der Hand der Freundin.

»Komm, laß uns so tun, als säßen wir wieder in der Schulstube von Underwood. Wie geht es Barbara und Drusilla? Und meinem Vetter Fred Wisbech? Und meinem Onkel, dem Herzog? Und – und meinem Vetter Harry?«

»Ich habe keine Ahnung«, erwiderte Lady Ursula kalt und abweisend. »Unsere Wege kreuzen sich nie. Zum Glück, möchte ich sagen.«

»Ach Ursie…« In Mrs. Wards Stimme, die kaum lauter als ein Seufzer war, lag alle Betrübnis, alles Mitgefühl dieser Welt. Jetzt hatte sie die Hand der Freundin mit beiden Händen umfaßt und streichelte sie sanft und tröstend. »Meine liebe, liebe Ursie. Warum hast du mich nie besucht?«

»Zu welchem Anlaß?« fragte Lady Ursula kalt, aber sie ließ ihre Hand, wo sie war. Unbeweglich saß sie da, einer gewaltigen Fregatte gleich, die nur noch eine schwache Verankerung im Hafen hält.

Es wurde früh Nacht an diesem drückend heißen Tag. Die Zubereitung eines ungewohnt anspruchsvollen Dinners zu Ehren von Lady Ursula und Mrs. Winchilsea hatte die Kräfte der schlecht geschulten Dienerschaft überfordert, und als es dunkelte, liefen Hatty und eins der Hausmädchen noch immer mit Kleidern, Mänteln, Unterröcken und Toilettenartikeln von einem Zimmer zum anderen. Der kürzeste Weg für sie war quer über den obersten Absatz der Haupttreppe, die zur Eingangshalle hinunterführte.

Bis plötzlich – wie so oft vor dem Ausbruch eines Gewitters – ein gewaltiger Windstoß durch den Garten fegte und der stickigen Schwüle ein Ende machte. Die Haustür fiel mit einem lauten Knall zu, und der Luftzug löschte sämtliche Kerzen in der Halle. Hatty, die just in diesem Moment mit einem schweren Tablett voller Toilettenartikel von der Kommode ihrer ältesten Schwester über den Absatz im Obergeschoß kam, war so erschrocken, daß sie in der jähen Finsternis stolperte und unter dem Klirren von Porzellan und umweht von kräftigem Lavendelwasserduft kopfüber die Treppe hinunterfiel.

»Himmel hilf, Miss Hatty!« kreischte Jenny, das Hausmädchen, das nur wenige Schritte hinter ihr gewesen war. »Herrjemine, sind Sie tot? Was ist mit Ihnen?«

Mr. Ward, der das Zuschlagen der Haustür, Hattys lärmenden Sturz und Jennys Aufschrei gehört hatte, trat mit der Kerze in der Hand aus seiner Studierstube. »Was zum Kuckuck geht hier vor?« polterte er. »Was soll der Lärm? Denkt an die arme Herrin oben in ihrem Krankenzimmer.«

Tatsächlich hörte man von oben Mrs. Wards matte Stimme, die um Aufklärung bat. In diesem Moment trafen auch Agnes, Maria und Frances am Unfallort ein, Agnes in größter Eile, die anderen gemächlicher.

»Abscheuliches, unbedachtes Ding!« rief Agnes empört. »Seht nur, was sie mit meinen Sachen angestellt hat.«

Die Steinplatten der Eingangshalle waren in weitem Umkreis mit Glas- und Tonscherben, mit Elfenbein- und Lacksplittern bedeckt.

»Aber Miss Hatty, Miss Hatty«, wehklagte Jenny. »Bestimmt ist sie tot. Mausetot!«

»Laß den törichten Wirbel«, fuhr Mr. Ward sie an. »Du ängstigst Mrs. Ward um nichts und wieder nichts. Natürlich ist sie nicht tot, sie hat bei dem Sturz nur das Bewußtsein verloren.«

Inzwischen war auch Mrs. Ayling, die Haushälterin, eine besonnene, verständige Frau, auf der Bildfläche erschienen.

»Aber wenn sie sich nun etwas gebrochen hat, Sir?« wandte sie ein. »Soll nicht Mr. Jones nach ihr sehen?«

Mr. Jones war Mrs. Wards Hausarzt, der in der Nähe wohnte und häufig im Haus war. Eilends herbeigerufen, befand er, daß Miss Hatty sich nichts gebrochen, aber eine schwere Gehirnerschütterung erlitten hatte und einige Tage das Bett würde hüten müssen.

Dieser Unfall brachte Hatty um die Hochzeit, um ihren Auftritt als Brautjungfer und alle Feierlichkeiten. Da sie in den ersten Tagen noch recht benommen war, trauerte sie dem unfreiwilligen Verzicht nicht weiter nach.

Später sollte ihr aus dieser Zeit hauptsächlich der Besuch im Gedächtnis bleiben, den Lady Ursula ihr am Krankenbett abgestattet hatte. Eine ungeheuer große düstere Gestalt betrat lautlos ihr Zimmer und sah aus erschreckender Höhe auf die Kranke herab. Das Gesicht mit der gekrümmten Nase, den verächtlich nach unten gezogenen Lippen und den verhangenen Augen kam der armen Hatty vor wie das eines Raubvogels. Durch die straff unter einer schwarzen Spitzenhaube zurückgekämmten Haare zogen sich schon graue Strähnen. Die Hände waren lang, knochig und eindringlich behende, als sie jetzt Hatty mit dem Finger drohte. »Du hast deiner Schwester Agnes großen Verdruß bereitet, du unnützes Kind, und ihr einen schweren Verlust zugefügt. Was für ein albernes, überflüssiges Mißgeschick. Dein Verhalten war kindisch und einer jungen Dame nicht würdig.«

»Ich kann aber wirklich nichts dafür, Tante Ursula. Als es plötzlich dunkel wurde, bin ich gestolpert«, sagte Hatty leise und bittend, den Blick auf das strenge, langgezogene Gesicht gerichtet. Sie hatte noch immer leichtes Fieber und meinte fast, eine Marmorstatue habe sich aus dem Garten zu ihr verirrt.

»Unsinn! Eine Dame sollte in allen Lebenslagen ihren Körper beherrschen können. Wäre dir diese Regel bereits in Fleisch und Blut übergegangen, wärst du stehengeblieben, als das Licht erlosch, statt auf diese tölpelhaft-ungeschliffene Art und Weise die Stufen hinunterzupurzeln. Deine arme Schwester Agnes hat einige ihrer kostbarsten Habseligkeiten eingebüßt.«

»Ich weiß, ich weiß«, flüsterte Hatty bedrückt. »Wie kann ich das je wieder gutmachen? Ihr Elfenbeinfächer… ihre silberne Brosche…«

Eine Aufzählung der von Agnes erlittenen Verluste war das erste, was die unglückliche Hatty zu hören bekam, als sie wieder bei Bewußtsein war. Die älteste Ward-Tochter war unbändig stolz auf die Schätze, die sie auf ihrem Ankleidetisch aufgebaut hatte. Das Prunkstück ihrer Sammlung war eine elfenbeinerne Haarbürste samt Kamm und Handspiegel aus der Hinterlassenschaft der alten Mrs. Wisbech, ihrer Großmutter mütterlicherseits. Auf der Rückseite aller drei Stücke war ein großes W eingraviert, das natürlich für Ward genausogut stehen konnte wie für Wisbech. Jetzt war das Spiegelglas in Scherben, der Kamm zerbrochen, die Haarbürste beschädigt. Ein heißgeliebtes Lackkästchen war in tausend Stücke gegangen, ein Flakon aus venezianischem Glas hatte einen Sprung, so daß der aromatische Essig auslief, und noch manch anderes war krumm und schief und nicht mehr zu reparieren. Da es in ihrem Leben weder Freundschaften noch Liebhaber gab, hatte Agnes ihr ganzes Herz an diese Schätze gehängt, und der Verlust war ein schwerer Kummer, den sie weder zu bemänteln noch mit einem Scherz zu überspielen bereit war. Hatty war genötigt, sich den peinlich genauen Katalog mehrmals am Tag anzuhören.

Der Vorfall trübte dauerhaft das Verhältnis zwischen Hatty und ihrer älteren Schwester, das nie ausgesprochen innig oder herzlich gewesen war, und führte bald dazu, daß ein Plan geschmiedet wurde, der Hattys weiteren Lebensweg entscheidend beeinflussen sollte. Bisher war Hatty in allen Fächern von Mrs. Ward unterrichtet worden, obgleich diese bettlägerig war, denn Mr. Ward hatte sich geweigert, Miss Tomkyns, die Gouvernante von Agnes, Maria und Fanny, für Hatty weiterzubezahlen. Mutter und Tochter hatten eifrig und stillvergnügt miteinander Geschichte, Französisch, Latein, Griechisch und Italienisch betrieben und Theaterstücke, Abhandlungen und Gedichte gelesen. Einmal in der Woche kam für die beiden jüngsten Töchter ein Musiklehrer ins Haus, da nach Mr. Wards Meinung für ein Frauenzimmer, das sich einen Ehemann angeln wollte, musikalische Fertigkeiten unerläßlich waren.

Allen aber war klar, daß es so nicht mehr lange gehen konnte, denn Mrs. Ward wurde von Tag zu Tag schwächer. Lady Ursula, mit der Mr. Ward sich in dieser Sache beriet, plädierte mit Nachdruck dafür, Hatty aus dem Elternhaus fort zu einer anderen Familie zu schicken. Agnes unterstützte den Plan nach Kräften. Sie hatte die Jüngere noch nie gemocht und nannte tausend gute Gründe für ihre Entfernung aus Bythorn Lodge.

»Der Lärm, den sie macht, ist zuviel für meine arme Mutter. Sie bekommt nicht die Ausbildung, die sie braucht, denn da sie die Jüngste von uns ist, hat sie nicht viel zu erwarten und muß sich darauf einstellen, selbst für ihren Lebensunterhalt zu sorgen, sehr wahrscheinlich als Gouvernante. Ich habe den ganzen Haushalt am Hals und Mamas Pflege obendrein, da bleibt mir keine Zeit, mich um Hatty zu kümmern. Man sieht ja, wie wild und unbedacht sie geworden ist. Das Leben in einer anderen Familie wird sie lehren, sich anständig zu betragen und Älteren den nötigen Respekt zu erweisen.«

Die andere Familie war die des Philip Ward, seines Zeichens Rechtsanwalt in Portsmouth.

Henry Ward hatte zwei weitere Gründe, den Plan zu favorisieren, die er seiner Familie nicht verriet. Vor fünfzehn Jahren hatte er, als es um seine Vermögensverhältnisse noch besser bestellt war und Philip Ward am Anfang seiner Anwaltslaufbahn stand, seinem Bruder 500 Pfund geliehen. Inzwischen hatten sich die Verhältnisse umgekehrt, und Mr. Ward konnte mit Fug und Recht annehmen, daß sein Bruder ihm diese Summe ohne weiteres hätte zurückzahlen können, aber aus dem einen oder anderen Grund geschah das nie. »Muß warten, bis der Mietzins für meine Häuser eingegangen ist... Habe sehr säumige Zahler unter meinen Mandanten... unerhört hohe Kosten für das Haus und nach der Geburt der Zwillinge hohe Arztrechnungen für Mrs. Pauline Ward.« Könnte er Hatty bei ihren Verwandten in Portsmouth unterbringen, kalkulierte Henry Ward, ließen sich, wenn er den Betrag für Kost, Logis und Nadelgeld mit seinem Guthaben verrechnete, im Lauf von fünf Jahren ebenjene 500 Pfund einsparen. Und war es nicht außerdem zumindest denkbar, daß die Kleine, auch wenn ihr liebender Vater im Augenblick keinerlei Reize an ihr zu entdecken vermochte, im Lauf der Zeit und durch das ständige Beisammensein mit den Vettern die Zuneigung eines der Jungen gewann und dadurch Bythorn Lodge wieder in seine, Henry Wards, Hände gelangte? Zur Zeit erschien das zwar sehr unwahrscheinlich, aber Zeichen und Wunder geschehen bekanntlich immer wieder, und schaden konnte es zumindest nicht, sie in die Familie ihres Onkels zu geben. So gingen denn Briefe in dieser Sache hin und her, und man wurde sich einig.

Ein halbes Jahr später betrat Mr. Ward eines schönen Vormittags das Zimmer seiner Frau, wo sie und Hatty friedlich beisammensaßen und »Was ihr wollt« lasen, und verkündete: »Es ist alles abgemacht. Am Donnerstag verläßt Harriet das Haus und zieht zu meinem Bruder und seiner Familie nach Portsmouth. Es trifft sich gut, daß Mr. und Mrs. Laxton, Verwandte des Pfarrers, an dem Tag mit der Postkutsche nach Portsmouth fahren und bereit sind, unsere Tochter in ihre Obhut zu nehmen.«

Zwei leichenblasse Gesichter wandten sich ihm zu, zwei Münder öffneten sich weit – dann fiel Mrs. Ward in Ohnmacht. Da das in den letzten Wochen schon öfter geschehen war, machte man nicht allzuviel Aufhebens darum.

»Wann – wann werde ich von meinem Besuch bei Onkel Philip zurückkommen?« flüsterte Hatty mit zitternden Lippen, nachdem ihre Mutter mit Hilfe von Riechsalz und aromatischem Essig wiederbelebt worden war.

»Frühestens dann, wenn du erwachsen bist, Kind«, war die väterliche Antwort, »wenn überhaupt. Doch das braucht dich nicht zu bekümmern, du bist hier wie dort gleich gut aufgehoben. Und in Portsmouth leisten dir deine Vettern Gesellschaft.«

Die Familie Ward hatte drei Söhne, Sydney, Thomas und Edward, sowie zwei Töchter, die Zwillinge Eliza und Sophy, die sehr viel jünger waren.

Die Frage, ob ihre Mutter mit diesem Plan einverstanden sei, kam Hatty nicht über die Lippen. Sie merkte, daß es Mrs. Ward in ihrem geschwächten Zustand zu sehr angegriffen hätte, auch nur darüber zu sprechen. Außerdem nützte ja alles Reden nichts. Mr. Ward, Lady Ursula und Agnes hatten die Sache fest im Griff. Widerstand war zwecklos. Mit einer für ihr Alter erstaunlichen Reife akzeptierte Hatty die Entscheidung ohne Protest.

»Falls es Mama schlechtergehen sollte, Papa, falls sie den Wunsch äußern sollte, mich zu sehen – wirst du dann nach mir schicken? Wirst du mir dann erlauben, nach Hause zu kommen?« fragte sie flehend und mit Tränen in den Augen.

»Ich möchte wohl wissen, was wir von dir hätten, wenn der Zustand meiner Mutter sich verschlechtern sollte«, empörte Agnes sich lautstark. »Lange genug hat sie sich mit dir geplagt, da ist es gewiß eine Erholung für sie, wenn sie sich nicht mehr mit deinem Unterricht zu belasten braucht, ja ihr Zustand dürfte sich merklich bessern, wenn du erst aus dem Haus bist. Und bilde dir nur nicht ein, daß Papa es sich leisten könnte, das teure Geld für die Postkutsche aufzubringen, damit du unter irgendeinem fadenscheinigen Vorwand heimkommen kannst. Ist es nicht so, Vater?«

»Ja, natürlich«, gab Henry Ward ungehalten zurück. »Stell keine törichten Fragen, Kind.«

»Darf ich Simcox – darf ich meinen Kater mitnehmen?« erkundigte Hatty sich schüchtern. Doch gehörte auch das wohl in die Kategorie der törichten Fragen, denn ihr Vater verließ ohne ein weiteres Wort das Zimmer, und Agnes sagte scharf: »Ganz gewiß nicht. Bei deinen Vettern kämst du mit einem Haustier schön an! Außerdem kann man Katzen nicht umsiedeln, sie kommen immer wieder in ihr ursprüngliches Heim zurück. Und jetzt fängst du am besten gleich an zu packen. Du kannst Tante Polly ein Glas von meinen eingelegten Damaszenerpflaumen mitnehmen. Ich habe noch ein paar Gläser vom letzten Jahr übrig, auf denen nur ganz wenig Schimmel ist. Bestimmt hat sie nichts, was nur halb so gut ist. Fanny und Maria kannst du einen Abschiedsbrief schreiben, wer weiß, wann du die wiedersiehst. Mr. Challis fährt in Kürze nach Bath und hat versprochen, Briefe an Sir Thomas und deine Schwester mitzunehmen.«

Hatty schlich sich auf ihr Zimmer, aber sie begann nicht gleich mit dem Packen. Regungslos saß sie auf dem Fußboden, den Kopf ans Bett gelehnt.

Worte der Trauer kamen ihr in den Sinn, aber Hatty schob sie zur Seite. Nicht jetzt. Später einmal.

2

Bythorn Lodge, das Haus, in dem Henry Ward mit seiner Familie wohnte, war nicht sehr groß, konnte aber durchaus als angenehmer Wohnsitz für einen Gentleman gelten. Es stand in einiger Entfernung vom Dorf Bythorn auf einem recht beachtlichen Grundstück mit Rasenflächen, Blumen und Büschen, einer Kutschenauffahrt und einem schönen Rundblick auf Wälder und Wiesen.

Das Heim seines Bruders Philip Ward in der Lombard Street von Portsmouth war als Stadtresidenz auch durchaus ansehnlich; es hatte zwei gerundete Erker rechts und links vom Portikus und war durch mächtige weiße Pfähle und Ketten gegen die Straße hin abgegrenzt. Drei breite Steinstufen führten zu einer stattlichen Haustür. Zu dem Besitz gehörten ein ziemlich großer Garten hinter dem Haus, der an einen aufgelassenen Friedhof angrenzte, sowie Stallungen, Nebengebäude und ein aufwendiges, aber recht baufälliges Gewächshaus.

Mr. Ward hatte seinen Wohnsitz vor einigen Jahren von London nach Portsmouth verlegt. Vorgeblich fand der Umzug im Interesse der Gesundheit seiner Frau statt, welche die Geburt der Zwillinge recht mitgenommen hatte. Mr. Wards Kollegen vertraten damals die Ansicht, er habe leichtfertig auf zahlreiche bedeutende Geschäftsverbindungen verzichtet. Da aber ein sehr wichtiger Mandant, der Herzog von

Dungeness, und dessen ältester Sohn, Lord Camber, beträchtlichen Landbesitz in Hampshire hatten, lag es nah, daß die beiden jetzt Mr. Ward zusätzliche Aufgaben im Zusammenhang mit ihren Ländereien übertrugen. Außerdem gewann er nun auch Mandanten unter den Verwandten und Bekannten des Herzogs, so daß der neue Wohnsitz seine Geschäfte begünstigte. In der frischen Seeluft besserte sich auch Mrs. Wards Gesundheitszustand, und die Söhne, die sich schon bald auf den Befestigungswällen und am Hafen vergnügten, fühlten sich in Portsmouth viel wohler als in High Holborn.

Für Hatty allerdings stellte sich der Abschied von den stillen grünen Wäldern und Wiesen in Huntingdonshire wesentlich anders dar. Die Lombard Street war eine belebte Durchgangsstraße. Statt ländlicher Stille hatte Hatty nun das ständige Rattern und Klappern von Lastkarren, Pferden, Rollwagen und Kutschen im Ohr, die über die Pflastersteine holperten, den Ruf der Marktschreier und Nachtwächter, das Geläut der Glocken aus der näheren und ferneren Umgebung und von weiter her das Kreischen der Möwen und das scharfe Knattern von Schießübungen. Obgleich das Haus für einen Wohnsitz in der Stadt recht geräumig war, empfand Hatty es als fast unerträglich eng und laut. Nachts ließen der Verkehrslärm und der Ruf der Wache sie nicht schlafen, tagsüber rannten die Jungen, wenn sie nicht gerade Unterricht hatten, ständig die Treppen aller vier Stockwerke hinauf und hinunter, knallten die Türen und verständigten sich lauthals von ganz oben nach ganz unten. (Mr. Ward, der diesem Treiben sehr schnell ein Ende gemacht hätte, war fast den ganzen Tag in seiner Kanzlei.) Die jüngsten Familienmitglieder, die Zwillinge Eliza und Sophy, waren kränklich und weinerlich, so daß ihre Stimmen Tag und Nacht klagend durchs Haus schallten. Daß eine fröhlich-füllige rotgesichtige Frau wie Tante Polly zwei so trübsinnige Kinder in die Welt gesetzt hatte, war Hatty unbegreiflich.

»Es war dieser trostlos verregnete Sommer im Jahre achtundsiebzig«, erzählte Mrs. Philip Ward munter, während sie zusammensaßen und Hemden säumten. »Oder war es neunundsiebzig? Lieber Himmel, ich weiß es noch wie heute: In ganz London waren keine anständigen Erdbeeren aufzutreiben, obgleich Mr. Ward, dein Onkel Philip, bis nach Blackheath und Barnet schickte, denn du kannst dir nicht vorstellen, Kind, wie es mich nach Erdbeeren gelüstet, wenn ich guter Hoffnung bin. Eigentlich dürfte ich darüber wohl gar nicht mit dir sprechen, aber ich habe gleich gemerkt, daß du ein aufgewecktes, verständiges kleines Ding bist, ganz anders als manche meiner früheren Schülerinnen. Wenn ich nur an Lady Susan und Lady Louisa Wisbech denke... Zwei naseweise Frauenzimmer waren das, den lieben langen Tag nichts als Flausen im Kopf. Bös gemeint war es aber nie, es sind liebe Mädchen, die sich sehr gut verheiratet haben. Was die Fowldes, ihre Verwandten, angeht – aber darüber schweige ich lieber. Dir, liebes Kind, sieht man an, daß du reif für dein Alter bist, das kommt wohl auch daher, daß du all die Jahre der Herzenstrost deiner lieben Mama warst. Nicht weinen, Kind. Für uns Frauenzimmer ist das Leben eine endlose Kette schwerer Prüfungen, und je früher wir uns damit abfinden, desto besser kommen wir damit zurecht. Du liebe Güte, was habe ich mit den Zwillingen nicht schon erlebt! Unsere Freunde staunen alle, daß ich sie bis heute durchgebracht habe, und ohne Burnaby und ihre Salben und Tränke hätte ich es wohl auch nicht geschafft. Wenn es dir gelänge, meine liebe Hatty, etwas gegen die Erregbarkeit der beiden Kleinen und ihr freudloses Wesen zu tun, wäre ich dir auf ewig dankbar.«

»Versuchen will ich es natürlich. Wenn nur Burnaby –«

»Ja, sicher, mit Burnaby ist kein leichtes Auskommen, und man darf sie nicht vor den Kopf stoßen, denn ich bin, was die Zwillinge angeht, ganz und gar auf sie angewiesen. Du mußt sehr behutsam vorgehen, Hatty, damit sie sich nicht kränkt. Aber das gelingt dir schon, denn ist nicht deine Schwester Agnes von der gleichen Art? Immer mit dem Kopf durch die Wand und gleich beleidigt, wenn sie meint, daß man ihr die Stellung streitig machen will?«

»Ja, das stimmt. Ich werde versuchen, mich mit den Zwillingen anzufreunden, vorausgesetzt, Burnaby läßt mich überhaupt ins Kinderzimmer.«

»Tu das, Hatty, denn ich sage dir ganz offen, daß mir die Zukunft der beiden große Sorgen bereitet. Ich schäme mich fast, es zuzugeben, aber ich komme mit ihnen partout nicht zurecht. Wie leicht hatte ich es dagegen mit meinen früheren Schülerinnen! So liebe sonnige Wesen! Kurzum, manchmal ist es mit den Zwillingen fast nicht zum Aushalten. Bin ich länger als zehn Minuten mit ihnen zusammen, bekomme ich so heftiges Sodbrennen und Herzrasen, von Zittern und Hitzewallungen gar nicht zu reden, daß dein Onkel mir inzwischen ausdrücklich verboten hat, mich dieser Anstrengung auszusetzen. Ich soll die Kleinen ganz Burnaby überlassen, meint er. Es ist schon eigentümlich: Die lieben Jungen haben mich nie so mitgenommen, und wenn sie noch so wilde Taugenichtse waren. Es ist schon gut so, liebes Kind, daß du jetzt bei uns bist. Dein Onkel und dein Vater sind sich so spinnefeind, wie Brüder es nur sein können, Philip hält Henry für einen aufgeblasenen Wicht und hätte ihm die fünfhundert Pfund nie freiwillig zurückgegeben, auch wenn er es heute mit Leichtigkeit tun könnte, denn seine Kanzlei blüht und gedeiht, und seine Mandantenliste liest sich schon wie ein halbes Adelsregister, während dein unglücklicher Pa nach allem, was man so hört, kaum noch einen Penny in der Tasche hat. Doch das nur nebenbei. Für dich ist es besser, wenn du die letzten Monate deiner lieben Mutter nicht miterlebst. Auch wenn du es jetzt vielleicht nicht wahrhaben willst – die schmerzlichen Eindrücke würden dich ein Leben lang verfolgen. Und da nun die Familie unter der Fuchtel deiner Schwester Agnes und ihrer Busenfreundin Lady Ursula lebt – zwei Zankteufel, wie man sie sich schlimmer nicht vorstellen kann – und Lady Ursula sich überdies in den Kopf gesetzt hat, sich deinen Papa zu krallen, sobald das Trauerjahr vorüber ist, wenn man das, was Base Letty Pentecost erzählt, glauben darf –«

Hatty überlief es eiskalt. »Was soll das heißen? Mama wird doch nicht sterben?«

»Ach, Kind, wozu die Augen vor etwas verschließen, was doch mit Händen zu greifen ist? Ein Wunder, daß die Ärmste es überhaupt so lange gemacht hat. Und was Lady Ursula angeht, die früher einmal die beste Freundin deiner lieben Mama war, wissen wir doch alle, daß dein Papa nichts unversucht lassen würde, damit Bythorn Lodge nicht an meinen armen Sydney fällt – dabei ist der Junge charmant und gescheit wie selten einer, es würde mich nicht wundern, wenn er es noch mal bis zum Lordkanzler brächte –, und da Lady Ursula ganz wild auf deinen Vater und außerdem schon seit mindestens fünf Jahren überständig ist, gehe ich jede Wette ein, daß sie die Bande knüpfen werden, sobald es der Anstand erlaubt. Dein Onkel ist fuchsteufelswild, und könnte er ihnen Knüppel zwischen die Beine werfen, täte er's gewiß, aber ihm ist noch nichts eingefallen. Ist nicht dein Vater bei der Hochzeit deiner Schwester Maria um Lady Ursula herumscharwenzelt, daß es schon nicht mehr schön war? Base Letty hat mir erzählt, daß die Aufmerksamkeiten, die er ihr erwiesen hat, allen aufgefallen sind, zumal dein Pa sonst mit Komplimenten und Kratzfüßen den Damen gegenüber nicht eben freigebig ist. Ob ihm allerdings diese Verbindung etwas nützt, ist eine ganz andere Frage. Meine Sonntagshaube würde ich darauf verwetten, daß die beiden allenfalls noch ein Mädchen zustande bringen. Die Fowldes sind alle überzüchtet – fünf magere Töchter hat die arme Lady Elstow, Lady Ursulas Mutter, zur Welt gebracht, von denen eine – obgleich ich das vielleicht gar nicht sagen dürfte – wohl nicht ganz richtig im Kopf ist. Kein Wunder, wenn man in einem modrigen Verlies wie Underwood Priors aufwächst.«

Tante Polly war etliche Jahre Gouvernante und vielgeliebte Vertraute der Töchter des Herzogs von Dungeness gewesen, deren Mutter früh verstorben war. In dieser Stellung hatte sie natürlich auch vieles über deren Verwandtschaft, die Familie von Lord Elstow, erfahren, und als Philip Ward in Geschäften des Herzogs auf Bythorn Chase gewesen war, hatte er dort seine Polly kennengelernt, umworben und gewonnen.

Hatty machte große Augen. Nur mit Mühe gelang es ihr, diese Flut von Mitteilungen aufzunehmen. Es sollte Stunden, Tage und Wochen dauern, bis sie das, was sie von der Tante erfahren hatte, auch wirklich begriff.

»Gerade auch für meine Jungen freue ich mich, daß du zu uns gekommen bist. Dein Onkel hat gemeint, daß sich womöglich einer von ihnen in dich verliebt, daß es zu Tändeleien, wenn nicht gar zu Rivalitäten und Raufhändeln kommen könnte. Larifari, habe ich gesagt, da besteht nicht die mindeste Gefahr, sie wird meinen lieben Schlingeln wie eine Schwester sein und sie durch ihr Beispiel bessere Manieren und ein ruhiges, vornehmes Auftreten lehren. – Da ist ja dein Onkel! Endlich haben die Geschäfte ihn freigegeben.«

Philip Ward war ein hagerer Mann mit fahlem Stubenhockergesicht, da ihm die Kanzlei kaum Zeit für Spaziergänge an der frischen Luft ließ. Abends brachte er meist dicke Aktenstapel mit heim und zog sich damit in ein Zimmer im ersten Stock zurück, das er mit einem Schreibtisch, Regalen voll juristischer Werke und vielen Schränken möbliert hatte, in denen er wichtige Akten und Urkunden seiner vornehmen Mandanten verwahrte. Mit seinem schroffen, wortkargen Wesen unterschied er sich nicht wesentlich von seinem rotgesichtigen, jagdliebenden Bruder. Hatty, die sich in seinem Beisein immer ein wenig unbehaglich fühlte, da sie das Gefühl hatte, daß er sie nicht gern sah, erhob sich hastig, doch er hielt sie mit einer Frage zurück.

»Ähem … Hast du Nachrichten von der unlängst verheirateten Lady Bertram? Sie ist besser weggekommen als erwartet, sehr viel besser sogar. Zehntausend Pfund im Jahr! Ich hätte ihr nicht mal zwei zugetraut. Für ihre Schwestern ist's ein Glücksfall, sie werden ihr vielleicht noch mal dankbar sein.«

»Nein«, stammelte Hatty, »das heißt, an mich hat Maria nicht geschrieben, aber das war wohl auch nicht zu erwarten. Ich nehme an, daß Mama und Papa einen Brief von ihr erhalten haben, aber – aber ich weiß davon nichts.«

»Na gut, Kind. Lauf jetzt.«

Nachdem die Tante ihr mit einem freundlichen Blick ebenfalls bedeutet hatte, sie möge gehen, verließ Hatty schleunigst das Zimmer. Sie machte einen Bogen um die Schulstube, wo sich die Vettern wie immer nach dem Unterricht lautstark vergnügten, und stieg in ihr Dachstübchen hinauf. Dort hatte gerade ein Stubenmädchen angefangen zu putzen und murrte, durch die neue Hausgenossin sei sie mit all ihren Obliegenheiten in Rückstand geraten. Ein wenig unschlüssig schlug Hatty den Weg zum sogenannten Bücherzimmer ein, der Studierstube des Onkels, der noch im Salon bei seiner Frau saß und ihr über die Ereignisse des vergangenen Tages Bericht erstattete. Sie war nicht sehr glücklich, dort ihren Vetter Ned vorzufinden, den jüngsten der drei Söhne des Hauses, der vor der gepolsterten Fensterbank auf und ab marschierte und vor sich hin murmelte:

A, ab, absque, coram, de
Palam, clam, cum, ex und e
Tenus sine…

»Pro, in, prae«, half Hatty nach.

Verdattert sah Ned sie an.

Sydney war zu jener Zeit sechzehn, Tom fünfzehn, Edward, kurz Ned genannt, elf, die Zwillinge Sophy und Eliza erst vier. Hattys Vater hatte häufig spitze Bemerkungen darüber gemacht, daß sein Bruder zu knickerig sei, die älteren Jungen nach Eton oder Westminster ins Internat zu schikken, wobei er zu vergessen schien, daß auch er für die Schulbildung seiner Töchter nicht eben tief in die Tasche gegriffen hatte. Philip Ward aber erklärte, die Jungen könnten, da sie in einer Privatschule nur lernen würden, das Geld zum Fenster hinauszuwerfen und sich Modegecken und Maulhelden als Freunde zuzulegen, ebensogut auf eine anständige öffentliche Schule in Portsmouth gehen und notfalls später an einer Universität noch den letzten Schliff erwerben. Sydney sollte die Kanzlei seines Vaters übernehmen, Tom und Ned waren für eine Laufbahn im Heer und in der Marine bestimmt.

Tom und Ned hatten heftig gemurrt, weil man ihnen zumutete, Latein zu lernen.

»Für Syd mag das gut und schön sein, der wird mal Advokatenlatein brauchen, aber was nützt einem beim Militär eine mausetote Sprache?« sagten sie. Tom, ein dicker Junge von schwerfälligem Verstand, hatte mit dem Lernen überhaupt große Mühe. Ned war zwar aufgeweckter, nahm sich aber seinen nächstälteren Bruder als Beispiel und plapperte ihm alles nach.

Hatty hatte bisher keinen günstigen Eindruck von ihren Vettern gewonnen. Die beiden älteren waren laut und ruppig und den Umgang mit Mädchen nicht gewohnt. Für all das, was ihr am Herzen lag, hatten sie nicht das mindeste Interesse. Ned unterschied sich zumindest äußerlich von seinen älteren Brüdern, er war eher klein und gedrungen, hatte dunkelbraunes Haar und strahlend braune Augen. Er war jünger als Hatty, aber ein Stück größer, und sie war zu der Überzeugung gekommen, daß er dank seiner natürlichen Begabung Tom im Unterricht bald überholen würde.

»Du kannst Latein, Base Hatty?« fragte er jetzt ganz fassungslos. »Wie kommt denn das?«

»Meine Mutter hat es mir beigebracht, ich lerne es schon seit Jahren.«

»Aber warum? Was will ein Mädchen damit anfangen? Und wieso konnte Tante Isabel Latein?«

»Ihr Vater – also mein Großvater – war Bischof. Er fand, daß Mädchen imstande sein sollten, die lateinische Bibel zu lesen.«

Ned fielen fast die Augen aus dem Kopf. »Oha! Bloß gut, daß er nicht mein Großvater war. Was hat deine Mama dir denn noch beigebracht?«

»Griechische Texte und die unregelmäßigen Verben und Woods *Algebra*, aber damit tue ich mich schwer.«

»Und ich erst!« gestand Ned verbittert. »Nur geht's auf See eben nicht ohne Algebra, die brauchst du, um Positionen zu bestimmen und dergleichen. Am meisten aber ist mir die Geschichte zuwider. Was scheren mich all die Könige und Königinnen und Päpste?«

»Dabei ist Geschichte so aufregend«, wandte Hatty ein. »Denk nur an die vielen großen Helden: Richard Löwenherz und Roland und Karl der Große und Hereward und Bonnie Prince Charlie, der romantische Stuart-Prinz ...«

Ned kriegte den Mund nicht mehr zu. Er starrte seine Base an, als zöge sie ein Kaninchen nach dem anderen aus einem Zylinder.

»Die kennst du alle?«

»Aber ja. Und die Griechen, Sparta, die Thermopylen, Odysseus … und Marathon und die Schlacht am Regillus … und Robin Hood … Früher habe ich manchmal so getan, als wenn ich Robin Hood wäre …« Sie unterbrach sich errötend und setzte verlegen hinzu: »Aber ich hab mir nie einen richtigen Bogen machen können, für den braucht man nämlich Eibenholz, und Eiben gab es im Garten von Bythorn Lodge nicht.«

»Ich weiß, wo es Eiben gibt, Base Hatty«, sagte Ned mit funkelnden Augen.

Hattys Stellung im Haus ihres Onkels Philip Ward sollte immer eine gewisse Ähnlichkeit mit einem Handelsposten in einem von feindlich gesinnten Wilden bewohnten Territorium behalten. Einige der Bewohner – ihre Tante, ihr Vetter Ned – brachten ihr Wohlwollen entgegen, außerdem hatte sie Waren zum Tausch anzubieten, die für Kenner ein wertvolles Gut darstellten, doch blieb ihre Position ungefestigt und war nicht selten akut gefährdet.

Der Hauslehrer der Jungen, Mr. Haxworth, ein streng auf Disziplin bedachter, verdrießlicher Mensch, beäugte Hatty argwöhnisch und zeigte sich hellauf empört, als er erfuhr, daß er nun auch diese kleine, belanglose und unscheinbare Weibsperson unterrichten sollte.

Nach ein paar Wochen mußte er allerdings zugeben, daß die Anwesenheit der Base beim Unterricht sich auf die Jungen nicht ungünstig auswirkte – eher im Gegenteil. Hattys Wißbegier, ihre wache Aufmerksamkeit, der Fleiß, mit dem sie ihre Hausaufgaben erledigte, führten dazu, daß sich die

Leistungen ihrer Vettern ganz erstaunlich verbesserten. Nur Tom beklagte sich über die höheren Anforderungen und die damit verbundene Mehrarbeit.

»Früher«, maulte er, »konnte ich Hackys Stunden halb verschlafen oder in Ruhe Kreisel schnitzen. Jetzt wird pausenlos geredet, und es hagelt Fragen. Man muß ständig hellwach sein, sonst brummt er einem Hausaufgaben noch und noch auf, und man muß das verwünschteste Zeugs aus dem Kopf hersagen.« Hatty, fanden die Jungen, hatte eine geradezu unfaire Befähigung zum Auswendiglernen, vermutlich dank der vielen Gedichte, die sie in ihrem Gedächtnis gespeichert hatte, um ihre Mutter damit zu erfreuen.

Nach einigen Wochen und Monaten konnte Mr. Haxworth nicht umhin, Mr. Wards Nichte – wenn auch unter Vorbehalt – zu akzeptieren.

Unerschütterlich in ihrer Feindseligkeit hingegen blieb Burnaby, die Kinderfrau der Zwillinge Eliza und Sophy. Die kleinen Mädchen waren, wie Hatty schon von ihrer Tante wußte, von klein auf kränklich und apathisch. Sie waren zu unzufriedenen, selbstbezogenen Menschlein herangewachsen, und diese Wesenszüge wurden durch die ständige Anwesenheit von Burnaby noch verstärkt, einer zugeknöpften, wortkargen Person mit harten Zügen, die begriffen hatte, daß sie durch ihr tyrannisches Regiment erhebliche Macht im Haus besaß. Nach der schweren Geburt hatte Mrs. Ward ihr die Kinder zunächst notgedrungen überlassen müssen, später tat sie es freiwillig, denn nach eigenem Eingeständnis kam sie mit den drei temperamentvollen Söhnen weit besser zurecht als mit den ständig nörgelnden und quäkenden kleinen Mädchen.

Nachdem Hatty ins Haus gekommen war, sagte Mrs. Ward zu der Pflegerin: »Ich weiß wohl, wieviel Arbeit du mit den armen kranken Kindern hast, Burnaby, und deshalb soll Miss Hatty dich ein wenig entlasten, den beiden Gesellschaft leisten und sie hüten. Miss Hatty hat lange ihre Mutter, meine arme Schwägerin, gepflegt und weiß, wie schwierig Kranke sein können. Sobald du sie eingewiesen hast, kannst du dir endlich hin und wieder ein paar Mußestunden gönnen.«

Burnaby stimmte zwar der Form halber zu, nahm sich aber fest vor, ihre beiden freudlosen Pfleglinge um keinen Preis einer naseweisen Neuen zu überlassen, die noch dazu gerade erst dreizehn Jahre alt geworden war.

»Danke, Miss, aber im Augenblick brauche ich Sie nicht«, lautete unweigerlich ihre Antwort, wenn Hatty an die Tür des Kinderzimmers klopfte, um einen Blick auf die beiden Jammergestalten zu tun, die – in ihren Hochstühlen festgezurrt – entweder an Korallenbeißringen nuckelten oder kläglich wimmerten. Mit ihren vier Jahren hatten sie vermutlich schon mehr Medizin geschluckt als so mancher Erwachsene in seinem ganzen Leben.

Hatty mochte keine Zwietracht zwischen Tante Polly und jener Frau säen, die ihr Onkel zur Pflege der beklagenswerten Basen eingestellt hatte, aber sie wurde den Eindruck nicht los, daß Burnaby absichtlich alles unterließ, was dazu angetan war, die unglückseligen Zwillinge weiterzubringen.

Wenn sich nicht bald jemand um sie kümmert, dachte sie mitleidig, sterben sie eines Tages aus schierer Verzweiflung.

Hatty schrieb ihrer Mutter häufig, bekam aber nur selten eine Antwort, wahrscheinlich, wie sie sich sagte, weil Mrs.

Ward immer schwächer wurde. In einem der wenigen Briefe, die Mrs. Ward mit zittriger Schrift an die Tochter richtete, hieß es:

Liebste Hatty!

Wie habe ich mich gefreut, von Dir zu hören. Ich glaube fest daran, daß Du diesen Kindern helfen kannst. Nur wenn wir anderen helfen, kommen wir selbst voran. Versuch es mit SSP. Ich sehne mich nach Dir mit jedem Atemzug, von denen mir vielleicht nicht mehr viele vergönnt sind. In einer besseren Welt sehen wir uns wieder.

Deine Dich liebende M.

Wochenlang rätselte Hatty unter Tränen an diesem Brief herum. Gewiß, sie hätte bei Mrs. Ward anfragen können, was SSP bedeutete, aber ihre Mutter war so krank und hinfällig, daß sie sich fast herzlos schalt, sie wegen so einer Kleinigkeit zu belästigen.

Statt dessen fragte sie ihren Vetter Ned um Rat.

Zum Dank für ihre unauffällig-taktvolle Unterstützung bei der lateinischen Grammatik hatte er seine Cousine in ein Geheimnis eingeweiht, das er nicht einmal den älteren Brüdern anvertraut hatte. Zu dem Grundstück der Wards gehörten Stallungen, Nebengebäude, ein Blumengarten, Gemüsebeete und ein ummauerter Obstgarten. Von dem Blumengarten hielten die beiden Älteren nicht viel, weil man dort weder Bilboquet noch Schlagball spielen konnte. In ihrer Freizeit trieben sie sich meist am Strand, auf den Befestigungswällen oder am Hafen herum. Ned dagegen arbeitete gern im Garten, er hatte ein eigenes Beet, auf dem er

Kresse, Rettiche und Mangold zog, und wenn seine Brüder sich auf den Weg zum Hafen oder zum Strand machten, erklärte er oft, er wolle lieber im Garten bleiben.

»Du bist mir schon ein komischer Kauz«, sagte seine Mutter, dessen Liebling er war. »Aber was wahr ist, muß wahr bleiben: Deine Rettiche sind doppelt so groß wie die vom Markt.«

Doch Ned hatte noch einen anderen Ort, an den er sich zurückziehen konnte und von dem seine Familie nichts ahnte.

»Komm, Hatty, ich zeig dir was«, sagte er an einem Samstagnachmittag, als er sicher sein konnte, daß die Brüder aus dem Haus waren.

Er führte seine Cousine quer durch den Blumengarten hinter dem Haus und durch das Törchen in der Mauer in den Küchen- und Obstgarten. Hinter den Obstbäumen sah man eine weitere Mauer, an der Spalierobst – Pflaumen und Birnen – stand. Die Bäume waren ziemlich ungepflegt, denn der Garten machte mehr Mühe, als Philip Ward zu bezahlen bereit war, und ihm lag vor allem an frischem Gemüse für die Mahlzeiten der Familie. Mehr Arbeit konnte Deakin, der einzige Gärtner, nicht bewältigen. Unbeschnittene Johannis- und Stachelbeerbüsche waren am Ende des Grundstücks zu einem Dschungel zusammengewachsen und umgaben einen großen Wasserbehälter aus Blei, der auf Stelzen unter den tief herabhängenden Zweigen eines mächtigen Birnbaums stand.

Ned führte sie über einen schmalen Pfad zwischen den Johannisbeerbüschen zu einem von Efeu überrankten Türchen in der Mauer. »Das ist mein Geheimzugang«, sagte

Ned. Mit einiger Mühe – denn die Scharniere waren rostig, und der Boden war knöcheltief mit dürrem Laub und Zweigen bedeckt – stieß er die Tür einen Spaltbreit auf. »Es langt gerade, um sich durchzuzwängen. Gut, daß du nicht molliger bist, Base Hatty. Tom würde kläglich steckenbleiben.«

Auf der anderen Seite der Mauer lag ein kleiner, in Dreiecksform angelegter aufgelassener Friedhof. Sechs hohe Eiben und eine dicke Linde warfen ihre Schatten auf die umgestürzten, windschiefen, ungepflegten, mit Flechten bedeckten Grabsteine. Hüfthoch wucherten rechts und links der Schneisen, die Ned geschlagen hatte, Gras und Nesseln.

Hatty sah sich um. »Was für ein schöner, verschwiegener Ort«, sagte sie leise. Für kurze Zeit vergaß sie Kummer und Heimweh. »Es ist wie ein kleines Königreich, das ganz allein dir gehört.«

»Das will ich meinen«, erwiderte Ned stolz. »Ich zeig dir noch was.« Er führte sie zu seinem Baumhaus, einer aus morschen Brettern und Balken zusammengefügten Plattform, die in die Gabelung der Linde eingepaßt und über eine Strickleiter zu erreichen war.

Hatty war tief beeindruckt von seinem Reich, und daß er das Versteck vor seinen Brüdern geheimgehalten hatte, imponierte ihr noch mehr.

»Seit wann kommst du schon hierher, Ned?«

»Weiß ich nicht. Ganz lange jedenfalls«, gab er unbestimmt zurück.

Selbst der Verkehrslärm der Stadt schien weit weg.

Als sie dann hoch oben in dem Baumhaus saßen, wo ihnen der lieblich süße Duft der hellgrünen Lindenblüten in die

Nase stieg, stellte Hatty nach langem Nachdenken zögernd eine Frage. »Was meinst du, Ned – ob Sterben weh tut?«

»Nein«, erklärte er sehr bestimmt. »Kein bißchen. Es ist, als wenn du einschläfst. Ich hatte mal einen Spaniel, Rust hieß er, der war schon alt und krank und ist letztes Jahr gestorben. Ich war bei ihm. Es ist im Schlaf geschehen. Er hat einfach aufgehört zu atmen.«

Danach saßen sie längere Zeit friedlich schweigend beieinander. Dann sagte Hatty: »Ich komme mit einer Stelle in Mamas letztem Brief nicht zurecht, Ned.«

Sie erzählte ihm, daß sie wegen der Zwillinge angefragt und ihre Mutter ihr geraten hatte, es mit SSP zu versuchen. »Was mag das heißen?«

»Bestimmt meint sie Schere-Stein-Papier«, kam es wie aus der Pistole geschossen.

Hatty fiel es wie Schuppen von den Augen. »Ja, natürlich. Wie dumm von mir, daß ich darauf nicht selber gekommen bin. Danke, Ned, vielen Dank. Sobald Burnaby, dieser Besen, mich mal ins Kinderzimmer läßt, probiere ich das aus.«

»Daß du dir so viel Mühe gibst, kann ich gar nicht verstehen«, sagte Ned. »Mit den Bälgern ist ja doch nichts anzufangen.«

»Du wärst auch nicht anders geworden«, wandte Hatty ein, »wenn sich kein Mensch um dich gekümmert hätte.«

»Mag sein. Höre, Hatty, von diesem Versteck darfst du keiner Menschenseele etwas verraten.«

»Natürlich nicht, Ned«, beteuerte Hatty. »Du kannst dich auf mich verlassen. Wenn es kein Friedhof wäre, könnten wir uns, wenn wir groß sind, hier ein kleines Haus bauen, nur für uns beide. Das wäre mein größter Wunsch: Ein Haus, das ganz allein mir gehört.«

»Wir müssen gehen«, sagte Ned. »Ich bleibe nie allzu lange aus, weil sich die anderen sonst vielleicht fragen, wo ich abgeblieben bin.«

Von jenem Tag an war Hatty als Gast im Lindenhaus stets willkommen.

In der folgenden Woche betrat Hatty, nachdem sie in Erfahrung gebracht hatte, an welchem Tag Burnaby frei hatte, entschlossen das Kinderzimmer, in dem Sue, das zweite Stubenmädchen, einen zerrissenen Vorhang flickte, ohne sich um die Zwillinge zu kümmern, die wie stets in ihren Hochstühlchen gefangen saßen und herumjammerten, ohne recht zu wissen warum.

»Ich spiele mal ein bißchen mit ihnen, Sue, vielleicht heitert sie das auf.«

»Ach Gottchen, Miss, wer die aufheitern wollte, müßte sich schon auf Wunder verstehen«, sagte Sue, verzog sich aber bereitwillig in die Küche.

Hatty setzte sich auf einen Hocker zwischen die beiden Hochstühle. Die kleinen Mädchen betrachteten sie mit weinerlich verzogener Miene. Ihre Haut war fahl wie die ihres Vaters, das Haar dünn und strohbleich über hohen Stirnen und wäßrig blauen Augen. Die sommersprossigen Gesichter waren immer voller Rotz- und Tränenspuren. Sie hatten beide an der gleichen Stelle ein Muttermal.

»Schaut her«, sagte Hatty. »Das ist ein Stein.« Sie ballte die Hand zur Faust. »Und das ist eine Schere.« Sie ließ die Finger auf- und zuschnappen. »Und das ist ein Blatt Papier.«

Sie streckte die Hand aus. »Habt ihr das verstanden? Macht einen Stein, wie ich.« Wieder ballte sie die Faust.

Langsam schloß sich das schmuddelige Händchen von Sophy, gleich darauf folgte das von Eliza.

»Sehr schön. Jetzt macht die Schere. Schnipp-schnapp.«

Die kleinen Finger bewegten sich hurtig, angestrengte Falten erschienen auf den hohen Stirnen, der kummervoll-apathische Ausdruck war verschwunden.

»Gut. Jetzt macht das Papier. Es muß ganz flach sein, seht ihr?«

Die Händchen streckten sich flach aus, nur die kleinen Finger waren eingerollt wie schmuddelige Blütenblätter.

»Jetzt paßt gut auf. Schere schlägt Papier, weil sie schneiden kann.«

Die Stirnfalten vertieften sich bei dem Versuch, dieser Beweisführung zu folgen.

»Noch einmal: Schere schneidet Papier. Schnipp-schnapp. Versteht ihr?«

Die Zwillinge blickten sie aufmerksam, aber ohne eine sichtbare Regung an.

»Aber Papier schlägt Stein, weil Papier den Stein einwikkeln kann.«

Hatty legte zur Veranschaulichung eine Hand um die geballte Faust.

Vier weit aufgerissene Augen fixierten Hattys Hand.

»Jetzt spiele ich mit euch. Mit dir zuerst, Sophy. Du schüttelst dreimal die Faust, dann machen wir, jeder für sich, die Schere. Oder das Papier. Oder den Stein. Was uns gerade einfällt. Und dann sehen wir, wer wen geschlagen hat. Schütteln ... schütteln ... schütteln – *jetzt*!«

Sophy hatte die Schere, Hatty das Papier gemacht.

»Du hast gewonnen, Sophy. Schere schlägt Papier, weil die Schere das Papier schneiden kann.«

Sophy stieß einen lauten Freudenschrei aus. Eliza hatte das Geschehen mit vor Anspannung offenstehendem Mund verfolgt.

»Jetzt du, Eliza.«

Eliza machte die Schere, Hatty den Stein.

»Diesmal hab ich gewonnen. Jetzt spielt einmal gegeneinander.«

Eliza gewann. Sie lachte und juchzte. Gut möglich, dachte Hatty bei sich, daß es das erste richtige Lachen in ihrem jungen Leben ist. Sie spielten noch einmal, und diesmal siegte Sophy.

»Jetzt habt ihr einen schönen Zeitvertreib«, sagte Hatty, aber die Zwillinge hörten gar nicht hin. Sie waren ganz versunken in ihr Spiel. Hatty saß noch eine halbe Stunde bei ihnen und sah zu. Als Sue mit Suppe und Zwieback kam, hatten sie an die hundertsechzig Runden hinter sich, und Sieg und Niederlage waren ziemlich gleichmäßig verteilt. Manchmal kamen sie lange Zeit immer wieder zum gleichen Ergebnis – zwei Steine, zwei Scheren –, aber das störte sie nicht, sie lachten nur darüber.

»Meiner Seel, Miss Hatty«, sagte Sue, »ich hab die beiden noch nie so ruhig und fügsam erlebt. Da wird Miss Burnaby sich aber freuen.«

Natürlich sollte von Freuen bei Burnaby keine Rede sein.

Gleich nach dem Essen fingen die Zwillinge wieder an zu spielen, und Hatty verließ das Kinderzimmer und schrieb an ihre Mutter.

Ob diese aber ihre anschauliche Schilderung des so erfolgreich umgesetzten Vorschlags je zu lesen bekam, erfuhr Hatty nicht. Der Brief blieb unbeantwortet.

Und wenige Monate später erreichte sie in Portsmouth die Nachricht von Mrs. Wards Tod.

»Darf ich nicht zur Beerdigung fahren?« fragte Hatty Tante Polly, die sie aus Mr. Haxworths Unterricht geholt hatte, um ihr die traurige Nachricht schonend unter vier Augen beizubringen.

»Deine Schwester Agnes, die uns geschrieben hat, rät dringend davon ab, Kind. Deine Tante Ursula Fowldes, die zur Zeit wieder in Bythorn Lodge weilt und deiner Schwester, wie Agnes bemerkt, in den schweren letzten Monaten eine große Stütze war, ist der gleichen Ansicht, und leider muß ich dir sagen, daß dein Vater dir die Teilnahme an der Beerdigung ausdrücklich untersagt hat.«

»Aber kann ich denn jetzt nicht wieder nach Hause? Nicht zur Beerdigung, meine ich, sondern für immer? Sie haben mich weggeschickt, damit ich Mama keine Last bin«, stammelte Hatty. »Jetzt ist sie nicht mehr da, warum darf ich dann nicht zurück?«

Mrs. Ward musterte sie nicht ohne Mitgefühl. »Ich kann mir vorstellen, wie schmerzlich das für dich ist, liebes Kind. Aber denk einmal in aller Ruhe nach. Deine Sehnsucht richtete sich vor allem auf deine Mutter, und die wirst du auf dieser Welt nie wiedersehen. Was nützen einem leere Räume ohne den geliebten Menschen, den man darin zu sehen gewohnt war? Dein Vater braucht dich nicht, er wäre dir kein Trost.« Ein Stein hat mehr Gefühl als dieser Mensch, dachte sie, aber das sagte sie nicht laut. »Und da Agnes und Lady Ursula offenbar fest entschlossen sind, deine Rückkehr zu verhindern, hast du von ihnen nichts Gutes zu erwarten.«

»Werden Fanny und Maria zur Beerdigung kommen?«

»Davon schreibt Agnes nichts. Es hängt sicher davon ab, ob Sir Thomas Bertram es mit seinen Pflichten als Abgeordneter zeitlich vereinbaren kann, die beiden zu begleiten. Aber glaube mir, du bist hier, unter Freunden, wirklich besser aufgehoben. Was du bei den Zwillingen erreicht hast, grenzt an ein Wunder. Wir werden am Mittwoch vormittag zusammen die Trauergebete sprechen, und nachmittags bist du vom Unterricht dispensiert und darfst, wenn schönes Wetter ist, mit Ned auf die Wälle. Ist das nicht tröstlicher, als eine Tagesreise in ein Haus zu unternehmen, in dem niemand dich haben will? Ich sage es ungern so schonungslos, aber das ist nun mal der Stand der Dinge.«

»Danke, Tante Polly«, sagte Hatty mit gepreßter Stimme und ging leise davon, um sich in aller Stille auszuweinen. Ein Satz von Mrs. Ward ging ihr nach: »Was nützen einem leere Räume ohne den geliebten Menschen, den man darin zu sehen gewohnt war?«

Ob ich wohl jemals, fragte sie sich, ein eigenes Haus besitzen werde? Ein Dach über dem Kopf und Räume, in denen ich mit dem Menschen, den ich liebe, mein eigenes Leben führen kann?

Die Jungen, die dem Verlust der Cousine betroffen und ziemlich hilflos gegenüberstanden, gaben sich dennoch die größte Mühe, ihr Mitgefühl zum Ausdruck zu bringen. Sydney, der zur Zeit in der Kanzlei seines Vaters arbeitete und in Kürze sein Jurastudium in London beginnen sollte, kaufte ihr eine Trauerbrosche aus Jett. Tom schnitzte ihr einen Kreisel. »Es wirkt so beruhigend, wenn er sich dreht«, erklärte er. Hatty war gerührt. Der dicke, gutherzige und ein wenig begriffsstutzige Tom bereitete einem zuweilen solche Überraschungen. Ned sagte: »Wir könnten den Zwillingen das Schachspielen beibringen, Hatty, das würde dich von deinem Kummer ablenken.«

Neds Rezept erwies sich als das wirkungsvollste. Die Zwillinge das Schachspiel zu lehren war eine mühevolle, aber lohnende Aufgabe.

»Es ist, als wenn man sich durch ein Brombeerdickicht kämpft«, stöhnte Hatty nach einer besonders beschwerlichen halben Stunde.

»Die Dame auf ihre eigene Farbe«, brabbelte Sophy und stellte eine klebrig-angeschmuddelte weiße Dame auf das entsprechende Feld.

»Ich wäre Ihnen sehr verbunden, Miss Hatty und Master Ned, wenn ich auch mal in mein Kinderzimmer dürfte«, giftete Burnaby, die mit grimmigem Gesicht hereingekommen war und eine Kanne heißes Wasser und einen Krug mit Sennaschoten mitgebracht hatte.

»Den Bauer auf h4«, krähte Eliza und duckte sich rasch vor Burnabys bitterbösem Blick.

Da war nichts zu machen. Ned und Hatty räumten das Feld.

»Als nächstes will ich ihnen das Lesen beibringen«, sagte Hatty. »Mit Lebkuchenbuchstaben.«

»Das dürfte ein ziemlich langwieriges Geschäft sein.«

»Wenigstens haben sie dann etwas, worüber sie nachdenken können, wenn sie im Bett liegen. So geht es mir mit meinen Gedichten. Sie sind ein Fluß, der meinen Gedanken entströmt.«

Ned warf seiner Cousine einen ebenso nachsichtigen wie verständnislosen Blick zu.

3

Zwei Jahre nach Mrs. Wards Ableben traf wieder eine Trauernachricht in Portsmouth ein, von der Hatty nicht so unmittelbar und persönlich betroffen war, die aber zu einem Familientreffen in Portsmouth führte, das weitreichende Folgen für sie haben sollte.

Zu vermelden war der Tod von Letty Pentecost, der Witwe von Sir Solomon, Admiral Pentecost.

Base Letty war eine Verwandte von Lady Elstow. Ihr Ehemann, der Admiral, war kürzlich an Bord seines Schiffes ›Linnet‹, gestorben, aber nicht in einer Seeschlacht, sondern an den Pocken, die auch unter seiner Mannschaft schrecklich gewütet hatten. Die Witwe hatte den Leichnam zur Bestattung nach Portsmouth gebracht und war wenig später ebenfalls der Seuche erlegen.

»Sehr lästig, das Ganze«, murrte Mr. Ward. »Jetzt werden wir wohl die halbe Familie bei uns unterbringen müssen. Und das, obwohl Base Letty uns bestimmt keinen roten Heller hinterlassen hat.«

Da Hatty Lady Pentecost nicht gekannt hatte, beschäftigte sie vor allem die Nachricht, daß ihre Schwester Frances zur Beerdigung nach Portsmouth kommen sollte.

»Aber warum nur Frances? Warum nicht Agnes oder Papa?«

»So wie es aussieht, muß Agnes zu Hause bleiben, um

euren Vater zu pflegen, der sich kürzlich auf der Jagd das Schlüsselbein gebrochen hat.« Was ihm, wie Mrs. Ward bei sich dachte, in diesem Fall gewiß nicht ungelegen kam. »Frances wird zusammen mit Lady Ursula herkommen, in einer Kutsche der Fowldes und in Begleitung von zwei Dienern. Das bedeutet aber, daß wir auch Lady Ursula anbieten müssen... Du lieber Himmel«, unterbrach sich Tante Polly in der Lektüre ihres Briefes. »Na, das ist eine schöne Bescherung! Lord Camber soll, wie mir dein Onkel Philip sagte, ebenfalls zur Beerdigung kommen, und soviel ich weiß, haben sich die beiden seit dem Zerwürfnis nicht mehr gesehen. Zum Glück will Lord Camber in der ›Krone‹ absteigen. Stell dir vor, ich hätte ihn zusammen mit Lady Ursula im Haus! Sosehr ich ihn schätze – er ist wirklich ein lieber Kerl –, aber das ginge nun wirklich nicht an.«

»Was für ein Zerwürfnis, Tanty Polly?«

»Herrje, wußtest du davon nichts? Aber nein, bis du soweit warst, dich für derlei Dinge zu interessieren, war alles längst vorbei. Deine Mama allerdings, die vor ihrer Heirat und auch noch etliche Jahre danach mit Lady Ursula eng befreundet war, wußte natürlich Bescheid und ich auch, denn ich war zu der Zeit zwar nicht mehr Gouvernante bei Lady Susan und Lady Louisa, aber wir standen nach wie vor in Verbindung, und die beiden kannten sich natürlich in den Angelegenheiten ihres Bruders aus und beurteilten, wenn ich das sagen darf, Lady Ursulas Rolle in dieser Geschichte äußerst kritisch.«

»Ja, was war denn geschehen, Tante Polly?«

»Es ist jetzt gute acht Jahre her. Lady Ursula war um die Zwanzig und Harry – Lord Camber – achtzehn. Er ist der älteste Sohn des Herzogs von Dungeness, du hast deinen Onkel sicher schon von ihm sprechen hören, denn er kümmert sich um die Geschäfte des Herzogs und auch um die von seinem Sohn. Lord Camber ist ein Vetter von Lady Ursula. Die Kinder der beiden Familien wuchsen mehr oder minder zusammen auf, sie waren alle gut miteinander befreundet, besonders meine beiden lieben jungen Damen mit allen Fowldes-Töchtern. Doch dann wurde bei Lord Camber und Lady Ursula aus Freundschaft plötzlich eine ausgewachsene Romanze mit Liebesschwüren und Blumen und Briefen. Die jeweiligen Elternpaare hatten nichts dagegen, für Lady Ursula wäre Camber sogar eine ausgesprochen gute Partie gewesen. Früher oder später würde sie Herzogin sein, und die Fowldes hatten noch mehr Töchter und waren nicht eben betucht. Lady Ursula war die Älteste, und für ihre jüngeren Schwestern wäre es eine gute Sache gewesen –«

»Und wie ging es weiter, Tante Polly?« Hatty konnte sich kaum vorstellen, daß Lady Ursula, diese herbe, marmorgraue Gestalt, jemals eine Romanze mit Blumen und Seufzern und Liebesschwüren erlebt haben sollte. Was mochte dieser Lord Camber wohl für ein Mann sein, wenn er für so eine Frau eine Neigung, ja sogar romantische Gefühle gehegt hatte?

»Eines Tages kam Lord Camber mit seinem besten Freund aus Cambridge an – er brachte ständig Freunde mit, Wandesleigh und den Dichter Kittridge und eben diesen Lord Francis Fordingbridge –, und was soll ich dir sagen: Lord Fordingbridge verliebte sich in Lady Ursula, und zwar so heftig, daß sie (wie die Heldinnen in den Romanen aus der Leihbücherei) ganz und gar den Kopf verlor. Sie vergaß, daß sie dem armen Harry ewige Liebe geschworen hatte, wandte sich dem neuen Liebsten zu und gab Harry seinen Ring zurück.«

»Du liebe Güte! Und dann?«

»Dann gab es viele heiße Tränen und hochnotpeinliche Gewissenserforschung. Lady Louisa hat mir die ganze Geschichte haarklein berichtet. Alle haben sich sehr gut benommen. Kein Duell, keine Begegnung auf dem Wimbledon Common bei Morgengrauen, obschon, wie du dir denken kannst, die Gerüchte üppig wucherten. Doch Lord Camber, der ein ungemein gutes Herz hat – er ist ein wahrer Heiliger, pflegte deine liebe Mutter zu sagen, und meinen beiden Zöglingen war er immer ein denkbar guter Bruder, ein Mensch, wie man ihn sich makelloser in diesem Tränental nicht denken kann –, klagte nicht. Wenn sein Freund und seine Liebste miteinander glücklich seien, sagte er, sei auch er glücklich und würde ihnen keine Steine in den Weg legen. Und dann zog er in den Krieg, will sagen, er kämpfte in unseren damaligen amerikanischen Kolonien und kam erst zurück, nachdem die Kolonisten von unserem König abgefallen waren. Inzwischen war aber auch Lord Francis, um Camber in nichts nachzustehen, unter die Soldaten gegangen und hatte sich nach Indien eingeschifft. Lady Ursula sollte sich, wie er sagte, in aller Ruhe überlegen, was sie wirklich wollte. Und dort, denk dir, ist er gefallen, in den Kriegen gegen die Mahratten, und hat in seinem Testament alles, was er besaß (nebenbei gesagt soll es nicht eben viel gewesen sein, nur an die tausend Pfund), Lady Ursula vermacht. Ja, und damit war sie nun beide Verehrer los und stand mit leeren Händen da.«

»Hatte denn Lord Camber inzwischen eine andere geheiratet?«

»Nein, Kind, das nicht, aber als er aus Amerika zurückkam, fanden die beiden nicht mehr zusammen. Mit den Jahren ändert sich wohl auch der Geschmack. Ein Mann von sechsundzwanzig hat von der Frau, die er heiraten will, vielleicht eine andere Vorstellung als ein Achtzehnjähriger, und einer überständigen alten Jungfer von achtundzwanzig kann er schon gar nichts abgewinnen, besonders wenn sie all die Jahre im Haushalt des Grafen schalten und walten konnte, wie sie wollte, da Lady Elstow sich um derlei Dinge nicht kümmert. So sagt man jedenfalls.«

»Arme Lady Ursula«, sagte Hatty, obschon sie unwillkürlich immer noch ein Schauer überlief, wenn sie an die ehrfurchtgebietende Gestalt dachte.

Die jetzt dreiundzwanzigjährige Frances, die einzige aus der Familie, die sich hin und wieder die Mühe machte, an Hatty zu schreiben, berichtete über ihr Leben in Bythorn und die bedeutsame Rolle, die Lady Ursula dort spielte.

»Ich bin von Mansfield Park weg und wieder heim nach Bythorn, denn in Mansfield rührte sich rein gar nichts. Das Leben dort ist entsetzlich eintönig geworden, nachdem Maria ein Kind zur Welt gebracht hat und wieder guter Hoffnung ist, denn Sir Thomas gestattet ihr weder auszugehen noch nach London zu fahren, und sie selbst verlangt auch gar nicht danach. Du weißt ja, wie sehr sie übermäßige Anstrengungen scheut, sie kann den ganzen Tag auf dem Sofa sitzen und Fransen knüpfen. Das Haus liegt ganz abgelegen in einem großen Park, und Galane gab es im Dorf überhaupt nicht. Die einzigen Besucher, die wir von einer Woche zur anderen zu Gesicht bekamen, waren der Pfarrer und seine Frau, Mr. und Mrs. Chauncey. Da er ein gichtiger Greis um die Achtzig ist, kannst Du Dir vorstellen, wie unterhaltsam das war. (Sollte er das Zeitliche segnen, womit wohl früher oder später zu rechnen ist, geht die Pfründe an einen Freund von Sir Thomas, einen Mr. Norris, und Sir Thomas und Maria sind der Meinung, daß Agnes den Mr. Norris heiraten und nach Mansfield ziehen sollte, aber falls es dazu kommt, bedaure ich sie von ganzem Herzen, denn ich kenne Mr. Norris, er ist unausstehlich, und außerdem weiß ich von Katy Sharp, einer der Lehrerinnen an der Schule von Bythorn, daß unsere Schwester sich in einen Gutsverwalter, einen gewissen Daggett, verguckt hat. Stell Dir das nur vor! So einer Partie würde Papa gewiß nie zustimmen. Und da sonst niemand da ist, wird sie wohl Mr. Norris nehmen müssen.) Immerhin ist Mrs. Chauncey – die Frau des Pfarrers von Mansfield und sehr viel jünger als er – eine angenehme, entgegenkommende Person. Sie hat mir erzählt, daß sie in Portsmouth Verwandte hat, eine Familie Price. Und wenn ich Papa die Erlaubnis abringen kann, komme ich irgendwann Dich und Tante Polly und Onkel Philip besuchen und hoffe, bei dieser Gelegenheit die Bekanntschaft der Familie Price zu machen. Das Leben hier in Bythorn ist nicht besser als in Mansfield, nämlich für mein Gefühl viel zu ruhig. Nach den schönen Wochen, die wir auf der Hochzeitsreise meiner Schwester und Sir Thomas in Bath verbrachten, habe ich Geschmack am städtischen Leben gefunden. Und ich habe nicht die geringste Lust, zu einer alten Jungfer zu verkümmern, wozu Agnes auf dem besten Wege ist, wenn sie diesen Mr. Norris nicht haben will. Schließlich ist sie schon achtundzwanzig. Lady Ursula, die zwei- bis dreimal in der Woche von Underwood Priors herüberkommt, dringt ständig in sie, Mr. Norris zu nehmen. (Ganz unter uns: Lady Ursula kommt hauptsächlich wegen Papa, und ich denke mir, daß sie ihn früher oder später dingfest machen wird, sofern er mal lange genug zu Hause ist, um ihr einen Antrag zu machen.) Ich glaube nicht, daß es Agnes behagen würde, die zweite Geige zu spielen, wenn Lady Ursula Herrin auf Bythorn Lodge wäre. Und mir ist der Gedanke an so eine Stiefmutter ein Graus. Du kannst froh sein, daß Du in Portsmouth bist, das laß Dir gesagt sein von Deiner Dich liebenden Schwester Frances.«

Bislang hatte Henry Ward die Erlaubnis zu einer Reise seiner Tochter nach Portsmouth stets verweigert.

»Ach Gott, das arme Ding!« äußerte Tante Polly mitleidig, nachdem sie den Brief gelesen hatte. »Natürlich kann sie zu uns kommen, sie ist immer gern gesehen. Ich kann mir sehr gut vorstellen, daß es auf Bythorn Lodge jetzt, da deine liebe Mutter nicht mehr ist, Hatty, und Lady Ursula über dem Haushalt hängt wie eine Gewitterwolke, nicht eben kurzweilig ist. Es wundert mich nur, daß man noch keine Hochzeitsglocken läuten hört. Ob sie sich etwa doch noch Hoffnungen auf Camber macht? Aber Schluß damit, es geht mich schließlich nichts an. Wenn du wieder an Fanny schreibst, Kind, richte ihr bitte von mir aus, daß sie jederzeit kommen kann. Ich kenne die Familie Price ein wenig, es sind durchaus achtbare Leute.«

Doch erst nach dem Tod von Lady Pentecost, als Fanny

die Gelegenheit hatte, Lady Ursula in einer Equipage der Familie Fowldes zu begleiten, so daß Henry Ward keinerlei Kosten entstanden, konnte sie dieser freundlichen Einladung Folge leisten.

»Die Ärmste tut mir herzlich leid«, sagte Tante Polly, »daß sie die lange Reise in Gesellschaft von Lady Ursula zurücklegen muß. Ich würde mir das nicht wünschen. Und wie Louisa mir schreibt, kommt Lady Ursula nur aus einem einzigen Grund: Weil sie damit rechnet, daß auch Lord Camber zur Beerdigung anreist. Louisa meint, daß sie sich tatsächlich noch Hoffnungen auf ihn macht.«

Gott gebe, dachte Hatty, daß ich mich niemals so unglücklich in einen Mann verliebe, daß ich hundert Meilen reisen würde, nur um ihm vielleicht auf einer Beerdigung zu begegnen. Hofft sie wirklich, daß er es sich anders überlegt hat und sie doch noch nimmt? Wenn er's doch täte! Ledig ist er ja noch. Und würde Lady Ursula unseren Papa heiraten – was alle Welt mehr oder weniger erwartet –, könnte ich nie mehr nach Hause.

Hatty wurde sehr neugierig auf diesen Lord Camber, dem angeblich Lady Ursulas hoffnungslose Liebe galt. Er war, soviel wußte sie, auf Bythorn Chase aufgewachsen, dem Hauptsitz des Herzogs von Dungeness, der zahlreiche Besitzungen in ganz England und große Ländereien in der Grafschaft Hampshire sein eigen nannte, und hatte von einer kürzlich verstorbenen Großtante Ländereien in Hampshire geerbt, von denen er aber einen Teil verkaufen wollte, um das Geld den Armen zu geben.

»Camber ist ein sonderbarer, querköpfiger Mensch«, bemerkte Philip Ward mit einigem Mißfallen. »In manchen

Punkten teile ich allerdings seine Ansichten durchaus. Sein Vater, der Herzog, hat eine absurd, ja ich möchte sagen ruinös hohe Summe aus dem Fenster geworfen, um Bythorn Chase von Grund auf umzubauen und den Park durch Seen und Grotten und Tempel und Wäldchen und weiß der Himmel was zu verschönern. Damit er das alles bezahlen kann, mußte er Land in Hampshire veräußern, und es sollte mich nicht wundern, wenn er inzwischen bis an den Hals verschuldet wäre. Nach seinem Tod erbt Lord Camber einen schönen Rattenschwanz von Sorgen. Kein Wunder, daß Vater und Sohn kaum noch miteinander sprechen. Lady Ursula wäre gut beraten, sich Camber aus dem Kopf zu schlagen.«

»Ja, aber bedenke doch, Lieber, was die Alternative wäre«, wandte seine Frau ein. »Lady Louisa schreibt, daß sie immer noch für Camber schwärmt, obwohl sie ihn seit sieben Jahren nicht mehr gesehen hat. Allerdings täte sie sich, wenn du mich fragst, in einer Ehe mit ihm wohl schwer. Stell dir vor, Louisa schreibt, daß er mit Wandesleigh und dem Dichter Kittridge, mit denen er seit seiner Studienzeit in Cambridge so eng befreundet ist, eine Gesellschaft gegründet hat, die sich die Neuen Stoiker oder Sophokraten oder so ähnlich nennt, eine Vereinigung, in der niemand eigenes Geld haben darf und alles Gemeinschaftsbesitz ist. Der Himmel bewahre mich vor so einer Existenz!«

»Sind die Frauen auch Gemeinschaftsbesitz?« fragte Tom verwundert. Die Familie saß – ein wenig später als sonst, weil Samstag war – am Frühstückstisch.

»Schweig still«, fuhr Mr. Ward ihn an. »Das war eine höchst ungehörige Bemerkung. Noch ein Wort, und du verläßt den Raum.«

»Dummer Junge!« sagte Sydney und lächelte überlegen. Inzwischen war er achtzehn, studierte in London und war – gegen den Widerstand seines Vaters – eifrig bemüht, den flotten jungen Lebemann zu geben. Er trug eine gestreifte Weste und ein kunstvoll gebundenes Halstuch und hatte reichlich Pomade im rötlichen Haar. Wenn der eitle Schnösel, pflegte sein Vater zu grummeln, nur halb soviel Mühe auf sein Studium verwenden würde, wäre ich's zufrieden. Womit er seinem Sohn unrecht tat, denn für Sydney war die Juristerei ein ebenso fesselnder wie ergötzlicher Gegenstand, und über die Angelegenheiten der väterlichen Mandanten war er besser im Bilde, als Philip Ward ahnte.

»Wer erbt eigentlich den Titel, falls Lord Camber stirbt?« fragte Sydney jetzt.

»Sein Bruder, Oberst Frederick Wisbech. Aber es ist nicht einzusehen, warum Camber in absehbarer Zeit abtreten sollte, er ist ein kerngesunder, tatkräftiger Mann in der Blüte des Lebens.«

»In der Zeitung stand, daß Lord Camber mit seinen Freunden nach Amerika auswandern und am Ufer des Susquehanna in Pennsylvanien eine Siedlungsgemeinschaft gründen will. Das ist doch eine nicht ungefährliche Unternehmung. Schlangen, Bären, wilde Rothäute ...«

»Bah!« Mr. Ward schnitt sich ungehalten eine letzte Ecke von der Schweinspastete ab. »Der Plan ist schlecht durchdacht und wird wohl gar nicht erst zur Ausführung kommen.«

Seine Söhne sahen bekümmert drein. Sie hätten zu gern mehr über die Siedlungsgemeinschaft am Ufer des Susquehanna erfahren, wußten aber, daß der Vater ihnen bei weiteren Fragen nur über den Mund gefahren wäre.

Hatty schwieg, wie meist bei den Mahlzeiten im Kreise der Familie. Ihr Kopf war voller Bilder von Urwäldern und rauschenden Wasserfällen.

Mr. Ward legte seine Serviette zusammen. »Sollte Camber tatsächlich das Zeitliche segnen, würde mit seinem Bruder, Oberst Wisbech, ein verständiger, lebenstüchtiger Mann ohne all diese Grillen und Launen nachrücken. Wohlgemerkt, persönlich habe ich nichts gegen Camber, er ist ein gescheiter Bursche und hat ein gutes Herz. Bei eurer Mutter hatte er schon immer einen Stein im Brett.«

»Großer Gott, ja!« bestätigte Tante Polly sehr erheitert. »Er war immer ungemein liebenswürdig und hat seinen Schwestern die reizendsten Geschenke gemacht.«

»Wann soll übrigens Lady Ursula mit unserer Nichte eintreffen, meine Liebe?« erkundigte sich Mr. Ward bei seiner Frau.

»Heute nachmittag gegen vier.«

Es ist, als ob man fragt, wann der Mont Blanc bei uns eintrifft, dachte Hatty unwillkürlich und fröstelte. Dabei bin ich inzwischen eigentlich alt genug, um mir von Lady Ursula keine Angst mehr einjagen zu lassen. Und auf Frances freue ich mich sehr.

Tante Polly wandte sich ihren Söhnen zu. »Ich wünsche, daß ihr auch zur Begrüßung eurer Verwandten in die Halle kommt, ordentlich frisiert und mit gewaschenen Händen. Und du, Hatty, ziehst am besten das weiße Musselinkleid an, der gepunktete Taft ist leider schon sehr verschossen und scheint auch eingegangen zu sein.«

Wenn es ein Thema gab, bei dem Hattys Ansichten sich nicht mit denen ihrer Tante deckten, so war es die Frage der

Garderobe. Obwohl Tante Polly so viele Jahre in einem herzöglichen Haus gelebt hatte, liebte sie auffällige, bunte Farben. In ihrer Garderobe überwogen Lachsrosa, Feuerrot und Purpur. Vielleicht wollte sie damit von ihrem stets stark geröteten Teint ablenken. Hatty, die sanfte, gedämpfte Farbtöne vorzog, war manchmal recht unglücklich über die papageienbunten Kleidungsstücke, die ihre begeisterte Tante für sie erstand, und atmete insgeheim auf, als sie merkte, daß Tante Polly in ihrer Angst vor Lady Ursulas Ankunft und etwaiger Kritik diesmal bereit war, auf allzuviel Farbenfreude zu verzichten.

»Das Weiße paßt noch gut«, sagte Hatty, »obwohl ich den Eindruck habe, daß ich ziemlich gewachsen bin.«

»Gut möglich, Kind. Zumindest siehst du viel wohler aus als früher. Als du zu uns kamst, warst du so blaß wie ein kleines Gespenst. Auch dein Haar ist voller geworden und dein ganzes Auftreten sicherer. Deine Schwester wird staunen. Die arme Fanny! Da hat sie also weder in Bath noch in Mansfield einen Verehrer gefunden. Zu schade, daß es ein so trauriger Anlaß ist, der sie nach Portsmouth führt, aber vielleicht läßt sich die Zeit hier trotzdem nutzen. Sie kann gern noch bleiben, wenn Lady Ursula nach Huntingdonshire zurückfährt. Wenn sie deinem Onkel Philip ein bißchen um den Bart geht, spendiert er ihr vielleicht sogar das Geld für die Rückreise. Soweit ich weiß, war Frances schon immer ein niedliches kleines Ding.«

Zur festgesetzten Zeit hatte sich dann die ganze Familie zur Begrüßung des Gastes brav in der Halle versammelt – Mr. Ward war eigens aus seiner Kanzlei nach Hause gekommen –, und es dauerte nicht lange, bis eine Kutsche draußen vorfuhr, der eine hochgewachsene junge Dame entstieg sowie eine ältere, die sie noch um einiges überragte. Hatty, die sich wegen ihrer kindlichen Ängste eben noch tüchtig ausgelacht hatte, spürte beim Anblick der blassen, hageren, in graue Umhänge und Schleier gehüllten Gestalt sofort wieder heftiges Unbehagen. Die graue Samtkappe saß so eng, daß Lady Ursulas Kopf mehr denn je einem Totenschädel glich.

Die wohlgeformte blonde Frances, die ihr folgte, wirkte im Vergleich zu der vornehmen Tante wie ein Wesen aus einer anderen Welt.

Mr. Ward begrüßte seine aristokratische Besucherin höflich-formell und reichte sie rasch an seine Frau weiter, deren Empfang warmherziger und ungezwungener ausfiel. Sie bedauerte die beiden Damen wegen der langen, beschwerlichen Reise, die sie hinter sich hatten, und bot ihnen an, sich entweder gleich ein wenig auszuruhen oder zunächst eine Erfrischung zu sich zu nehmen. Mr. Ward, den der Anblick der hübschen Frances merklich milder gestimmt hatte, wechselte gerade ein paar Worte mit der Nichte, als sich Lady Ursulas scharfe, durchdringende Stimme über die der anderen erhob.

»Mein Gott, Harriet! Was ist das für eine Haltung? Ich fühle förmlich meine Migräne kommen, wenn ich dich so krumm dastehen sehe! Halte dich doch gerade, um Himmels willen. Die Ellenbogen angelegt und das Kinn gesenkt, wenn ich bitten darf.«

Bestürzt und sprachlos gehorchte Hatty und hielt nur mit Mühe Lady Ursulas eisigem Blick stand. »In Bythorn war Hattys Haltung immer beklagenswert«, sagte Lady Ursula zu Tante Polly, »was wohl dem stundenlangen Herumhocken am Bett ihrer Mutter zuzuschreiben war. Ich hatte gehofft, daß sich das mittlerweile gebessert hätte, aber wie ich sehe…« – ihr mißbilligender Blick streifte Tom und Ned, die sie mit offenem Mund anstarrten, und richtete sich dann auf Sydney, dem seine Selbstzufriedenheit weitgehend abhanden gekommen war – »… haben in diesem Hause Anstand und Manieren nicht den ihnen gebührenden Stellenwert. Gehen die jungen Leute denn nicht zur Tanzstunde, meine Gute?«

Hatty hätte am liebsten laut herausgelacht, als sie die entsetzten Gesichter ihrer Vettern sah. Tante Polly mußte zugeben, daß die Ausbildung der Kinder auf diesem Gebiet zu wünschen übrigließ.

»Am besten fangen sie unverzüglich damit an«, befand Lady Ursula. »Der Bursche da« – sie deutete mit dem Kinn auf Sydney – »ist ein großer Flegel. Wie kann er hoffen, in der Welt voranzukommen, wenn er sich hält wie ein Lumpensammler, die Ellbogen abgespreizt, die Füße nach innen gedreht, so täppisch und unelegant in seiner ganzen Erscheinung…«

»Wollen Sie nicht erst einmal hereinkommen und ein Glas Wein trinken?« schmeichelte Tante Polly. »Alldem muß und wird abgeholfen werden, im Augenblick aber geht Ihr Wohlbefinden vor.« Sie nahm Lady Ursula am Arm und geleitete sie ins Haus, Mr. Ward folgte mit Fanny.

»Himmel, was für ein Besen«, sagte Ned halblaut, nachdem Lady Ursula eine Erfrischung abgelehnt und darauf bestanden hatte, sogleich auf ihr Zimmer geführt zu werden.

»Du wirst uns doch nicht wirklich zum Hopsmeister

schicken?« fragte Sydney seinen Vater, als Lady Ursula hinter seiner Mutter um die Biegung der Treppe verschwunden war.

»Wenn Lady Ursula es für so wichtig hält, werde ich natürlich ihrem Vorschlag folgen«, erwiderte Mr. Ward kurz angebunden. »Möchtest du ein Glas Wein, liebe Fanny, oder willst du auch auf dein Zimmer gehen?«

Da auch Fanny sagte, sie wolle sich ein wenig ausruhen und dann zum Dinner ankleiden, wurde sie Hatty übergeben, die sie zu dem zweitbesten Zimmer im Wardschen Hause brachte.

»Ich habe etwas, was dich vielleicht freut«, sagte Frances und holte ein kleines in Silberpapier eingeschlagenes Päckchen aus ihrem Muff. »Es ist ein Nadelbuch, von Mama eigenhändig mit Eichhörnchen bestickt.«

»Danke, Fanny, wie lieb von dir. Ich werde es immer in Ehren halten.«

»Du siehst gut aus«, sagte Frances und seufzte ein wenig. »Fühlst du dich wohl hier?«

»O ja. Tante Polly ist eine Seele von Mensch, und an die Jungen habe ich mich inzwischen gewöhnt. Mein Onkel allerdings hat sich wohl mit meiner Anwesenheit immer noch nicht so ganz abgefunden.«

»Trotzdem«, wandte Fanny ein, »hast du es hier bestimmt besser als zu Hause. Seit Agnes in Bythorn Lodge das Regiment führt, ist es dort unerträglich geworden. Sie nimmt sich in allem Lady Ursula zum Vorbild.«

»Glaubst du wirklich, daß Lady Ursula unseren Papa heiraten will?«

»Liebe ist bei ihr bestimmt nicht im Spiel und bei ihm

wohl auch nicht, aber ich denke, letztlich wird sie ihn doch nehmen, wenn niemand sonst ihr einen Antrag macht. Papa dürfte früher oder später um ihre Hand anhalten in der Hoffnung, daß sie ihm einen Sohn schenkt, damit der Besitz nicht an den Onkel fällt. Aber wie die Männer so sind – er hat es nicht eilig damit und schätzt seine Freiheit zu sehr, um sich früher als unbedingt nötig zu binden. Er schwankt und zaudert.«

»Eigentlich«, sagte Hatty nachdenklich, »müßte Onkel Philip alles daransetzen, diese Ehe zu verhindern. Denn wenn Papa ohne männlichen Erben stirbt, geht der Besitz an seine Familie.«

»Aber was könnte er tun? Ich sehe da keine Möglichkeit«, sagte Frances ratlos.

»Ich auch nicht«, bestätigte Hatty bekümmert. Und da ihr in diesem Moment Ned vom Garten her winkte, ließ sie Fanny allein auspacken und lief zu ihm hinunter.

»Das ist ja eine richtige Hexe«, erklärte Ned. »Kein Wunder, daß dir früher, als du noch kleiner warst, so vor ihr gegraut hat. Hoffentlich bleibt sie nach der Beerdigung am Montag nicht noch.«

»Das wäre schlimm, denn Tante Polly sieht jetzt schon todmüde aus. Aber Fanny sagt, daß Lady Ursula meinen Papa ungern für längere Zeit aus den Augen läßt. Es sei denn, daß sie und Lord Camber … Haben wir noch Zeit für unser Baumhaus, Ned? Ich habe da ein Gedicht, das ans Licht will.«

»Ich glaube nicht. Um fünf wird gegessen, hat Mama gesagt, und wir haben unseren Sonntagsstaat an. Aber komm doch mit ins Gewächshaus.«

Das Gewächshaus war ein großer, recht baufälliger Kuppelbau aus Glas, der sich an die hohe Gartenmauer anlehnte. Unter der Ägide von Mr. Ward, der – ganz Puritaner – Gewächshausobst und Treibhausblumen ablehnte und nicht bereit war, zur Beheizung eines solchen Glaspalastes auch nur einen Penny auszugeben, war es immer mehr heruntergekommen. Von einem früheren Besitzer her standen aber noch mehrere Kübel mit Bambus darin, die sich zu wahren Riesen entwickelt hatten, und auch die ungepflegten, aber unverzagten immergrünen Pflanzen und Zitrusbüsche gediehen prächtig, so daß der Raum einem üppigen Dschungel glich. Bis auf den Gärtner kam kaum jemand hierher, nur Ned und Hatty nutzten das Gewächshaus als einigermaßen warmen Zufluchtsort, wenn schlechtes Wetter ihnen den Aufenthalt auf dem Friedhof unmöglich machte.

»Ich muß dir was zeigen, Hatty. Bleib hier, ich hole es«, sagte Ned und lief quer durch den Küchengarten davon.

Hatty setzte sich auf einen Stapel weicher Säcke und holte das kleine Notizbuch heraus, das sie in einer eigens in ihren Unterrock eingenähten Tasche stets bei sich trug. Es war ein langer, beschwerlicher Tag gewesen mit vielen zusätzlichen Verrichtungen, die den Gästen den Aufenthalt verschönern sollten. Hatty war zum Johannisbeerpflücken und Äpfelschälen angestellt worden, hatte Orangen mit Nelken besteckt, Eierschnee geschlagen und Sträuße für die Gästezimmer gebunden. Die ganze Zeit aber waren Worte in ihrem Kopf herumgesummt wie Hummeln hinter einem geschlossenen Fenster. Jetzt endlich hatte sie ein wenig Muße, um sie festzuhalten.

Sie schrieb, überlegte, schrieb wieder. Als sie Schritte auf dem Backsteinboden hörte, sagte sie: »Ich habe mein neues Gedicht angefangen, Ned. Hör zu und sag mir, was du davon hältst.« Sie las:

Die Wolken ließ Gott sich als Spielzeug genügen.
Nachdem er das erste Werk begonnen,
geschaffen Erde, Mond und Sonnen,
des Weltraums Umrisse so gewonnen,
wob er die Wolken zu seinem Vergnügen.

Als sie fertig war, blieb es still, und sie wartete ein paar Sekunden auf Neds Urteil, das häufig recht kritisch ausfiel. Als nichts geschah, hob sie erstaunt den Kopf und sah einen wildfremden Mann vor sich. Er war bedeutend größer als Ned, fast so groß wie die hoch aufragende Lady Ursula.

»Oh«, stieß sie hervor und besah sich den Fremden von oben bis unten. Er trug eine abgewetzte Jagdjoppe, Reithosen und ein locker gebundenes Halstuch. Das rostfarbene Haar war dicht und ungepflegt und ging in Koteletten über, das kantige Gesicht aber war glattrasiert. Die Augen leuchteten in einem klaren Blau, das Gesicht war wettergegerbt. Krakeliert wie Steingut, dachte Hatty auf der Suche nach dem treffenden Wort für seinen rissigen, windgebräunten Teint. Man hätte den Mann für einen Wildhüter halten können. Der Mund war breit und geschwungen, tiefe Falten zogen sich von den Wangenknochen nach unten, und ein Kranz von Fältchen umgab die Augenwinkel.

Er sieht aus, dachte Hatty, als sei Lächeln seine Lieblingsbeschäftigung. Doch in diesem Moment lächelte er nicht.

»Lesen Sie das noch einmal«, verlangte er.

Hatty gehorchte.

»Sind das Ihre Verse?« fragte der Fremde. »Sehr beachtlich, wenn ich das sagen darf.«

»Ich bin mir über die letzte Zeile nicht im klaren«, sagte Hatty. »Ob ich lieber ›machte er die Wolken‹ schreiben soll?«

Er überlegte. »Nein, ›wob‹ ist besser. Das satte ›o‹ verleiht der letzten Zeile besonderes Gewicht. Haben Sie noch mehr?«

»Eins habe ich mir heute früh ausgedacht, aber noch nicht aufgeschrieben:

Der Morgen bringt Sorgen,
der Abend bringt Ruh,
teil den andern den Morgen
und den Abend Dir zu.

Dazu könnte es noch einen zweiten Vers geben. Vielleicht kommt er später.«

»Erscheinen Ihre Gedichte einfach so aus dem Nichts?«

»Ja. Manchmal ist das ganz schlimm. Wenn ich keine Zeit habe, sie aufzuschreiben, sind sie wieder weg. Wie Blätter, die der Wind vom Baum weht. Und dann finde ich sie nie wieder.«

»Ja, aber vielleicht befruchten sie, wie welkes Laub, den Boden, auf dem dann andere Pflanzen gedeihen.«

»Mag sein«, sagte Hatty nachdenklich. »Das hatte ich mir noch gar nicht überlegt.«

Zornrot stürmte Ned herein. »So was Dummes, jetzt ist

sie weg! Eine Kröte, Hatty, die sich von der Gartenwalze hat überrollen lassen, sie war platt wie ein Blatt Papier. Ich hatte sie in einen Blumentopf getan, weil ich sie dir zeigen wollte, aber Deakin hat ihn wohl weggeworfen. Jetzt müssen wir aber zurück zum Haus –« Er unterbrach sich erschrocken, als er den Fremden sah.

»Entschuldigen Sie bitte, Sir!«

»Nein, nein, ich habe mich zu entschuldigen. Mein Pferd steht auf dem Hof, ich war auf der Suche nach Deakin, der mein heimlicher Verbündeter war, wenn ich als Junge meine Vettern in Gosport besuchte. Sie müssen einer von Mr. Wards drei Söhnen sein.«

Ned nickte. »Edward.«

»Und Sie sind …?«

»Seine Nichte Harriet.«

»Ihr Vater ist demnach Henry Ward von Bythorn Lodge?«

Auch Hatty nickte.

»Dann sind wir gewissermaßen Nachbarn.« Er lächelte, und die Fältchen um seine Augen vertieften sich.

»Ich wohne ganz in der Nähe, in Wanmaulden Wood. Mein Name ist Harry Camber.«

4

Das Abendessen nahm einen recht unersprießlichen Verlauf.

Mr. Ward wurde hinterher von seiner Frau kräftig abgekanzelt, weil er ohne Vorwarnung Lord Camber mitgebracht hatte.

Er verteidigte sich tapfer. »Was blieb mir denn übrig, meine Liebe? Wir begegneten uns auf der Straße, und da er in der ›Krone‹ logiert und keine anderweitigen Verpflichtungen hatte, war es geradezu ein Gebot der Höflichkeit, ihn zu fragen, ob er an unserem bescheidenen Mahl teilnehmen wollte. Und was ist denn groß passiert? Er ist doch so ungezwungen, so wohlerzogen und unterhaltend. Über die geplante Siedlung am Ufer des Susquehanna, das System der Dienstbarkeit auf Zeit in den Kolonien, über Freikaufverträge und Dreiecksgeschäfte wußte er so anschaulich zu erzählen, daß die Jungen bis hin zu Tom und unsere kleine Hatty ganz gefesselt waren. Noch nie habe ich sie so viele Fragen stellen, so verständige und lebhafte Bemerkungen machen hören.«

»Ja, und die arme Frances hat sich inzwischen halb zu Tode gelangweilt. Der einzige Satz, den ich von ihr hörte, war: ›Du lieber Himmmel, das hätte mir aber gar nicht gefallen!‹ Und Lady Ursula saß da, als hätte sie einen Eiszapfen verschluckt. Ob sie uns das je verzeiht? Seine Erscheinung hat sie geradezu schockiert. Während ihr beim Wein wart, sagte sie zu mir: ›Ein einfacher Arbeiter würde sich besser kleiden.‹«

»Als Sohn eines Herzogs kann er sich kleiden, wie er mag.«

»Kein Wunder, daß sie sich mit Kopfweh zu Bett gelegt hat.«

»Larifari! Was für ein Getue um Äußerlichkeiten«, fuhr Mr. Ward erbost seine Frau an. »Er hat den Anstand und die Manieren eines Adligen. Dir und Frances, ja sogar der kleinen Hatty gegenüber hat er sich sehr artig benommen, ich hörte, wie er sie fragte, was für Bücher sie liest. Ist es meine Schuld, daß Lady Ursula dagesessen hat wie eine Säulenheilige? Daß sie ihn mit Blicken durchbohrt hat wie mit Dolchen? Wer hat sie denn in mein Haus eingeladen? Sie sich selbst. Ich dachte, sie würde sich freuen, ihren alten Spielgefährten wiederzusehen.«

»Spielgefährten!«

»Sie sind miteinander aufgewachsen, es gab ständig Besuche hinüber und herüber –«

»Aber vergiß bitte nicht, daß sie über ein Jahr verlobt waren und heiraten wollten.«

»Wahrscheinlich dankt Camber in diesem Moment seinem Schicksal dafür, daß damals die Verlobung in die Brüche gegangen und jetzt wohl auch nicht mehr zu kitten ist. Wohlgemerkt, für mich ist das durchaus kein Grund zur Freude. Wäre Lady Ursula Cambers Frau geworden, hätte das meinen Bruder vor ihr und meine Familie vor dem Verlust des Erbanspruchs auf Bythorn Lodge bewahrt.«

»Falls du ihn mit solchen Hintergedanken zum Essen mitgebracht hast, war das äußerst unklug von dir.«

»Unsinn, darum ging es mir überhaupt nicht«, wehrte Mr. Ward verärgert ab. »Außerdem wäre sie ja Camber bei der Beerdigung sowieso begegnet. So haben sie sich eben eineinhalb Tage früher wiedergesehen. Wie lange gedenkt denn die Gnädigste bei uns zu bleiben?«

»Hoffentlich nur ein paar Tage«, erwiderte Mrs. Ward, die ungewohnt erschöpft wirkte. »Wie ich höre, hat sie sowohl in Bythorn Lodge als auch in Underwood Priors dringende Verpflichtungen. Was hindert im übrigen Henry daran«, fügte sie mit unwiderlegbarer Logik hinzu, »andere Damen zu umwerben, wenn es mit Lady Ursula nichts wird und er unbedingt heiraten will?«

Darauf mußte Mr. Ward die Antwort schuldig bleiben. Verstimmt ging er davon, und seine Frau legte seufzend die Hand an die Stirn.

Der Tag nach der Ankunft von Lady Ursula und Frances war ein Sonntag. Philip Ward besuchte wie üblich mit seiner Familie vormittags den Gottesdienst in der Garnisonskirche, danach machte man sich, da schönes Wetter war, auf den Weg zum allwöchentlichen Gang über die Befestigungswälle, bei dem Mrs. Ward Gelegenheit hatte, ihre Nachbarinnen zu begrüßen und den neuesten Klatsch auszutauschen, während ihr Mann seine Beziehungen zu derzeitigen oder künftigen Mandanten pflegte. Lady Ursula, die in der Kirche gewesen war, verkündete, sie habe wieder ihre Migräne und wolle gleich nach Hause.

Die fürsorgliche Mrs. Ward erbot sich sofort, ihren Gast zu begleiten, wurde aber schroff abgewiesen. Bissig fragte Lady Ursula, ob Mrs. Ward meine, sie sei schon zu altersschwach, um ohne Begleitung eine Viertelmeile zu Fuß zu gehen, im übrigen wünsche sie nicht, mit überflüssigen Fragen nach ihrem Befinden belästigt zu werden, woraufhin Mr. Ward sehr bestimmt erklärte, er ließe seine Gäste – ganz gleich, ob sie unpäßlich oder kerngesund seien – nicht allein in der Stadt herumlaufen, und seinen Sohn Sydney anwies, Lady Ursula in die Lombard Street zu begleiten.

»Ich verspreche Ihnen, daß Sydney Sie mit keinem Wort behelligen wird, wenn Sie es nicht wünschen, aber ich bestehe darauf, daß er mit Ihnen geht.«

Lady Ursula zuckte die Schultern und willigte ungnädig ein. Sydney machte eine wortlose Verbeugung und reichte ihr seinen Arm, etwaiges Mißfallen über diesen Auftrag hinter einer ausdruckslosen Miene verbergend.

Mr. Ward schmunzelte. »Jaja, Sydney hat nicht vergessen, daß sie ihn einen großen Flegel genannt hat. Jetzt mag er ihr ruhig schöntun und zeigen, daß er sich, wenn er will, wie ein Mann von Welt betragen kann. Gleichviel – nächste Woche schicke ich euch alle zu Monsieur Lamartine in die Tanzstunde, damit ihr lernt, so gut wie alle anderen zu dienern und scharwenzeln. Keiner soll meinen Söhnen nachsagen, daß sie sich nicht wie Gentlemen benehmen können.«

Ned und Tom zogen lange Gesichter, doch sie wußten, daß jeder Versuch, sich gegen die Anordnungen des Vaters aufzulehnen, sinnlos war. Hatty hingegen begrüßte das Vorhaben sehr. Als kleines Mädchen hatte sie mit Fanny oft kleine Tänze aufgeführt, um ihrer Mutter eine Freude zu machen. Sie tanzte sehr gern und hatte es immer bedauert, daß sie hier keine Gelegenheit dazu hatte.

»Laß gut sein, Ned, ich zeige dir dann schon, wie es geht«, flüsterte sie ihm zu.

»Tanzstunden können den Jungen bestimmt nicht schaden«, bestätigte ihre Mutter gelassen. »Schau, Frances, da ist die Familie Price. Sagtest du nicht, daß die Frau des Pfarrers von Mansfield mit ihr verwandt ist?«

»Ja, Tante Polly, Mrs. Chauncey ist eine Schwester von Mrs. Price.«

»Ich kenne Mrs. Price flüchtig. Dein Onkel hat ein Kreditgeschäft mit ihrem Mann abgewickelt, er ist in einer sehr achtbaren Branche tätig, ich habe vergessen in welcher, es ist also durchaus schicklich, wenn wir sie begrüßen.«

Fannys Gesicht erhellte sich. Sie hatte sich für ihren ersten öffentlichen Auftritt in Portsmouth sehr sorgfältig hergerichtet und war nicht wenig enttäuscht, daß bislang nur eine sehr kleine Zahl unbekannter Herren ihre Bemühungen mit bewundernden Blicken belohnt hatte.

Der Anblick der Familie Price – eine unscheinbare, aber liebenswürdige Mutter, ein gediegener Vater, eine Tochter, von der sie altersmäßig noch keine Konkurrenz zu fürchten hatte, und vor allem zwei stattliche junge Männer – ließ ihre Augen aufleuchten. Man machte sich miteinander bekannt, und die beiden Familien setzten ihren Weg gemeinsam fort. Die Männer besprachen Geschäftliches, die Frauen tauschten sich über das in Portsmouth stets akute Problem der flatterhaften Dienstmädchen aus, die sich allzu schnell von einem flotten Seemann den Kopf verdrehen ließen, und Fanny schritt hochzufrieden zwischen den beiden stattlichen jungen Männern dahin.

Hatty und ihre Vettern folgten mit der vierzehnjährigen Nancy. Sie war lebhaft und gut gewachsen, hatte einen frischen Teint, schwarze Ringellocken und ein ausgeprägtes

Selbstbewußtsein. Sie schwatzte ohne Punkt und Komma mit den beiden Jungen und kümmerte sich so wenig um Hatty, daß diese – ganz ohne Groll, denn sie war von Nancy Price nicht besonders eingenommen – gemächlich hinterdreinschlenderte, sich wohlig-verträumt an der Frühlingssonne, den tanzenden Masten der vor Anker liegenden Schiffe, dem blauen Meer und den in der Ferne perlmuttfarben schimmernden Umrissen der Isle of Wight erfreute. Möwen flatterten und kreischten, die scharfe Brise schmeckte nach Salz. Wie so oft in den wenigen ungestörten Minuten, die ihr blieben, fügten sich in Hattys Kopf Worte zu Versen zusammen.

Im breiten Strom des Lichtes wieder
verstreuen Vögel ungehindert
nächtens aufgestaute Lieder.

Ein Mann, der an der Brüstung gelehnt hatte, wandte sich um und lächelte ihr zu. Es war Lord Camber, der heute in schickliches Schwarz gekleidet war. Vermutlich hatte auch er den Gottesdienst besucht.

»Guten Morgen, Miss Hatty. Störe ich? Mir scheint, Sie ringen mit Ihrer Muse.«

»Ja, das ist richtig.« Sie gab sein Lächeln unbefangen zurück.

»Ist es Ihnen lieber, wenn ich weggehe und Sie in Ruhe lasse? Oder darf ich Ihre Verse hören?«

Sie deklamierte die drei Zeilen und fügte weitere an:

Sie schrei'n in Angst vor
Einsamkeit und Stille herzbewegend
das wen'ge, das sie wissen, in die Gegend.

»Das ist schön«, sagte er nachdenklich. »Es klingt ein wenig nach Milton, aber Milton ist kein schlechtes Vorbild. Kennen Sie ihn?«

»Ich habe *Lycidas* gelesen«, gab Hatty zurück. »Das hat mir gefallen.«

»Welche Zeilen besonders?«

»›Doch ach, wie bitter anders ist's, da du dahin, da du dahin auf Nimmerwiedersehn...‹«

»Ja«, sagte er freundlich, »Milton lehrt uns, auch unserem Kummer noch das Beste abzugewinnen. Doch in demselben Gedicht heißt es: ›Dort wird der Heil'gen Schar, die nie verblich, in feierlichen Trupps und lieblichen Vereinen lobsingend und in gold'nem Glorienschein die Tränen trocknen ihm auf ewiglich.‹ Und kennen Sie Andrew Marvell? ›Dort, wo der fernen Bermudas Pracht...‹«

»O ja. ›...wie goldene Lampen in grüner Nacht...‹ Wunderschön!«

Sie sahen sich in heiterem Einverständnis an, dann wurde er ernst und fragte ein wenig stockend: »Können Sie mir sagen, ob Lady Ursula noch bei den Wards logiert?«

»Ja, sie war heute früh mit uns in der Kirche, wollte aber heim, weil sie sich nicht wohl fühlte. Mein Vetter Sydney hat sie nach Hause gebracht.«

»Das tut mir leid. Ich hätte sie gern wiedergesehen. Gestern abend schien sie – ein wenig indisponiert.«

»Vielleicht, daß mein Onkel –«, setzte Hatty an, aber in

diesem Moment wandte Mr. Ward sich um und sah seinen adligen Mandanten.

»Ja, ist denn das die Möglichkeit! Guten Morgen, Mylord!«

Sodann lud er trotz der mahnenden Blicke seiner Frau Lord Camber ein, die Familie zum Hammelbraten in die Lombard Street zu begleiten. Lord Camber hatte sich glücklicherweise schon mit einem Bekannten in der ›Krone‹ verabredet, versprach aber, am nächsten Tag nach der Beerdigung zum Tee zu kommen.

»Wie konntest du nur!« schalt Mrs. Ward auf dem Heimweg. »Das hätte Lady Ursula uns nie vergessen!«

»Ich bitte dich, meine Liebe! An seiner Erscheinung war doch heute wirklich nichts auszusetzen. Absolut untadelig. Bis auf das rote Haar – und dafür kann er ja nichts.«

»Mrs. Price hat mich gefragt, ob ich nicht auf ein paar Wochen zu ihr kommen möchte«, sagte Frances. »Ist das nicht lieb von ihr? Darf ich, Tante Polly? Ach bitte, darf ich?«

»Wir sprechen zu Hause darüber, Kind.«

Die beiden Familien verabschiedeten sich liebenswürdig voneinander. Nancy drehte noch eine Pirouette vor den beiden Jungen und rief ihnen zu: »Auf Wiedersehen in der Tanzschule. Ich bringe euch alle Schritte bei.«

»Meiner Meinung nach spricht nichts dagegen, daß Frances auf einen Monat zu den Prices geht«, entschied Mr. Ward nach einigem Nachdenken, als man ihm die Angelegenheit vorlegte. »Eine durchaus achtbare Familie. Doch vielleicht fragen wir Lady Ursula, was sie davon hält. Sobald sie meint, keine Migräne mehr haben zu müssen«, fügte er trocken hinzu.

Besagte Dame hatte sich – vielleicht, weil ihr zu Ohren gekommen war, daß Lord Camber nicht am Sonntagsessen teilnehmen würde – erstaunlich schnell wieder erholt und kam nach unten. Mrs. Ward fragte sie sofort, ob Frances guten Gewissens die Einladung der Prices annehmen könne.

»Sie möchte es gar zu gern.«

Nach einiger Überlegung willigte Lady Ursula ein, wenn auch unter Vorbehalt. »Ich glaube nicht, daß Mr. Henry Ward etwas dagegen hätte. Die Prices sind, soweit ich weiß, durchaus ehrbare Leute, beide Söhne bei der Marine… hm… natürlich keine so hervorragende Verbindung wie die unserer lieben Maria, aber man kann nicht verlangen, daß alle Schwestern es so gut treffen. Ich gestehe, daß ich mir für Frances bei ihrem Aussehen etwas Besseres erhofft hatte, aber leider läßt sich nicht leugnen, daß sie recht schwerfällig im Denken ist. Nicht einmal Maria ist mit viel Verstand gesegnet. Agnes ist die einzige aus der Familie, die etwas im Kopf hat.«

»Und Hatty?« fragte Mrs. Ward, die aussah, als wünschte sie von Herzen, die nächsten Tagen wären bereits überstanden.

»Hatty?« Lady Ursulas exquisite Vornehmheit hinderte sie nicht daran, die Nase zu rümpfen und verächtlich die Schultern zu zucken. »Hatty hat ein Spatzenhirn und eine mehr als trübe Zukunft vor sich. Ja, ich denke doch, daß Mr. Henry Ward einigermaßen zufrieden sein kann, wenn sich Frances einen der Price-Jungen sichert und der zum Kapitän zur See befördert wird. Er möchte die Töchter so schnell wie möglich vom Hals haben. Für Agnes bahnt sich eine recht vorteilhafte Verbindung mit Mr. Norris, dem neuen Pfarrer von Mansfield, an. Ein sehr achtbarer Mann, wie man mir sagt. Leider hat sich Agnes, das dumme Ding, einen völlig unstandesgemäßen Gutsverwalter in den Kopf gesetzt, einen jungen Kerl, für den nichts spricht als sein nettes Gesicht und einnehmendes Wesen und dem Mr. Ward vorsichtshalber sofort den Stuhl vor die Tür gesetzt hat. Ich habe Agnes versucht klarzumachen, daß Mr. Norris vermutlich der einzige ist, der ihr je einen Antrag machen wird, und daß sie gut daran täte, ihn unverzüglich anzunehmen. ›Komm jetzt, Kind‹, sage ich zu ihr, wann immer wir zusammensitzen, ›komm jetzt, schlag dir diese lächerliche Neigung aus dem Kopf!‹ – ›Aber ich liebe ihn‹, jammert sie mit einem Gesicht wie die Königin in der Tragödie. ›Und ich weiß, daß auch er mich geliebt hat.‹ – ›Unsinn, Kind‹, sage ich. ›Ein Mann, der fünf Jahre jünger ist als du? Er war nur auf deine Mitgift aus. Vergiß ihn. Mit deinem Gesicht und deinen geringen Mitteln kannst du nur auf einen hoffen, der die erste Jugend schon hinter sich hat. Und Mr. Norris ist gewiß nicht schlimmer als andere. Zumindest werdet ihr, da er mit dem Mann deiner Schwester Maria befreundet ist, euer bequemes Auskommen haben. Es ist sträflicher Leichtsinn, wenn du ihn dir nicht schleunigst sicherst. Er ist Witwer und braucht eine verständige Frau, die ihm den Haushalt führt, er wird nicht ewig warten.‹ Doch Agnes sträubt sich ärgerlicherweise immer noch. Ich habe den Verdacht, daß sie nach wie vor dem jungen Daggett nachtrauert. Daggett, was ist das schon für ein Name! Überdies entwickelt sie sich mit ihren Grillen, ihrer Schulmeisterei und Selbstüberhebung mehr und mehr zu einer typischen alten Jungfer, was Mr. Ward sehr mißfällt, und deshalb sage ich ihr immer und immer wieder –«

»Ach ja, das arme Ding«, seufzte Tante Polly. »Es ist wohl

wirklich am besten, wenn sie Ihren Rat beherzigt.« Insgeheim hatte sie großes Verständnis für Agnes und fand im übrigen, daß Grillen, Schulmeisterei und Selbstüberhebung – laut Lady Ursula die typischen Eigenschaften einer alten Jungfer – in hohem Maße auch bei dieser Dame anzutreffen waren. Kein Wunder, daß Agnes es nicht eilig hatte, deren Ratschlägen zu folgen.

»Wie gut«, fuhr Tante Polly fort, »daß wir uns um Hattys Zukunft vorläufig noch keine Gedanken zu machen brauchen. Sie wird sich frühestens in zwei Jahren überlegen müssen, wo sie einmal unterkommt. Mir ist das nur recht, denn sie bemüht sich geradezu rührend darum, meine armen Zwillinge zu beschäftigen und zu fördern. Sie hat ihnen Fertigkeiten beigebracht, die ich ihnen nie zugetraut hätte.«

Daß jemand Loblieder auf Hatty sang, konnte Lady Ursula nicht vertragen.

»Darüber muß ich mich wirklich sehr wundern, Mrs. Ward«, sagte sie säuerlich, »wenn es mich natürlich auch für Sie freut. Denn wenn ich je eine anmaßende, launenhafte, affektierte kleine Miss erlebt habe, die eine harte Hand brauchte, so ist es Hatty. Meine arme Isabel war völlig erschöpft von ihren Grillen und kuriosen Einfällen. Als ich davon erfuhr und mich einschalten konnte, kam für Isabel leider schon jede Hilfe zu spät. Sie können bei Hatty nicht streng und wachsam genug sein, Mrs. Ward. Das ist eine von denen, die gern ihren eigenen Weg gehen. Sie neigt zur Querköpfigkeit und Geheimniskrämerei, glaubt sich allen anderen überlegen und ist nicht bereit, sich wohlmeinenden älteren Menschen unterzuordnen. Glauben Sie mir, Hatty braucht unnachsichtige Härte und ständige Beaufsichtigung.«

»Meinen Sie?« fragte Mrs. Ward matt.

»Wo stecken überhaupt Ihre Nichten?« fragte Lady Ursula.

Frances und Hatty waren aufs vergnüglichste damit beschäftigt, sich gegenseitig zu frisieren. Ihre Schwester Maria, die jetzige Lady Bertram, hatte eine geschickte Zofe namens Chapman, die früher in Paris gearbeitet und dort viele neue, ungewöhnliche Haartrachten kennengelernt hatte. Frances hatte sie aufmerksam beobachtet und ihr zahlreiche nützliche Tricks und Kniffe abgeschaut, die sie jetzt lachend an ihre jüngere Schwester weiterzugeben versuchte.

Fannys lange, glatte, goldblonde Strähnen ließen sich mühelos zu eindrucksvollen Kreationen auftürmen, hochkämmen, locken und flechten. Hattys kürzeres, dunkles und naturgelocktes Haar war sehr viel widerspenstiger, und Frances war noch dabei, es zu einem griechischen Knoten zusammenzustecken, als die Essensglocke läutete.

»Laß gut sein, Fanny, wir müssen gleich nach unten. Mein Onkel kann sehr böse werden, wenn wir uns verspäten, besonders wenn Logierbesuch im Haus ist.«

»Warte, ich stecke nur noch diese Strähne...«

Eilig liefen sie hinunter.

Mr. Ward geleitete Lady Ursula ins Speisezimmer, und Mrs. Ward folgte ihnen. Danach kamen die beiden Mädchen und die drei Jungen, die in einem der hinteren Räume ihre Hausaufgaben für den nächsten Tag gemacht hatten. Als sie Hattys zusammengezwirbelten kleinen Dutt sahen, der mit elfenbeinernen Haarnadeln gespickt war, prusteten sie unwillkürlich los, so daß ihr Vater sich fragend umsah.

»Es ist wegen Hatty«, erklärte Tom. »Mit dieser Frisur sieht sie aus wie eine Hottentottin.«

Lady Ursula hob ihr Lorgnon und zog ein grimmiges Gesicht. »Was fällt dir ein, so lächerlich herausgeputzt bei Tisch zu erscheinen? Ich bin fassungslos. Nur gut, daß deine Mutter nicht mehr erlebt, wie du dich hier zum Gespött machst.«

Hatty wurde feuerrot und kämpfte mit den Tränen. Frances, die ein wenig langsam im Denken war, hörte mit offenem Mund zu und sagte nichts.

»Ich vermute«, sagte Tante Polly nachsichtig, »daß die beiden Mädchen ein wenig Figaro gespielt haben. Fannys Coiffure ist sehr kleidsam, und Hatty läßt sich sonst nicht in so einem Aufzug sehen. War es nicht so, Frances?«

»Ja, Tante Polly. Entschuldige bitte.«

»Dies ist weder der geeignete Tag noch der geeignete Anlaß für derlei törichte Vergnügungen«, erklärte Mr. Ward und warf Frances einen strafenden Blick zu. »Und du, Hatty, wirst heute im Kinderzimmer essen. Das mag dich lehren, in Zukunft so zu Tisch zu kommen, wie es sich gehört, besonders wenn Gäste da sind. Bitte deine Tante und deine Cousine um Entschuldigung.«

»Entschuldigt, Tante Polly, Tante Ursula«, stammelte Hatty mit tränenerstickter Stimme und ging rasch hinaus, hörte aber noch, wie Lady Ursula in grimmig-selbstgefälligem Ton zu Mrs. Ward sagte: »Da sehen Sie es selbst...«

»Warum hat Lady Ursula eigentlich eine so heftige Abneigung gegen dich gefaßt, Kind?« fragte Mrs. Ward am nächsten Tag, als Hatty vor der Beerdigung in ihr Zimmer kam, um sich ein Paar schwarze Handschuhe geben zu lassen.

»Hat sie das, Tante Polly?« fragte Hatty überrascht. »Ich dachte, sie ist immer so.«

»Mir scheint, daß sie zu dir besonders streng ist.« Als wäre sie dir feind, dachte Mrs. Ward, doch das sagte sie nicht laut.

»Ich weiß nicht warum«, erwiderte Hatty, nachdem sie kurz nachgedacht hatte. »Vielleicht, weil ich damals die Sachen von Agnes' Ankleidetisch habe fallen lassen?«

»Das dürfte kaum Grund genug sein. Hier, dieses Paar wird dir passen. Nimm ein paar Tropfen Lavendelwasser für dein Taschentuch. Und jetzt lauf hinunter zu deinem Onkel und sage ihm, daß ich gleich komme.«

Während sie den schwarzen Schleier richtete, überlegte Mrs. Ward, was wohl der tiefere Grund für Lady Ursulas heftige Abneigung gegen die junge Nichte sein mochte. Ob ein Stück Eifersucht dahintersteckte? Hattys Mutter und Lady Ursula waren trotz des Altersunterschiedes von sechzehn Jahren eng befreundet gewesen, als Isabel jung verheiratet und Ursula noch ein Backfisch gewesen war. Konnte es sein, daß Ursula das Gefühl hatte, Isabels Jüngste, die der Mutter im Lauf der Jahre immer mehr ans Herz gewachsen war, habe sie verdrängt?

Nein, da geht wohl die Phantasie mit mir durch, dachte Mrs. Ward und steckte den Schleier mit einer Jettbrosche fest. Aus einem so lächerlichen Grund würde doch eine erwachsene Frau keinen Rachefeldzug gegen ein Kind führen. Es ist aber trotzdem gut, daß Hatty bei uns lebt, denn sollte Ursula Fowldes tatsächlich ihren Vater heiraten, würde es ihr in ihrem Elternhaus schlecht ergehen.

Wegen der großen Zahl der Leidtragenden – zumeist Freunde des Admirals aus der Marine – fand der Trauergottesdienst für Lady Pentecost in der Thomaskirche statt. Die Familie Ward nahm, wie es so bescheidenen Verwandten geziemte, im hinteren Teil des großen Kirchenschiffes Platz, Lady Ursula hingegen wurde feierlich nach vorn geleitet, wo sie neben der Tochter des Admirals Platz nahm, die mit dem Dekan von Romsey gekommen war. Hattys scharfer Blick erspähte sehr bald den wieder in makelloses Schwarz gekleideten Lord Camber, der an der Kirchentür stand, sich mit einigen sichtlich weniger bedeutenden Trauergästen unterhielt und es trotz des Nieselregens offenbar vorzog, bis zum letzten Augenblick im Freien zu bleiben. Wo er während des Gottesdienstes saß, konnte Hatty nicht feststellen, sie sah ihn aber dann am Grab wieder.

Die große Thomaskirche war nicht weit vom Haus ihres Onkels entfernt. Während Hatty draußen wartete, um sich dem Trauerzug zum Grab anzuschließen, überlegte sie unwillkürlich, ob der aufgelassene kleine Gottesacker, der an Mr. Wards Grundstück angrenzte, einmal der früheste Teil des Friedhofsgeländes gewesen war. Sie versuchte, sich den Bezirk mit den umliegenden Straßen bildlich vorzustellen, und achtete deshalb kaum auf das, was sich um sie her ereignete. Plötzlich aber merkte sie, daß die Vorgänge am Grab nicht so abliefen, wie sie sollten.

»Mein Gott, die Ärmste«, sagte Tante Polly erschrocken. »Man sollte ihr doch helfen... Philip, Lieber, meinst du nicht –«

»Das kommt uns nicht zu«, zischelte Mr. Ward verweisend. »Soll doch einer der Geistlichen eingreifen. Oder Lady

Ursula, die in Fragen von Sitte und Anstand stets weiß, was sich ziemt.«

Die Tochter der Verstorbenen, Miss Pentecost, eine schmächtige kleine Person in schleppenden schwarzen Gewändern, hatte just in dem Augenblick, als sie eine Handvoll Erde auf das Grab werfen sollte, ein schwerer Schluckauf befallen, der in hysterisches Gelächter und dann hemmungsloses Schluchzen überging. Sie schien drauf und dran, sich zu dem Sarg in die Grube zu stürzen.

»Haltet sie fest! Warum tut denn niemand etwas?« flüsterte Hatty entsetzt und mitleidig. Doch die Umstehenden waren vor Schreck oder Verlegenheit wie gelähmt.

»Mama, warte auf mich«, rief Miss Pentecost in die Grube hinunter. »Nimm mich mit…«

Doch ehe sie ihre Absicht ausführen konnte, trat einer der Trauergäste vor, packte mit beiden Händen freundlich, aber bestimmt den Arm der Verzweifelten und führte sie von dem Grab und den schreckensstarren Zuschauern weg.

Hatty hörte Lord Camber begütigend sagen: »Kommen Sie, meine Liebe, kommen Sie nur. Was Sie jetzt brauchen, ist ein schöner Schluck Glühwein und eine warme Stube.« Ohne weitere Umstände ging er mit ihr davon.

Die Trauergäste seufzten erleichtert auf, und die Zeremonie wurde in aller Schicklichkeit, aber mit tunlicher Beschleunigung zu Ende geführt.

Als sie wieder in Mr. Wards Haus in der Lombard Street waren, konnte Lady Ursula sich nicht genug tun, Miss Pentecosts hysterisches Gehabe zu verurteilen.

»Eine Schande, sich so aufzuführen! Vor versammelter Mannschaft! Und das als Tochter eines Admirals!«

»Lord Camber hat sich sehr geistesgegenwärtig verhalten«, bemerkte Tante Polly. »Er hat ein so gutes Herz und so viel Verständnis. Wo wird er sie wohl unterbringen?«

Lady Ursula sah aus, als hoffte sie, er habe die Person im Hafenbecken von Portsmouth untergebracht.

Mr. Ward versuchte, das Gespräch in harmlosere Bahnen zu lenken. »Es wundert mich, daß der Herzog nicht zur Beerdigung gekommen ist. Soweit ich weiß, war er mit dem Admiral sehr befreundet.«

»Mein Onkel?« giftete Lady Ursula. »Den hat der Sherry inzwischen so weit gebracht, daß –«

Die Tür ging auf, und der Diener meldete Lord Camber, der sich unverändert liebenswürdig und gelassen gab.

»Ich bitte um Entschuldigung, daß ich Sie warten ließ«, sagte er zu Mr. Ward, »aber Sie haben es ja selbst miterlebt … Ich mußte die arme Frau in ihren Gasthof bringen. Zum Glück erwartete uns dort Mrs. Griffin, ihre alte Kinderfrau, die sie auf allen Reisen begleitet.«

»Hoffentlich war es ihr wenigstens peinlich, daß sie sich so unmöglich aufgeführt hat«, sagte Lady Ursula zu Mrs. Ward. Sie hatte so laut gesprochen, daß Lord Camber es hören mußte.

Er sah zu ihr hinüber. »Dir war vielleicht nicht bekannt, liebe Ursula«, sagte er milde, »daß Miss Pentecost an einer Krankheit leidet, die in wenigen Monaten auch ihrem Leben ein Ende setzen wird.«

Das brachte Lady Ursula zum Schweigen. Sie drehte mit einer schroffen Bewegung den Kopf weg, und Mr. Ward beeilte sich, sie mit Kanonikus Ramsgate ins Gespräch zu bringen, der den Trauergottesdienst mitzelebriert hatte.

Lady Ursula bildet sich so viel auf ihre vornehmen Manieren ein, dachte Hatty, aber mir scheint, daß Lord Camber sehr viel mehr Edelmut und Herzensgüte besitzt. Er entspricht ganz meinen Vorstellungen vom idealen Ritter... wie König Arthur oder Sir Galahad oder Richard Löwenherz... Wenn ich groß bin, wünsche ich mir einen Mann wie Lord Camber. Nur hübscher natürlich...

Diesmal hielt Lord Camber sich nicht lange bei den Wards auf. Irgend etwas schien ihm die Stimmung verdorben zu haben. Er sprach wenig und verabschiedete sich bald unter dem Vorwand, er habe eine Verabredung in Winchester. An Hatty richtete er, ehe er ging, nur eine kurze, freundliche Bemerkung. »Ich hoffe, Miss Hatty, daß Ihre Muse weiter fleißig ist?« Sie nickte schüchtern. Vor Lady Ursula verbeugte er sich höflich und streckte ihr die Hand hin, worauf sie betont den Kopf wegdrehte und sich ihrem Nachbarn zuwandte.

5

Mr. Ward verlor keine Zeit, Hatty und seine Söhne für die wöchentlich einmal stattfindende Tanzstunde bei Monsieur Lamartine anzumelden. Diese Veranstaltung fand in dem zugigen Ballsaal der ›Krone‹ statt und erfreute sich lebhaften Zuspruchs bei den wohlhabenderen Familien der Stadt, die sich für ihre Töchter und Söhne einigen Nutzen von der Annäherung an gallische Eleganz und Lebensart versprachen. Monsieur Lamartine entstammte (zumindest behauptete er das, und bisher hatte ihm noch niemand das Gegenteil beweisen können) einer verarmten französischen Adelsfamilie, deren Wurzeln bis zu Karl dem Großen oder womöglich noch weiter zurück reichten. Da er für die nahe Zukunft in seiner Heimat unheilvolle gesellschaftliche Veränderungen voraussah, hatte er Frankreich den Rücken gekehrt und war nach England gegangen, wo zumindest größere Sicherheit herrschte. Dort hatte er erfreulich schnell Fuß gefaßt. Seine Tanzstunden lockten jede Woche mehr Teilnehmer an, und ihr guter Ruf hatte sich bis Salisbury und Winchester herumgesprochen.

Hatty und ihre Vettern, die in Begleitung von Mrs. Ward gekommen waren, blieben schüchtern am Eingang zu dem großen kahlen Saal mit dem spiegelnden Parkett stehen und betrachteten etwas ängstlich das bunte Treiben.

Monsieur Lamartine, ein kleiner gedrungener Mann mit

bläulichem Bartschatten auf seinem Doppel- oder Dreifachkinn und einem wie ein Sichelblatt gekrümmten Lächelmund eilte in einem für seinen Leibesumfang erstaunlichen Tempo hin und her und korrigierte die Haltung der in einer langen Doppelreihe angetretenen etwa dreißig Tanzschüler aller Altersstufen. Demonstrierend, kommandierend, instruierend hüpfte er von einem zum anderen. Seine Frau, die eine ähnlich füllig-gedrungene Figur hatte wie er, aber durch zahlreiche Schichten von gerafftem Musselin, Batist und flandrischer Spitze noch umfangreicher wirkte, spielte abwechselnd auf dem Klavier und einer kleinen Violine und trat häufig auch an die Schüler heran, um eine Arm- oder Schulterstellung zu verbessern. Sobald sie die Wards erspäht hatte, kam sie – einem Schlepper gleich, der sich seinen Weg durch ein Hafenbecken voll tänzelnder Beiboote bahnt – zu der kleinen Gruppe herüber und begrüßte sie aufs liebenswürdigste.

Ein Mädchen mit schwarzem Lockenhaar verließ die Reihe der Tanzenden und lief strahlend auf Ned zu.

»Ned Ward! Das ist ja famos! Gib mir die Hand, ich zeige dir, wie es geht.«

Die beiden gingen zusammen aufs Parkett, und um Tom bemühte sich eine kräftige junge Dame mit strohgelbem Dutt, die offenbar als Assistentin des Tanzmeisterpaares fungierte. Unvermittelt stand Hatty allein da, während alle anderen tanzten. Sie kam sich verlacht und verloren vor, als habe man sie zu einem Spiel gedrängt, mit dessen Regeln alle außer ihr vertraut waren. Dabei hatte sie sich auf dem Weg zur ›Krone‹ schon so darauf gefreut, ihren Vettern – besonders Ned – Beistand leisten zu können. Der aber wirbelte nun vergnügt mit der schwarzhaarigen Nancy Price herum, während Sydney mit angestrengt gekrauster Stirn den Anweisungen von Madame Lamartine folgte. Hatty, eben noch so vergnügt und erwartungsfroh, litt jetzt alle Qualen einer Ausgestoßenen und spürte – oder glaubte zu spüren –, wie sich mitleidige Blicke auf sie richteten. Um das Unglück voll zu machen, trug sie das wohl unkleidsamste der ihr von Tante Polly verordneten Kleider – orangefarbener Musselin mit dottergelben Besätzen –, in dem sie, wie sie fand, aussah wie eine Gallertspeise auf zwei Beinen.

Tante Polly, an der sie in diesem kritischen Moment eine Stütze gehabt hätte, hatte sich am anderen Ende des Saals zu den Anstandsdamen gesetzt. Dort tauchte, wie Hatty zu ihrer Bestürzung sah, plötzlich auch Lady Ursula auf, die sich wohl mit eigenen Augen davon überzeugen wollte, ob man ihren Rat befolgt hatte. Sie und Tante Polly steckten die Köpfe zusammen, lächelten Ned und Nancy Price zu, die an ihnen vorüberhüpften, gefolgt von Tom, der sich redlich mit seiner strohblonden Partnerin mühte. Lady Ursula hatte nach einem Blick in die Runde nun auch Hatty entdeckt, und ihr Gesicht nahm einen strengen Ausdruck an.

Hatty hätte sich am liebsten in ein Mauseloch verkrochen. Sie war todunglücklich. Und dann hörte sie zu ihrer größten Verwunderung eine vertraute Stimme sagen: »Himmel, welch ungezügelte Lustbarkeit! Ich komme in den Gasthof zurück, um nach leidigen Geschäften ein wenig Ruhe zu finden, und was sehe ich? Ein Gezappel, als sei in Portsmouth der Veitstanz ausgebrochen. Nur meine liebe Freundin Miss Hatty steht abseits. Warum, wenn ich fragen darf? Haben Sie dem Tanzen abgeschworen?«

Sofort fühlte Hatty sich getröstet und geborgen. Sie wandte sich nach Lord Camber um, der mit verschränkten Armen dastand und das bunte Bild mit dem für ihn so typischen vergnügten Lächeln betrachtete. Wie bei ihrer ersten Begegnung trug er alte, ungepflegte Kleidung. In der Hand hielt er seinen Hut und ein Bündel Akten.

»Warum tanzen Sie nicht, Miss Hatty?« wiederholte er.

»Weil – es war kein Partner da«, stammelte sie.

»Dem ist leicht abzuhelfen. Heda, guter Barker –« Er wandte sich an einen Bedienten, der ihm mit einem Glas Wein auf einem Tablett gefolgt war. »Bringen Sie das da in den Salon.« Er drückte ihm die Papiere und den Hut in die freie Hand. »Und wenn ich jetzt um die Ehre bitten dürfte...« Ohne weitere Umstände führte er Hatty aufs Parkett, und sie merkte bald, daß Lord Camber ungeachtet der Kritik, die Lady Ursula an seiner Erscheinung übte, als Tänzer gewandt und sicher war.

Als sie für den nächsten Tanz von Monsieur Lamartine aufgefordert wurde, sah sie aus dem Augenwinkel, daß Lord Camber sich unauffällig an der Wand entlang auf Lady Ursula zubewegte. Mrs. Ward hatte sich entfernt, um Bekannte zu begrüßen, und Lady Ursula stand, unübersehbar durch ihre Größe, ganz allein da und betrachtete grämlich das muntere Gewimmel. Sie war wie stets in Grau gekleidet und trug eine ebenfalls graue schmucklose Samthaube, die wie ein Helm aussah. Hatty mit ihrer blühenden Phantasie mußte unwillkürlich an eine Kriegsheldin denken, an Johanna von Orleans etwa, und zu ihrer eigenen Überraschung empfand sie plötzlich fast so etwas wie Mitleid mit dieser Frau, die so einsam, so unschlüssig wirkte. Wie ein

Stück Strandgut, mußte sie denken, das die See auf ein Riff gespült hat und das jetzt auf die nächste Flut wartet, um sich von der Dünung weitertragen zu lassen. Sie konnte den einen oder anderen Satz von dem aufschnappen, was Lord Camber zu ihr sagte, denn so leise er auch sprach, hatte sich doch Hatty in den letzten Tagen seine Sprachmelodie so tief eingeprägt, daß sie ihn noch in der größten Menschenmenge oder im lautesten Sturmgebraus verstanden hätte.

»Ursie«, hörte sie, »können wir uns nicht darauf besinnen, daß wir einmal gute Freunde waren? Es täte mir sehr weh, wenn ich mich nicht einmal mehr an diese Erinnerung halten könnte.«

Sie wandte sich jäh um und musterte ihn kalt und ablehnend.

»Manche Menschen, Camber«, erwiderte sie scharf, »sind dumm genug zu glauben, mit ein paar schmeichelnden Worten ließe sich eine ganze Welt zurückholen. Was Sie andeuten, ist geradezu lachhaft. Schauen Sie sich doch an. Wie können Sie es wagen, mir – mir! – in diesem Aufzug mit so etwas zu kommen? Zumal ich nur zu gut weiß, wie es um Ihre Absichten bestellt ist und daß all Ihre Artigkeiten nicht mehr Gewicht haben als – als dies hier.« Zornig deutete sie auf eine Feder, die sich aus einem Fächer gelöst hatte und über das Parkett zu ihnen hingeweht war.

Lord Camber hob sie auf und drehte sie nachdenklich zwischen den Fingern.

»Es gab eine Zeit«, meinte er, »da solche Überlegungen für dich keine Rolle gespielt hätten. Damals wärst du das Wagnis eingegangen –«

»Mag sein. Aber das ist aus und vorbei. Heute würde ich

mich mit Ihnen nicht einmal über einen Ententeich wagen. Ich kann über Ihre Unverfrorenheit nur staunen, Camber. Glauben Sie wirklich, ich könnte mich mit einer Zukunft als Zofe oder Näherin anfreunden?«

Madame Lamartine stimmte eine schwungvolle Weise auf dem Klavier an, die alles andere übertönte. Wenig später sah Hatty Lord Camber mit gesenktem Kopf, noch immer zerstreut mit der Feder spielend, zum Ausgang gehen. Lady Ursula tat ein paar schnelle Schritte in die entgegengesetzte Richtung, dann nahmen die tanzenden Paare Hatty die Sicht.

Als der Tanz zu Ende war, drängte Ned sich durch die Menge zu Hatty durch. Er war gerötet und schnappte nach Luft, strahlte aber übers ganze Gesicht.

»Das ist mal ein Spaß, Hatty! Gar nicht so übel hier, und Miss Price tanzt famos, findest du nicht? Und sie hat einen weißen Papagei! Und ich darf sie besuchen und ihn mir ansehen, wenn Papa es erlaubt. Und sie sagt, sie will ihren Bruder fragen, ob er mir sein Schiff, die ›Thessaly‹, zeigt.«

Auf dem Heimweg bewegten die einzelnen Familienmitglieder sehr unterschiedliche Gefühle – von aufgeregter Erwartung über leidliche Zufriedenheit bis hin zu bekümmertem Staunen.

Tante Polly schien die Unternehmung stark ermüdet zu haben, sie ging langsam und hielt sich die Seite, wovon ihre Söhne allerdings keine Notiz nahmen.

Hatty warf sich in jener Nacht unruhig im Bett herum. Zwei unbeantwortete Fragen brachten sie um den Schlaf. Warum verhält sich Lady Ursula noch immer so ablehnend

Lord Camber gegenüber? Und warum ist es nicht möglich, den Bruch von damals zu kitten?

Und dann kamen wieder Verse aus dem Dunkel auf sie zu.

Der Mond steht auf dem Kopf.
Welch finstere Macht
warf nur den armen Tropf
wie alte Galoschen
oder wertlose Groschen
so tief ins Dunkel der Nacht?

Am nächsten Tag trat Lady Ursula die Rückreise nach Huntingdonshire an, und Frances erhielt die Erlaubnis, der Familie Price einen längeren Besuch abzustatten.

»Arme Lady Ursula«, bemerkte Tante Polly seufzend. »Wie schroff und wunderlich sie ist. Ich werde nicht klug aus ihr. Hat sie wirklich gedacht, Lord Camber würde nach so langer Zeit erneut um sie werben, und ist sie vielleicht nur deshalb zu Letty Pentecosts Beerdigung gekommen?«

»Aber sie war doch so unliebenswürdig und ablehnend zu ihm«, wandte Hatty ein.

»Auf seine Art ist auch er ein sonderbarer Kauz und ganz unberechenbar. Hätte sie tatsächlich mit dem Gedanken gespielt, ihn doch noch einzufangen, wird sie die Hoffnung wohl aufgegeben haben, nachdem sie erfahren hat, daß er sich in Amerika als Handwerker verdingen will. So etwas könnte sie mit ihrem Adelsstolz nie vereinbaren.«

»Was sagst du da, Tante Polly?« stieß Hatty hervor. Sie war ganz blaß geworden.

»Ja, wußtest du das nicht? Lord Camber hat mit deinem

Vater ausführlich über seine Absichten gesprochen. Er hat den abenteuerlichen Plan, als einfacher Arbeiter auszuwandern. Du weißt ja, wie das geht: Die Passage zahlt ein Dienstherr unter der Bedingung, daß der Auswanderer – ich glaube, Lord Camber will sich als Schreiner verdingen – so lange für ihn arbeitet, bis die Überfahrt abgegolten ist. Er möchte, sagt Lord Camber, die Ausbeutung und Not der armen Auswanderer – auch Kinder aus den Besserungsanstalten sind darunter – am eigenen Leib erfahren und dem Schiffskapitän auf die Finger sehen, denn manche sollen ja schrecklich korrupt sein, und wenn er dann in dem Gemeinwesen seßhaft geworden ist, das er und seine Freunde am Susquehanna gründen wollen, möchte er über seine Erfahrungen ein Buch schreiben.«

»Ich wußte nicht, daß seine Pläne schon so konkrete Formen angenommen haben«, sagte Hatty.

»Wenn ich es recht verstanden habe, will er sich in wenigen Monaten einschiffen. Er verkauft einen Teil seiner Ländereien, um Geld für die Sophokraten aufzubringen, und dein Onkel erledigt das Geschäftliche für ihn. Natürlich ist seine Familie entsetzt und hat sich mehr oder weniger von ihm losgesagt. Als ältester Sohn des Herzogs soll er ja einmal den Titel erben, und deshalb ist es in den Augen der Familie ein Skandal, daß er hier einfach alles im Stich läßt, um sich auf dieses Abenteuer in der Neuen Welt einzulassen. Lord Camber sagt, daß er nur zu gern auf den Titel zugunsten seines jüngeren Bruders, Oberst Wisbech, verzichten würde, nur geht das offenbar nicht so einfach, ohne daß sie irgendwelche Gesetze ändern.«

Danach hatte Hatty nächtelang beklemmende Träume, in

denen Lord Camber in den Wellen verschwand, die über seinem gekenterten Schiff zusammenschlugen, oder von Rothäuten attackiert, von Löwen und Bären in undurchdringlichen Wäldern verfolgt wurde. Ein wenig wurden die Ängste, die diese Träume auslösten, dadurch gelindert, daß Lord Camber stets heiter und unbeschwert wirkte, wenn er in den folgenden Monaten (die Abreise verzögerte sich immer wieder) in Geschäften Mr. Ward aufsuchte, und zwar – warum, das blieb sein Geheimnis – nie in der Kanzlei, sondern in dessen Haus. Wenn Lord Camber Hatty begegnete, hatte er stets ein freundliches Wort für sie.

»Er ist so leutselig und ungezwungen«, bemerkte Tante Polly mit einem leisen Seufzer. »Neulich hat er mir einen Heidenschrecken eingejagt, als er plötzlich auf der Treppe stand, wo ich in Kattunschürze und Baumwollhandschuhen den Kronleuchter putzte, weil ich bei Rebecca immer fürchten muß, daß sie ihn in der Spülküche auf den Backsteinboden fallen läßt. Aber mit seinem liebenswürdigen, einnehmenden Wesen ist er eben jeder Situation gewachsen. Ich an Lady Ursulas Stelle hätte ihn genommen – trotz der roten Haare und der Wildhütergamaschen!«

»Auch wenn du die Überfahrt im Zwischendeck hättest machen müssen, Tante?«

»Ach was! Wenn sie sich hätte erweichen lassen«, sagte Tante Polly resolut, »wäre von so etwas bald genug nicht mehr die Rede gewesen.«

»Ich glaube, er kann sehr eigenwillig sein«, widersprach Hatty. »Und vielleicht hat er jetzt ja gar nicht mehr von Heirat geredet...« Sie dachte an das, was sie im Ballsaal aufgeschnappt hatte. Wie hatte er gesagt? »... daß wir einmal gute Freunde waren …« Dann fiel ihr noch etwas ein. »Aber eins kann ich mir überhaupt nicht erklären, Tante Polly: Was fand oder findet er an ihr? Sie ist so streng und kalt. War sie denn immer so?«

»Bewahre, Kind. Du glaubst ja gar nicht, wie sehr sie sich in den letzten sieben, acht Jahren verändert hat. Sie ist nicht wiederzuerkennen. Früher war sie bildhübsch und – wenn sie guter Laune war – lebhaft und heiter, übersprudelnd vor Witz und Schlagfertigkeit.«

»Wirklich, Tante Polly?« Mit einer heiteren, bildhübschen und witzigen Lady Ursula hatte selbst Hattys Phantasie gewisse Schwierigkeiten.

»Ich denke mir, daß Lady Ursula eine Frau ist, bei der nur rückhaltlose Liebe herauszulocken vermag, was in ihr steckt – und das ist sehr viel!«

»Rückhaltlose Liebe«, seufzte Hatty. »Wünschen wir uns die nicht alle?«

»Ja, Kind, und je eher du lernst, ohne sie auszukommen, um so leichter tust du dich im Leben«, erwiderte Tante Polly, deren gesunden Menschenverstand Hatty immer als sehr wohltuend empfand. Heute aber seufzte Mrs. Ward und fuhr sich mit einem Taschentuch über die Stirn, als habe sie selbst gewisse Probleme mit dieser Einstellung.

»Daß Lady Ursula diese Lektion noch lernt, glaube ich nicht«, stellte Hatty fest.

Etwa einen Monat nach diesem Gespräch begegnete sie Lord Camber auf der Treppe, als sie mit einem Tablett voller Äpfel und Lebkuchenbuchstaben auf dem Weg ins Kinderzimmer war.

»Einen schönen guten Tag, Miss Hatty.«

»Guten Tag, Sir. Ich kann Ihnen leider nicht die Hand geben, weil sonst die Buchstaben herunterfallen.«

Lächelnd, aber mit leicht gerunzelter Stirn betrachtete er das Tablett.

»Lassen Sie mich raten. Sie wollen einen Papageien abrichten?«

»Nein, keinen Papageien.« Hatty seufzte leise, weil sie dadurch an Neds ständig wachsende Neigung und seine häufigen Besuche bei der Familie Price erinnert wurde. »Ich bin auf dem Weg zu meinen Cousinen, den Zwillingen. Burnaby hat heute ihren freien Nachmittag.«

»Ich wußte gar nicht, daß Mr. Ward Zwillinge hat. Und wer ist Burnaby?«

»Sie betreut die beiden.«

»Dann sind es wohl noch Kleinkinder? Warum habe ich sie noch nie zu Gesicht bekommen?«

»Nein, Kleinkinder sind sie nicht mehr, aber sie kommen selten aus dem Haus.«

»Und wenn Burnaby frei hat, bringen Sie ihnen das Lesen bei?«

»Ich versuche es zumindest.«

»Spricht etwas dagegen, mich mit diesen unbekannten Cousinen bekannt zu machen? Wie heißen sie übrigens?«

»Sophy und Eliza. Ich glaube nicht, daß meine Tante etwas dagegen hätte. Sie hat sich hingelegt, und ich möchte sie nicht stören. In letzter Zeit ist sie immer so müde und schnell verstimmt.«

Deutlicher mochte sie es Lord Camber gegenüber nicht ausdrücken, aber sie hatte den Eindruck, daß Tante Polly seit Lady Pentecosts Beerdigung und den damit einhergegangenen anstrengenden gesellschaftlichen Verpflichtungen immer bedrückter und nervöser wurde. Vielleicht sorgte sie sich aber auch um Ned?

»Ich glaube nicht, daß meine Tante etwas dagegen hätte, daß Sie die Zwillinge besuchen«, wiederholte sie und führte ihn zum Kinderzimmer, wo die Zwillinge den größten Teil ihres Lebens verbrachten. Es war ziemlich groß, wirkte aber, da es nach Norden ging und nie Sonne bekam, etwas düster.

Die Zwillinge waren mittlerweile acht. Von ihren Hochstühlen erlöst, saßen sie unter dem wachsamen Blick des Stubenmädchens Rebecca nebeneinander am Tisch. Sie sahen trübselig und lustlos drein und wußten offenbar allein nichts mit sich anzufangen. Sie lächelten nicht, als Hatty hereinkam, aber ihre Augen leuchteten auf.

»Guten Tag, ihr beiden«, sagte sie munter. »Ich habe euch etwas für unsere Lesestunde mitgebracht. Danke, Becky, du kannst jetzt gehen. Und außerdem einen Besucher. Das ist Lord Camber. Sagt schön guten Tag.«

»Tag«, lallten sie und betrachteten Lord Camber aus schwachen, wäßrigen Augen.

Lord Camber begrüßte sie wie gute alte Bekannte.

»Miss Sophy! Und Miss Eliza! Es ist mir ein Vergnügen! Erst werde ich mir Ihre Lesestunde anhören, bei der es auch einen leckeren Imbiß zu geben scheint, und dann würde ich Ihnen gern ein spannendes Fadenspiel beibringen. Dafür habe ich immer eine Schnur in der Tasche.«

Er schwang sich lässig auf die gepolsterte Fensterbank und sah zu, wie Hatty einen Apfel schälte und aus den Apfelschalen ein A legte.

»A wie Apfel.«

»Apfel«, murmelten die beiden fügsam, griffen nach den geviertelten Stücken und fingen an zu kauen.

»Und B wie Brot.« Hatty legte jeder einen Lebkuchenbuchstaben hin. Die Buchstaben waren noch schneller verschwunden als die Apfelschnitze. »Und C wie Cousine. Und jetzt nehmt einen Stift und malt ein paar As, Bs und Cs.«

Langsam und mühselig, aber mit großer Hingabe taten sie wie geheißen.

»So ist's brav. Und noch ein paar mehr...«

»Sie werden nie auch nur die primitivsten schulischen Grundkenntnisse erwerben können«, hatte Hatty ihren Onkel einmal aufgebracht sagen hören. »Meiner Meinung nach ist jeder Versuch, ihnen etwas beizubringen, pure Zeitverschwendung.«

Als die Aufnahmefähigkeit der Zwillinge erschöpft war, sagte Hatty: »Und jetzt wird Lord Camber euch zeigen, wie sein Spiel geht.«

Beim Anblick der Schnur erhellten sich die ernsten Kindergesichter. Lord Cambers Fadenspiel war ein uneingeschränkter Erfolg. Er kannte viele raffinierte Varianten, die Sophy und Eliza erstaunlich rasch begriffen. Während die eine mit Camber spielte, sah die andere genau zu, und dann wechselten sie sich ab. Danach zeigten sie ihm das Schere-Stein-Papier-Spiel, das noch immer ihre Lieblingsbeschäftigung war, und dann war vor Burnabys Rückkehr nur noch Zeit für eine halbe Partie Schach. Eliza und Sophy spielten gemeinsam gegen Lord Camber, wobei sie sich über ihre Züge nicht durch Worte, sondern offenbar in einem wortlosen Gedankenaustausch verständigten. Camber musterte sie über das Schachbrett hinweg aufmerksam und quittierte jeden Zug mit beifälligem Nicken, bis Burnaby hereinkam und ihren üblichen Spruch anbrachte: »Jetzt hätte ich mein Kinderzimmer gern für mich, Miss Hatty, wenn's beliebt.«

Lord Camber machte vor den Zwillingen eine Verbeugung.

»Vielen Dank, Miss Eliza, Miss Sophy. Das war eine sehr schöne, spannende Partie. Ich hoffe, daß ich wieder einmal das Vergnügen haben werde...«

»Bedankt euch bei dem Herrn«, sagte Burnaby scharf.

»-anke«, brachte Eliza heraus.

»-iedersehn«, flüsterte Sophy.

Lord Camber schenkte Burnaby sein unwiderstehliches Lächeln. »Burnaby... Ich habe den Namen doch richtig verstanden? Dann kenne ich Ihre Familie. Ist nicht Ihr Onkel Jasper deportiert worden, weil er gewildert hatte?«

Zu Hattys großer Verwunderung reagierte Burnaby nicht mit einem Wutausbruch, sondern erwiderte nur in ihrem üblichen mürrischen Tonfall: »Das war eine gemeine Lüge. Jemand, der wo auf seine Stelle spekulierte, hat ihm was untergeschoben.«

»Das dachte ich mir«, sagte Camber. »Ich war zu der Zeit noch ein Schuljunge. Die Verhandlung hat mein Onkel Gilbert geführt, der damals hier Friedensrichter war. Wie ist es denn Mr. Burnaby in Australien ergangen? Bekommen Sie Post von ihm?«

»Hin und wieder. Ganz gut geht's ihm«, erwiderte Burnaby kurz angebunden. »Entschuldigen Sie, Sir, aber für die beiden wird's Zeit zum Baden. Kommt jetzt, Kinder.«

Die Zwillinge protestierten matt, aber sie gehorchten. Hatty strich ihnen, ohne Burnabys bösen Blick zu beachten, leicht über den Kopf. »Lebt wohl, ihr Lieben. Bis zum nächstenmal.«

Lord Camber schwieg, bis sie wieder unten in der Halle standen. Dann sagte er lächelnd: »Ein erstaunliches Paar. Ich freue mich sehr, daß Sie mir gestattet haben, sie zu besuchen. Aber sollten sie nicht an einem so schönen Herbsttag lieber draußen spielen?«

»Sie möchten gar nicht auf die Straße«, erwiderte Hatty. »Und mein Onkel sieht es auch nicht gern. Weil sie so – so zart sind, hat er Angst, sie könnten sich irgendwo anstekken.«

»Und vielleicht schämt er sich auch ihres Aussehens?«

»Ich – ja, das wohl auch.«

Das blauschwarze Muttermal war mit den Jahren nicht kleiner geworden, sondern bedeckte bei beiden Kindern jetzt zwei Drittel von Wange und Stirn und hob sich unübersehbar von dem blassen, sommersprossigen Teint ab. Die Kinder selbst störte das nicht, neu eingestellte Hausmädchen aber bekamen meist einen heillosen Schrecken und mußten sich erst an den Anblick gewöhnen.

»Das Stubenhocken kann unmöglich gut für sie sein«, beharrte Lord Camber.

»Nein, natürlich nicht«, erwiderte Hatty bedrückt. »Doch sie klagen nicht. Sie sind sehr teilnahmslos. Ich fürchte, daß das an Burnabys Beruhigungsmitteln liegt...«

»Laudanum?« Lord Camber sah sie scharf an. »Sie vermuten, daß es ihren Verstand trübt?«

»Es ist nur ein Verdacht. Ich glaube, daß sie vielversprechende Anlagen haben, aber durch die Mittel werden sie so apathisch, daß sie jede Anstrengung scheuen, sofern nicht etwas, wie etwa Ihr Fadenspiel, sie besonders fesselt.«

»Bekommen sie Unterricht?«

»Nur von mir. Wenn ich zu ihnen darf.«

»Und Sie sind die einzige Besucherin?«

»Natürlich schaut mein Onkel morgens regelmäßig vorbei.« Hatty ging wohlweislich nicht näher auf die morgendlichen Pflichtbesuche ein, die ihr Onkel stets gereizt und in möglichst kurzer Zeit absolvierte, Lord Camber aber nickte, als habe er sie auch ohne Worte verstanden.

»Und Ihre Tante?«

»Für Tante Polly ist das Zusammensein mit den Zwillingen eine Qual«, erwiderte Hatty womöglich noch bedrückter.

Sie hatten über die Terrasse den Garten betreten und gingen langsam über den laubbedeckten Rasen hinter dem Haus. »Nach drei Söhnen hätte Tante Polly wohl sehr gern eine Tochter zur Gesellschaft gehabt.«

Lord Camber nickte verständnisvoll. »Die Ärmste! Stattdessen kamen nun zwei Töchter, die nur füreinander da sind. Habe ich recht?«

»Ja, genau so ist es. Und die armen Kinder sind noch dazu so unansehnlich. Ich denke mir, daß sie sich eine hübsche Tochter gewünscht hat, auf die sie hätte stolz sein können.«

»Die Brüder besuchen ihre Schwestern nicht?«

»Nur Ned. Er spielt manchmal Schach mit ihnen. Ich glaube, Tom und Sydney sind die kleinen Geschwister peinlich.«

»Was bei Jungen in diesem Alter ja verständlich ist«, bemerkte Lord Camber und versagte sich jedes weitere Urteil. Nachdenklich fügte er hinzu: »Man fragt sich, wie viele Familien solche Geheimnisse hinter ihren blankgeputzten Messingklopfern verbergen. Nach meiner eigenen Erfahrung – aber lassen wir das. Warum hat Burnaby eine so heftige Abneigung gegen Sie gefaßt? Weil Sie ihre Autorität in Frage stellen?«

»Wahrscheinlich. Dabei –«

In diesem Moment öffnete sich mit einem energischen Ruck das Fenster in Mr. Wards Arbeitszimmer. »Hier also stecken Sie, Mylord!« rief er herunter. »Ich wußte gar nicht, daß Sie schon im Haus sind. Wenn Sie sich heraufbemühen wollen … Ich habe alle Papiere für Sie zur Unterschrift bereit.«

»Geschäfte, Geschäfte«, sagte Lord Camber seufzend, schenkte Hatty wieder sein warmes, verständnisvolles Lächeln und hob kurz ihre Hand an die Lippen. »Ich lerne jedesmal Neues und Nützliches von Ihnen, Miss Hatty, und Ihr Schweigen scheint mir nicht minder lehrreich zu sein, als Ihre Worte es sind. Unsere gedeihlichen Begegnungen werden mir fehlen. Aber ich habe mich noch nicht nach Ihrer Muse erkundigt. War sie in letzter Zeit tätig? Oder ist es womöglich ein Er, ein Dämon?«

Sie nickte. »Ja. Aber ich darf Sie nicht aufhalten, mein Onkel wartet«, sagte sie leise und entfloh in den Garten. Sie überlegte, ob Lord Camber womöglich über die mißliche Lage der Zwillinge mit Mr. Ward sprechen würde. Und würde Mr. Ward ihr dann böse sein, weil sie die Existenz der beiden Kinder ausgeplaudert hatte? Aber was blieb mir übrig, dachte sie, während sie auf den Gemüsegarten zuging.

Und würde Tante Polly, die Lord Camber so hoch schätzte, sehr traurig sein, weil er nun um das verheimlichte Dasein von Zwillingen in dieser Familie wußte?

Hatty selbst fand nichts dabei, daß sie ihn mit den Kindern bekannt gemacht hatte. Seine ganze Einstellung war so aufgeschlossen, hochherzig und vorurteilsfrei, daß sie das Gefühl hatte, schon sein Wissen um eine bestimmte Situation könne Schuldgefühle entschärfen, zornigen Aufwallungen die Spitze nehmen. Um so erstaunlicher, daß er und Lady Ursula –

Doch an dieser Stelle wurden Hattys Gedanken nachdrücklich in eine andere Richtung gelenkt.

Wie von selbst war sie auf den kleinen Gottesacker mit den bemoosten Grabsteinen und der dicken Linde zugegangen, die sie und Ned ihr Königreich nannten. Ohne Ned kam sie selten her, denn von Anfang an war ihr bewußt gewesen, daß dies seine Entdeckung, sein Revier war und daß sie die Gastfreundschaft, mit der er einst das heimwehkranke fremde Kind darin aufgenommen hatte, nicht mißbrauchen durfte. Heute aber gab es so viele Dinge, über die sie ungestört nachdenken mußte, daß sie kaum merkte, wie sie sich einen Weg durch das Gewucher der Johannisbeerbüsche bahnte und sich durch den schmalen Spalt der alten Tür schob, die in die efeubewachsene Mauer eingelassen war.

Das Nachmittagslicht schwand schnell, schon setzte die frühe Herbstdämmerung ein. Bald würde der Winter sie aus ihrem Refugium vertreiben.

Außerdem, überlegte Hatty bekümmert, werden Ned und ich allmählich zu alt für diese kindlichen Spiele. Wir sind unserem Zufluchtsort entwachsen.

In den letzten Monaten hatte Ned einen tüchtigen Schuß gemacht, er war jetzt groß und schlaksig und wußte kaum, was er mit seinen langen, mageren Gliedmaßen anfangen sollte. Nur gut, dachte Hatty, daß er immer noch gern zur Tanzstunde in die ›Krone‹ geht und Spaß an seinen Luftsprüngen mit Nancy Price hat. Bald mußte er zur Marine, nur auf Bitten von Tante Polly hatte man ihn bisher noch zu Hause behalten, aber –

Hörbar nach Luft schnappend, blieb Hatty unter der Tür stehen, denn über die Oberkante einiger Grabsteine hinweg sah sie, umgeben von hohen herbstlichen Gräsern, im Dämmerlicht zwei Gestalten. Es schien sich um eine Frau zu handeln, die auf einer Grabplatte saß, und einen Mann, der ihr sehr nah und von ihr fast nicht zu unterscheiden war.

Nancy und Ned.

Allenfalls eine Sekunde blieb Hatty, um abzuschätzen, *wie* nah die beiden sich gewesen waren, dann fuhren sie verlegen auseinander.

Am liebsten hätte sie sich sofort zurückgezogen und getan, als habe sie nichts gesehen, aber dazu war es zu spät.

»Gott sei Lob und Dank, es ist nur Hatty«, sagte Ned halblaut, dann hörte sie einen leisen ungehaltenen Ausruf von Nancy, die jetzt aufstand und Schal und Kleid richtete. Ned murmelte etwas Unverständliches, doch Nancy schüttelte nachdrücklich den Kopf und ging mit lässig gleitenden Bewegungen, die erkennbar Monsieur Lamartines Assistentin abgeschaut waren, auf Hatty zu, die wie angewurzelt stehengeblieben war.

»Nein, so was, Miss Hatty! Das ist aber nett!« sagte Nancy in verschwörerischem Flüsterton, als nur noch ein paar Schritte sie trennten. »Beneidenswert, so ein Versteck, habe ich zu Neddy gesagt, als er mir von seinem Schlupfwinkel erzählte, und dann hab ich gebeten und gebettelt, daß er es mich mal ansehen läßt, stimmt's, Neddy?«

»Aber wie konnten Sie ungesehen herkommen?« fragte Hatty verwundert. »Durch das Haus meines Onkels?«

»Aber nein. Es war ganz einfach. Ich ging mit meiner Zofe Sukey und Ihrer Schwester Frances aus dem Haus, um Bänder zu kaufen. Unterwegs erzählte ich den beiden, ich hätte eine Blase am Fuß, kehrte um und lief die Widdershins Lane hinunter. Da gibt es ein altes verrostetes Tor mit Kette und Vorhängeschloß, von dem ich wußte, daß es hierher führt, und dort wartete schon mein gescheiter Neddy mit einer Feile. Bald war die Kette bewältigt, und er hackte mir den Weg durch das Holunderdickicht an der Mauer frei. Trotzdem bin ich ganz zerstochen und zerkratzt, und mein Musselinkleid ist arg mitgenommen, schauen Sie sich nur diesen abscheulichen Riß an. Ich werde Sukey bestechen müssen, damit sie ihn mir näht. Nur gut, daß Onkel Jonathan mich so großzügig mit Geld versorgt. Und mein Tuch hast auch du auf dem Gewissen, du unnützer Junge, weil du mich in deine Höhle gelockt hast. Du schlimmer Verführer, du!«

Sie kniff Ned mit einer besitzergreifenden Geste in die Wange.

Hatty fand diese Erklärung in etlichen Punkten fragwürdig und unbefriedigend. Wie kam es, daß Nancy von dem Tor in der Widdershins Lane, einem selten benutzten kleinen Durchgang, Kenntnis hatte? Und wann hatte sie Ned davon erzählt? Heute – oder vielleicht schon früher? Und wie um Himmels willen war Ned, der zwei linke Hände hatte, an eine Feile gekommen und hatte es geschafft, eine dicke rostige Eisenkette zu durchtrennen? Für so etwas brauchte man normalerweise mehrere Stunden.

»Es wird spät«, fiel Ned seiner Nancy nervös ins Wort. »Du gehst wohl jetzt besser heim. Ich bringe dich bis zum Tor.«

Er mied Hattys Blick. Sie spürte, wie verstört er war, weil sie ihn bei diesem Rendezvous überrascht hatte. Ned sah aus, als hätte er am liebsten Reißaus genommen und die beiden jungen Damen sich selbst überlassen. Doch Nancy hakte sich munter und selbstbewußt bei ihm ein und sagte mit ihrer gurrenden, glucksenden Stimme: »Ja, du wirst mich schon bis zum Ausgang begleiten müssen, Ned, sonst verirre ich mich in dieser Wildnis und verliere am Ende noch den Verstand, ehe mich jemand findet. Gute Nacht, Miss Hatty. Wir sehen uns geschniegelt und gebügelt bei der Tanzstunde wieder und werden einander nicht verraten. Leider kann ich Ihrer Schwester keinen Gruß von Ihnen ausrichten, denn sie darf nicht erfahren, daß wir uns hier begegnet sind.«

Rasch und leise gingen die beiden auf ein Stechpalmendickicht zu, hinter dem sich wohl eine Mauer und dahinter Widdershins Lane verbarg.

Bedrückt ging Hatty zum Gewächshaus. Es wurde Zeit, sich zum Abendessen umzuziehen, aber sie brauchte noch ein wenig Zeit zum Nachdenken.

Dort gesellte sich wenig später Ned zu ihr.

»Wie gut, daß ich dich hier finde, Hatty«, brachte er fast stammelnd heraus.

Hatty sah ihn besorgt an. Sie wußte nicht, was sie sagen

sollte. Inzwischen war es fast dunkel und sein Gesicht nur noch als helles Oval mit zwei schwarzen Augenhöhlen zu erkennen.

»Höre, Hatty, du erzählst doch niemandem, daß Nancy hier war? Niemandem zu Hause, meine ich. Vater wäre so – ich weiß wirklich nicht, was er sagen würde.«

»Nein, Ned«, erwiderte sie bedächtig. »Natürlich erzähle ich es nicht. Aber sag mir eins: War das ihr erster Besuch, oder ist sie öfter hier?«

»Also ich – Nein, es war nicht ihr erster Besuch. Weißt du, das kam so: Nachdem sie das von unserem Königreich wußte – sie besitzt so viel, da wollte ich ihr zeigen, daß ich auch was zu bieten habe –, hat sie mir eines Tages von dem Tor erzählt. Sie wußte durch ihre Brüder davon. Wenn ich mir zutraute, die Kette durchzuschneiden und das Tor aufzumachen, hat sie gesagt, würde sie sich dort heimlich mit mir treffen. Sie wollte so schrecklich gern mein Versteck kennenlernen. Und dann hat sie mir geholfen, die Kette durchzufeilen. Das heißt«, verbesserte er sich ehrlich, »das meiste hat sie dazu getan, allein hätte ich es wohl gar nicht geschafft. Und ein paarmal hat sie Kuchen und eine kleine Flasche Wein mitgebracht. Für ein Picknick. Sie hat mit ihren Brüdern, als die noch jünger waren, öfter solch heimliche Expeditionen gemacht. Stell dir vor, sie waren sogar am Strand und haben im Meer gebadet, auch Nancy!«

»Du lieber Himmel!«

Hatty brachte es nicht fertig zu fragen, wie lange Nancy schon in dieses geheimes Reich kam. »Nancy und ich – wir haben nichts Unrechtes getan, Hatty«, sagte Ned mit schwankender Stimme. »Denk bitte nicht –«

Unwillkürlich sah Hatty die beiden Gestalten im grauen Dämmerlicht wieder vor sich – Nancy auf der Grabplatte, Ned dicht daneben, sah, wie sie erschrocken auseinanderfuhren...

»Was ihr macht, Nancy und du«, sagte sie langsam, »geht mich nichts an. Wirklich nicht. Aber ist dir überhaupt klar, daß es den allergrößten Verdruß gäbe, wenn man euch auf die Spur käme? Stell dir vor, jemand sieht Nancy in der Widdershins Lane oder beobachtet sie, wie sie durch das Tor geht. Bedenke doch, was mein Onkel dazu sagen würde. Oder Tante Polly. Du weißt genau, wie sehr du ihr am Herzen liegst, du bist ihr Lieblingssohn.«

War es denkbar, daß ihre Tante schon Verdacht geschöpft, ihn aber bisher verschwiegen hatte? War das die Erklärung für ihre ständige Müdigkeit, ihr Kopfweh, ihr bedrücktes Schweigen?

»Hatty! Bitte nicht...!«

»Oder stell dir vor, Nancys Eltern erfahren, daß sie allein aus dem Haus geht. Sie muß doch ständig Lügengeschichten erzählen...«

»Von einem Onkel bekommt sie immer mal wieder Geld geschenkt, das gibt sie ihrer Zofe Sukey, damit die sagt, sie hätten zusammengesessen und genäht oder Besorgungen gemacht.«

Wie dem auch sei, was Hatty am meisten beschäftigte, war seltsamerweise nicht die Tatsache, daß nun noch jemand um ihr Refugium wußte, auch wenn sie Nancy Price nicht mochte und fand, daß sie den noch kindlich-naiven Ned ungünstig beeinflußte, sondern daß es einen weiteren Zugang gab, der zu einer öffentlichen Straße führte. Damit war das geheime Reich zerstört und geschändet, das Gefühl absoluter Geborgenheit, das es vermittelt hatte, auf immer dahin.

Beim Abendessen war Onkel Philip ernster und wortkarger als gewöhnlich. Tante Polly, hochrot und kurzatmig, aß wenig und sehr langsam. Die früher so heitere, ausgeglichene Frau war kaum wiederzuerkennen.

Gab es da einen Zusammenhang mit Lord Cambers Besuch bei den Zwillingen? Waren die Wards verärgert, weil er nun um die Existenz der Kinder wußte? Oder hatten sie gar erfahren, daß Ned sich heimlich mit Nancy traf? Gesagt wurde nichts darüber, das Essen verlief nahezu wortlos. Hatty nahm sich vor, nach dem Essen, wenn ihr Onkel allein bei seinem Wein und seinen Nüssen saß, Tante Polly von Lord Camber zu erzählen und sich bei ihr zu entschuldigen.

Doch dazu kam es nicht mehr.

Als das Essen zu Ende war, legte Mr. Ward Messer und Gabel aus der Hand, wischte sich mit der Serviette den Mund und sagte in kaltem, mißbilligendem Ton: »Ich kann die Nachricht ebensogut gleich jetzt verkünden, auch wenn es weiß Gott keine Freudenbotschaft ist. Heute kam ein Eilbrief aus Huntingdonshire, der mich davon in Kenntnis setzte, Harriet, daß dein Vater in Kürze Hochzeit mit Lady Ursula Fowldes halten wird.«

Mrs. Wards Gesicht wurde noch röter, ihre Wangen verfärbten sich dunkellila, dann fiel sie mit einem kurzen, würgenden Seufzer vom Stuhl auf den Speisezimmerboden.

6

Tante Pollys Erkrankung brachte den Haushalt gründlich durcheinander. Sie hatte stets tatkräftig Ordnung im Haus gehalten und dabei trotzdem Zeit gefunden, sich um ihren Mann und die Söhne zu kümmern und Hatty eine gütige, verständnisvolle ältere Freundin zu sein. Ohne ihren ausgleichenden Einfluß wurde es öfter einmal laut bei Tisch, Pflichten wurden vernachlässigt und manch guter Brauch über Bord geworfen.

Mr. Filingay, der Arzt und Apotheker, befand, daß Mrs. Ward an einer akuten Herzschwäche litt, daß sie sich wohl schon seit Jahren überanstrengte und jetzt völlige Ruhe, eine ausgewogene Ernährung und regelmäßig Medikamente brauchte. Wie angegriffen Mrs. Ward war, merkte man schon daran, daß sie sich diesem Urteilsspruch mit einem matten Seufzer beugte und zugab, sie fühle sich in der Tat recht elend und könne eine kleine Atempause gebrauchen. Bei Hatty sei die Familie ja in guten Händen.

Hatty fand sich, so plötzlich mit der Führung eines großen Haushalts betraut, fast über Gebühr gefordert. Zu ihrem Glück hatte sie sich in vielen freundschaftlichen Gesprächen mit der Tante beim Säumen von Geschirrtüchern oder beim Strümpfestopfen viel von deren gesundem Menschenverstand und ihrer philosophischen Weltsicht angeeignet, und diese Erfahrungen praktischer wie prinzipieller Art kamen ihr jetzt zugute. Ein weiterer glücklicher Umstand war die Anhänglichkeit der Bediensteten. Köchin, Haushälterin, Stubenmädchen, der Kutscher und Deakin, der Gärtner, liebten ihre Herrin, und da viele ihr schon in dem Londoner Haus gedient hatten, waren sie sehr um ihre Bequemlichkeit und ihr Wohlergehen besorgt. Sämtliche Anweisungen, denen Hatty die Zauberformel »Meine Tante wünscht...« voranstellte, wurden bereitwillig und so schnell als möglich ausgeführt.

Eine Ausnahme bildete Burnaby, die seinerzeit von Mr. Ward eingestellt worden war und nie ein Hehl daraus gemacht hatte, daß sie Tante Pollys zwischen Liebe und Schuldbewußtsein schwankende Gefühle den Zwillingen gegenüber und die liebenswürdig-lässige Art ihrer Haushaltsführung mißbilligte. Hatty blieb in diesen Tagen wenig Zeit für Besuche im Kinderzimmer. Theoretisch hatte sie zwar Burnaby jetzt mehr zu sagen, probierte aber wohlweislich nicht aus, wie weit sie dabei gehen konnte, denn auf keinen Fall durfte eine unruhige oder feindselige Stimmung im Haus aufkommen, die sich mit Sicherheit der Kranken mitgeteilt hätte. Folglich war Burnabys Macht im Kinderzimmer ungebrochen. Wenn Hatty doch einmal die Zeit für einen kurzen Besuch erübrigen konnte, sah sie mit Sorge, wie blaß, matt und lustlos die Zwillinge waren, doch sie tröstete sich damit, daß sie sich verstärkt um die beiden Kinder kümmern würde, wenn Tante Polly wieder genesen war, was nach Ansicht ihrer Familie nur noch eine Frage von Wochen oder allenfalls wenigen Monaten sein konnte.

Sie bat Ned inständig, seinen kleinen Schwestern mehr Zeit zu widmen. »Könntest du nicht wenigstens täglich eine Partie Schach mit ihnen spielen?«

Ned willigte sofort ein. Seit Hatty ihn bei seinem heimlichen Stelldichein mit Nancy Price überrascht hatte und am gleichen Tag seine Mutter so schwer erkrankt war, wirkte er auffallend bedrückt. Er war seit jeher Mrs. Wards Liebling – ›mein liebster Spatz, mein kleines Schätzchen‹, nannte sie ihn –, und jetzt, da sie trotz aller Anstrengung nur noch ein liebevolles Lächeln und einen matten Händedruck zustande brachte, wenn er vor ihrem Bett stand, wirkte er wie verloren. Hatty tat der Vetter zwar herzlich leid, aber ihre zusätzlichen Pflichten im Haushalt nahmen sie so stark in Anspruch, daß sie wenig Zeit hatte, ihn zu trösten oder aufzurichten.

Wenn sie sich auf der Treppe oder im Kräutergarten begegneten, erinnerte er sie ein- oder zweimal zaghaft an ihr Versprechen. »Du verrätst mich doch nicht, Hatty?«

»Natürlich nicht, Ned, du kannst dich auf mich verlassen. Aber bitte sei vernünftig.«

Er nickte, aber ob er sich ihre besorgte Mahnung zu Herzen nahm oder die geheimen Treffen sich fortsetzten, wußte sie nicht. Nancy Price war nach ihrer Einschätzung ein halsstarriges, selbstsüchtiges junges Ding, für das die schwere Erkrankung von Neds Mutter allenfalls insoweit von Interesse war, als Hatty, die lästige Cousine, glücklicherweise durch ihre vielfältigen Pflichten ans Haus gefesselt war. Hatty konnte nur hoffen, daß der kleine Kirchhof im eisigen Winterwind und in der früh einsetzenden Dezemberdunkelheit als Treffpunkt für Liebende nicht eben verlockend war. Daß Nancy sich freiwillig Kälte und Unannehmlichkeiten aussetzen würde, schien ihr eher unwahrscheinlich.

Vierzehn Tage nach Tante Pollys Kollaps wurde Hatty gemeldet, im Salon warte »eine junge Dame, die Sie sprechen will, Miss«. Besagte junge Dame war Frances in einem hochmodischen lachsrosa Samtkleid mit braunem Pelzbesatz.

Sie war offenkundig in großer Eile.

»Daß unsere Tante so krank ist, tut mir schrecklich leid. Ob ich kurz zu ihr kann?«

Die Tante schlafe zur Zeit, sagte Hatty bedauernd, und sei so schwach, daß man sie auf keinen Fall wecken dürfe, wenn sie endlich einmal Ruhe gefunden hatte.

»Tja, da kann man nichts machen. Dann grüße sie bitte sehr lieb von mir und sag – ja, sag ihr, was man in solchen Fällen eben sagt. Es steht nämlich so, Hatty, daß ich dabei bin durchzubrennen. Du weißt ja, wie es auf Bythorn Lodge steht. Papa ist mit Lady Ursula verheiratet, und keine zehn Pferde bringen mich mehr in ein Haus zurück, in dem sie mit ihren Grillen und mit ihrem sauertöpfischen Gehabe das Kommando führt. Und Agnes treibt es genauso schlimm, wenn nicht noch schlimmer, sofern Lady Ursula sie nicht mittlerweile diesem Norris aufgehängt hat.«

»Fanny, ich verstehe nicht... Durchbrennen willst du? Mit wem?«

Über Fannys Gesicht ging ein strahlendes Lächeln.

»Mit meinem Sam, dem liebsten besten Mann von der Welt.«

»Ist er – ist er einer der Söhne von Mrs. Price?«

Hatty kam sich vor wie in einem Alptraum, in dem die Familie Price sich anschickte, sie zu umschlingen und zuzuwuchern wie ein schnell wachsendes, aufdringliches Unkraut.

»Nein, der Sohn von Mr. James Price, dem Bruder von unserem Mr. Price. Ein Neffe also.«

»Und was ist Mr. James Price von Beruf?«

»Leider nur Kornhändler, aber steinreich. Papa wird natürlich dagegen sein, weil mein Sam, ein so stattlicher Mensch, so lebhaft und vergnügt, nur Leutnant ist, aber das regelt sich gewiß alles bald. Mr. Price wird dafür sorgen, daß er befördert wird... Oder sein Vater beschafft ihm eine Stellung in seinem Geschäft... Oder mein Vater lenkt ein und läßt etwas springen, wenn wir erst richtig Mann und Frau sind. Hauptsache, wir haben ein Dach über dem Kopf und einigermaßen unser Auskommen, dann hängt uns der Himmel voller Geigen.«

Hatty war entsetzt. Daß Fanny auf keinen Fall wieder nach Bythorn zurückkehren wollte, konnte sie durchaus verstehen, aber die Hoffnung auf eine gesicherte Zukunft mit Sam Price schien ihr auf tönernen Füßen zu stehen.

»Höre, Fanny, wäre es nicht besser, wenn du noch ein wenig zuwarten, wenn du dir alles noch einmal gründlich überlegen würdest? Möglicherweise würde dich die Familie Price noch eine Weile behalten, oder – oder du könntest zu uns kommen...«

Sie stockte. So, wie es im Augenblick in der Lombard Street stand, hatte sie wohl nicht das Recht, eine Einladung auszusprechen, die ihr Onkel gewiß nicht billigen würde. Doch auch bei Fanny kamen diese Vorschläge nicht gut an.

»Nein, daraus wird nichts. In der Familie Price geht zur Zeit alles drunter und drüber. Zwei Stubenmädchen haben die Masern. Eine war an ihrem freien Tag in Gosport und hat sich dort angesteckt, und bei Sukey, der anderen, die mit ihr in einem Bett schläft, sind heute auch die roten Flecken rausgekommen, Mrs. Price ist ganz verzweifelt. Ich fahre jetzt gleich mit meinem Sam nach Bristol, wir lassen uns dort mit einer Sondergenehmigung trauen, dafür habe ich eigens die Brillantbrosche verkauft, die ich von Tante Winchilsea geerbt habe. Sam hat sich versetzen lassen, so daß wir in Bristol bleiben können, bis die Wogen sich geglättet haben. Ich kann mir nicht denken, daß es allzu schlimm wird. Papa ist wahrscheinlich so sehr von seiner neuen Frau in Anspruch genommen, daß er gar keine Zeit hat, viel Staub aufzuwirbeln oder Sam Verdruß zu bereiten. Und ich hoffe sehr, daß meine Schwester Maria Bertram ein schönes Geschenk rausrückt, wo sie jetzt so vermögend ist. Sobald wir uns eingelebt haben und es Tante Polly bessergeht, mußt du uns unbedingt besuchen kommen, Hatty, ich kann's gar nicht erwarten, dir meinen hübschen Sam vorzuführen. Seine Manieren sind ein wenig ungeschliffen, aber er ist so lieb und lustig und kurzweilig.«

In diesem Moment kam eins der Stubenmädchen herein. »Die Köchin läßt fragen, ob Sie die Lebensmittelbestellung mit ihr durchsprechen könnten, Miss Hatty.«

»Ich komme sofort, Prue.«

Hatty sah ihre Schwester, die bereits nach Muff und Handschuhen griff, ratlos an.

»Ich muß los, Sam wartet an der Ecke. Es ist recht ärgerlich, daß du jetzt diesen dummen Haushalt am Hals hast, Hatty, du bist ein richtiges Arbeitstier geworden. Aber warte nur, bis Sam und ich uns eingelebt haben, dann kommst du zu uns, und wir machen uns ein lustiges Leben.«

Frances gab ihrer Schwester einen herzlichen Kuß. »Ach,

und grüße die Jungen von mir«, rief sie ihr zu, während sie hinausstürmte.

Hatty hatte es sich zur Gewohnheit gemacht, nach dem Abendessen, wenn die Jungen ihre Hausaufgaben machten und der Onkel seinen Tee trank, eine halbe Stunde Klavier zu spielen. Da irgendwann ja doch eine Stellung als Gouvernante auf sie zukam, mußte sie dafür sorgen, daß sie ihre Fertigkeiten nicht verlernte. Die Musik schien auf Mr. Ward, auch wenn er nur halb hinhörte, eine beruhigende Wirkung auszuüben und trug dazu bei, daß sich das Verhältnis zwischen ihnen ein wenig verbessert hatte. Er dankte Hatty nie für ihr tatkräftiges Wirken im Haus, verhielt sich aber neuerdings nicht mehr so frostig, sondern unterhielt sich ruhig und sachlich, wenn auch nicht übermäßig herzlich mit ihr.

»Wann kommt Sydney zu den Weihnachtsferien heim?« fragte sie an diesem Abend, nachdem sie zwei Sonaten gespielt hatte. Während Ned im Herzen seiner Mutter einen ganz besonderen Platz einnahm, war Sydney der Liebling seines Vaters, denn er hatte nach einem erfolgreich beendeten Studium beträchtlichen Ehrgeiz entwickelt und war entschlossen, sich in seinem Beruf einen Namen zu machen. (»Was er«, grummelte Mr. Ward, »auch bitter nötig haben wird, nachdem mein Bruder zum zweitenmal geheiratet und Sydney damit höchstwahrscheinlich Bythorn Lodge verloren hat.«)

Natürlich hatte man Sydney von der ernsten Erkrankung seiner Mutter in Kenntnis gesetzt, es aber nicht für nötig befunden, ihn vorzeitig heimzuholen, da er ohnehin über Weihnachten einige Tage in Portsmouth verbringen wollte.

»Sydney kommt am zwanzigsten, da kann er gleich ein paar Unterlagen für Lord Camber mitbringen, der um diese Zeit seine Reisevorbereitungen abgeschlossen haben dürfte. – Ausgesprochen hirnrissig, die ganze Geschichte«, setzte Mr. Ward halb für sich hinzu.

In Hattys Augen war Sydney ein sehr unbefriedigender Ersatz für Lord Camber, der mit seinen Überraschungsbesuchen in den letzten Wochen immer ein wenig Farbe in ihr Leben gebracht hatte. Daß seine Abreise nun unmittelbar bevorstand, stimmte sie sehr traurig. Ich habe ihn fast so lieb wie einen Bruder, dachte sie. Nein, lieber, verbesserte sie sich, denn mit ihren drei Ersatzbrüdern war nicht viel Staat zu machen. Sydney war boshaft und arrogant, Tom gutmütig, aber schwerfällig, und Ned… Wenn Ned sich tatsächlich von Nancy Price hat einfangen lassen, überlegte Hatty niedergeschlagen, muß ich ihn wohl endgültig abschreiben.

Heute nachmittag erst war sie, als sie im Gewächshaus Zitronenzweige zu einem Gesteck für Tante Pollys Krankenzimmer holen wollte, überraschend auf Ned getroffen, der einen entzückenden, geschmackvoll zusammengestellten kleinen Strauß aus lila Herbstastern, den letzten Studentenblumen, leuchtenden Hagebutten und einem Eibenzweig mit roten Beeren in der Hand hielt.

»Wie hübsch, Ned…«

»Den … den soll meine Mutter haben«, stammelte er und wurde so rot wie die Hagebutten. Hatty sah den Strauß später tatsächlich an Mrs. Wards Bett, fragte sich aber unwillkürlich, ob er nicht ursprünglich für eine andere Empfängerin bestimmt gewesen war, und schalt sich gleich darauf wegen ihres kleinlichen Verdachts.

Als die beiden Jungen das Zimmer verlassen hatten, faßte sie sich ein Herz. »Ich muß dir leider eine sehr unangenehme Mitteilung machen, Onkel Philip.«

Stirnrunzelnd sah er von seiner Zeitung auf.

»Meine Schwester Frances ist mit einem Neffen der Prices durchgebrannt.«

Er brauchte eine volle Minute, um diese Mitteilung zu verdauen, dann aber war sein Zorn fürchterlich. Sich so infam, so impertinent, so vulgär aufzuführen! Diese Dirne... Schamlos auszunutzen, daß ihre arme Tante krank darniederlag... er selbst deswegen genötigt war, zu Hause zu bleiben... Wie konnte sie den unglücklichen Prices, die sie so gastfreundlich aufgenommen hatten, einen so argen Streich spielen, an dem sie sich in gewisser Weise mitschuldig fühlen mußten? Wie konnte sie sich so leichtfertig über Sitte und Anstand hinwegsetzen? Der Neffe der Prices? Ja, gewiß kannte er den Burschen, einen dummen, unerträglich eingebildeten Hanswurst, der es nie im Leben zum Kapitän bringen würde. Damit hatte Frances sich ein für allemal ihre Zukunft verbaut. Ein Jammer, so wie sie aussah! Aber von dem netten Aussehen würde bald nicht mehr viel übrig sein, wenn Frances ein paar Jahre versucht hatte, mit einem Leutnantssold eine ganze Familie durchzubringen. Mit seiner Unterstützung, schnaubte Mr. Ward, brauchten die beiden nicht zu rechnen, und es würde ihn sehr überraschen, wenn sein Bruder diesem kläglichen Paar auch nur eine Guinea gönnen würde. Bristol, soso... Da sollten sie nur bleiben, er wolle mit ihnen nichts mehr zu tun haben, und alle achtbaren Bekannten der Familie sicher ebensowenig.

»Mich wundert nur«, schloß er, »daß wir in der Angelegenheit von den Prices noch nichts gehört haben.«

Ein Brief, der am nächsten Morgen zum Frühstück eintraf, lieferte die Erklärung. Die ganze Familie war in Konfusion, wie die arme Mrs. Price schrieb, denn nicht nur die beiden Stubenmädchen und Nancy, sondern auch Mr. Price lag jetzt mit Masern zu Bett. Alle hatten die Krankheit in einer sehr schweren Form mit hohem Fieber und starken Augen- und Ohrenschmerzen. Mrs. Price war zwar bisher verschont geblieben, wußte aber vor Sorgen kaum mehr aus und ein. Sie mache sich schwere Vorwürfe, daß sie nicht besser auf Miss Frances achtgegeben habe, aber wer hätte auch mit so etwas gerechnet? Natürlich sei sie empört und bekümmert über diese peinliche Affäre, hege aber die Hoffnung, daß man dem jungen Paar früher oder später verzeihen und sich wohl oder übel mit dem abfinden würde, was nun einmal nicht zu ändern sei. Und vielleicht sei es ja auch möglich, eine mehr oder weniger sichere und leidlich lukrative Anstellung für ihren Neffen Samuel Price zu finden, der, wie zumindest sie bezeugen könne, ein denkbar gutherziger junger Mann sei und zweifellos unter dem Einfluß einer verständigen jungen Frau aus gutem Hause seine etwas ungeschlachte Art und Ausdrucksweise und eine leichte Neigung, zu tief ins Glas zu schauen, sehr bald ablegen würde.

»Masern!« knurrte Mr. Ward erbittert. »Wenn's nach mir ginge, könnte die ganze Familie Price daran zugrunde gehen.«

Ned verschluckte sich an seinem Butterbrot und mußte

das Zimmer verlassen. Er war sehr blaß und hatte dunkle Ringe unter den Augen, und Hatty fragte sich, ob daran die Sorge um Nancy schuld war. Wenn die heimliche Beziehung noch bestand, was Hatty vermutete und worauf auch der Strauß hindeutete, den sie gestern nachmittag in Neds Hand gesehen hatte, war einem Treffen durch Nancys Erkrankung für viele Wochen, ja vielleicht sogar Monate ein Riegel vorgeschoben, denn inzwischen war es sehr kalt und unwirtlich geworden, und Nancy war zunächst sicher zu geschwächt, um überhaupt aus dem Haus zu gehen.

Im Lauf des Tages traf Sydney mit der Postkutsche aus London ein. Seinem Vater war die modische Erscheinung seines Sohnes – von dem Biberhut und dem kunstvoll geschlungenen Halstuch bis zu den spiegelnden Stiefeln, die einem jungen Herrn aus hochherrschaftlichem Hause besser angestanden hätten als einem aufstrebenden Anwalt aus dem Bürgerstand – nach wie vor ein Dorn im Auge, Sydney hingegen fand sich schier unwiderstehlich und sah infolgedessen auf seine jüngeren Brüder, diese schmuddeligen Knirpse, auf seine verknöcherten Eltern und die unsäglichen Zwillinge mit einiger Verachtung herab. Nur von Hattys Aussehen war er nach sechsmonatiger Abwesenheit angenehm überrascht.

Er war dazugekommen, als sie mit dem Arzt Mrs. Wards Gesundheitszustand besprach und eine Liste der Medikamente zusammenstellte, die neu beschafft werden mußten.

Mr. Filingays ernste Miene hatte Sydney beeindruckt. »Ist meine Mutter denn sehr krank, Hatty?« fragte er erschrocken, als der Arzt sich verabschiedet hatte.

Hatty seufzte ein wenig und verwahrte die Liste in einem Notizbuch, das sie in ihr Retikül steckte.

»Ja, leider. Sie hat sich offenbar schon seit Jahren zuviel zugemutet.« Daß nach Mr. Filingays Meinung die Geburt der Zwillinge bei Mrs. Ward zu einer damals nicht weiter beachteten Herzschwäche geführt hatte, sagte sie ihm nicht, weil sie das Gefühl hatte, daß er sich für derlei Dinge gar nicht interessierte.

Er fragte denn auch nur recht ungehalten: »Soll das heißen, daß sie über Weihnachten das Bett hüten muß? Und daß wir alle auf Zehenspitzen durchs Haus schleichen müssen? Eigentlich hatte ich mir ein paar Freunde einladen wollen.«

»Am besten sprichst du darüber mit meinem Onkel«, gab Hatty zurück und dachte bei sich, daß Mr. Ward dieses Ansinnen bestimmt rundheraus ablehnen würde.

»Soll ich zu ihr gehen? Vielleicht heitert es sie auf, wenn ich ihr ein bißchen Londoner Klatsch erzähle.«

»Warte lieber noch eine halbe Stunde, im Augenblick ist die Pflegerin bei ihr.«

»Die Pflegerin? Du liebe Güte«, sagte Sydney gereizt. Erst jetzt sah er sich Hatty genauer an. »Also führst jetzt du hier das Regiment, wie? Ich merke schon, du hast die Zügel in der Hand, und das scheint dir nicht schlecht zu bekommen. Du bist gut und gern zwei Zoll gewachsen und hast dir ein paar nette Rundungen zugelegt. Bist ein richtig feines Dämchen geworden mit einer feschen Frisur und allem, was dazugehört. Ich erinnere mich noch, wie unmöglich ihr euch vor Jahren einmal hergerichtet habt, du und Frances. Wie haben wir gelacht! Was höre ich da übrigens von Tom? War sie wirklich dumm genug, sich mit diesem Hornochsen Sam

Price einzulassen? Damit ist sie ein für allemal erledigt und könnte gleich auf die Straße gehen.«

Hatty sah ihn stumm und voller Widerwillen an, wurde aber zum Glück einer Antwort enthoben, da in diesem Moment Mr. Ward aus der Kanzlei nach Hause kam und Sydney freudig begrüßte. »Gut, daß du da bist! Hast du die Unterlagen für Lord Camber mitgebracht?«

Auch die Londoner Kanzlei, in der Sydney inzwischen arbeitete, war für den Herzog und Harry Camber tätig, dessen Fürsprache Sydney es im übrigen verdankte, daß er dort angestellt worden war.

»Selbstverständlich.« Eilfertig holte Sydney ein mit blauem Band verschnürtes Aktenbündel aus seinem Mantelsack.

Während Hatty in die Spülküche ging, um sich mit der Haushälterin zu beraten, hörte sie Sydney noch sagen: »Base Hatty ist ein verteufelt nettes kleines Ding geworden. Sie wird sich bald vor Galanen nicht mehr retten können.«

»Galanen? Red keinen Unsinn«, erwiderte Mr. Ward unwillig.

Beim Abendessen wandte er sich fast in seinem früheren frostig-mißbilligenden Ton an Hatty. »Unter den Papieren, die Lord Camber mir durch Sydney hat zustellen lassen, befindet sich auch ein Brief an dich. Es überrascht und befremdet mich, daß ich auf diese Weise von einem Briefwechsel zwischen dir und Seiner Lordschaft erfahren muß.«

Hatty wurde dunkelrot. Einen Augenblick verschlug es ihr buchstäblich die Sprache, während die Jungen sie gespannt beobachteten. Dann faßte sie sich. »Von – von Briefwechsel kann keine Rede sein, dies ist das erstemal, daß –«

»Du wirst mir schon gestatten müssen, daß ich das Schreiben öffne und mich selbst davon überzeuge.«

»Ja, natürlich, gern...«

Mr. Ward sah seine Nichte noch einmal strafend an, dann löste er das Siegel und las die wenigen Zeilen laut vor:

Meine liebe Miss Hatty, hier ist die Adresse, die ich Ihnen versprach. Zu meinem Bedauern halten mich dringende Geschäfte in Huntingdon fest, so daß ich nicht das Vergnügen haben werde, noch einmal in das Haus Ihres Onkels zu kommen, um mich persönlich von Ihnen zu verabschieden. Ich hoffe, daß Ihre Muse weiter tätig ist.

Ihr aufrichtiger Freund H. Camber

»Muse?« fragte Mr. Ward. »Was für eine Muse?«

»Das – das ist nur ein kleiner Scherz. Ich hatte Lord Camber ein paar Verse von mir gezeigt, über die er sich liebenswürdigerweise sehr anerkennend äußerte, und er hatte versprochen, mir die Anschrift eines Bekannten zu beschaffen, der ein Journal herausgibt, in dem dergleichen Texte –«

»Du schreibst Gedichte? Das ist ja etwas ganz Neues«, sagte Mr. Ward in einem Ton, als hielte er die Verfertigung von Versen für noch verachtenswürdiger als Gossenfegen.

»Neu nicht gerade. Ich mache Gedichte, seit ich denken kann. Ned weiß davon«, gab Hatty leise zurück und betrachtete sehnsüchtig Lord Cambers Brief. Zu gern hätte sie seine Zeilen selbst gelesen, das Blatt in die Hand genommen. Doch ihr Onkel legte es neben seinen Teller und wandte sich mit strenger Miene an Ned.

Der aber war nicht in der Verfassung, eine Lanze für seine

Base zu brechen. Er war jetzt nicht mehr blaß, sondern feuerrot, und als sein Vater ihn ansprach, brachte er mühsam hervor: »Es – es tut mir leid, ich – mir ist gar nicht gut!« In großer Eile verließ er das Zimmer.

Zwei Stunden später war Ned am ganzen Körper so dicht mit roten Pusteln bedeckt, daß kein Stecknadelkopf dazwischengepaßt hätte. Seine Augen tränten, die Nase lief, und er hatte hohes Fieber.

»Nancy?« murmelte er vor sich hin. »Nancy? Entschuldige, daß ich nicht im Gewächshaus war. Schach mit den Zwillingen. Bauer auf h4... Bauer auf h5...«

»Es sind die Masern«, sagte Hatty, die an seinem Bett stand, zu Mr. Ward und hoffte inständig, daß er Neds abgerissenem Gestammel keine Bedeutung beimaß.

»Herr im Himmel! Als hätten wir nicht schon genug Sorgen.«

Ohne großes Mitgefühl betrachtete er seinen Sohn, der sich im Bett hin und her warf, mal jammerte, er habe schrecklichen Durst, dann wieder klagte, die Ohren täten ihm so weh, daß es nicht mehr auszuhalten sei.

»Wie sollen wir das nur alles bewältigen?« fragte Mr. Ward. »Hast du schon die Masern gehabt, Hatty?«

»Ja, Frances und ich hatten sie gleichzeitig, als ich acht war«, erwiderte Hatty gepreßt. Voller Wehmut erinnerte sie sich daran, wie die Mutter, obschon selbst nicht ganz gesund, sie und Frances gepflegt, wie sie in der Zeit der Rekonvaleszenz mit ihnen gespielt und gescherzt und ihnen Trauben gebracht hatte. All das war nun vergangen, wenn auch nicht vergessen.

»Hoffen wir, daß Ned die Krankheit, da sie so schnell zum Ausbruch kam, auch rasch überwindet. Wer die Masern noch nicht hatte, muß allerdings, soviel ich weiß, eine zweiwöchige Quarantäne einhalten.«

Der eiligst herbeigerufene Mr. Filingay bestätigte dies. Er verschrieb die bewährten Fowlerschen Tropfen und ordnete an, die Vorhänge in dem Zimmer, das Ned mit Tom teilte, ständig geschlossen zu halten.

Hattys größte Angst war es, durch eine zufällige Bemerkung aus dem Priceschen Haushalt könne bekannt werden, wo Ned sich angesteckt hatte. Da aber, wie Mr. Filingay erzählte, die Masern in der Stadt grassierten, schien diese Gefahr gering. Zum Glück besserte sich gerade jetzt Tante Pollys Zustand ein wenig (sie selbst hatte die Masern als Kind gehabt), so daß die Familienmitglieder sie – allerdings jeweils nur zwei auf einmal – besuchen durften.

Hatty hatte sich in der Verwirrung, die Neds Erkrankung folgte, in den Besitz von Lord Cambers Brief bringen können. (Wir wollen sie nicht über Gebühr dafür tadeln, daß in dieser bewegten Zeit das Blatt mit Lord Cambers wenigen freundlichen Worten sie rund um die Uhr begleitete, nachts unter ihrem Kissen lag und tagsüber in ihrem Retikül verwahrt wurde.)

Vielleicht hat er sich jetzt schon eingeschifft, dachte sie niedergeschlagen, wenn sie ihren Pflichten im Haus nachkam oder wenn nachts die Sorgen sie wach hielten. Onkel Philip hat gesagt, daß er in Bristol an Bord gehen wollte, wo die meisten Schiffe ihre menschliche Fracht aufnehmen. Ausgerechnet Bristol, wo jetzt wohl auch Fanny lebt! Wie sonderbar, wenn sie dort Lord Camber begegnen würde. Er wollte versuchen, mir aus Pennsylvanien zu schreiben. Die Überfahrt dauert mindestens zwei Monate und ein Brief von dort noch einmal zwei. Manchmal, so hat er mir erzählt, werden Reisende mit Gewalt an Bord verschleppt. Wenn die Kapitäne nicht genug Passagiere haben, um mit der Reise einen Gewinn zu erwirtschaften, schnappen sie sich einfach noch ein paar mehr. Was ist, wenn auf dem Schiff eine Seuche ausbricht? Werden bei einem oder mehreren Passagieren die Pocken festgestellt, weist man das Schiff in allen Häfen ab. Ich kann es kaum ertragen, ihn so weit weg zu wissen. Wahrscheinlich werde ich ihn nie wiedersehen.

Manchmal zündete sie nachts ihre Kerze noch einmal an und schrieb ein paar Zeilen.

Vielleicht, vielleicht,
ein seltsam Wort,
es schlüpft durch jede Lücke fort,
entkommt auch allen Schlingen,
man findet's nie auf Dingen
wie Schildern, Plänen, Karten.
Vielleicht muß man auf Nachricht warten,
vielleicht ist's deine Pflicht.
Vielleicht – oder vielleicht auch nicht
kann man sich wiedersehn…?

Vertrauen kann deshalb beim Wort
vielleicht niemals bestehn.

Allzu oft konnte sie sich diesen Trost allerdings nicht gönnen, denn dann fragte Burnaby, deren Kammer gegenüber lag, am nächsten Morgen mit einem maliziösen Seitenblick: »Wieder mal die Nacht durchgemacht, Miss Hatty? Ich hab das Licht unter Ihrer Tür gesehen. Kein Wunder, daß die Rechnungen für Talg und Wachs so hoch sind.«

Burnaby genoß – vielleicht, weil sie und Philip Ward sich in ihrem freudlosen Wesen so ähnlich waren – das volle Vertrauen ihres Dienstherrn, und bei Auseinandersetzungen unter der Dienerschaft schenkte er unweigerlich ihrer Darstellung Glauben. Wenn sie strikt darauf sah, daß die Zwillinge ihre Tage in größter Monotonie und ohne jede Anregung verbrachten, war das vermutlich ganz in Mr. Wards Sinne. Da er sich für ihre Zukunft keinerlei Hoffnung machte, war er nicht bereit, Zeit und Mühe in ihr Wohlergehen oder ihre Ausbildung zu investieren.

Unter den Söhnen der Wards war Sydney Burnabys Liebling. Von klein auf stand sie auf seiner Seite, vielleicht, weil sie beide Intrigen und Heimlichkeiten liebten. Sydney hatte, wie Hatty von Ned wußte, mehrmals die Entlassung von Dienstboten erreicht, die ihm mißliebig geworden waren, weil sie ihn ein wenig zu hart angepackt oder versucht hatten, ihn zu bestrafen, indem er ihnen nachspionierte, bis er etwas Nachteiliges oder vorgeblich Nachteiliges über sie herausgefunden hatte. Damit war er dann zu Burnaby gegangen, die ihrerseits die Geschichte Mr. Ward zugetragen hatte.

»Zu schade, Base Hatty, daß ihr euch nicht besser versteht«, bemerkte Sydney eines Tages. »Wenn man Burnaby so ansieht, möchte man es kaum glauben, aber sie ist eine ganz gewiefte Person. Hättest du sie auf deiner Seite, tätest du dich leichter mit der Haushaltsführung.«

»Danke für den Hinweis, Vetter, aber ich werde wohl

auch in Zukunft versuchen müssen, ohne Burnabys Gunst auszukommen. Meinen Versuchen, die Zwillinge zu unterrichten oder zu fördern, hat sie sich immer widersetzt. Solange die beiden in ihrer Obhut sind, werden sie kaum Fortschritte machen.«

»Zum Henker mit den Zwillingen!« sagte Sydney ungeduldig. »Ich möchte wetten, daß Vater sie längst abgeschrieben hat. Sie kosten ihn nur unnötig Geld. Ein Jammer, daß man solche Geschöpfe nicht gleich nach der Geburt ertränken kann wie junge Katzen.«

Und dann hielt Sydney eine lange Rede über Ökonomie und Administration, über Sparsamkeit, gute Haushaltsführung und die Notwendigkeit, jeden Penny arbeiten zu lassen, auf die Hatty beim Hemdensäumen nur mit halbem Ohr hörte. Man müsse, dozierte er, von Anfang an sein Leben umsichtig planen, nur so käme man weiter. Als Beispiel für eine unglaublich dumme, verfehlte Lebensplanung führte er Hattys Schwester Fanny an.

»Wie Frances eine derart schafsmäßige Entscheidung treffen konnte, ist mir unbegreiflich, besonders da eure Schwester Maria doch eine so überraschend gute Partie gemacht hat. Und wie ich höre, hat deine älteste Schwester Agnes ihre törichte Schwärmerei aufgegeben und sich bereit erklärt, den neuen Pfarrer von Mansfield, Mr. Reginald Norris, zu heiraten. So ist auch sie leidlich versorgt, und da Norris ein guter alter Bekannter von Sir Thomas ist, dürfte es ihnen im Haus an nichts fehlen.«

»Von wem hast du denn das gehört?« fragte Hatty erstaunt und zerriß einen Faden.

»Wenn Lady Ursula im Stadthaus der Familie Fowldes logiert, sucht sie manchmal in Geschäften ihres Vaters, des Earl of Elstow, der durch seine schwere Gicht stark behindert ist, unsere Kanzlei auf, und hin und wieder ist sie so liebenswürdig, an meinem Pult stehenzubleiben und mit mir zu plaudern. Sie hatte die Güte, sich daran zu erinnern, daß ich sie seinerzeit nach der Kirche in die Lombard Street begleiten durfte.«

Wie sonderbar, dachte Hatty, während sie den Faden neu einfädelte, daß die stolze, abweisende Lady Ursula ausgerechnet Sydney mit ihrer Gunst beglückt.

Selbstzufrieden lächelnd machte Sydney eine Runde im Zimmer. Da sein Vorhaben, sich über die Weihnachtsfeiertage Freunde einzuladen, von Mr. Ward durchkreuzt worden war, schien er sich in Portsmouth zu langweilen und sah offenbar einer Rückkehr zu seinen Londoner Gewohnheiten und Freunden ebenso sehnsüchtig entgegen wie Hatty dem Ende seines Besuches. Er machte den Bedienten viel zusätzliche Arbeit, denn er war sehr wählerisch mit dem Essen, verlangte jeden Tag frische Wäsche und stets auf Hochglanz polierte Stiefel.

Wie ein lästiger Brummer summte er rastlos im Haus herum.

»Lady Ursula dürfte sich jetzt allerdings kaum mehr in London sehen lassen«, bemerkte er hämisch. »Lord Elstow hat wieder mal eine Liebschaft angefangen, da kann er seine Tochter am Grosvenor Place nicht gebrauchen und wird sie mit Sack und Pack nach Underwood expedieren. Wahrscheinlich zieht sie auch nichts mehr nach London, nachdem ihre Freundin Miss Kittridge mit ihrem Bruder nach Amerika gegangen ist.«

Hatty horchte auf. »Ist ihr Bruder Humphrey Kittridge, der Dichter?«

»Ja. Die drei – Camber und Kittridge und Wandesleigh – sind dicke Freunde, sie haben zusammen diese verrückte, scheinheilige Sophokratengesellschaft gegründet, mit der sie aber bestimmt sehr bald Schiffbruch erleiden werden.«

Um sich nicht in fruchtlose Debatten verstricken zu lassen, verließ Hatty das Zimmer. Ob Lady Ursula bedauerte, daß Miss Kittridge sich auf jenes Wagnis eingelassen hatte, von dem sie selbst mit so abgrundtiefer Verachtung gesprochen hatte? War es die Abreise der Freundin gewesen, die sie schließlich bewogen hatte, Henry Ward zu heiraten? Hatte Miss Kittridge ihre Überfahrt selbst bezahlt, oder hatte sie sich als Dienstmagd verdingt? War auch sie eine gute Bekannte von Lord Camber?

Es gibt so vieles, was ich nicht weiß, dachte Hatty.

Bis zum Weihnachtsabend wurde das Wetter immer schlechter. Es regnete und stürmte, was das Zeug hielt. Ein Schauer überlief Hatty, wenn sie an Lord Camber dachte, der in einem womöglich nicht recht seetüchtigen Schiff auf dem Weg in ein fernes, unbekanntes Land war, umgeben von verarmten Menschen, die ihre Zukunft verpfändet hatten, um von der Vergangenheit loszukommen. Was mochte er an ihnen für Reisegefährten haben? Und wie waren die Zustände auf dem Schiff? Hatte jeder Passagier seine eigene Koje? Oder nur eine Hängematte? Oder gab es Kajüten? Wie war das Essen, und wer trug es auf? Hatty sah auf die Uhr. Gleich mußte sie dafür sorgen, daß Tante Polly, die noch immer nur leichte Nahrung zu sich nehmen durfte, ihren Molkentrank bekam, und dann war es Zeit für einen Besuch bei dem armen Ned, einem schwierigen Patienten, der schlecht aß und mit seinen unablässigen Klagen, daß die Schmerzen und der Juckreiz ihn wahnsinnig machten, alle, die sich um ihn kümmerten, zur Verzweiflung trieb. Da seine Augen so entzündet waren, durfte er nicht einmal lesen, was ihm über vieles hinweggeholfen hätte.

Hatty, die ständig damit beschäftigt war, Leinen zu säumen, um den arg geschrumpften Wäschebestand wieder zu komplettieren, hatte Sydney gefragt, ob er seinem Bruder nicht vorlesen wolle, sich damit aber eine schroffe Abfuhr eingehandelt.

»Meine Zeit mit *Waisen im Wald* oder ähnlichem Schund verplempern? Besten Dank, aber ich bin nicht nach Portsmouth gekommen, um bei diesem Jammerlappen Kindermädchen zu spielen.«

Hatty fragte sich häufig, warum er überhaupt gekommen war. Aus Sohnesliebe wohl kaum, denn die Besuche bei seiner Mutter waren stets kurz und flüchtig. Mit Tom wechselte er kaum ein Wort, und bei den Zwillingen hatte er sich noch nie sehen lassen.

Mit seinem Vater allerdings fachsimpelte er häufig über juristische Fragen und zeigte sich auch sonst sehr interessiert an den Geschäftsbeziehungen der Familie.

»Onkel Henry hat zwar durch die Heirat mit Lady Ursula sein möglichstes getan, mich von der Erbfolge auszuschließen«, bemerkte er, »aber ich setze die ganze Lombard Street gegen eine einzige Pomeranze, daß seine Rechnung nicht aufgeht. Er kommt allmählich in die Jahre, und sie ist auch nicht mehr taufrisch. Ich schätze, daß sie keinen Nachwuchs mehr zustande bringen, und wenn dann trotz all seiner Tricks und Kniffe sein Besitz früher oder später mir gehört, bin ich der lachende Dritte. Außerdem ist Bythorn Lodge ein vorzüglicher Standort für mich. Günstig gelegen, wenn man nach London will, und die feinen Herren auf ihren Schlössern in unmittelbarer Nähe.«

Mit einem heimlichen Seufzer erinnerte sich Hatty ihres alten Heims. Sie verspürte nicht das geringste Verlangen, es wiederzusehen, solange Lady Ursula dort das Regiment führte, sehnte sich aber oft nach den grünen Feldern und Wäldern ihrer Kindheit.

Sie stand auf und schüttelte die zerknitterte Bettwäsche zurecht.

Sydney legte sein selbstzufriedenes Lächeln ab und versuchte sich an einer Miene, die er offenbar für schmachtend und verführerisch hielt. »Hör einmal zu, Hatty ...« Mit ein paar langen Schritten kam er quer durchs Zimmer und ließ sich, über Hattys Wäscheberge hinwegtrampelnd, auf dem gepolsterten Fenstersitz nieder, auf dem eben noch Hatty gesessen hatte. Während sie sich damit abmühte, die Stoffbahnen zusammenzulegen, sah er zu ihr hoch. »Als ich nach Portsmouth kam, habe ich an alles andere eher gedacht als ans Heiraten, das darfst du mir glauben. Aber für einen jungen Mann, der seine Karriere noch vor sich hat, ist es nicht das schlechteste, sich eine Frau zu nehmen. Er wird dadurch gesetzter und kommt nicht so leicht auf dumme Gedanken. Du wärst mir in diesem Zusammenhang früher nie in den Sinn gekommen. Was warst du doch für ein häßlicher, dürrer kleiner Fratz, als du ins Haus kamst. Es ist ganz erstaunlich, wie sehr du dich im letzten Jahr zu deinem Vorteil verändert hast, du bist eine richtig fesche junge Frau geworden, das kann ich als Londoner jetzt nämlich beurteilen. Aber das ist nicht alles, Base Hatty. Ehrlich gesagt hätte ich nie gedacht, daß du eine so verteufelt gute Hausfrau abgeben würdest. Hier läuft alles genauso gut wie zu der Zeit, als meine Mutter die Zügel in der Hand hielt. Ich –«

Erst jetzt begriff Hatty, worauf er hinauswollte.

Entschlossen klappte sie ihr Nadelbuch zu. »Schenk dir deine Worte. Das Thema ist mir nicht angenehm und zum derzeitigen Zeitpunkt überdies nicht angebracht. Ich –«

»Nicht so hastig, Miss«, unterbrach er sie. »Nicht angenehm? Du weißt ja noch gar nicht, was ich sagen will.«

»Ich muß zu meiner Tante. Es wird spät. Und Ned wartet auf seine Suppe.«

»Laß sie warten. Erst muß ich dir noch sagen, wie verteufelt gern ich dich habe. Und wie ansehnlich du bist. Von Whitehall bis Ludgate Circus gibt's kein Mädel – und ich hab sie mir alle angeguckt –, das dir das Wasser reichen könnte. Diese dunklen Augen, das glänzende Haar, der flinke Gang und die hübschen Fesseln – und unter dieser dummen Schürze verbirgt sich bestimmt auch eine schlanke Taille –«

Unvermittelt legte er einen Arm um sie. Hatty fuhr zurück und versetzte ihm eine Ohrfeige. Er machte einen Satz auf sie zu, stolperte über den Wäscheberg und schlug lang hin.

Hatty griff sich rasch die Stoffbahnen, warf sie wahllos auf den Fenstersitz und ging zur Tür. Tränen des Zorns und der Scham liefen ihr über die Wangen. Wenn das mein Onkel erfährt, dachte sie, ist er bestimmt furchtbar zornig.

Sie hörte, wie sich Sydney unter leisen Verwünschungen aufrappelte, und eilte zur Tür. Dort stand Burnaby und machte ein Gesicht wie das personifizierte Verhängnis.

»Entschuldigen Sie, wenn ich störe, Miss Hatty ...«, sagte sie so hämisch, daß Hatty sich fragte, wie lange sie wohl schon vor der Tür wartete und wieviel sie gehört hatte.

»Entschuldigen Sie vielmals, aber ich hielt es für meine Pflicht, Ihnen sofort zu melden, daß beide Zwillinge rote Pusteln haben. Bestimmt haben sie sich bei Master Ned angesteckt. Ich hab ja gleich gesagt, daß dieser Unfug mit dem Schachspielen böse enden muß.«

7

Tante Polly war in den Wochen ihrer Krankheit sehr schmal geworden. Das einst so frische, runde Gesicht mit den lebhaften, lustig zwinkernden Augen war fahl und eingefallen, ihre Anteilnahme am Tun und Treiben der Familie gänzlich geschwunden. Meist lag sie reglos und in sich gekehrt da. Es war, als versuchte sie mit ihren Kräften zu haushalten, um für einen künftigen Notfall gewappnet zu sein.

Mr. Filingay hatte betont, daß sie sehr darauf achten müßten, Sorgen, Probleme oder schlechte Nachrichten von ihr fernzuhalten, da dann die Gefahr eines weiteren Anfalls gegeben sei, der ihr Ende bedeuten könne. Sie lebt in einer Art Luftblase, dachte Hatty, während sie ihrer Tante den Molkentrank sorgsam Schluck für Schluck einflößte, sie ahnt nichts von all dem Kummer, all der Aufregung im Haus. Und diese friedliche Ahnungslosigkeit muß man ihr um jeden Preis erhalten.

»Danke, liebes Kind«, flüsterte Tante Polly. »Wie behaglich du es mir machst.«

Zwischendurch schlief sie immer wieder ein. Wenn sie dann aufwachte, hielt sie Hatty für eine der Zwillingsschwestern, für Sophy oder Eliza.

»Wie groß du geworden bist, Liebes«, wisperte sie. »Aber wo ist deine Schwester? Ich sähe euch lieber zusammen.«

Der Irrtum der Tante tat Hatty unerklärlich weh.

»Ich bin Hatty, liebste Tante, deine Nichte. Erinnerst du dich nicht? Wenn es dir ein bißchen bessergeht, sollst du die Zwillinge sehen, das verspreche ich dir.«

Niemand wagte Mrs. Ward zu sagen, daß die Zwillinge lebensgefährlich erkrankt waren. Mr. Filingay, der die Kinder fünf-, sechsmal am Tag besuchte, schüttelte bedenklich den Kopf.

»Sie haben so wenig Widerstandskraft«, sagte er, »daß ihre schwache Konstitution sich kaum gegen den Infekt wehren kann. Es ist äußerst bedauerlich, daß sie mit den Keimen in Berührung kamen.«

Besonders traurig stimmte es Hatty, daß außer ihr offenbar niemand echtes Interesse am Überleben der Zwillinge hatte. Mr. Ward erkundigte sich jeden Morgen kurz und flüchtig nach ihrem Befinden, kümmerte sich aber ansonsten nicht um sie. Tom und Sydney fragten nicht einmal nach ihnen. Ned plagten eher Schuldgefühle, weil er sie angesteckt hatte, als der Gedanke an das, was sie erwartete.

»Sie tun mir leid, die armen Dinger«, sagte er seufzend, »aber was hätte das Leben ihnen im Grunde noch zu bieten? Ihr erstaunliches Schachtalent bringt sie nicht weiter. Keiner wird sie deswegen heiraten. Und trennen könnte man sie auch nicht. Nein, ich glaube wirklich, es ist ein gnädiges Schicksal, wenn sie zusammen aus der Welt gehen können. Aber wenn nun nur eins stirbt? Was soll dann aus der anderen werden?«

»Ned! Bitte nicht!« stieß Hatty hervor, wenn er sich – was in seinem geschwächten Zustand häufig vorkam – in diesen morbiden Spekulationen erging.

Außer ihr setzte sich nur noch Burnaby tatkräftig für das

Überleben der Zwillinge ein. Sie kämpfte wie eine Löwin gegen die Krankheit an, kühlte die heißen Stirnen mit Lavendelwasser, flößte den kleinen Kranken Brühe und Brandy ein, wechselte zehnmal am Tag die durchgeschwitzte Bettwäsche.

Hatty, die, soweit es ihr gestattet war, tüchtig mithalf (und Burnaby nahm, wenn auch ungern, ihre Hilfe jetzt an, da sie die Arbeit allein beim besten Willen nicht mehr bewältigen konnte), fragte sich zuerst, ob die Kinderfrau womöglich jetzt doch noch ihre Liebe zu den Kindern entdeckt hatte, erkannte aber bald, daß es nicht Liebe war, die Burnaby beflügelte, sondern die Angst um ihre Stellung. Burnaby war nur zur Betreuung der Zwillinge engagiert worden. Starben sie, so ging sie ihrer Aufgabe verlustig. Niemand im Hause Ward würde Burnaby mehr brauchen, niemand sie haben wollen. Bei den anderen Dienstboten war sie nicht beliebt. Mr. Ward brachte ihr eine Art widerwillige Achtung entgegen, und Sydney hielt manchmal einen Schwatz mit ihr, doch nach der demütigenden Abfuhr, die er von Hatty hatte einstecken müssen, hatte sie die beiden noch nicht wieder zusammen gesehen und rätselte nach wie vor, wieviel von jener Szene Burnaby beobachtet hatte. Im Augenblick war sie wohl zu sehr durch die Zwillinge in Anspruch genommen, um darauf zurückzukommen, früher oder später aber würde sie sich ihr Wissen zunutze machen, um Hatty zu schaden und Zwietracht zu säen. Höchstwahrscheinlich würde sie mit dem, was sie gesehen hatte, zu Mr. Ward gehen, und Hatty sagte sich, daß es wohl das beste wäre, Burnaby zuvorzukommen und ihm selbst zu erzählen, was geschehen war. Nur würde es dann zu einer schrecklichen Szene kommen, der sie sich im Augenblick nicht gewachsen fühlte. Daß ihr Onkel strikt gegen diese Verbindung sein würde, stand für sie fest. Wahrscheinlich war es ihm ohnehin nicht recht, wenn Sydney jetzt schon heiratete, und wenn es doch geschah, hätte die Erwählte seines Ältesten nicht eine mittellose Cousine zu sein, sondern eine profitable Partie, die Tochter des Seniorpartners seiner Kanzlei etwa oder eine junge Dame mit stattlichem eigenen Vermögen.

Doch Mr. Ward hatte ohnedies schon genug Kummer und Verdruß. Ganz allmählich setzte sich bei ihm die Erkenntnis durch, daß der Zustand seiner Frau sehr viel kritischer war, als er zunächst hatte zugeben wollen, ja, daß sie womöglich nie mehr ganz gesund werden würde. Noch immer war er sehr ungehalten über das empörende Benehmen seiner Nichte Frances, die sich erdreistet hatte, ihn und die ganze Familie vor allen Nachbarn, Kollegen und Geschäftsfreunden zu blamieren. Wenn der dumme Fratz schon mit irgendeinem Tunichtgut durchbrennen mußte, warum nicht in Bath oder Huntingdon oder Northamptonshire, wo niemand Mr. Ward kannte? Aber nur einen Steinwurf von ihrem eigenen Onkel entfernt diesen Skandal auszulösen, das war wirklich unerhört.

Große Sorgen bereitete ihm auch Ned, der noch immer sehr schwach war. Er hätte längst seinen Dienst in der Marine antreten müssen, aber seine Mutter hatte ihren Mann immer wieder überredet, den Sohn noch eine Weile im Haus zu behalten. Ned war ihr Augapfel, und sie steigerte sich regelmäßig in eine völlig unangemessene Erregung hinein, wenn sie an das gefährliche Leben auf See dachte. Und jetzt, überlegte Mr. Ward, da der Junge noch so dünn und blaß und abgehärmt und seine Mutter so gebrechlich war, daß ein Windhauch sie umblasen konnte, würde der Abschied, der ja letztlich unvermeidlich war, noch tausendmal schmerzlicher sein.

Dann war da noch Hatty, die zwar müde und abgespannt aussah, sich aber mit unverminderter Tatkraft um den Haushalt kümmerte. Mr. Ward mußte widerwillig zugeben, daß man in dieser Notlage kaum ohne sie ausgekommen wäre, obschon es schließlich nicht mehr als ihre Pflicht und Schuldigkeit war, tüchtig mit anzupacken, wenn er bedachte, daß er ihr all die Jahre ein behagliches Heim geboten hatte. Doch daß sie neuerdings Verse schrieb und Briefe mit Lord Camber wechselte, der von ihrer Muse faselte, war eine höchst unerfreuliche Entwicklung.

Mr. Ward wußte sehr wohl, daß ein Leben am Rand der Aristokratie seine Schwierigkeiten hatte. Die Angehörigen des Hochadels fühlten sich soviel weniger an gesellschaftliche Konventionen gebunden als der bescheidene Mittelstand, dem er sich zurechnete, daß der Verkehr mit diesen hochherrschaftlichen Kreisen zwar gewinnbringend, aber nicht unproblematisch war. Manchmal wünschte er sich, er hätte den Burschen nie zum Hammelbraten eingeladen. Nur gut, daß Camber jetzt am Ufer des Susquehanna saß und hoffentlich dort noch ein paar Jahre blieb. Was allerdings werden sollte, wenn inzwischen dem Herzog etwas zustieß, mochte er sich lieber nicht ausmalen.

Hatty bemühte sich in der einen Woche, die Sydney noch in Portsmouth verbrachte, dem Vetter so gut wie möglich aus dem Weg zu gehen. Auch rechnete sie nicht mit neuerlichen Annäherungsversuchen, denn aus den bitterbösen Blicken, die er ihr zuwarf, mußte sie schließen, daß sie sich einen Feind fürs Leben gemacht hatte. Sie war deshalb sehr überrascht, als er sie eines Nachmittags abfing, als sie gerade auf dem Weg in den Garten war, um nachzusehen, ob das vormittags aufgehängte Nachtzeug der Zwillinge im frostigen Winterwind schon hinreichend getrocknet war. Sydney, der vom Gewächshaus kam, stellte sich ihr direkt in den Weg.

»Hast du noch einmal über das Angebot nachgedacht, das ich dir letzte Woche gemacht habe?«

Sie sah ihn einigermaßen fassungslos an. »Neulich habe ich dich wohl überrumpelt«, sagte er mit einer Sanftmut, die ihn merklich hart ankam. »Ich hätte behutsamer vorgehen, dir mehr Zeit zum Nachdenken gönnen sollen.«

»Hättest du mir fünf Jahre Zeit zum Nachdenken gegönnt, Vetter«, erwiderte Hatty ungeduldig, »wäre meine Antwort nicht anders ausgefallen. Wir passen nicht zusammen. Ich würde dich in kurzer Zeit zur Verzweiflung treiben, und du könntest mich nie glücklich machen, das steht so fest wie das Amen in der Kirche. Und jetzt entschuldige mich bitte, ich brauche frische Wäsche für deine armen Schwestern.«

Er rührte sich nicht vom Fleck.

»Ich bin noch nicht fertig, Hatty. Du kannst nicht ewig hierbleiben. Was ist, wenn meine Mutter stirbt, womit wir schließlich jederzeit rechnen müssen? Wie steht es um deine Aussichten? Wahrscheinlich bin ich darüber besser unterrichtet als du. Mit einer Mitgift deines Vaters kannst du kaum rechnen. Die Eheschließung mit Lady Ursula hat seine Mittel stark beansprucht, und auch die gleichzeitig stattfindende

Hochzeit deiner Schwester Agnes mit Mr. Norris war eine große finanzielle Belastung. Ohne Mitgift, meine arme Base, wird außer mir kaum ein Mann um dich anhalten. Wer will schon eine Frau, die nichts zu erwarten und kein Vermögen hat? Du wirst dir deinen Lebensunterhalt als Kindermädchen oder Gouvernante verdienen müssen, ist dir das klar?«

»Die Aussicht schreckt mich nicht, ganz im Gegenteil. Es hat mir große Freude bereitet, deinen Schwestern ein wenig Wissen zu vermitteln. Hätte man mir nicht ständig Steine in den Weg gelegt – aber ich muß jetzt wirklich zurück ins Haus, Sydney. Meine Gefühle sind unverändert. Ich bin dir sehr zu Dank verpflichtet, aber wenn du erst wieder in London bist, wirst du heilfroh sein, daß ich dir einen Korb gegeben habe.«

Er sah sie finster an. »Das wird dir noch leid tun, Hatty. Sehr leid sogar. Laß dich warnen: Ich kann dafür sorgen, daß deine Stellung hier im Haus sehr unersprießlich, wenn nicht unhaltbar wird. Mein Vater –«

»Hast du einmal überlegt, Sydney«, unterbrach sie ihn, »was für eine unliebsame Überraschung unsere Verlobung für deinen Vater wäre? Er hat für dich etwas ganz anderes im Auge. Zu deiner Mutter habe ich ihn einmal sagen hören, wie sehr er sich über eine Verbindung zwischen dir und Miss Brabham freuen würde.«

Sydney war wie vom Donner gerührt. Miss Brabham war die Tochter des Seniorpartners in der Kanzlei, hatte zehntausend Pfund eigenes Vermögen und war zweiunddreißig Jahre alt. Hatty hatte die Dame, die in London lebte, nie gesehen, Sydney aber sagen hören, sie sei eine überaus unangenehme Person, eine regelrechte Schreckschraube.

Dank dieses Ablenkungsmanövers gelang es Hatty, sich mit ihrer Wäsche an Sydney vorbei ins Haus zu flüchten. Noch am selben Abend sollte er mit der Postkutsche nach London fahren, so daß sie hoffte, ihm bis dahin gar nicht mehr oder allenfalls nur kurz zu begegnen.

Tatsächlich sah sie ihn erst wieder, als die dezimierte Familie – Mr. Ward, Tom und Hatty – sich unter der Tür versammelt hatte, um ihn zu verabschieden. Er schüttelte Vater und Bruder die Hand, warf Hatty einen feindseligen Blick zu, schulterte den Mantelsack und machte sich auf den Weg zum Postkutschen-Halteplatz.

Hatty atmete auf. Sie hatte seine Drohung nicht sehr ernst genommen und vergaß sie bald über ihren vielfältigen Pflichten und der Erleichterung, ihn nicht mehr im Haus zu haben.

Sie hatte sich fest vorgenommen, ihrem Onkel noch am gleichen Abend von Sydneys Antrag zu erzählen, auch wenn sie das angesichts der soviel besseren Beziehungen zwischen ihr und Mr. Ward gerade jetzt sehr viel Überwindung kostete, konnte aber ihre Absicht nicht ausführen, da Ned den Tee zum erstenmal wieder im Kreise der Familie einnehmen durfte und dafür im Schlafrock nach unten gekommen war. Viel Freude schien er an dieser Vergünstigung allerdings nicht zu haben. Lustlos und in kleinen Schlucken trank er seinen Tee und knabberte ohne Appetit an einem Stück Kuchen herum.

»Jetzt, wo du wieder auf den Beinen bist, Ned«, sagte sein Vater, »müssen wir sehen, daß wir so bald wie möglich ein Schiff für dich finden. Die ›Bulfinch‹ mußte ja leider ohne dich ablegen, aber ich habe mit Kapitän Hardwick von der ›Endeavour‹ gesprochen, die derzeit zur Überholung im Dock liegt. In vier, fünf Wochen setzt sie die Segel, und wenn du bis dahin wieder bei Kräften bist, nimmt er dich gern mit an Bord. Die Seeluft wird dir guttun.«

»Danke, Vater«, sagte Ned matt.

»Es wird eine Menge Arbeit geben, bis du mit allem ausgerüstet bist, was du brauchst. Ein Jammer, daß deine arme Mutter nicht wohl genug ist, um sich darum zu kümmern, sie versteht sich auf solche Dinge wie selten eine. Aber deine Base Hatty wird gewiß tun, was sie kann.«

»Glaubst du, Onkel, daß Ned in vier, fünf Wochen schon soweit ist, daß er zur See gehen kann?« fragte Hatty skeptisch.

»Ja, natürlich.« Stirnrunzelnd wandte sich Mr. Ward wieder seiner Zeitung zu.

»Ich lege mich am besten wieder hin, Hatty«, sagte Ned unglücklich. »Darf ich noch kurz meiner Mutter gute Nacht sagen?«

»Ja, gewiß, Ned, aber bitte bleib nicht zu lange, sie ermüdet so leicht.«

Er nickte und schlich sich davon.

Nun müßte ich mir ein Herz fassen und meinem Onkel von Sydneys Antrag erzählen, dachte Hatty. Tom war im Schulzimmer und schnitzte einen weiteren Kreisel für seine große Sammlung, so daß sie ungestört waren. Doch sie brachte es nicht übers Herz, dem Onkel diese selten friedliche Stunde zu vergällen. Vielleicht denkt er gar, ich möchte Sydney heiraten, überlegte sie, und hält das für meine Art, auf Umwegen an das Thema heranzugehen. Das wäre mir denn doch zu peinlich. Und er hat eine hohe Meinung von Sydneys Verstand und seinen Fähigkeiten. Wenn er hört, was geschehen ist, muß er schlechter von ihm denken, und das wird ihn verdrießen. Oder bin ich vielleicht nur zu feige, um Onkel Philip reinen Wein einzuschenken?

Und dann fragte sich Hatty, was Lord Camber ihr wohl raten würde, wenn er jetzt hier wäre.

Seufzend stellte sie sich sein wettergegerbtes Gesicht, sein freundschaftlich-verständnisvolles Lächeln vor, dachte an seine abwägenden, nachdenklichen Beurteilungen bestimmter Situationen.

»Ich würde Ihren Onkel mit so einem Geständnis gerade jetzt nicht belasten, Miss Hatty. Er hat so viele andere Dinge im Kopf. Und würden Sie damit nicht auch ein wenig aus der Schule plaudern?«

Hatty tat einen tiefen Atemzug. Nein, dachte sie, ich werde dem Onkel von diesem Vorfall nichts sagen. Und ich wette zehn zu eins, daß Sydney, wenn er erst wieder in London ist, die ganze Sache vergessen hat. Auch er hat so viele andere Dinge im Kopf.

Sie wünschte ihrem Onkel eine gute Nacht und ging hinauf zu Tante Polly, vor allem, weil sie nachsehen wollte, ob Ned auch nicht zu lange bei seiner Mutter geblieben war und sie mit der Nachricht von seiner bevorstehenden Abreise womöglich aufgeregt hatte.

Tatsächlich hatte sie den Eindruck, daß sie nicht eine Minute zu früh gekommen war. Ned kauerte vor dem Bett seiner Mutter, hatte ihre Hand umklammert und redete halblaut, aber nachdrücklich auf sie ein. Mrs. Ward schien gedrückt und verwirrt. Sie streichelte ihm das Haar, aber ihr trauriger Blick ging über seinen gesenkten Kopf ins Leere, als hörte sie gar nicht richtig zu, als sei ihre Aufmerksamkeit auf etwas gerichtet, was in weiter Ferne lag.

»Armer Neddikins, lieber Neddikins«, murmelte sie. »Es wird schon wieder. Vieles wird früher oder später wieder gut. Oder scheint uns nicht mehr wichtig. Oder verschwindet ganz.«

»Du mußt jetzt leider auch verschwinden, Ned«, versuchte Hatty zu scherzen. »Wir wollen deine Mutter für die Nacht zurechtmachen.«

Ned warf ihr einen ängstlich-beschämten Blick zu und ging davon. Hatty sah sofort, daß Puls und Temperatur ihrer Tante zu hoch waren, daß sie schnell und mühsam atmete und sehr erregt war.

»Ach, diese Kinder«, sagte sie betrübt. »Immer betteln sie um Vergnügungen und Süßigkeiten, und Mr. Ward schlägt ihnen alles ab. Wahrscheinlich meint er es ja gut, aber wer will entscheiden, was richtig ist?«

»Laß gut sein, Tante Polly«, tröstete Hatty. »Morgen früh sieht alles anders aus. Da ist die Pflegerin mit deinem Trunk, damit du schön schlafen kannst. Denk nicht mehr an die Kinder, die sind gut aufgehoben.«

Vor Mrs. Wards Tür aber traf sie auf Burnaby, die ein grimmiges Gesicht machte und eigens gekommen war, um sie zu holen.

»Die Zwillinge sind ganz schlimm dran, Miss Hatty, alle beide. Schicken Sie nur gleich den Jungen nach Mr. Filingay, auch wenn ich vermute, daß der nichts mehr machen kann.«

Mr. Filingay mußte ihr schweren Herzens recht geben. All seine Bemühungen waren umsonst. Gegen Morgen murmelte Sophy, die Kleinere, zum letztenmal »Bauer auf h4…«, wandte sich ihrer Schwester zu und starb. Zehn Minuten später tat Eliza es ihr nach.

Erschöpft, zermürbt und verzweifelt brach Hatty in Tränen aus.

»Die armen Kleinen! Was haben sie jetzt gehabt? Wozu war ihr Leben nütze?«

»Beruhigen Sie sich, Miss Hatty«, tröstete Mr. Filingay. »Es ist ihnen nicht schlechtgegangen, sie hatten weit bessere Pflege und ein schöneres Zuhause als Hunderte von Kindern mit solchen Problemen. Viele in vergleichbaren Verhältnissen wären nicht halb so alt geworden, nicht wahr, Miss Burnaby? Ich weiß ja, wie gut Sie die beiden versorgt haben.«

Burnaby nickte kurz und richtete dann ihren haßerfüllten Blick wieder auf Hatty.

»So, jetzt gebe ich Ihnen etwas zur Beruhigung, Miss Hatty, und dann gehen Sie bitte auf Ihr Zimmer und legen sich hin.«

Hatty schluckte das Gebräu, das Mr. Filingay ihr gemischt hatte, und ging, wobei sie das unbehagliche Gefühl nicht los wurde, daß sie das Hauswesen in einer höchst brisanten Situation sich selbst überließ. Sie schlief kurz, aber fest. Als sie aufwachte, war es erstaunlich still. Sekundenlang fand sie sich überhaupt nicht zurecht. War heute Sonntag? Oder schon wieder Weihnachten? Oder hatten alle Stubenmädchen die Masern bekommen?

Dann fielen ihr die Zwillinge wieder ein. Sie konnte jetzt

ruhiger an die beiden denken und dankbar dafür sein, daß sie still und schmerzlos eingeschlafen, daß sie bis zuletzt beisammen gewesen waren. In finanziell schlechter gestellten oder liebloseren Familien hätten sie, wie Filingay richtig gesagt hatte, ein sehr viel tristeres Leben geführt. Zumindest hatte man sie gut genährt, gekleidet, gewaschen und notdürftig betreut. Arme Tante Polly, dachte Hatty, der Tod der beiden Kinder wird ein furchtbarer Schlag für sie sein. Ob man es ihr schon gesagt hat? Oder wird man es ihr verheimlichen? Besser wäre es. Aber sie erfährt es ja sicher doch, das ist gar nicht anders möglich.

Sie sprang aus dem Bett und machte sich schnell zurecht. Jetzt sah sie, warum es auch draußen so ungewohnt still war. Es schneite heftig und offenbar schon länger. Der Schnee lag zwei, drei Zoll hoch auf den Zweigen, den Pfosten und Ketten vor dem Haus, den Stufen zur Haustür und auf der Fahrbahn, durch die sich nur wenige Spuren zogen. Dabei war es, wie Hatty feststellte, schon spät, weit nach der üblichen Frühstückszeit.

Sie eilte nach unten.

Meade, die Köchin, kam ihr in der Halle entgegen, legte einen Finger an die Lippen und flüsterte: »Wir haben Ihnen in der Küche ein bißchen Frühstück aufgehoben. Soll ich's bringen?«

Hatty schüttelte den Kopf.

»Danke, ich habe keinen Hunger.«

Sie hatte das Gefühl, als könnte sie nie wieder einen Bissen herunterbringen.

»Nicht mal eine Tasse Tee? Ja, dann möchte der Herr Sie in seinem Bücherzimmer sprechen, Miss Hatty.«

»Ach, ist er nicht in der Kanzlei? Aber nein – an so einem Tag muß er wohl zu Hause bleiben …«

Sie ging in den ersten Stock hinauf. Vor der Tür von Mr. Wards Arbeitszimmer saß Tom mit trübseligem Gesicht auf dem Fenstersitz, vor sich eine Reihe seiner Kreisel, die er alle gleichzeitig in Bewegung zu halten versuchte.

»Hallo, Base Hatty«, sagte er bekümmert. »Da drin ist der Teufel los.« Er deutete zur Tür.

»Was soll das heißen, Tom?« Ihr blieb fast das Herz stehen. »Ist – ist etwas mit meiner Tante? Geht es ihr schlechter?«

»Mit Mutter? Nicht daß ich wüßte. Nein, Burnaby hat mal wieder getratscht, aber ich weiß nicht, worum es geht. Dem armen Ned schlottern ganz schön die Knie. Und ich hab Burnaby fragen hören, ob sie dich holen soll, aber mein Vater hat gesagt, nein, laß sie erst ausschlafen.«

Hatty klopfte und trat ein.

Im Zimmer befanden sich drei Personen. Mr. Ward saß an seinem Schreibtisch, im gleichen Abstand von ihm und voneinander standen Burnaby und Ned. Burnabys Gesicht war streng und ausdruckslos wie immer, aber in ihren Augen stand ein fahler Schimmer, den Hatty noch nie bemerkt hatte. Ned hatte geweint, seine Wangen waren tränenverschmiert, aber jetzt sah er Hatty an, räusperte sich und sagte mit fester Stimme: »Es ist ungerecht, Vater, meine Cousine da hineinzuziehen. Sie ist nicht – sie hat damit nichts zu tun.«

»Das ist nicht wahr«, widersprach Burnaby scharf. »Wenn ich mir die Freiheit nehmen darf, etwas zu sagen, Sir – das ist eine Lüge. Sie hat von Anfang an gewußt, was gespielt wurde. Der Brief beweist es. Und vorher ist *sie* mit Master

Ned losgezogen, um auf dem alten Friedhof Unfug zu treiben. Jawohl, ich weiß Bescheid. Ich hab's von Deakin, der hat genau gewußt, daß er seine Stelle los ist, wenn ich auf meine Fragen keine Antworten krieg.«

Hatty sah ihren Onkel an. Er war blaß und ernst. In der Hand hielt er ein Blatt Papier, das – nach den Falzen zu schließen – vorher ein Papierhelm gewesen war. »Das hier hat dein Vetter Sydney im Gewächshaus gefunden«, sagte er, »und hat es – wohl weil er mir nicht noch mehr Kummer bereiten wollte – Burnaby gegeben.«

Ned tauschte einen stummen Blick mit Hatty.

»Was ist es denn?« fragte sie.

Auch sie hatte das dringende Bedürfnis, sich zu räuspern.

»Ein Brief. An meinen Sohn Ned.« Mr. Ward reichte ihr mit angeekelter Miene das Blatt, und Hatty las laut vor:

Mein liebster Ned! Ich lieg mit schlimmem Halsweh zu Hause im Bett und darf nicht aus dem Haus, wir können uns also nicht an unserm üplichen Ort treffen, worüber ich untröhstlich bin. Sukey krigt Sixpence von mir, dafür soll sie den Brief und nochmal Sixpence Deakin geben, damit er ihn in unseren Blumentopf im Gewäxhaus stekt, hofentlich findest du ihn da. Und hofentlich gehts mir bis zur Tantzstunde nächste Woche wieder beser. Kann kaum erwarten das du mich wieder küßt und streichelst. Aber vieleicht bringt deine lästige Cousine mir ein Briefchen von dir? Darauf freut sich dein lieber Schatz Nancy

Einen Augenblick blieb es ganz still. Der arme Ned war dunkelrot geworden. Burnaby preßte die Lippen zusammen und sah zu Boden, als wollte sie ihre Genugtuung verbergen. Mr. Ward nahm Hatty das Blatt aus der Hand, zerriß es und warf die Fetzen ins Feuer. Dann sagte er: »Die Mitglieder der Familie Price sind offenbar alle vom gleichen Schlag. Aber daß mein eigener Sohn, daß meine Nichte, die ich behandelt habe wie meine leibliche Tochter –« Das ist nicht wahr, dachte Hatty rebellisch, aber dann fiel ihr ein, wie Onkel Philip die Zwillinge behandelt hatte, die ja tatsächlich seine leiblichen Töchter gewesen waren. Mr. Ward setzte noch einmal an. »Daß ein derartiges Spinnennetz aus Täuschungen, Listen und Lügen unter meinem Dach gewoben wurde, ist nicht zu fassen. Heimliche Treffen im Gewächshaus … Und auf einem Friedhof … Unziemlicheres läßt sich kaum denken. Wie lange treibst du dich schon dort herum?« fragte er Ned.

»Es werden sechs oder sieben Jahre sein. Seit ich die Tür gefunden habe«, erwiderte Ned leise.

»Und deine Cousine hast du auch dorthin geschleppt?«

Ned sah Hatty an.

»Ja, das hat er«, bestätigte sie mit fester, klarer Stimme. »Früher haben wir in der großen Linde gespielt, Ned und ich, und so getan, als sei es unser Haus.«

»Das sind mir ja schöne Spiele«, bemerkte Mr. Ward anzüglich. »Und danach warst du mit diesem Flittchen Nancy Price da.«

»Vater, Nancy ist kein –«

»Schweig still. Ich weiß, was ich sage. Zum Glück wirst du sie nicht mehr wiedersehen. Wie ihre arme Mutter mir schreibt, wird man sie zu Verwandten nach Holborn expedieren.«

Daß Ned noch unglücklicher dreinschauen könnte, hätte Hatty nicht für möglich gehalten, aber diese Mitteilung gab ihm den Rest. Er jaulte auf wie ein junger Hund und bohrte sich die geballten Fäuste in die Augen. Mr. Ward betrachtete ihn ohne eine Spur von Anteilnahme. Hatty dachte voller Mitleid an die schon normalerweise recht konfus und gehetzt wirkende Mrs. Price, die nun nicht nur zahlreiche Kranke im Haus zu versorgen hatte, sondern auch noch eine mißratene Tochter in die Fremde schicken mußte.

»Und jetzt zu dir«, sagte Mr. Ward zu seiner Nichte. »Ich hielt dich für ein anständiges Mädchen, für offen und ehrlich, aber anscheinend habe ich mich in dir geirrt. Nicht genug damit, daß du meinem Sohn Ned bei diesem heimlichen Treiben, diesem schäbigen Techtelmechtel mit einer kläglichen kleinen Dirne Beistand geleistet hast, nein, wie ich höre, hast du auch versucht, mit allen möglichen Tricks und Kniffen meinen Sohn Sydney zu verführen –«

»Das ist nicht wahr!« unterbrach ihn Hatty empört.

»Meinen Sohn Sydney, den ich für ein Muster an Anstand und Sitte hielt, einen Mann, der hohe berufliche Ziele hatte –«

»Ich habe ihn nicht verführt. Das wäre mir nie eingefallen. Ich kann ihn nicht ausstehen. Er hat mir einen Antrag gemacht, und den habe ich abgelehnt.«

»Das hört man von Burnaby anders. Sie hat mir erzählt, daß du ihn ermutigt und nur hingehalten hast, um ihn noch fester zu umgarnen.«

»Kein Wort davon ist wahr. Ich habe nein gesagt, ich habe ihn geohrfeigt –«

Mr. Ward straffte sich und verzog den Mund, als sei ihm schon der Gedanke an so einen Auftritt widerwärtig.

»Jedenfalls bin ich froh und dankbar, daß du in wenigen Wochen auf See sein wirst, Ned. Das Leben in der Marine wird dir schnell die schmutzigen Gedanken austreiben und dich wohl von derlei vulgären Neigungen befreien. Und was dich angeht, Hatty, trifft es sich gut, daß dein Vater seit kurzem wieder verheiratet ist. Die Lösung für mich liegt auf der Hand. Ich werde dich unverzüglich nach Bythorn zurückschicken.«

»Nein!« Hatty konnte ihren Protest nur noch flüstern. Sie räusperte sich erneut und fragte lauter: »Aber was wird aus meiner Tante? Wer wird sie pflegen? Und wer den Haushalt führen?«

»Darüber zerbrich dir nicht den Kopf. Burnaby kann ihre Pflege übernehmen, nachdem sie sich nicht mehr um die Zwillinge zu kümmern braucht.« Burnaby hatte Mühe, ihren Triumph zu verbergen. Mr. Ward wandte sich an seinen Sohn und seine Nichte zugleich. »Es ist euch wohl klar, daß ohne die schändliche Liebelei mit dieser verdorbenen Frauensperson die Masern nicht zu uns ins Haus gekommen wären und die Zwillinge sich nicht bei Ned angesteckt hätten. Ist euch überhaupt klar, daß ihr die beiden auf dem Gewissen habt?«

Hatty zitterte, und der Gedanke an das Schicksal, das sie erwartete, schnürte ihr die Kehle zu. Trotzdem fand sie noch die Kraft, sich zu wehren.

»Das stimmt nicht. Es ist ungerecht, so etwas zu behaupten. Ned hätte sich die Masern auch in der Tanzstunde holen können, Mr. Filingay sagt, daß die Krankheit in der Stadt grassiert.«

»Schluß der Debatte«, fertigte Mr. Ward sie ab. »Am besten fängst du gleich an zu packen. Lord Cambers Verwalter, ein sehr achtbarer Mann namens Godwit, wird sich auf der Reise um dich kümmern. Es trifft sich gut, daß er morgen mit Unterlagen nach Bythorn fährt, die dort in der Bank des Herzogs deponiert werden sollen. Du hast also einen Tag Zeit, deine Vorkehrungen zu treffen.«

Fast betäubt fragte Hatty: »Aber was ist mit Neds Kleidung, seiner Ausrüstung? Die ganze Wäsche muß noch gezeichnet werden, von den Hemden ist erst die Hälfte genäht ...«

»Irgend jemand wird sich darum kümmern, eins der Stubenmädchen, was weiß ich. Bilde dir nicht ein, du seist unentbehrlich. Ich wünsche nicht, daß deine Tante von alldem etwas erfährt, Harriet, hast du mich verstanden? Es würde sie nur bekümmern, und damit ist keinem gedient. Du wirst heute ihr Zimmer nicht betreten. Man wird ihr sagen, daß du unpäßlich bist. Sofern ich es für angebracht halte, kannst du dich morgen früh von ihr verabschieden. Das genügt.«

Hatty sah Ned nicht an. Sie hatte ihm keinen Trost zu bieten und wußte, daß auch er sie nicht trösten konnte. Sie würden beide für sich allein versuchen müssen, diesen Alptraum zu überstehen.

Sie ging auf ihr Zimmer und begann zu packen.

8

Es wurde eine trostlose Reise. Godwit, Lord Cambers Verwalter, fuhr anfangs draußen auf der Postkutsche mit, so daß Hatty ihn kaum zu Gesicht bekam. Er war ein hagerer Mann mittleren Alters, dessen Kopf oben schmal war und nach unten breiter wurde wie bei einer Birne. Viel mehr nahm Hatty von ihm zunächst nicht wahr, doch kümmerte er sich um ihre Bequemlichkeit, verschaffte ihr, als sie zur Nacht in einem Gasthof vor Oxford haltmachten, ein Zimmer und ließ ihr auf einem Tablett eine Mahlzeit hinaufschicken, die als Mittag- und als Abendessen in einem herhalten mußte. Am nächsten Tag kamen sie noch langsamer voran, denn durch den stetigen Schneefall gab es immer wieder tückische Wegstrecken. Zum Schluß war Hatty ganz allein in der Kutsche, und Godwit setzte sich mit der Bemerkung, bei so einer lausigen Kälte könne ein Messingaffe Frostbeulen bekommen, zu ihr ins Wageninnere. Wegen des Schnees, meinte er, würden sie ihr Ziel wahrscheinlich mit Verspätung erreichen.

»Werden Sie in Wanhurst abgeholt, Miss?« fragte er. Wanhurst war die Bythorn am nächsten gelegene größere Stadt.

»Nein, mein Onkel hat Vater einen Eilbrief geschickt und ihm mitgeteilt, er solle mich in Wanmaulden Cross abholen. Damit sparen sie sich alles in allem vierzehn Meilen – sieben hin und sieben zurück.«

»Das stimmt schon«, sagte Godwit nachdenklich, »aber Wanmaulden Cross ist bei schlechtem Wetter ein miserabler Treffpunkt. Da gibt es nämlich nur das ›Wirtshaus zum Specht‹, und das ist eigentlich nur eine schäbige Winkelschenke, kein schicklicher Aufenthalt für eine junge Dame, die vielleicht länger warten muß, falls durch unglückliche Umstände eine Verzögerung eintritt. Nein, ganz und gar nicht schicklich, wenn Sie mich fragen...«

»Kennen Sie die Gegend gut?« fragte Hatty.

»Aber ja, Miss. Nicht weit von Wanmaulden Cross hat Master Harry – Lord Camber meine ich – sein kleines Haus. Seit fünf Jahren wohnt er da schon, mitten im Wald. Die nächstgelegene Fahrstraße führt an Wanmaulden Cross vorbei.«

»Lord Cambers Haus? Ach bitte, erzählen Sie!« bat Hatty, froh über alles, was geeignet war, ihre kummervollen Gedanken von all dem Betrüblichen abzulenken, was sie in Portsmouth zurückgelassen hatte: die kranke Tante, die nun Burnabys liebloser Pflege ausgeliefert war... den noch nicht wieder ganz genesenen Ned, der seine Liebste verloren hatte und sich dem harten neuen Lebensabschnitt in der Marine gegenübersah... den armen Tom, der bald ganz allein sein würde... die Zwillinge – nein, an die Zwillinge zu denken brachte Hatty nicht übers Herz. Und womöglich noch bedrohlicher war das, was sie erwartete: ein enragierter Vater, Lady Ursulas Verachtung, die Abneigung ihrer Schwester Agnes. Hatty wußte nicht, ob Agnes und Mr. Norris inzwischen schon im Pfarrhaus wohnten, falls aber die Schwester noch auf Bythorn Lodge war, würde Hatty es nicht leicht mit ihr haben. Was würde die Familie wohl mit ihr anfangen? Im Vergleich zu dem, was ihr möglicherweise in Bythorn Lodge bevorstand, schien ihr Onkel Philips Ingrimm geradezu harmlos.

Sie war deshalb für jede Zerstreuung dankbar, und ihre Frage nach dem Haus entsprang ehrlichem Interesse. Wenn es um Lord Camber ging, konnte sie nie genug erfahren.

Sie hatte Godwit mit seinem komischen birnenförmigen Gesicht zunächst für einen recht sturen Gesellen gehalten, doch als er jetzt vom Tun und Treiben seines Dienstherrn berichtete, lebte er auf. Die kleinen graublauen Augen gingen durchtrieben glitzernd hin und her, als er all die kostspieligen und sinnlosen »Verbesserungen« aufzählte, die Cambers Vater, der Herzog, auf Bythorn Chase veranlaßt hatte – die Pavillons, Tropfsteinhöhlen, Springbrunnen, Muschelgrotten, Orangerien, Wassergärten, Tempel, Obelisken und Standbilder, die er hatte errichten, die Alleebäume, die er hatte fällen lassen, während seine unglücklichen Pachtbauern in Schmutz und Elend, in zerfallenen Hütten mit faulenden Strohdächern hausten.

»Meiner Großmutter«, fuhr Godwit fort, »riß vor zwei Wintern der Sturm das halbe Dach herunter, und der Finanzverwalter Seiner Gnaden sagte, sie könnten es erst richten, wenn der Pavillon fertig sei. So lange hätte meine Großmutter in einer großen Pfütze leben müssen. Wer braucht eine halbe Meile vom Herrenhaus entfernt einen Pavillon, frage ich Sie?«

»Und was wurde aus Ihrer Großmutter?«

»Lord Camber hat sie aufgenommen. Sie ist im Stricken und allen anderen Handarbeiten geschickt wie selten eine und erledigt alle Näh- und Flickarbeiten für Seine Lordschaft. Mrs. Daizley, seine Haushälterin, freut sich, daß sie Gesellschaft hat, und die beiden Frauen geben auf Dickon acht. Und alle miteinander werden wir Seine Lordschaft sehr vermissen«, schloß Godwit nachdenklich.

»Aber was haben die Pavillone des Herzogs mit Lord Cambers Cottage zu schaffen?«

»Sie müssen wissen, Miss, daß mein Herr das ist, was man einen Demokraten nennt. Nach seiner Überzeugung sollte das, was die Erde hervorbringt, allen Menschen zu gleichen Teilen gehören.«

»Ich frage mich, ob das richtig ist«, sagte Hatty halb zu sich selbst.

»Das frage ich mich auch oft, Miss«, bestätigte Godwit überraschend. »Warum hat der Allmächtige den Herzog und den Grafen und den Marquis geschaffen, wenn er nicht gewollt hat, daß sie mehr weltliche Güter besitzen als wir? Irgend etwas muß er sich doch dabei gedacht haben.«

Hattys Bedenken gingen in eine andere Richtung. Sie überlegte, ob die menschliche Rasse über die Bodenschätze und die Reichtümer der Tier- und Pflanzenwelt von Mutter Erde nicht völlig unberechtigterweise verfügte. Wir schreiben Gedichte, überlegte sie, wir komponieren Musikstücke, wir erfinden ausgeklügelte Maschinen – aber können wir wirklich erwarten, daß man uns dafür die ganze Welt zum Geschenk macht? Nur für so ein bißchen Klügelei?

Wie so oft, wenn ein Gedicht in ihr rumorte, schienen ihr Einfälle und gleichzeitig die passenden Formulierungen aus einem dunklen Nichts zuzufliegen.

»Und deshalb«, fuhr Godwit fort, »hat mein Herr, als er noch nicht zwanzig war, immer schon auf seinen Vater eingeredet, er solle sich besser um seine Pachtbauern und seine Besitzungen kümmern und nicht das ganze Geld für Ausschmückungen und Umbauten und Verbesserungen vergeuden. Die Pachtbauern, sagte er, hätten dasselbe Recht auf Bequemlichkeit wie Seine Gnaden. Aber der alte Herzog war schon damals störrisch wie ein Maulesel, und nachdem die Herzogin gestorben und der junge Herr zum Studium nach Oxford gegangen war, gab es ständig Zank und Streit zwischen Vater und Sohn. Und als dann Master Harry mit einundzwanzig Wanmaulden Wood und das Cottage erbte, zog er mit Sack und Pack von Bythorn Chase weg, und jetzt gehen sich die beiden aus dem Weg, wo sie nur können.«

»Wann ist die Herzogin gestorben?« fragte Hatty.

»Das ist schon lange her, Miss. Seine Lordschaft war noch ein Junge, und Lady Susan und Lady Louisa waren noch ganz klein. Seither gibt es keinen, der auf Seine Gnaden sozusagen ein bißchen aufpaßt.«

»Und was ist mit Lord Cambers Bruder?«

»Der Oberst zieht ja meist mit seinem Regiment in der Weltgeschichte herum, Miss, und die jungen Damen sind verheiratet und leben im Norden.«

»Ja, richtig.«

Hatty sah plötzlich wieder den Ballsaal der ›Krone‹ vor sich, die tanzenden, lachenden Mädchen in ihren hellen Musselinkleidern, sah Lord Camber, der sie bei der Hand hielt, hörte, wie Monsieur Lamartine sich nach Lady Susan und Lady Louisa erkundigte. Eine kleine Ewigkeit schien das schon herzusein. Und angefangen hat alles damit, dachte sie, daß Lady Ursula uns Tanzstunden verordnet hat. Zweimal schon ist mein Leben durch einen Zusammenprall mit Lady Ursula in völlig andere Bahnen gelenkt worden. Sie ist wie eine Naturgewalt, ein Wirbelsturm oder ein Vulkan.

»Was ist mit Lady Ursula Fowldes?« fragte sie. »Besucht die nicht hin und wieder den Herzog? Schließlich ist sie doch seine Nichte.«

»Ja, Miss, aber seit dem Bruch zwischen ihr und Master Harry, der inzwischen schon ein paar Jährchen her ist, hat sie sich nie mehr auf Bythorn Chase sehen lassen. – Gleich sind wir in Wanmaulden Cross«, sagte Godwit und spähte durch die schneeverkrustete Scheibe, »aber ich sehe keine Kutsche für Sie, Miss.«

Hatty wurde das Herz bleischwer. Es war eine lange Fahrt durch das weiß verschneite, nebelverhangene Land gewesen, und auf den letzten fünf, sechs Meilen, die durch einsame Wälder führten, hatte sie tüchtig gefroren. Der Gedanke an die Rückkehr in ein verändertes, fremd gewordenes Elternhaus, zu Menschen, die sie gewiß nicht mit offenen Armen aufnehmen würden, und besonders an Lady Ursula, die dort das Regiment führte, wo ihre Mutter einst gewirkt hatte, war sehr unerfreulich, aber sie hatte sich mit viel Mut gewappnet, um die traurige Ankunft mit Anstand überstehen zu können. Daß der gefürchtete Augenblick nun noch weiter hinausgeschoben war, machte ihr große Angst, zumal man, wenn hier ein Mißverständnis vorlag oder es womöglich einen Unfall gegeben hatte, mit Sicherheit ihr die Schuld geben würde.

Die Kutsche hielt.

»Bleiben Sie noch einen Augenblick sitzen, Miss«, sagte Godwit. »Der Postillon muß sich eben so lange gedulden, bis ich mich in der Schenke erkundigt habe, ob Sie erwartet werden.«

Es hatte wieder angefangen zu schneien. Hatty sah Godwit nach, der rasch im dichten Schneegestöber verschwand. Die Schenke zeichnete sich nur als grauer Umriß vor den dunklen Bäumen ab; in einem Fenster glomm ein mattes Licht. Die Rundung des Strohdachs sah aus wie eine umgestülpte Tasse, auf der hoher Schnee lag.

Der Postillon rief etwas, was recht ungehalten klang, als Godwit kopfschüttelnd aus dem Haus trat. Die beiden berieten sich kurz, dann kam Godwit zu Hatty zurück.

»Schlechte Nachrichten, Miss. Keiner da, der Sie erwartet!«

»Ob mich die Kutsche nach Wanhurst zurückbringen würde?«

»Nein, Miss. Ich hab den Kutscher gefragt, aber es liegt nicht auf seiner Strecke. Er muß heute noch nach Peterborough.«

»Dann muß ich in dem Gasthof übernachten oder versuchen, eine Chaise zu mieten, die mich nach Bythorn bringt.«

»Danach hab ich mich auch erkundigt, aber bei diesem Wetter kriegen Sie um Geld und gute Worte keine Fahrgelegenheit. Und im ›Specht‹ können Sie nicht bleiben. Der Wirt ist ein Saufaus.«

»Ein Saufaus?«

»Er trinkt, Miss, und ist jetzt schon halb hinüber, denn bei diesem Wetter kommen keine Gäste. Er hat weder eine Haushälterin noch ein Stubenmädchen und vielleicht nicht mal ein anständiges Bett im Haus.«

»Ja, was machen wir denn da, Mr. Godwit?« fragte Hatty bestürzt.

»Das will ich Ihnen sagen, Miss. Wir stellen Ihr Gepäck im Gasthof ein, der Kutscher holt es gerade herunter, in einer der Pferdeboxen ist es gut aufgehoben, und ich bringe Sie zu Lord Cambers Cottage. Meine Großmutter und Mrs. Daizley werden sich um Sie kümmern und es Ihnen behaglich machen. Und morgen versuchen wir dann, eine Chaise für Sie zu mieten. Welches Gepäckstück möchten Sie mitnehmen, Miss?«

Etwas verblüfft, aber sehr erleichtert über diese ebenso schnelle wie umsichtige Regelung ihrer Angelegenheiten sprang Hatty aus der Kutsche in den tiefen Schnee und deutete auf den kleinen Toilettenkoffer, der das Nötigste für die Nacht enthielt. Ohne weitere Umstände schwang der Postillon sich wieder auf den Bock und ließ die Peitsche knallen. Die Pferde trabten nicht eben freudig in das schneedurchwehte Halbdunkel hinein. Die armen Tiere, dachte Hatty. Sie haben gut und gern noch zwanzig Meilen vor sich.

Godwit brachte die anderen beiden Gepäckstücke zu einem Nebengebäude hinter dem Gasthof, dann nahm er Hattys kleinen Koffer auf die Schulter. »Wenn Sie die Mappe mit den Unterlagen für die Bank tragen möchten, Miss«, sagte er, »könnten Sie meinen Arm nehmen, denn wir haben noch eine halbe Meile Fußweg vor uns und müssen uns ein bißchen sputen. Ich kenne zwar die Wälder hier herum wie meine Hosentasche, aber für eine junge Dame ist der Weg doch etwas beschwerlich, und ehe wir's uns versehen, ist es dunkel.«

Sie schlugen nicht eine der vier Fahrstraßen ein, die am

›Wirtshaus zum Specht‹ zusammentrafen, sondern einen Karrenweg, der rechtwinklig von einer dieser Straßen abging. Hatty war froh, daß sie die robusten Stiefel trug, die sie erst kürzlich auf Tante Pollys Rat hin gekauft hatte. »Denn eins sage ich dir, Kind: Wenn man gesund bleiben will, muß man vor allem auf warme, trockene Füße achten, sonst nützen einem die feinsten Hauben, Umhänge und Umschlagtücher nichts. Die Füße einer Frau sind ihr größter Schatz, und alles Geld, das sie dafür ausgibt, ist wohl angelegt.«

Während Hatty sich mühte, mit Godwit Schritt zu halten, der, obschon er nicht mehr der Jüngste war, in flottem Tempo durch den Neuschnee stapfte, überlegte sie bekümmert, warum Tante Polly zwar der Nichte immer wieder geraten hatte, auf ihre Gesundheit zu achten, diese guten Ratschläge selbst aber nicht beherzigt hatte. »Sie hat sich offenbar hauptsächlich von Brot und Tee ernährt«, hatte Mr. Filingay mißbilligend festgestellt, »und ist dadurch völlig entkräftet. Und an die frische Luft ist sie auch kaum gegangen. Ein Wunder, daß der Zusammenbruch nicht schon viel früher kam. Ob sie sich nach dem Tod der Zwillinge überhaupt noch mal erholt, wage ich nicht vorauszusagen...«

Hatte man ihr die traurige Nachricht wohl schon überbracht? Die Beerdigung der Zwillinge sollte am nächsten Tag – nein, verbesserte sich Hatty, sollte heute stattfinden. Tante Polly war sicherlich nicht wohl genug, um dabeizusein. Wahrscheinlich hatte man ihr gar nichts davon gesagt. Kummer und Wut darüber, daß man ihr die Möglichkeit genommen hatte, der Tante in dieser schweren Zeit beizustehen, packten Hatty so jäh und heftig, daß sie am liebsten im

Schnee stehengeblieben wäre, mit dem Fuß aufgestampft und laut aufgeschrien hätte. Doch ihr Begleiter hatte ihren Arm sanft, aber fest im Griff, so daß sie ihm wohl oder übel folgen mußte.

»Das gehört alles zu Wanmaulden Woods«, sagte Godwit in einem so freundlichen und sachlichen Ton, daß Hattys Anwandlung von Hysterie sich rasch verflüchtigte. »Die Wälder sind seit der Zeit der Angelsachsen unverändert, heißt es, und wenn's nach Master Harry geht, soll das auch so bleiben. Heutzutage, sagt er, gibt es nicht mehr viele wirklich alte britische Waldbestände. Ganz früher sind hier bestimmt auch Bären und anderes Raubzeug frei herumgelaufen, aber heute ist man im Wald völlig sicher.«

»Als wir klein waren, meine Schwester und ich«, meinte Hatty, »waren wir auch manchmal im Wald. Wir haben immer auf einen Bären gehofft, aber gesehen haben wir nie einen.«

»Da, wo Master Harry jetzt hingeht, gibt's bestimmt welche. Grizzlybären heißen sie in der amerikanischen Wildnis, nicht?«

»Hoffentlich läuft ihm keiner über den Weg.«

Godwits leises Lachen hatte etwas fast Koboldhaftes.

»Den Bären möcht ich erleben, dem Master Harry nicht über wär. Nach fünf Minuten würd er ihn auf dem Saumpfad auf und ab führen. Mit einem Schild um den Hals: ›Stimmrecht für Bären!‹«

»Glauben Sie, daß er den Rest seines Lebens in Amerika verbringt?« fragte Hatty und hoffte, daß ihre Stimme unbeteiligt genug klang.

»Tja, Miss, ich weiß nicht recht... Master Harry hat es

sich nun mal in den Kopf gesetzt, die Überfahrt als Dienstbote auf Zeit zu machen – vielleicht haben Sie schon davon gehört –, deshalb müßte er eigentlich zuerst die Passage bei seinem Dienstherrn abarbeiten, fünf Jahre oder was es auch ist. Und dann will er ja zusammen mit seinen Freunden diese neue Gemeinschaft gründen. Fünfunddreißigtausend Acres Land haben sie schon gekauft, darauf wollen sie Sägemühlen und Fabriken bauen, Seiden- und Tuchstoffe weben, Ackerbau treiben, Obst- und Weingärten anlegen, Vieh züchten, Bretter schneiden, Bücher drucken und die Wolle der eigenen Schafe verarbeiten. Dabei soll es ganz ohne Geld abgehen. Jede Familie kriegt das, was sie an Nahrungsmitteln oder Kleidung braucht.«

»Das hört sich an wie der Himmel auf Erden, Mr. Godwit. Hätten Sie nicht auch Lust, dort mitzumachen? Schon aus Neugier – um zu sehen, wie so etwas geht.«

»Ich, Miss? Hm, ja, wie das geht, wüßte ich schon gern, aber für so eine Unternehmung bin ich wohl zu alt. Und dann hab ich ja hier auch meine Verpflichtungen. Seine Lordschaft hat gesagt, ich soll mich um das Haus kümmern, und dann sind da noch meine Großmutter und Mrs. Daizley und der Junge, der nicht ganz bei sich ist –«

»Der Junge?«

»Mrs. Daizleys Junge. Dickon heißt er. Und außerdem hat Seine Lordschaft mich beauftragt, ein bißchen auf Seine Gnaden aufzupassen, soweit das möglich ist. Oder Seine Lordschaft zumindest über des Herzogs Gesundheitszustand zu unterrichten.«

»Das ist keine leichte Last, die Lord Camber Ihnen da aufgebürdet hat, Mr. Godwit. Trauen Sie sich das denn zu?«

Sie überlegte, wie Godwit es wohl hier, mitten im Wald, anstellen wollte, auf den Herzog von Dungeness aufzupassen, aber ihm schien das weiter keine Sorgen zu bereiten.

»Ich habe mich auf Bythorn Lodge vom Küchenjungen zum Verwalter hochgearbeitet und habe viele Freunde dort. Auf Bythorn Lodge kennt einer den anderen, und auf Underwood Priors ist es nicht anders. In den Gesindehallen der Herrenhäuser ist man über alles auf dem laufenden, da erfahre ich schon, was ich wissen muß.«

»Aber werden Sie nicht große Sehnsucht nach Seiner Lordschaft haben?« fragte Hatty ein wenig unbedacht.

»Ja, Miss, das steht fest. Es wird sein, als hätten wir die Sonne selbst verloren. Aber schauen Sie, da schimmert schon Licht durch die Bäume. Die Großmutter und Mrs. Daizley warten sicher schon auf mich. Na, die werden staunen, wenn ich mit einer so hübschen jungen Dame ankomme.«

Inzwischen war es stockdunkel, so daß sie sehr froh um den aus dem Fenster dringenden Kerzenschein war, der ihnen den Weg wies. Sie waren fast unmerklich immer langsamer geworden, und Hatty kam Godwits halbe Meile recht lang vor. Ihre Füße waren eiskalt, und die durchweichten, schneeverkrusteten Unterröcke machten das Gehen mühselig. Das Kopftuch war steifgefroren und schwer vom Schnee. Dennoch wurde ihr, als sie sich dem Lichtschein näherten, der immer wieder im Schneegestöber und hinter schwarzen Zweigen verschwand, plötzlich merkwürdig leicht ums Herz. Es ist wie im Märchen, dachte sie und erinnerte sich an die Geschichten, die ihre Mutter früher erzählt hatte, die Märchen vom Rotkäppchen, von den drei Bären, von Hexen in Pfefferkuchenhäuschen im tiefen Wald.

Wer weiß, dachte sie, vielleicht wohnt dem Haus dort ein Zauber inne, vielleicht verwandelt es mein Leben auf irgendeine ganz unerwartete Weise. Jedenfalls erlebe ich hier etwas für mich völlig Neues, noch nie Dagewesenes.

Als sie vor dem Haus standen, sah Hatty, daß es ganz von Bäumen umgeben war. Der Wald reichte fast bis an die Schwelle. Am Fenster hing eine Tüllgardine, durch die der matte Lichtkreis der Kerze fiel.

Godwit klopfte an die Haustür. »Großmutter!« rief er. »Jenny! Macht auf, ich bin's, Eli!«

Im Haus hörte man zwei freudig erregte weibliche Stimmen, Rattern und Klappern und hektisches Hundegebell. Dann ging die Tür mit einem Ruck auf.

Hatty konnte nicht recht erkennen, wie viele Leute sich in der Türöffnung drängten, aber wohl sicher mehr als drei – Frauen in Hauben und Schürzen, ein bellender Hund, jemand, der eine Kerze hielt, jemand, der den Hund bändigte. Ein vergnügtes Stimmengewirr schlug ihnen entgegen.

»Wir hatten dich schon fast aufgegeben in diesem schrecklichen Wetter … komm herein, Eli … den Schnee kannst du auch im Haus abschütteln … komm nur, komm … Wie ein Schneemann siehst du aus …«

»Ich habe eine junge Dame mitgebracht, die in Nöten ist«, sagte Godwit und schob Hatty sanft vor sich her. Wohlige Wärme und der Geruch nach Holzrauch schlugen ihr entgegen. Ihre Augen fingen an zu tränen, so daß sie kaum etwas erkennen konnte.

»Eine junge Dame?« tönte es verwundert. »Ja, ist denn

das die Möglichkeit? Kommen Sie, Kind, Sie müssen ja ganz erfroren sein. Kommen Sie ans Feuer.«

Freundliche Hände lotsten sie über einen kurzen Gang in einen nur schwach beleuchteten Raum, in dem hinter einem Kamingitter ein helles Feuer loderte. Die Feuerstelle war, von einer Kaminumrandung umgeben, in die Wand eingelassen. Hatty wurde mit sanftem Nachdruck auf eine hölzerne Bank mit hoher Lehne gesetzt, während Stimmen und Hände vogelgleich um sie herumschwirrten. »Nimm ihr den Schal ab, ihre Finger sind ja ganz erfroren. Setz einen Topf mit Milch auf den Herd, Dickon. Jetzt die Haubenbänder, o Himmel, die sind ja steif wie Draht. Hol ein Handtuch, damit wir ihr das Haar trocknen können, und du lauf nach oben, Jenny, und hole eine Haube und ein Umschlagetuch und meinen besten Flanellunterrock. Seine Lordschaft wird sich einen Augenblick in die Küche bemühen müssen und du auch, Eli, während wir uns um sie kümmern.«

Seine Lordschaft? dachte Hatty verwirrt. Ja, wie viele Lords gab es denn in dieser Gegend?

Jetzt waren im Zimmer nur noch zwei Frauen, die weiße Schürzen über Kleidern aus grobem Wollstoff trugen. Die eine war füllig, hatte rosige Wangen und braune Locken mit grauen Strähnen unter einer Haube aus Kattun, die andere, viel älter und von fast zwergenhaftem Wuchs, hatte ein spitzes Gesicht und blanke schwarze Augen. Wie eine Haselmaus, dachte Hatty, während die dünnen kleinen Finger der alten Dame geschickt ihre Unterröcke aufschnürten.

»Sind Sie – sind Sie Mr. Godwits Großmutter?« fragte Hatty.

»Ja, Kindchen, das bin ich, und ich danke dem lieben

Gott, daß er mir meinen Eli in diesem Sturm sicher heimgebracht hat. Und das ist Mrs. Daizley.« Die Frau mit den rosigen Wangen hüllte Hatty in einen geräumigen braunwollenen Schlafrock, der ersichtlich aus ihrem eigenen Kleiderschrank kam, und legte ihr ein fröhlich-buntes gestricktes Tuch um die Schultern.

»Wie lieb von Ihnen, Mrs. Daizley. Ich bin Ihnen beiden sehr dankbar.«

»Keine Ursache, Kind. Aus dem Schneesturm gerettet hat Sie mein Eli, und jetzt weiß ich auch, weshalb Sie mir so bekannt vorkommen. Sind Sie nicht die Jüngste von Mrs. Ward, die früher Isabel Wisbech hieß? Ja? Hab ich mir's doch gleich gedacht! Sie sind ihr wie aus dem Gesicht geschnitten. Laß ihr Haar noch eine Weile offen, Jenny, dann trocknet es besser. Und jetzt kannst du Seiner Lordschaft und Dickon sagen, sie sollen wieder hereinkommen.«

Ungläubig sah Hatty zu dem Mann hoch, der, gefolgt von einem mageren, in Leder und Schaffelle gekleideten Jungen, das Zimmer betrat.

Lord Camber gab sich nicht weniger liebenswürdig und ungezwungen als bei seinen Besuchen im Haus ihres Onkels. »Miss Hatty! Was für eine wunderschöne Überraschung! Sie hätte ich hier am allerwenigsten erwartet, und um so größer ist meine Freude. Ich merke schon, Sie haben viele Abenteuer erlebt, aber ich werde Ihnen keine Frage stellen, bis Sie das Gebräu getrunken haben, das Jenny gerade bereitet.«

»Aber Sie...«, stammelte Hatty. »Ich – ich dachte, Sie sind inzwischen schon halb in Pennsylvanien.«

»Das dachte ich auch. Doch das Schicksal hat es anders gewollt. Und ich gestehe gern, daß ich nicht böse bin, das stürmische Wetter, das hier seit zwei Tagen wütet, nicht auf der Irischen See oder auf dem Atlantik erleben zu müssen. Aber jetzt trinken Sie!«

Der Trunk schmeckte nach Muskatnuß und starkem Alkohol – Rum? –, und Hatty trank ihn in vorsichtigen Schlucken. Sehr schnell breitete sich wunderbare Wärme bis in ihre Finger- und Zehenspitzen aus.

»Warum sind Sie nicht abgereist, wie Sie es geplant hatten, Mylord?« fragte sie.

Er lächelte ein wenig bitter.

»Mein alter Vater hatte durch einen unglücklichen Zufall von meinen Reiseplänen erfahren. Sie wissen vielleicht, daß unser Verhältnis ein wenig angespannt ist...« Hatty nickte. »Meist gehen wir einander geflissentlich aus dem Wege, denn wenn wir zusammen sind, gibt es unweigerlich Streit. Aber Blut ist wohl doch dicker als Wasser, und als dem Alten gerüchteweise zu Ohren kam, daß ich drauf und dran war, mich einzuschiffen, bildete er sich ein, sein letztes Stündlein habe geschlagen, und ließ mir eine entsprechende Nachricht übermitteln. Natürlich hatte ich meine Zweifel, aber –«

»Sie mußten zu ihm«, sagte Hatty.

»Ja, natürlich. Sie hätten an meiner Stelle wohl nicht anders gehandelt.« Hatty nickte. »Als ich an seinem Bett stand«, fuhr er lächelnd fort, »empfing mich wie gewohnt eine Flut von Vorwürfen und Verwünschungen. Ich merkte sehr bald, daß es dem Alten nicht schlechter ging als sonst, vielleicht sogar eher ein bißchen besser, und daß er sich nur aus Verdruß ins Bett gelegt hatte, und reiste sofort wieder ab. Inzwischen aber war mein Schiff natürlich ausgelaufen, und ich muß auf das nächste warten.«

»Essen Sie jetzt Ihre Suppe, Master Harry«, mahnte Mrs. Daizley. Sie und Mrs. Godwit hatten in einer Ecke den Tisch gedeckt. »Und bringen Sie der jungen Dame eine Schale Suppe ans Feuer. Dickon, ruf Eli herunter, er hat inzwischen wohl trockenes Zeug an.«

Doch da kam Godwit schon herein. Er hatte seine verschneiten Sachen gegen einen schlichten schwarzen Dieneranzug eingetauscht.

Hatty bekam ihre Steinzeugschale mit Suppe ans Feuer, während die anderen sich am Tisch teilnahmsvoll nickend und glucksend von Godwit erzählen ließen, wie er und Hatty vor dem Wirtshaus vergeblich nach einer Kutsche für Hatty Ausschau gehalten hatten.

»Aber das war ja in diesem Wetter auch nicht anders zu erwarten. Wer weiß, was dem Wagen zugestoßen ist… und eine Nachricht zu schicken war nicht möglich…«

»Es war ein großes Glück für mich, daß Mr. Godwit bei mir war und mich zu Ihnen gebracht hat«, sagte Hatty leise.

»Die junge Dame ist reif fürs Bett«, erklärte Mrs. Godwit. »Sie kann ja kaum mehr die Augen offenhalten. Kommen Sie, Kind, schlafen Sie sich erst mal schön aus. Morgen sehen wir dann weiter.«

Hatty stolperte mit schweren Lidern hinter der alten Dame her, die sie eine Treppe hinauf und um mehrere Ecken herum in eine Kammer mit schrägem Dach führte, in der zwei Betten mit Patchworküberwurf standen. »Das eine ist Jennys Bett«, sagte die alte Dame, »aber die wird Sie nicht stören, sie hat einen sehr ruhigen Schlaf. Hier hab ich ein Nachthemd für Sie.« Mrs. Godwit zog es aus dem Bett hervor, wo sie es um eine mit heißem Wasser gefüllte Steinzeugflasche gewickelt hatte. »Unter der Patchworkdecke sind Gänsedaunen, da frieren Sie bestimmt nicht.«

Geschickt und unbefangen-herzlich war sie Hatty beim Ausziehen behilflich, das schnell vonstatten gehen mußte, denn das Zimmer war eiskalt. Mrs. Godwit half Hatty in das breite, durchgelegene Bett und gab ihr einen Kuß auf die Stirn. »Gute Nacht, Kind. Ich meine fast, Ihre Mutter vor mir zu sehen, als sie so alt war wie Sie. Schlafen Sie gut. Mit dem Aufstehen morgen früh brauchen Sie sich nicht zu beeilen.«

Sie nahm die Kerze und ging wieder nach unten.

Zwei Minuten später war Hatty fest eingeschlafen.

9

Am nächsten Tag schneite es weiter. Bis weit nach Mittag verdunkelte dichter Flockenfall den Himmel.

Hatty schlief lange, und niemand weckte sie.

»Wozu?« sagte Mrs. Godwit. »Zwischen Bythorn und Wanmaulden Cross rührt sich heute keine Maus.«

»Ihr armer Vater«, sagte Mrs. Daizley, die ein weiches Herz hatte, »ängstigt sich bestimmt um sie.«

»Die Familie hätte sie in Wanhurst abholen sollen«, meinte Godwit. »Das war Sparsamkeit am falschen Platz. Wanhurst ist zumindest eine Stadt, wo es anständige Gasthöfe und Mietchaisen und eine Poststation gibt.«

»Bei Lady Ursula«, ließ sich die alte Mrs. Godwit vernehmen, die als Erstes Kindermädchen auf Bythorn Chase gearbeitet und dann den dortigen Obergärtner geheiratet hatte und deren Schwester Jess in gleicher Stellung bei der Familie Fowldes auf Underwood Priors gewesen war, »wundert mich das gar nicht. Die hat noch nie Sixpence für einen Topf Krabben gezahlt, wenn sie ihn eine Ecke weiter für Fourpence kriegen konnte.«

Ihr Enkel verzog keine Miene, nur seine Augen gingen belustigt glitzernd hin und her. »Lady Ursula und Mr. Ward – das sind zwei, die sich gesucht und gefunden haben«, bestätigte er. »Und ich glaube, der Bruder in Portsmouth ist aus dem gleichen Holz geschnitzt. Schätze, daß sie Miss Hatty in

Bythorn Lodge nur so lange behalten, bis man sie anderweitig untergebracht hat.«

»Aber wo?«

»Vielleicht im Pfarrhaus von Mansfield bei Mrs. Norris, der früheren Agnes Ward.«

»Die will sie bestimmt nicht haben. Meine Großnichte Jenny, die nach mir benannt ist und Stubenmädchen in Bythorn Lodge war, hat erzählt, daß Miss Agnes ihre kleine Schwester ständig geplagt und gepiesackt hat.«

In diesem Moment kam Hatty verschlafen und kleinlaut die Treppe hinunter. »Es ist bestimmt schon schrecklich spät!«

»Darüber machen Sie sich mal keine Sorgen, Miss. Schauen Sie, es schneit ja immer noch. Heute ist kein Fuhrwerk unterwegs, da können Sie nicht weg, und wir freuen uns, daß Sie da sind. Eli, gib der jungen Dame eine Schale Milchsuppe. Draußen liegt der Schnee fast einen Fuß hoch. Das Wetter muß man nehmen, wie's kommt, Kind.«

»Dann möchte ich mich wenigstens ein bißchen nützlich machen. Sagen Sie mir nur, was ich tun soll.«

Sie sah sich interessiert in dem schlichten Raum um, von dem sie gestern abend, müde wie sie war, im schwachen Schein des Feuers und der Kerzen noch nicht viel gesehen hatte. Draußen schien zwar keine Sonne, aber ein matt leuchtender Widerschein der Schneelandschaft vor dem Fenster fiel auf die mit Zedernholz getäfelten Wände, die Anrichte mit den blauen Tellern und Tassen, den schlichten Tisch samt Stühlen und Sitzbank, die weiß getünchte Decke und die Reihe üppig grünender und blühender Pflanzen auf dem Fensterbrett. Vor dem Ofen hatte sich ein großer grauer

Hund ausgestreckt und schlief, eine Tigerkatze benutzte ihn als Ruhekissen. Wo mochte Lord Camber sein?

»Seine Lordschaft ist in der Studierstube«, sagte Godwit, als habe er Hattys Gedanken gelesen. »Meist sitzt er vormittags dort und schreibt, aber er hat gesagt, wir sollen ihn rufen, wenn Sie aufgestanden sind, wahrscheinlich möchte er Ihnen das Haus zeigen.«

»Ist es sehr alt?«

»Nicht älter als hundert Jahre. Früher war es das Waschhaus, dann wollte der Vater Seiner Gnaden unbedingt einen Klausner für seine Besitzungen haben, ließ es zur Einsiedelei umbauen und nannte es ›Die Grotte‹. Nur war leider beim besten Willen kein Klausner aufzutreiben« – wieder gingen Godwits Augen belustigt hin und her –, »und das Haus verfiel, bis Master Harry es erbte. Er hat dann angebaut und es als Cottage instand gesetzt.«

Bis auf den Hund und die Katze hatten alle im Raum ihre Beschäftigung. Mrs. Daizley rupfte einen Fasan, Godwit hatte sich Löffel vorgenommen, die er mit Pottasche und Weingeist putzte, Mrs. Godwit knüpfte einen Flickenteppich. Vor dem Haus hörte man jemanden Holz hacken.

»Solche Teppiche möchte ich auch gern machen, Mrs. Godwit«, sagte Hatty. »Würden Sie mir zeigen, wie es geht?«

»Ja, gern, Kind, es ist nicht schwer. Aber da kommt Seine Lordschaft. Wir warten besser, bis er Sie herumgeführt hat.«

Lord Camber trug eine Schaffelljacke und Kniehosen aus Kordsamt. Sein heiteres Lächeln paßte so gut zu diesem harmonischen Bild, daß Hatty sich unwillkürlich fragte, ob es ihm nicht sehr schwerfiel, dies alles aufzugeben und sich auf einem fernen Kontinent als einfacher Arbeiter bei einem unbekannten Dienstherrn zu verdingen. Er war schon ein erstaunlicher Mensch…

»Guten Morgen, Miss Hatty. Ich hoffe, Sie haben gut geschlafen?«

»Ja, danke. Wie ein Murmeltier. Ich habe Mrs. Godwit gebeten, mir das Teppichknüpfen beizubringen, da heute offenbar keine Aussicht besteht, nach Bythorn weiterzufahren.«

»So wie es aussieht, ist heute und morgen nicht das rechte Reisewetter«, sagte Lord Camber vergnügt. »Weder für Sie nach Bythorn noch für mich nach Amerika. Wir müssen das Beste daraus machen. Wenn es Ihnen recht ist, zeige ich Ihnen zunächst mein Reich.«

Er ging mit ihr über eine steile Wendeltreppe, deren Zugang sie für eine Schranktür gehalten hatte, nach oben und führte sie über einen schmalen Gang mit abgeschrägter Decke, auf dessen Boden etliche von Mrs. Godwits bunt leuchtenden Flickenteppichen lagen.

»Rechts und links sind Schlafzimmer, und hier, über den Stallungen und der Remise, arbeite ich.« Er öffnete eine Tür mit Schnappschloß und ging voraus in eine geräumige Dachstube, deren Schrägen bis zum Boden reichten. Das weiße Winterlicht kam durch je ein Fenster rechts und links und ein drittes an der Schmalseite des Raumes. Die dicke Schicht Dachstroh und das Zedernholz des Fußbodens verströmten einen angenehm ländlichen Duft. In der Mitte des Zimmers stand ein wohlgefülltes hüfthohes Bücherregal mit Zugriff von beiden Seiten, und unter den beiden seitlichen Fenstern waren große Schreibtische aufgestellt. Ein Kohlebecken spendete nur mäßige Wärme. Am hinteren Fenster war es eiskalt, was Lord Camber allerdings nicht zu stören schien. Überall lagen aufgeschlagene Bücher und Papierstapel herum.

»So ein schönes Zimmer«, sagte Hatty bewundernd. »Fällt Ihnen da der Abschied nicht schwer?«

»Im Winter kann es hier kühl werden, allerdings steigt aus dem Stall, von den Pferden und dem anderen Viehzeug, immer ein bißchen Wärme hoch. Wollen Sie mir jetzt erzählen, meine liebe Miss Hatty, welch unerwarteter Aufruhr in der Familie Ward Sie aus Portsmouth so plötzlich bis ins hinterste Huntingdonshire getrieben hat? Oder ist es eine vertrauliche Angelegenheit, die Sie lieber für sich behalten würden?«

Hatty zögerte.

»Setzen Sie sich doch einen Augenblick.« Lord Camber rückte ihr einen hölzernen Lehnsessel an das Kohlebecken. »Allzu lange sollten wir nicht bleiben, für Sie ist es nicht warm genug.« Er hüllte sie in seine Schaffelljacke, schob einen Stoß beschriebener Blätter zur Seite und schwang sich auf den Schreibtisch.

»Ich arbeite an einem Buch«, erläuterte er, »aber wahrscheinlich werde ich damit bis an mein Lebensende nicht fertig werden.«

»Wovon handelt es?«

»Von zu vielen Dingen. Von Kleidung – und wie sie sich auf den Charakter auswirkt. Vom Klima – und wie sich das Klima auf die Kleidung auswirkt. Von der Frage, wie man einen König von einem Wilden unterscheidet. Der König trägt eine Krone, aber ob der Wilde die Krone als Zeichen der Königswürde erkennt, ist eher fraglich.«

Hatty nickte. Das leuchtete ihr ein. Sie überlegte einen Augenblick, dann sagte sie: »Ich will Ihnen gern erzählen, was im Haus meines Onkels vorgefallen ist, aber einiges betrifft nicht mich allein, und deshalb muß ich es für mich behalten.«

»Ich bin ganz Ohr und werde über das, was Sie mir sagen, ebenso Stillschweigen bewahren wie über Ihre Gedichte.«

Sie erzählte ihm von Tante Pollys Erkrankung und daß sie, durch den Haushalt stark beansprucht, Ned gebeten hatte, Schach mit den Zwillingen zu spielen, die sich bei ihm mit den Masern angesteckt hatten und daran gestorben waren.

»Die armen Kinder«, sagte er teilnahmsvoll. »Sie hatten ein so interessantes und schwieriges, ein so bemerkenswertes Leben vor sich. Wie traurig, daß es so früh enden mußte. Ich kann mir vorstellen, wie nah Ihnen ihr Tod geht.«

»O ja. Es tut mir unendlich weh, an sie zu denken.«

Beim Erzählen waren ihr Tränen über die Wangen gelaufen, die sie jetzt rasch trocknete.

»Hat Ihr Onkel Sie deshalb fortgeschickt?«

»Ja, auch deshalb. Er war mir sehr böse, weil ich Ned gebeten hatte, Schach mit ihnen zu spielen, wobei sie sich bei ihm ansteckten, aber er hatte auch noch einen anderen Grund, über den ich nicht sprechen kann, denn dabei geht es um meine Vettern, um Ned und um Sydney.«

Lord Camber nickte mitfühlend.

»Was mich so sehr bekümmert und beunruhigt«, fuhr sie fort, den Blick auf ihre ineinander verschlungenen Hände gerichtet, so daß sie seinen nachdenklich forschenden Blick nicht bemerkte, »ist der Gedanke, daß wohl Burnaby nicht ganz schuldlos an meiner Verbannung aus Portsmouth ist. Nach dem Tod der Zwillinge war ihre Aufgabe bei den Wards eigentlich beendet. Jetzt aber wird sie zur Pflege meiner Tante benötigt, so daß sie nicht um ihre Stellung zu fürchten braucht. Und ich habe große Angst, daß sie mit meiner Tante nicht fürsorglich genug umgeht, daß Tante Polly für sie nur Mittel zum Zweck ist, so wie es bei den Zwillingen war.«

Hatty konnte nicht weitersprechen.

Lord Camber verharrte ein paar Minuten in freundschaftlichem Schweigen. Dann sagte er: »Sie sollten sich wegen Burnaby nicht allzu sehr beunruhigen. Mrs. Ward ist nicht schwach und hilflos wie die Zwillinge, sondern eine erwachsene Frau mit sehr viel gesundem Menschenverstand, und sie hat einen fürsorglichen, liebevollen Ehemann, der häufig bei ihr sein wird. Burnaby, die auf ihre Art durchaus pfiffig ist, wird bald begreifen, daß sie sich im Haus nur dann halten kann, wenn sie um ebenjene pflegliche Fürsorge bemüht ist, die Sie ihr offenbar nicht zutrauen.«

»Ja, natürlich«, sagte Hatty. »Es war selbstsüchtig, mir einzubilden, meine Tante könne nicht ohne mich auskommen.«

»So würde ich es nicht sagen. Sie werden Ihrer Tante gewiß sehr fehlen. Aber freuen Sie sich nicht auf die Rückkehr in Ihr Elternhaus?«

»Ja, sehen Sie –«, setzte Hatty an und unterbrach sich sofort wieder, weil sie doch Lord Camber unmöglich gestehen konnte, wie sehr die Aussicht sie schreckte, mit einer Stiefmutter wie Lady Ursula unter einem Dach leben zu müssen, denn schließlich war Lady Ursula eine gute Bekannte von ihm, war die Gefährtin seiner Kindheit und eine Zeitlang sogar seine Verlobte gewesen.

Und wie dachte wohl Lord Camber über Lady Ursulas Ehe mit Mr. Ward?

»Ich war nie meines Vaters Liebling«, setzte Hatty neu an. »Er hatte sich wegen der Erbfolge für den Besitz einen Sohn gewünscht und war nicht eben erbaut, als ich zur Welt kam. Ich bin auf sein Betreiben hin zu meinem Onkel geschickt worden, und möglicherweise sieht er mich jetzt ungern wieder bei sich im Haus.«

»So arg wird es schon nicht werden«, tröstete Lord Camber. »Damals waren Sie zehn oder elf, das ist bekanntlich ein schwieriges Alter. Die junge Dame, die jetzt zu Mr. Ward zurückkehrt, ist vielseitig gebildet, eine perfekte Hausfrau, eine in jeder Beziehung höchst erfreuliche Erscheinung. Sie werden meiner Cousine Ursula eine Freundin und Gefährtin sein können, was ihr sicher hochwillkommen ist, denn wie man mir sagt, geht Ihr Vater noch immer so oft wie möglich auf die Jagd, fast jeden Tag…«

»Ja, das habe ich auch gehört«, bestätigte Hatty, »aber ob –«

Sie hatte gerade vorsichtig andeuten wollen, daß sich Lady Ursulas Freude über die neue Gefährtin in engen Grenzen halten würde, doch da kam Dickon unter dem Fenster vorbei und schwenkte etwas, was wie ein großer flacher Korb aussah, und Godwit rief zu ihnen herauf: »Da oben ist es zu kalt für die junge Dame, sagt meine Großmutter!«

»Recht hat sie«, sagte Camber. »Kommen Sie, wir gehen wieder nach unten. Außerdem glaube ich, daß jeden Augenblick die Sonne herauskommen kann. Und wie ich sehe, hat Dickon Ihnen Schneeschuhe gemacht, so daß wir im Wald ungehindert vorwärtskommen.«

In der Küche führte Dickon stolz sein Werk vor: flache, birnenförmige Rahmen mit einem dichten Geflecht aus Weidenschößlingen, die mit Hilfe von Lederriemen an Hattys Stiefeln befestigt werden konnten.

»Zuerst geht es sich ein bißchen mühsam damit«, bemerkte Lord Camber, »aber man gewöhnt sich schnell daran.«

»Bleiben Sie mit der jungen Dame nicht zu lange draußen, Master Harry«, mahnte Mrs. Godwit. »Es ist bitterkalt!«

»Höchstens eine halbe Stunde«, versprach Lord Camber. »Wir gehen nur bis zum Aussichtspunkt.«

Während sie in die gleißende Helle des Tages traten, hörten sie Mrs. Godwit im Haus schelten, der Weg bis zum Aussichtspunkt sei für eine junge Dame, die noch dazu an Schneeschuhe nicht gewöhnt sei, viel zu weit und zu anstrengend, und auf dem Rückweg über die Schafweide würde sie sich am Ende noch die Füße brechen.

»Unsinn, Lena!« rief Lord Camber lachend, und zu Hatty sagte er: »Eine halbe Meile schaffen Sie bestimmt. Es gibt hier einen Hügel, von dem man zwanzig Meilen in jede Richtung sehen kann und der einer meiner Lieblingsplätze ist. Diese Entfernung bewältigen Sie doch spielend.«

Hatty war sich da nicht ganz so sicher und konnte nur hoffen, daß Lord Cambers halbe Meilen kürzer waren als die von Godwit. Zuerst kamen ihr die Schneeschuhe bleischwer vor, und sehr bald taten ihr die Fußgelenke weh. Doch Lord Cambers Ratschläge: »Nein, nein, nicht die Füße heben, sondern gleiten, so wie ich es mache... Jawohl, jetzt haben Sie es begriffen...« halfen ihr, sich mit dem ungewohnten Fortbewegungsmittel anzufreunden.

»Aber es ist doch recht beschwerlich«, japste sie.

»Das kommt daher, daß wir ständig bergauf gehen. Der Pfad schlängelt sich in Serpentinen bis zum Gipfel. Dort können Sie sich dann niedersetzen und ausruhen.«

Über abwechslungsreiches Gelände ging es ganz allmählich bergan. Durch einen Buchenhain, wo tief unten im Tal ein eisstarrer kleiner Bach zu sehen war, danach durch Eichen-, Birken- und Fichtenwälder erreichten sie einen Hang, auf dem nur noch schneebedeckte Heide und Stechginster wuchsen. Auf der kahlen Hügelkuppe stand eine aus einem Brett auf zwei Pfosten bestehende einfache Bank.

»Jetzt sieht man erst, wie heftig es über Nacht geschneit hat«, sagte Lord Camber, wischte den Schnee mit einem Heidebusch von dem Brett und breitete seinen dicken gestrickten Schal aus, damit Hatty sich setzen konnte. »Es sind mindestens sechs Zoll. Da werden wir wohl auch morgen nicht reisen können. Aber jetzt schauen Sie sich um. Alle Königreiche dieser Welt liegen Ihnen zu Füßen.«

Es war ein zauberhafter Anblick. Der Wald unter ihnen war wie ein dichter, dunkler Pelz, der den Hang wärmend umhüllte, jenseits der Wälder glänzte und gleißte das sanft gewellte verschneite Land.

»Das Haus mit dem Ziegelschornstein am Fuß des bewaldeten Hügels da drüben«, sagte Lord Camber, »ist Underwood Priors, das meinem Onkel Gilbert gehört. Dort ist meine Cousine Ursula aufgewachsen. Von Dezember bis Februar sehen die Ärmsten keinen Sonnenstrahl. Und das

Herrenhaus am Hang auf der anderen Seite ist Bythorn Chase, der Hauptwohnsitz meines Vaters. Dahinter liegt das Dorf Bythorn. Aus den Schornsteinen steigt Rauch, aber das Haus Ihres Vaters können Sie nicht sehen, es liegt in einer Bodenwelle. Und dort im Osten ist Mansfield, wo Ihre Schwestern Maria und Agnes zu Hause sind. Erkennen Sie den Kirchturm? An einem klaren Tag kann man von hier bis Peterborough im Norden und Bedford im Süden sehen. Aber jetzt wird es dunstig, es sieht fast aus, als sollten wir noch mehr Schnee bekommen. Da bringe ich Sie lieber heim, sonst hält mir Nanny Godwit eine gehörige Standpauke. Zurück geht es sehr viel schneller.«

Damit hatte er ein wahres Wort gesprochen, denn der schmale Pfad führte in halsbrecherischem Gefälle fast senkrecht hügelab. Lord Camber hielt Hattys Arm fest, während sie lachend und schwer atmend durch den Schnee schlitterten. Einmal fiel Hatty in einen Heidebusch, aber er zog sie hoch und klopfte sie ab.

»Das dürfen Sie zu Hause nicht erzählen, sonst muß ich heute abend im Stall essen. So, jetzt sind wir wieder auf einem ordentlichen Gehweg. Und da ist auch Godwit, der sich im Dorf nach dem Zustand der Straßen erkundigt hat.«

Godwit hatte nichts Neues zu berichten. Die Straßen waren noch blockiert, im Süden und Osten gab es Schneeverwehungen, der Weg nach Bythorn war unpassierbar, Pferde oder Kutschen waren nicht aufzutreiben.

»Und wir kriegen noch mehr Schnee«, fuhr Godwit fort. »Der alte Chicksand aus Copse Gate war im ›Zapfhahn‹, er versteht was vom Wetter und schätzt, daß es bis morgen noch schneien wird. Ich denke, vor Samstag werden Sie nicht nach Bristol kommen, Mylord, und die junge Dame nicht zu ihrer Familie.«

»Tja, da kann man nichts machen«, sagte Camber vergnügt. »Nachdem Miss Hatty sich jetzt auf Schneeschuhen fortbewegen kann, werde ich ihr all meine Lieblingsplätze zeigen. Nur Miss Hattys Vater kann einem leid tun, der nun auf die Jagd verzichten muß.«

»Nein, Mylord, Chicksand sagt, daß sich die Jagdgesellschaft von Underwood wie gewöhnlich am Freitag trifft, wenn es nicht Stein und Bein friert, und danach sieht es nicht aus.«

Sie näherten sich jetzt wieder Lord Cambers Cottage, und er fragte Hatty, was sie davon hielt.

Sie bemühte sich um eine diplomatische Antwort. »Es ist sehr – ungewöhnlich.«

Er lachte laut auf, und Godwit gestattete sich ein schmallippiges, sarkastisches Lächeln.

»Wir nennen es die Strohdachklause«, sagte Lord Camber. »Die kleine Vorhalle ist dem Eingang einer Höhle nachgebildet, sie entstand zu der Zeit, als mein Großvater die Suche nach einem Eremiten noch nicht aufgegeben hatte. Die griechische Inschrift hat er dort anbringen lassen. Übersetzt lautet sie etwa: ›Ein Ort der Muße ist der beste Besitz.‹«

»Plato«, ergänzte Hatty.

»Sehr richtig. Die Säulen hat nachträglich ein anderer Architekt beigesteuert. Das Dach war ursprünglich mit Schiefer gedeckt, aber als ich hier einziehen wollte, war es in einem sehr schlechten Zustand, da habe ich es von Godwits

Vetter, einem hervorragenden Strohdecker, neu eindecken und mich gleichzeitig in seiner Kunst unterweisen lassen, was mir hoffentlich in Pennsylvanien zugute kommen wird. Ich habe gehört, daß sie dort hauptsächlich Holzschindeln verwenden, aber sicher gibt es auch Stroh.«

Godwit seufzte. »Es heißt, daß sie dort Mais anbauen statt Weizen oder Gerste, Mylord. Vielleicht ist Maisstroh fürs Dachdecken nicht so geeignet.«

Hatty meinte aus seinem Ton eine Spur von Zurückhaltung, ja beinah Mißbilligung herauszuhören. Sie hatte fast den Eindruck, als ob Godwit insgeheim den Plan seines Herrn für ein hirnrissiges Vorhaben hielt, aber zu loyal war, um seine Zweifel laut werden zu lassen.

Vielleicht gingen auch Lord Cambers Gedanken in diese Richtung, denn er schlug Godwit freundschaftlich auf die Schulter. »Keine Angst, alter Junge. Wenn dort Schindeldächer Mode sind, finde ich schon jemanden, der mir beibringt, wie man sie deckt.«

Dickon kam aus dem Haus und kniete sich in den Schnee, um die Riemen von Hattys Schneeschuhen zu lösen. Als er mit ihnen zum Stall gegangen war, fragte Hatty halblaut: »Ich habe ihn noch nie sprechen hören. Ist er stumm?«

Godwit war Dickon zu den Ställen gefolgt. »Ja, offenbar«, gab Lord Camber ebenso leise zurück. »Seit sein Vater als Wilderer deportiert wurde – da war er zwei oder drei –, hat er kein Wort mehr gesagt. Dabei ist er ein aufgeweckter Junge.«

»Das arme Kind! Weiß man, was aus dem Vater geworden ist?«

»Er soll auf der Überfahrt gestorben sein. Das ist nichts

Ungewöhnliches. Aber kommen Sie herein, und wärmen Sie sich die Hände. Der Duft, der aus dem Haus kommt, läßt vermuten, daß Großmutter Godwit ihre berühmte Fasanensuppe kocht.«

In den folgenden Tagen begriff Hatty, daß es ein großer Unterschied ist, ob man die Wirtschaft für eine acht- oder neunköpfige Familie in einem großen Haus mit genügend Dienstpersonal in Küche und Garten führt oder sich um alles selbst kümmern muß – vom Kochen und Brotteigkneten über Geflügelrupfen und Wäschewaschen bis zu den unangenehmen Gängen durch Schnee und Kälte, um Gemüse oder Kohlen ins Haus zu schaffen. Mrs. Daizley und Mrs. Godwit nahmen sie beim Wort und ließen sie überall mithelfen.

»Von Ihnen beiden habe ich mehr gelernt«, sagte sie, während sie keuchend die schwere Mangel drehte, »als von meiner Tante in sechs Jahren. Dabei ist sie eine hervorragende Hausfrau.«

»Eigene Erfahrung ist eben durch nichts zu ersetzen«, bestätigte Mrs. Godwit. »Was Jenny und ich Ihnen beibringen, wird Ihnen später bestimmt gute Dienste tun.«

»Ich werde diese Tage nie vergessen«, versicherte Hatty. »Erst jetzt weiß ich, wie es ist, glücklich zu sein.«

Wenn die wichtigsten Hausarbeiten erledigt waren, lehrte Nanny Godwit sie das Knüpfen von Flickenteppichen, wozu Stoffreste (»Wir bekommen immer die abgelegten Kleider der Damen von Underwood Priors, da geht der Vorrat nie aus!«) auf einer Unterlage aus grobem Kanevas verknotet wurden. Von Dickon lernte sie, wie man Wäscheklammern schnitzt und Strohpüppchen bindet, von Godwit und Lord Camber, die gerade im Stall eine Trennwand hochzogen, das Mauern. Mrs. Daizley führte sie in die Kunst der Patchworkarbeiten ein. Wenn zwischen zwei Schneeschauern kurz die Sonne herauskam, führte Lord Camber sie über seine Lieblingswege durch den Wald und über das rauhe Hügelland, zu dem auch ein kleiner See und ein Bach gehörten.

An den früh einsetzenden dunklen Winterabenden wurde gesungen. Lord Camber hatte einen leidlichen Tenor, Mrs. Daizley einen sicheren Alt und Mrs. Godwit einen schönen, wenn auch etwas brüchigen Sopran. Godwit brachte keinen korrekten Ton heraus, er krächzte wie ein Rabe und konnte keine Noten lesen, dafür aber kannte er unzählige Volksweisen, Balladen, Rundgesänge, Tanz- und Scherzlieder und schlug kräftig den Takt, während er den Text deklamierte. Hatty konnte dieses Repertoire durch etliche Lieder erweitern, die sie mit ihrer Mutter gesungen hatte. Als sie sah, wie interessiert Dickons Blick dem rhythmischen Öffnen und Schließen ihrer Münder und Godwits Handbewegungen folgte, machte sie ihm aus einem mit Leinwand bespannten runden Korb ein Instrument, das halb Trommel, halb Tamburin war und auf das er, während sie sangen, mit einem Holzhammer einschlug.

»Er trifft den Takt sehr präzise«, bemerkte Lord Camber, der ihn aufmerksam beobachtet hatte. »Ich glaube, Sie haben da etwas entdeckt, Miss Hatty.«

»Ich werde ihm das Lesen beibringen«, beschloß Hatty und schnitt die Buchstaben des Alphabets aus Pappe zurecht. Sie legte die Worte SCHÜSSEL, BROT, TELLER und TISCH und deutete auf die entsprechenden Gegenstände. Dickon begriff sofort, worauf es ankam.

»Ich würde, wenn ich wieder zu Hause bin, gern herkommen und ihn weiter unterrichten«, sagte sie zu Mrs. Daizley, »nur wird man mir das wohl nicht erlauben.«

»Keine Bange, wir lernen mit ihm«, versprach Mrs. Godwit. »Wenn Sie uns das nächstemal besuchen kommen, Miss Hatty, kann der Junge bestimmt schon Master Harrys Bücher lesen.«

»Ich wünschte, ich müßte nicht fort«, seufzte Hatty. »Mein Leben lang habe ich mir gewünscht, in so einem Haus zu wohnen.«

Sie zeichnete für Dickon ein von Bäumen umstandenes Haus und legte die Buchstaben HAUS daneben. Er nickte ernsthaft, und als er mit dem Stift ein Strichmuster auf das Dach malte, fügte sie das Wort STROH hinzu.

In diesem Moment kam Lord Camber die Treppe hinunter. »Ich störe Sie nicht gern beim Unterricht«, sagte er, »aber die Sonne ist herausgekommen, und ich glaube, es wird allmählich ein bißchen wärmer.«

»Morgen kann die junge Dame vielleicht weiterziehen«, meinte Godwit.

»Was mir sehr schwerfallen wird«, ergänzte Hatty.

Als sie an diesem Tag Lord Cambers Aussichtshügel bestiegen, rutschten sie mit ihren Schneeschuhen und sanken immer wieder in den weichen Schnee ein. Ein lauer Wind wehte ihnen ins Gesicht.

»Es taut«, stellte Lord Camber fest. »Vielleicht gibt es heute nacht noch Regen, dann sind die Straßen wieder frei.«

Hatty mochte ihm nicht gestehen, wie sehr diese Aussicht

sie bedrückte. »Unsere Gespräche werden mir fehlen«, fuhr ihr Begleiter fort. »Was haben wir nicht alles diskutiert – von der Frage, ob das Licht der Sonne oder das einer Lampe schöner ist und wie man am besten ein Ei brät, bis zu poetischen und moralischen Fragen. Ich glaube, es gibt keinen einzigen Gegenstand, über den wir einer Meinung sind.«

»Bis auf die Sache mit dem Ei«, sagte Hatty lachend. Eines aber haben wir nie angesprochen, dachte sie.

»Wenn es Ihnen recht ist, melde ich mich aus Pennsylvanien und berichte Ihnen von der Überfahrt und was für eine Anstellung ich gefunden habe.«

»Ja, gern, ich freue mich schon darauf. Aber werden Sie denn Zeit dazu haben? Es ist ein sonderbarer Gedanke, daß Sie in dienender Stellung tätig sein werden…«

Doch wenn er nicht an einen besonders selbstherrlichen und schwierigen Dienstherrn gerät, dachte Hatty, herrscht zwischen den beiden wohl bald der gleiche ungezwungenherzliche Ton wie zwischen Lord Camber und den anderen Bewohnern vom Strohdachcottage.

»Und werden Sie mir auf meine Briefe hin und wieder antworten und das eine oder andere Gedicht beilegen?« fragte er.

»Sobald ich Ihre Anschrift habe.«

»Sie können Ihre Briefe an die Sophokratische Gesellschaft in Amity Valley schicken, meine Freunde Wandesleigh und Kittridge sorgen dafür, daß Post an mich weitergeleitet wird. Aber wohin soll ich Ihnen schreiben?«

»Am besten wohl nach Bythorn Lodge«, sagte Hatty zögernd. Möglicherweise war ihr Vater nicht erbaut, wenn Briefe von Lord Camber eintrafen. Sie dachte an die Reaktion von Onkel Philip und machte sich schon jetzt auf das Schlimmste gefaßt. Aber vermutlich würde sie ohnehin nur so lange auf Bythorn Lodge bleiben, bis Mr. Ward eine passende Stelle als Gouvernante für sie gefunden hatte.

Von Osten her tönten Rufe und Jagdhornklänge zu ihnen hoch.

»Sehen Sie nur! Da ist die Jagdgesellschaft, wie Godwit gesagt hat.«

Auf dem Hang erschienen in langer Reihe schwarze, weiße und braune Vierbeiner, die am anderen Ende der Lichtung im Wald verschwanden. Reiter in scharlachroten Röcken galoppierten hinter ihnen her.

»Wenn man es recht betrachtet, ist das doch ein sehr sonderbarer Zeitvertreib«, sagte Camber.

»Sind Sie denn nie auf die Jagd gegangen?«

»Als Junge schon, aber da habe ich vor allem den wilden Ritt über Stock und Stein genossen. Für das klägliche Geschäft, einen Fuchs in Stücke zu reißen, konnte ich mich noch nie erwärmen. Aber wenn man vom Teufel spricht ... da kommt er!«

Ein kleines braunes Fellbündel mit einem wie lachend aufgerissenen Maul schnürte durchs Heidekraut, während seine Verfolger in die andere Richtung stürmten. »Er hat einen Haken geschlagen, der kleine Schlaumeier!«

»Hoffentlich ist er ihnen entwischt. Nein, sie haben die Fährte wieder aufgenommen«, sagte Hatty bedauernd. Immer wieder staunte sie, wie klein so ein Fuchs war, eine im Grunde armselige Beute für einen ganzen Troß von Reitern und ein halbes Hundert Hunde.

Die Jagdgesellschaft hatte sich wieder über den Hang verteilt und war jetzt Lord Camber und Hatty, die auf dem Gipfel an der verschneiten Bank stehengeblieben waren, sehr viel näher.

»Heda, hier läuft er!« rief jemand, und eine Gruppe von Reitern stürmte, den in der Sonne weich gewordenen Schnee in großen Klumpen hochschleudernd, an ihnen vorbei.

»Haben Sie ihn gesehen? Wo steckt er?« rief einer. Camber schüttelte den Kopf.

In der Ferne jaulten und kläfften die Hunde in höchster Erregung, und dann ließ sich plötzlich eine Stimme hinter Hatty und Camber vernehmen: »Teufel auch, das ist ja meine Tochter!« Sie sahen ein mißbilligend verzogenes rotes Gesicht unter einem schwarzen Zylinder, dann donnerte der große breite Mann auf dem schweren Braunen im aufsprühenden Matsch hügelab. Man hörte ausgelassenes Johlen, das triumphierende Kläffen der Hunde und wieder das Jagdhorn.

»Kommen Sie«, sagte Lord Camber. »Wir wollen nicht warten, bis sie ihre Beute töten…« Er griff nach Hattys Arm und führte sie rasch den steilen Pfad auf der anderen Seite des Hügels hinunter.

Zumindest, dachte sich Hatty, weiß Papa jetzt, daß ich noch lebe. Große Freude scheint ihm das allerdings nicht zu bereiten.

Sie fand es erstaunlich, daß er sie nach sechs Jahren sofort wiedererkannt hatte, bedachte dabei aber nicht, daß sie nach der übereinstimmenden Ansicht aller, die sie kannten, ihrer Mutter sehr ähnlich sah.

»Sollen wir versuchen, Ihren Vater einzuholen?« fragte Lord Camber und ließ, unten angekommen, ihre Hand los.

»Sie sind offenbar in den Wald geritten, um den nächsten Fuchs aufzuspüren. Wahrscheinlich tut es ihnen leid, daß sie diesen schon so frühzeitig gefangen haben.«

»Lieber nicht«, erwiderte Hatty. »Wir könnten leicht die ganze Gegend ablaufen, ohne Papa zu finden. Außerdem läßt er sich bestimmt nicht gern mitten in der Jagd stören. Vielleicht kommt er abends bei Ihnen vorbei. Er hat Sie erkannt, nicht wahr?«

»Ja, sicher. Wir haben hin und wieder miteinander zu tun«, gab Lord Camber zurück, ohne das Thema zu vertiefen. Schweigend gingen sie zurück zu dem Cottage, wo Godwit sie mit der Mitteilung empfing, daß die Straße nach Bythorn am nächsten Morgen wieder befahrbar sein würde und er eine Chaise beschafft hatte, die Hatty vom ›Specht‹ nach Bythorn Lodge bringen würde.

Daß Mrs. Daizley und Mrs. Godwit ihren Fortgang so lebhaft bedauerten, rührte Hatty sehr.

»Sie waren ein richtiger Sonnenschein«, sagte Mrs. Daizley, die sie zum Abschied eigentlich freigebig mit Brombeermarmelade und getrockneten Pilzen hatte beschenken wollen. Vorsichtshalber lehnte Hatty die freundlichen Gaben dankend ab, da zu befürchten stand, daß Lady Ursula oder Agnes darin eine Kritik an der Haushaltsführung auf Bythorn Lodge sehen würde. Lord Camber hatte sich erboten, Hatty zu Pferde zu begleiten, aber auch darauf verzichtete sie, wenn auch schweren Herzens. Eine weitere Begegnung zwischen Lord Camber und Lady Ursula war sicher nicht wünschenswert und würde auch ihr die Heimkehr nicht erleichtern.

Daraufhin hatte Lord Camber sich entschlossen, am gleichen Tag wie Hatty aufzubrechen. Er wollte nach Bristol. Von einem Fuhrmann, der im ›Specht‹ eingekehrt war, hatte Godwit erfahren, daß die Straßen nach Westen über Oxford hinaus in leidlichem Zustand waren.

Als sie das hörte, war es um Mrs. Daizleys Fassung geschehen. »Ogottogott, wann werden wir Sie wiedersehen, Master Harry?« schluchzte sie in ihre Schürze. Er legte ihr einen Arm um die Schulter.

»Hätten Sie und Nanny Godwit nicht Lust, zu mir nach Amity Valley zu kommen, wenn ich meine Schiffspassage abgearbeitet habe? Das Leben dort würde Ihnen gewiß gefallen.«

»Nein, Master Harry, dazu sind wir zu alt. Es ist doch sehr weit, und all unsere Freunde sind hier...«

»Ja, dann müssen wir eben zumindest in Gedanken herzlich verbunden bleiben.«

»Aber irgendwann kommen Sie doch zurück? Wenn Seine Gnaden das Zeitliche gesegnet hat, wird Ihnen nichts anderes übrigbleiben.«

Er lachte. »Wir werden sehen. Vielleicht kann ja mein Bruder an meine Stelle treten.«

»Oberst Wisbech? Nie im Leben! Der hat doch nur seine Kanonen und modische Westen im Kopf.«

»Wir werden sehen«, wiederholte Lord Camber.

Sein Abschied von Hatty am nächsten Morgen war kurz. Er hatte vor, ohne Aufwand, wie es seine Art war, und nur mit einem Ranzen als Gepäck zu einer weiter westlich gelegenen Abzweigung zu marschieren, an der die Postkutsche nach Oxford hielt.

Er nahm Hattys Hände und sah mit jenem Lächeln, bei dem hundert Fältchen um seine Augen aufsprangen, auf sie herunter. »Ich werde nichts von dem vergessen, Miss Hatty, was wir miteinander besprochen haben. Und ich werde gut auf Ihre Gedichte achtgeben, sie sind in meiner Brieftasche sicher verwahrt. Und etliche auch in meinem Kopf. In Kürze hoffe ich, sie in Journalen und Zeitschriften wiederzufinden. Ich wünsche Ihnen viel Sonne auf Ihrem Weg.«

»Leben Sie wohl, Lord Camber«, brachte Hatty mühsam heraus.

Rasch wandte sie sich Godwit und Dickon zu, die bereitstanden, um sie zum ›Specht‹ zu begleiten.

10

Das Reisegeld, das Philip Ward seiner Nichte zugestanden hatte, war so knapp bemessen, daß Hatty nicht wußte, ob sie damit die Chaise nach Bythorn Lodge noch würde bezahlen können. Um nicht ständig an diese Sorge und an den Abschied von Lord Camber und die ungezwungen-herzliche Atmosphäre in seinem Haus denken zu müssen, blickte Hatty entschlossen aus dem Fenster auf die mit Schneeresten bedeckten Wiesen, an denen der Wagen vorbeiholperte, und fing an zu dichten.

Sinnlos, das Gras zu fragen:
Er liebt mich? Er liebt mich nicht?
Die wogende Wiese entscheidet
kaltsinnig mal so und mal so.
Du sahst es kommen: Gesetz des Durchschnitts.
Desgleichen die Gänseblümchen:
Glaub ihnen kein Wort,
Denn jedes widerspricht
dem davor.

Ich möchte wohl wissen, wie Lord Camber diese Zeilen gefallen würden. Und ob es nicht eigentlich recht vulgär ist, alles in Reime zu bringen... Wie weit mag er inzwischen gekommen sein? Sitzt er schon in der Postkutsche nach Oxford? Wann kann ich wohl mit einem Brief von ihm rechnen? Frühestens in vier Monaten. Und vielleicht hat er dann zuviel zu tun, um Zeit für Briefe an eine flüchtige Bekannte wie mich zu haben. Oder er hat kein Schreibmaterial zur Hand… oder hat mich ganz und gar vergessen. Wie weh doch so ein Abschied tut…

Zum Glück öffnete ihr auf Bythorn Lodge der Diener Firle den Schlag, der schon früher Hattys Verbündeter gewesen war.

»Wie schön, daß Sie da sind, Firle. Sorgen Sie doch bitte dafür, daß der Kutscher entlohnt wird.«

Er machte große Augen.

»Das ging aber schnell, Miss! Ich hole mir gleich das Geld von Mrs. Ayling. Sie können sich ja denken, daß hier alles in heller Aufregung ist.«

Tatsächlich herrschte im Haus auffällige Unordnung. Die Fußmatte war voller Schmutz, Mr. Wards Jagdkappe und seine Peitsche lagen zwischen ungeöffneten Briefen auf dem Dielentisch. Als Firle mit dem Reisegeld zurückkam, war auch Jenny, das Stubenmädchen, zur Stelle. »So ein Unglück, Miss Hatty! Der arme Herr!«

»Ja, was ist denn geschehen, Jenny?«

»Sie wissen es also noch gar nicht? Gestern ist er abgeworfen worden, bei der Jagd, sie haben ihn auf einer Trage nach Hause gebracht. Der Doktor sagt, daß er es höchstens noch ein paar Stunden macht…«

»Großer Gott«, flüsterte Hatty. »Gestern… bei der Jagd…«

Das muß kurz nach unserer Begegnung mit ihm gewesen sein. Wie sonderbar. Und wie schrecklich.

»Es lag am Tauwetter«, fuhr Jenny fort. »In dem weichen Schnee ist Fiddler, sein Gaul, in Hickley Wood beim Sprung über ein Gatter ausgerutscht und hat den Herrn abgeworfen. Er ist auf den Kopf gefallen, der Ärmste, und der Gaul auf ihn drauf. Gestern hat es viele Stürze gegeben, sagt Mr. Girdley, weil der Untergrund so tückisch war. Die gnädige Frau hatte den Herrn gebeten, nicht wegzugehen, aber er wollte nicht hören, er sei nun drei Tage nicht mehr aus dem Haus gekommen, sagte er, und habe genug davon –«

»Und wir haben genug von dir, Jenny«, keifte eine vertraute Stimme von der Treppe her. Hatty sah hinauf. Es war ihre Schwester Agnes. Beim Anblick der scharfen Züge, des schmallippigen Mundes, der stechenden Augen war sofort die Erinnerung an jenen unheilvollen Sturz wieder da, an die Haarbürste aus Elfenbein, den geborstenen Spiegel, den gesprungenen Flakon aus venezianischem Glas. Ich kann kommen, wohin ich will, immer bringe ich das Unglück mit, dachte Hatty verzagt.

»Da bist du ja endlich«, sagte Agnes gereizt. »Zu spät, um dich von deinem Vater zu verabschieden.«

»Ich kam, so schnell ich konnte«, wehrte sich Hatty. »Gestern habe ich keine Chaise bekommen.«

»Nun, ich darf dir sagen, daß Mr. Norris und ich nach Bythorn Lodge *geritten* sind. Sir Thomas hat uns freundlicherweise zwei lammfromme Gäule aus seinem Stall zur Verfügung gestellt. In so einem Fall scheuen wir weder Zeit noch Mühe, unserer Pflicht nachzukommen. Wir müssen sofort hin, sagte ich zu Mr. Norris, als wir die Nachricht bekamen, und er war ganz meiner Meinung und bat Sir Thomas sogleich um die Pferde. Er ist oben bei Papa und bemüht sich, Lady

Ursula Trost zu spenden. Es ist ein schreckliches Unglück, und am allermeisten hat mich schockiert, daß Papa uns gestern abend, als er noch sprechen konnte, erzählt hat, er habe dich mit Lord Camber ganz munter auf dem Coppice Hill herumspazieren sehen. Für mich steht fest, daß es dieser skandalöse Anblick war, der den armen Papa ein wenig leichtsinnig werden ließ, worauf er die Gewalt über sein Pferd verlor, denn in all den Jahren, in denen er Fuchsjagden reitet, ist ihm noch nie derlei passiert – oder jedenfalls nicht sehr oft...«

Lady Ursula kam die Treppe herunter, dünn und bleich wie ein Gespenst.

»Es ist vorbei«, verkündete sie tonlos. »Mr. Ward ist nicht mehr.«

»Da siehst du's«, sagte Agnes. »Du bist zu spät gekommen, um in seiner Sterbestunde bei ihm zu sein.«

»Ich glaube kaum, daß er darauf Wert gelegt hätte«, erwiderte Hatty niedergeschlagen.

»Das tut nichts zur Sache und läßt im übrigen den nötigen Respekt vor dem Verstorbenen vermissen«, fuhr Lady Ursula sie an. »Darf man erfahren, wo du die letzten drei Tage gesteckt hast? Natürlich war es ein unglücklicher Umstand, daß das Fuhrwerk, das Mr. Ward dir schickte, unterwegs nicht weiterkam, aber hättest du dich nicht melden können? Dein Vater hat sich sehr um dich gesorgt, wir alle haben uns Gedanken gemacht. Warum hast du nicht jemanden aus dem Gasthof mit einer Nachricht losgeschickt?«

»Weil der Wirt ein Saufaus ist.«

»Ein – was bitte?«

»Er trinkt. Er war berauscht. Und sonst war niemand im Haus.«

Agnes und Lady Ursula wechselten einen angewiderten Blick.

»Und wie hast du dir dann beholfen?«

»Im Gasthof konnte ich nicht übernachten. Godwit, Lord Cambers Verwalter, der mich auf der Reise in seine Obhut genommen hatte, brachte mich zu Lord Cambers Haus im Wald. Es war zu spät, zu dunkel und zu stürmisch, um eine andere Bleibe für mich zu suchen.«

»Du hast in Lord Cambers Cottage logiert? Das war sehr unpassend.«

»Was sollte ich denn machen? In diesem Schneesturm hätte ich keinen Schritt weiter gehen können.«

»Wie froh und dankbar bin ich, daß unser lieber Vater das nicht mehr erlebt hat«, verkündete Agnes mit frommem Augenaufschlag.

Lady Ursula verzog verächtlich die Lippen. »Ich dachte, Lord Camber sei schon auf dem Weg nach Amerika. Was hat ihn veranlaßt, die Abreise zu verschieben?«

»Sein Vater war krank und ließ ihn kommen.«

»Wenigstens er hat sich also auf seine Kindespflicht besonnen...«, bemerkte Agnes spitz.

»Was ihn nicht daran hinderte, sich danach wieder in sein Cottage zu begeben. Und wer befand sich sonst noch in dieser – dieser Behausung?«

»Seine Haushälterin, Mrs. Daizley, eine hochanständige Frau«, verteidigte sich Hatty, »und die alte Mrs. Godwit und Mr. Godwit und Dickon, ein taubstummer Junge.«

»Ein ungemein achtbarer Haushalt, alles, was recht ist!«

Dieses eingehende Verhör war in der Diele, am Fuß der Treppe, geführt worden, die jetzt mit schweren Schritten ein älterer Herr in geistlichem Habit herunterstieg. Ein gravitätisch-mißbilligender Ausdruck lag wie festgefroren auf dem rötlichen Gesicht. Hatty vermutete, daß es sich bei diesem Gentleman um Mr. Norris handelte.

»Und wen haben wir hier?« fragte er.

»Das ist meine jüngste Schwester Hatty oder eigentlich Harriet«, erwiderte Agnes.

»Soso. Sehr bedauerlich, daß sie zu spät kam, um ihrem Vater in seiner letzten Stunde beizustehen.«

Woher sollte ich wissen, daß er im Sterben lag, niemand hat mir etwas gesagt, dachte Hatty, behielt aber diesen Gedanken wohlweislich für sich.

»Und warum stehen wir hier in der zugigen Eingangshalle herum?« erkundigte sich Mr. Norris.

Hatty wäre gern auf ihr Zimmer gegangen, um Hut und Umhang abzulegen. Aber – hatte sie hier überhaupt noch ein Zimmer?

Doch da ergriff Lady Ursula wieder das Wort. »Am besten gehst du erst einmal hinauf und bringst deine Garderobe in Ordnung – du kannst das Zimmer benutzen, das du früher hattest –, dann kommst du ins Frühstückszimmer. Inzwischen werden wir entscheiden, was aus dir werden soll.«

Es zeigte sich, daß die Dienerschaft nicht auf Lady Ursulas Anweisungen gewartet hatte. In Hattys Zimmer brannte schon Feuer im Kamin, und Jenny packte ihre Koffer aus.

»Ich freue mich so, daß Sie wieder da sind, Miss Hatty, auch wenn es für Sie eine traurige Heimkehr ist. Kommt denn Miss Fanny auch?«

»Das weiß ich nicht, Jenny. Sie ist in Bristol, aber ich bin mir gar nicht sicher, ob jemand ihre Anschrift kennt. Es könnte allerdings sein, daß Onkel Philip ihr eine Nachricht zukommen läßt. Vielleicht will er auch selbst –«

In diesem Moment fiel Hatty ein, daß ja nach dem Tod ihres Vaters das Haus an ihren Onkel zurückfiel. Würde er es sofort in Besitz nehmen?

Kein Wunder, daß Lady Ursula so grau und vergrämt aussah. Andererseits, überlegte Hatty, kenne ich sie gar nicht anders. Sie erinnerte sich einer Abbildung der kreisförmig angeordneten Steine von Stonehenge, die sie in irgendeinem Buch gesehen hatte. Wie einer dieser Monolithen sah Lady Ursula aus.

Grau wie ein Stein und härter als Granit,
kälter als ein sterbender Planet am Zenit.

Falls nun aber, überlegte sie weiter, Lady Ursula guter Hoffnung war? Tante Polly hatte zwar gemeint, das sei nicht sehr wahrscheinlich, aber man konnte schließlich nicht sicher sein, bis – ja, bis wann? Wenn sie einen Sohn bekam, wäre dann wohl er der Erbe. Mein Stiefbruder. Wie sonderbar. Und dann würde er das Haus erben. Aber angenommen, sie bekam eine Tochter? Das Mädchen konnte einem jetzt schon leid tun.

Hatty wußte über die Eventualitäten und Zeitabstände, um die es hier ging, nur recht vage Bescheid. Dringender als je zuvor hätte sie jetzt Tante Pollys Scharfblick und Sachverstand gebraucht. Liebste Tante Polly, wie geht es dir? Wirst du gut gepflegt? Und wer kümmert sich um euer Haus, das mir soviel vertrauter ist als das Haus meiner Kindheit?

Denn hier umgibt mich nur Kummer, Haß und Unglück.

Ohne daß sie eine Frage zu stellen brauchte, sagte Jenny: »Bythorn Lodge geht jetzt an Ihren Onkel, Mr. Philip Ward, nicht? Nachdem die neue Herrin nichts Kleines erwartet –«

»Woher weißt du das, Jenny?«

»Ach Gottchen, Miss Hatty, in der Gesindestube sind so Sachen kein Geheimnis. Fanshaw, Lady Ursulas Zofe, weiß es, und wir anderen wissen es auch. Nein, in der Richtung tut sich nichts, und Lady Ursula wird sehen müssen, wo sie bleibt. Hier wird ihr niemand eine Träne nachweinen. Sie ist so ganz anders als Ihre arme liebe Mutter, Miss Hatty.«

»Aber man kann sie doch sicher nicht Knall auf Fall aus dem Haus jagen? Es muß so etwas wie – wie eine Gnadenfrist geben.«

»Ja, so um die vier Wochen werden sie ihr einräumen. Ein Vetter von Firle ist Kanzleigehilfe bei einem Advokaten, und der hat gemeint, daß sie nicht sofort ihre Siebensachen packen muß. Und die Leute sagen, daß dann Ihr Vetter, Master Sydney Ward, das Haus übernimmt. Stimmt das, Miss?«

Hatty hörte Sydney sagen: »Und dann bin ich der lachende Dritte …«

O Himmel, dachte sie, was wäre, wenn ich jetzt Sydney beim Wort nähme?

Einen Augenblick fand sie den Gedanken verführerisch, sie versuchte sich Lady Ursulas fassungslos-verblüffte Miene vorzustellen, wenn sie erfuhr, daß die in Ungnade gefallene Stieftochter ihren Platz einnehmen würde. Doch es blieb bei dieser einen kurzen Anwandlung. Triumphgefühle waren vergänglich und konnten sie nicht dafür entschädigen, daß sie als Sydneys Frau ihr Leben lang unglücklich sein würde.

Hatty wappnete sich mit Gleichmut und ging ins Frühstückszimmer hinunter, wo das Konklave, bestehend aus Lady Ursula, Agnes und Mr. Norris, bereits über ihr Schicksal entschieden hatte.

»Es trifft sich gut«, verkündete Lady Ursula, »daß Miss Stornoway, die Gouvernante, die seit fünf Jahren meine beiden jüngsten Schwestern, Barbara und Drusilla, beaufsichtigt und unterrichtet, an hartnäckigem Rheuma leidet, weshalb sie ihren Aufgaben nicht mehr gewachsen ist. Die Mädchen sind, da Miss Stornoway sie nicht mehr in der Zucht halten kann, unglaublich träge und widerspenstig geworden. Ich weiß nicht, wie oft ich schon zu der Gräfin gesagt habe: ›Mama, du mußt dir diese Person vom Hals schaffen. Die Mädchen sind außer Rand und Band.‹ – ›Ich weiß, Kind, ich weiß‹, antwortet sie dann, ›aber wo soll ich eine Person finden, die energisch genug ist, um mit ihnen fertig zu werden, und die sich an unserer abgeschiedenen Lage nicht stört? Die meisten Bewerberinnen werden dadurch abgeschreckt.‹ Da kommt nun meine unglückselige Stieftochter wie gerufen. Sie ist aus guter Familie, so daß die Mädchen ihr ein Mindestmaß an Respekt entgegenbringen müssen, sie ist noch so jung, daß sie die Stellung so lange bekleiden kann, wie es nötig ist, und die Abgeschiedenheit ist in diesem Falle ein zusätzlicher Vorteil, denn dadurch wird ihr skandalöses Verhalten nicht in der Öffentlichkeit bekannt. Sie sollte deshalb ihre Tätigkeit dort unverzüglich aufnehmen. In Underwood lebt man ganz zurückgezogen, meine Schwestern gehen nie aus, sie machen und empfangen keine Besuche, und so mag der anrüchige Vorfall nach und nach in Vergessenheit geraten. Von uns wird man selbstverständlich ohnehin nichts darüber erfahren – zumal einer der Beteiligten inzwischen wohl glücklich seine Reise nach Amerika angetreten hat.«

Agnes und ihr Ehemann nickten beifällig. »Aber wird denn die Gräfin die junge Person so ohne weiteres akzeptieren?« fragte Mr. Norris in seiner gravitätischen Art.

»Ja, wenn ich ihr die Vorzüge schmackhaft mache. Mama, werde ich ihr schreiben, mach dir keine Sorgen, deine Probleme sind ein für allemal gelöst, du kannst Miss Stornoway unbesorgt wegschicken. Meiner Mutter wird das schon deshalb gelegen kommen, weil die unglückselige Person seit zwei Monaten auf ihre Kosten ißt und trinkt, ohne auch nur einen Handschlag dafür zu tun. Damit wäre denn auf Underwood Priors alles aufs beste geregelt.«

»Underwood Priors…«, wiederholte Hatty bedenklich.

Sie erinnerte sich an den Tag, an dem Lord Camber ihr das tief in den dunklen Wäldern verborgene verschachtelte alte Herrenhaus gezeigt hatte. Malerisch und interessant ist es sicher, hatte sie gedacht, als sie mit ihrem Begleiter unter einem strahlendblauen Himmel auf der Hügelkuppe stand, aber leben möchte ich an einem so dunklen, feuchten, abgeschiedenen Ort gewiß nicht.

War vielleicht die Kindheit in diesem düsteren Haus schuld an Lady Ursulas grämlich-kritteligem Wesen?

Hatty schien es, als sei es schon eine halbe Ewigkeit her, seit sie mit Lord Camber so fröhlich und unbeschwert durch den Schnee gestapft war. Dabei waren es erst drei Tage – und vor ihr lag ein ganzes Leben ohne ihn.

»Muß ich wirklich nach Underwood Priors?« fragte sie zögernd.

»Ja, natürlich, du widerborstiges, undankbares Ding. Je eher, desto besser.«

»Soll sie nicht noch zu Papas Beerdigung bleiben?« fragte Agnes.

»Nein, ich bin dafür, daß sie sich so schnell wie möglich auf den Weg macht. Womöglich haben außer Mr. Ward noch andere sie in Begleitung von Lord Camber gesehen. Am besten zeigen wir uns gar nicht mit ihr in der Öffentlichkeit – und bei der Beerdigung schon gar nicht. Ich werde meiner Mutter schreiben, daß sie ihr so bald als möglich ein Fuhrwerk schickt.«

»Ja, du hast recht«, meinte Agnes mit einem ungnädigen Blick auf die jüngere Schwester. »Bliebe sie zur Beerdigung, brauchte sie überdies eine komplette Trauergarderobe. Sie ist in Portsmouth ein gutes Stück gewachsen. Für Underwood reicht ein schwarzes Kleid, denn wenn sie nicht ausgeht, braucht sie auch keinen neuen Mantel.«

Inzwischen war es schon zu spät, Hatty noch an diesem Tag fortzuschicken. Dies sollte am nächsten Morgen unverzüglich geschehen.

Nach dem Tod des armen Mr. Ward mußte vieles besorgt, mußten Anweisungen gegeben, Mitteilungen versandt werden. Außerdem hatte sich, wie stets auf dem Land, die Kunde von dem plötzlichen Todesfall schon auf geheimnisvolle Weise herumgesprochen, Nachbarn statteten Beileidsbesuche ab und mußten angemessen bewirtet werden.

Da konnte sich nun Hatty sogar noch nützlich machen. Sie wurde in die Studierstube ihres Vaters im Obergeschoß geschickt, die er selbst nur selten benützt hatte, und angewiesen, Dankschreiben für Kondolenzbriefe zu verfassen und weiter entfernt wohnenden Verwandten Mitteilung vom Tod ihres Vaters zu machen. An die Familie in Portsmouth ging ein Eilbrief. Tante Polly, dachte Hatty bedauernd, war sicher nicht wohl genug, um an der Beerdigung teilzunehmen, aber sie selbst war ja zu diesem Zeitpunkt auch schon in Underwood Priors.

Trübselig ging der Tag dahin.

Gegen eins brachte Jenny einen Teller mit kaltem Aufschnitt, und Hatty fragte nach Simcox, ihrem Kater. »Ist er noch im Haus?«

»Nein, Miss, der ist schon eine ganze Weile tot. Nachdem ihn ein Fuchs gebissen hatte, ging's bergab mit ihm. Aber da Miss – ich meine Lady Ursula – ihren Kater mitgebracht hat, ist es wohl auch besser, daß wir Simcox nicht mehr haben. Zwei Kater im Haus tun nicht gut.«

»Lady Ursula hat einen Kater?« fragte Hatty überrascht.

»Ja, Miss, ein garstiges, heimtückisches Tier. Und nachdem der Herr ihn mal getreten hat, als er zu tief ins Glas geschaut hatte, so daß er jetzt lahmt, ist er noch bösartiger geworden. Der Herr hat in letzter Zeit ganz schön was weggetrunken, Miss.«

»Er hat auch vorher schon gern zur Flasche gegriffen, wenn er schlechte Laune hatte.«

»Zum Schluß war es ganz schlimm, Miss. Abends war er meist völlig beduselt, und Firle mußte ihn zu Bett bringen. Und auf die Jagd hat er immer eine Taschenflasche mitgenommen. Vielleicht legt es sich, haben wir gedacht, wenn er eine neue Frau hat, aber davon konnte keine Rede sein.

Manchmal ist sie auf ein, zwei Tage zu ihrem Papa nach London gefahren, wohl um von dem gnädigen Herrn wegzukommen, und das hat ihn erst recht erbost.«

Hatty empfand fast so etwas wie Mitleid für Lady Ursula. Mr. Ward konnte – schon in guten Zeiten nicht eben sanftmütig – nach dem Genuß von Alkohol sehr jähzornig sein. Die Ehe mit ihm war – zumal seine Frau ihm keine Hoffnung auf einen Sohn und Erben hatte machen können – gewiß keine reine Freude gewesen. Und für eine Frau wie Lady Ursula, die stets erwartete, daß alles nach ihrem Kopf ging, die von ihrer eigenen Bedeutung so überzeugt war... Hatty fragte sich unwillkürlich, ob nicht der plötzliche Tod ihres Mannes fast eine Erlösung für sie gewesen war.

Aber was würde Lady Ursula jetzt machen, wohin sollte sie gehen? Zurück nach Underwood Priors (was der Himmel verhüten möge...)? Hatte Mr. Ward sie so gut versorgt, daß sie irgendwo einen eigenen Hausstand gründen konnte? Wohl kaum. Gelegentlichen Bemerkungen Onkel Philips hatte Hatty entnommen, daß ihren Vater erhebliche Geldsorgen plagten und seine Einkünfte sich seit dem Tod der ersten Mrs. Ward sogar noch dezimiert hatten.

Bestimmt waren Mr. Wards Letzter Wille und seine Vermögensverhältnisse der Dienerschaft in allen Einzelheiten bekannt, aber in der Gesindestube mochte Hatty keine Erkundigungen einziehen.

Bald aber sollte sie die gewünschten Informationen von unerwarteter Seite bekommen. Nach einer unruhigen Nacht stand sie am nächsten Morgen früh auf. Es gab eine Zeit, da sie sich unbändig nach dem Bett in ihrem Elternhaus gesehnt hatte, jetzt aber kamen ihr Bett, Zimmer, ja das ganze Haus fremd und feindselig vor, und sie packte ihre Siebensachen leichten Herzens wieder zusammen. Als sie ins Frühstückszimmer kam, saß vor dem dürftigen Feuer ein zerrupfter rötlichbrauner Kater, der sie aus grünen Augen anfunkelte und böse fauchte.

»Das ist Lady Ursulas Roter«, sagte Firle. »Ein widerliches, hinterlistiges Vieh. Kommen Sie ihm bloß nicht zu nah, Miss Hatty.«

Da sie sich nicht als erste an den Frühstückstisch setzen mochte, hängte sie sich einen alten Mantel von Fanny über, den sie in der Spülküche gefunden hatte, und ging langsam auf der gekiesten Auffahrt hin und her, auf der jetzt der Schnee fast weggeschmolzen war. Wenig später näherte sich in flottem Tempo eine Kutsche, der zu ihrer größten Überraschung ihr Vetter Sydney entstieg.

»Base Hatty? Alle Wetter! Ich hätte nicht gedacht, daß du schon hier bist.« Sydney schien bester Laune zu sein, und sein Ton war nicht unliebenswürdig. Vielleicht hatte er in London noch nichts von ihrer Vertreibung aus der Lombard Street gehört, sondern glaubte, sie sei nur nach Bythorn gekommen, weil ihr Vater tödlich verunglückt war.

Er war noch eleganter gekleidet als damals in Portsmouth, trug einen schwarzen Trauerflor am Ärmel und sah siegesbewußt und hochzufrieden drein. Er hatte eine Aktenmappe in der Hand.

»Da siehst du's, Base Hatty: Es ist alles gekommen, wie ich vorausgesagt habe, und zwar noch früher als erwartet. Da bin ich nun, um das, was mir zukommt, in Besitz zu nehmen. Doch ich bin nicht nachtragend. Wie steht's? Willst du dir meinen Vorschlag nicht doch noch einmal überlegen? Mach mich zum glücklichsten aller Männer und werde Mrs. Sydney Ward!«

»Nein, Vetter, ich danke dir sehr, aber es geht wirklich nicht, ich –« In diesem Augenblick erschien Agnes. Ihre schwarzen Haubenbänder zitterten vor Zorn.

»Was fällt dir ein, Hatty? Wie kannst du gegen unsere ausdrückliche Anweisung das Haus verlassen, dich in so empörender Weise in den Vordergrund drängen, obgleich du doch weißt, daß du in Ungnade gefallen bist?«

Das Wesen meiner ältesten Schwester, dachte Hatty, hat durch die Ehe mit Mr. Norris nicht gewonnen. Ob sie noch ihrem Gutsverwalter nachtrauert? Mr. Norris macht einen mürrischen, wortkargen Eindruck. Allerdings habe ich ihn auch nicht unter den günstigsten Umständen kennengelernt.

»Das ist unser Vetter Sydney Ward«, sagte sie versöhnlich und wandte sich an Sydney. »Meine Schwester Agnes, Mrs. Norris –« Doch statt ihre Schwester zu beschwichtigen, bewirkten ihre Worte das genaue Gegenteil.

Agnes ging sofort auf Sydney los. »Du glaubst wohl, daß du so mir nichts, dir nichts herkommen, dieses Haus in Besitz nehmen und mich und die arme Lady Ursula ins Elend schicken kannst? Der Leichnam deines armen Onkels ist noch nicht mal kalt...«

»Das glaube ich allerdings, Base Agnes«, gab er ungerührt zurück. »Nur soll das nicht sofort geschehen. Man ist ja kein Unmensch.«

»Ich möchte nur wissen, wie du so schnell Wind von dem Ableben deines armen Onkels bekommen hast«, zeterte

Agnes weiter. »Von hier aus hat dir noch niemand Mitteilung davon gemacht.«

»Wir Anwälte haben so unsere Beziehungen«, erwiderte Sydney selbstgefällig lächelnd. »Der Advokat in Wanhurst, der mir noch einen Gefallen schuldig ist, hat mich per Eilbrief von dem Unfall in Kenntnis gesetzt. Da ich überdies etwas Geschäftliches mit Lady Ursula zu besprechen hatte, bin ich gleich einmal vorbeigekommen, um einen Blick in die Unterlagen meines Onkels zu werfen, was mein gutes Recht als sein Erbe und Testamentsvollstrecker ist. Wenn man zwei Fliegen mit einer Klappe schlagen kann, wie es so schön heißt, soll man das tun.« Ohne um Erlaubnis zu bitten, wies er seinen Kutscher an, den Wagen auf den Hof zu fahren.

In ihrem Zorn und ihrer hilflosen Enttäuschung war Agnes rot angelaufen. »Also dann komm ins Haus«, sagte sie. »Hindern kann ich dich ja doch nicht daran.«

Das Frühstück verlief sehr ungemütlich. Sydney aß und trank mit Appetit, das Ehepaar Norris hüllte sich in feindseliges Schweigen, Lady Ursula tat nur den Mund auf, wenn es unbedingt sein mußte. Hatty flüchtete sich so bald als möglich in das Arbeitszimmer ihres Vaters, um auf den Wagen aus Underwood Priors zu warten und inzwischen einen am Vortag angefangenen Brief an Tante Winchilsea zu beenden.

Wenig später kam Sydney dazu und nahm sich Mr. Wards Unterlagen vor.

»Wie ich höre, bist du also allenthalben in Ungnade gefallen«, stellte er mit Genugtuung fest, während sein Blick über die Zahlenreihe eines Kontobuches ging. »Aus der Lombard Street haben sie dich verbannt, weil du Ned, diesem Dummkopf, bei seinen heimlichen Treffen mit Nancy Price Beistand geleistet hast, und um das Maß voll zu machen, hast du drei Tage und drei Nächte in Lord Cambers Cottage zugebracht. Dafür wirst du jetzt nach Underwood Priors verfrachtet, was für alle Beteiligten eine überaus zufriedenstellende Lösung ist. Da werden sie dich für den Rest deines Lebens einsperren und für einen Hungerlohn schuften lassen, bis du alt und krank und zu nichts mehr zu gebrauchen bist wie ihre letzte Gouvernante.«

»Aber die Mädchen sind doch keine kleinen Kinder mehr«, wandte Hatty ein, »sondern bald erwachsen, sie werden in Kürze keiner Gouvernante mehr bedürfen.«

»Das möchte ich bezweifeln, Base Hatty. Ich habe allerlei über die beiden jüngsten Töchter munkeln hören. Sie sollen Tobsüchtige, Kretins oder Kriminelle sein – oder alles miteinander. Ich wünsche dir viel Spaß mit ihnen. Du wirst es noch bereuen, daß du meinen Antrag nicht angenommen hast. Überleg es dir gut ...«

»Danke, Vetter, aber ich bleibe bei meiner Entscheidung.«

Wenig später fuhr ein schäbiges Fuhrwerk vor, und Hatty ging erleichtert nach unten. Lady Ursula gab dem Kutscher ein paar knappe Anweisungen. Das Gepäck war schon verladen.

»Sag meiner Mutter, der Gräfin, daß ich ihr gelegentlich einen Besuch abstatten werde. Und gib ihr diesen Brief.«

Hatty überlegte, warum weder die Gräfin noch der Graf zur Beerdigung ihres Schwagers erwartet wurden. Waren sie mit der Verbindung ihrer Tochter vielleicht nicht einverstanden gewesen?

Lady Ursula nickte flüchtig und ging wieder ins Haus. Agnes und ihr Mann hatten sich nicht von Hatty verabschiedet.

Hatty wollte schon einsteigen, als ein kleiner Junge, einen Brief in der schmutzigen Hand, die Auffahrt hochgelaufen kam.

»Für Miss Hatty Ward«, keuchte er und streckte ihr das zerknitterte Schreiben hin.

»Danke, mein Kleiner.« Hatty gab ihm ein Drei-Penny-Stück.

»Zu viel für so einen Bengel«, sagte der Kutscher mißbilligend, der die Transaktion beobachtet hatte. »Ein halber Penny hätte genügt. Sputen Sie sich mit dem Einsteigen, Miss, ich muß auf dem Rückweg noch eine Lieferung Talg in Elstow End abholen.«

Hatty hatte sich kaum gesetzt, als er die Peitsche knallen ließ und ein Tempo vorlegte, bei dem der Wagen so heftig schaukelte und schlingerte, daß sie unmöglich ihren Brief lesen konnte. Sie verwahrte ihn erst einmal in ihrem Retikül.

Der Talg wurde eingeladen, und dann bogen sie in die lange, düstere Allee ein, die zum Herrenhaus führte. Der ungepflegte Zustand des Weges veranlaßte den Kutscher zwar, ein wenig langsamer zu werden, trotzdem schwankte das Fuhrwerk der vielen Schlaglöcher und Pfützen wegen nach wie vor wie ein Schiff auf hoher See. Auch der Wald war in sehr schlechtem Zustand. Die Bäume waren dünn und hoch aufgeschossen, Efeu, wilde Clematis und Mistel zogen die halb abgestorbenen Äste zu Boden. Ein Akazienhain umgab das Haus und reichte fast bis zu der bemoosten Kutschenauffahrt. Auch auf den Akazien saßen die Misteln dicht an dicht, so daß die Bäume mitten im Winter wie belaubt wirkten. Die Backsteine des alten Herrenhauses waren dunkel vor Nässe und mit Moos geädert, die Dachziegel mit Flechten bewachsen, weshalb das Haus nicht wie Menschenwerk, sondern eher wie ein aus dem feuchten Boden herausgewachsener riesiger Pilz aussah.

Fröstelnd zog Hatty die Schultern zusammen. Das Haus lag in tiefem Schatten, obgleich es fast Mittag war. Von Camber wußte sie, daß es im Winter ein Vierteljahr lang keine Sonne bekam, da es am Fuß eines Nordhangs stand. Den Mönchen, die dort zuerst gesiedelt hatten, waren das reine Quellwasser und das reichliche Vorkommen von Brunnenkresse wichtiger gewesen als Sonnenschein im Winter.

Ein älterer Bedienter erschien am Haupteingang und empfing Hatty, ohne eine Miene zu verziehen. Sie gab ihm Lady Ursulas Brief und wurde in einen Empfangsraum geführt, der von der Eingangshalle abging. Die langgezogene Halle war wie ein feuchter, düsterer Tunnel, aus dessen Wänden Geweihe hervorwuchsen, und führte zu einer Treppe mit flachen Stufen. In der düsteren, unbeheizten Zelle, in die man sie gewiesen hatte, zog Hatty das Schreiben heraus, das der Junge ihr gegeben hatte, aber auch hier kam sie nicht zum Lesen. Das Licht war zu schlecht. Sie setzte sich auf einen unbequemen Stuhl und übte sich in Geduld. Wie still es hier ist, dachte sie. Ganz anders als in Lord Cambers Cottage oder auch im Haus meines Vaters. Dort herrschten immer Getriebe und Stimmengewirr, hier hört man keinen Laut, keine Stimme, keinen Schritt. Dann aber fiel ihr ein, wie weitläufig und verschachtelt der alte Bau war. Die Bewohner konnten sich durchaus zweihundert Meter von ihr entfernt aufhalten, getrennt durch einen Hof, in einem anderen Flügel…

Jetzt aber wurde vor der Tür geflüstert. Sie spitzte die Ohren.

»Was machen wir aber mit der anderen?« glaubte sie zu verstehen.

»Wir lassen sie einfach über die Klinge springen.«

»Glastonbury sagt –«

»Psst!«

Geraschel, ein kurzes Gebalge – dann wieder Stille. Hatty hätte am liebsten die Tür aufgerissen, um die Flüsterer zu ertappen, aber das vertrug sich wohl nicht mit ihrer neuen Würde als Erzieherin. Sie wartete weitere sieben Minuten in Totenstille, dann kam der Diener wieder.

»Bitte hier entlang, Miss«, sagte er und musterte sie mit düsterer Miene, aber nicht ohne Anteilnahme. Er ging vor ihr her die Treppe hinauf, die zu einem Obergeschoß mit zedernholzgetäfelten Wänden führte, von denen mehrere geschlossene Türen abgingen. Ein großes Fenster mit Sprossenrahmen ließ Tageslicht herein, in einigen der Wandleuchter brannten zusätzlich Kerzen. Der Diener klopfte an eine der Türen. Sie traten ein.

»Du kannst gehen, Glastonbury«, ließ sich eine rauhe Stimme vernehmen. »Kommen Sie herein, junge Frau, und stellen Sie sich da hin, wo ich Sie sehen kann.«

Der Diener zog sich mit einer Verbeugung zurück. Hatty ging bis zu der bezeichneten Stelle und musterte gespannt ihre Dienstherrin, die in Schals und Tücher gehüllt auf einer Chaiselongue lag. Der Raum war dank mehrerer Wandleuchter und zusätzlicher Lampen auf den Tischen leidlich hell.

»Ich bin die Gräfin Elstow«, sagte die Dame auf der Chaiselongue. »Und Sie sind also Miss Harriet Ward.«

Hatty knickste stumm.

Die Gräfin war, soweit sich das unter den zahlreichen Hüllen feststellen ließ, eine große, breite Frau. Auf dem Kopf hatte sie einen imposanten Spitzenturban mit grünen Samtbändern, der unter dem Kinn mit einer Musselinschleife zusammengehalten und mit einer sehr schönen, aber stark verschmutzten Smaragdbrosche geschmückt war. An der linken Seite saß der Turban ein wenig schief und gab ein Ohr frei. Auf einem kleinen Tisch neben der Chaiselongue lagen ein silbernes Hörrohr und ein abgegriffenes Spiel Karten.

Das also, dachte Hatty, ist Lady Ursulas Mutter. Vergeblich suchte sie nach Ähnlichkeiten. Die Gräfin hatte ein breites Gesicht mit stark geröteten Wangenknochen. Ihre Nase war groß und fleischig, der Mund ein dünner, schmaler Strich.

Mit der lauten, ausdrucksarmen Stimme der seit vielen Jahren Schwerhörigen verkündete sie jetzt: »Ihre erste Obliegenheit als Gouvernante meiner Töcher wird es sein, Ihre Vorgängerin loszuwerden. Sagen Sie Miss Stornoway, daß sie sich baldmöglichst aus dem Staub machen soll. Sie scheinen mir eine tüchtige, tatkräftige junge Person zu sein. Sobald das erledigt ist, werde ich Sie in Ihre künftigen Aufgaben einweisen.«

»Aber –«

»Sprechen Sie gefälligst laut und deutlich. Und eins merken Sie sich ein für allemal: Solange Sie in meinen Diensten stehen, werden Sie mir keine Widerworte geben, Fragen stellen oder Schwierigkeiten bereiten, sondern das tun, was

Ihnen aufgetragen wird. Klingeln Sie jetzt nach Glastonbury.«

Hatty gehorchte bestürzt. Der Diener erschien so schnell, daß er vermutlich von der geschlossenen Tür nicht allzu weit entfernt gewesen war.

»Führen Sie Miss Ward zu Miss Stornoway«, befahl die Gräfin, »und bringen Sie Lady Barbara und Lady Drusilla her.«

»Ja, Mylady.«

Während sie eine schmale Treppe hochstiegen, sagte Glastonbury: »Ich bringe Sie ins Schulzimmer der jungen Damen, Miss, dann hole ich Miss Stornoway.«

Hatty blieb auf der obersten Stufe stehen und drehte sich zu ihm um. »Was meinte Lady Elstow damit, daß ich meine Vorgängerin loswerden soll, Glastonbury? Erwartet die Gräfin, daß ich sie entlasse?«

»Ja, leider, Miss – genau so hat sie's gemeint. Ihre Ladyschaft läßt solche Dinge immer von anderen erledigen.«

»Ich soll der armen Frau eröffnen, daß man ihr den Stuhl vor die Tür gesetzt hat?«

»Ja, Miss.«

»Aber wohin soll sie gehen?«

»Dazu kann ich nichts sagen, Miss«, erklärte der Diener, machte dabei aber ein sehr bekümmertes Gesicht.

»Und was ist mit ihrem Gehalt?«

»Ihre Ladyschaft meint, daß sie ihr nichts mehr schuldig ist, weil Miss Stornoway in den letzten zwei Monaten nicht arbeitsfähig war.«

»Grundgütiger! Hat sie Freunde oder Angehörige in der Gegend?«

»Nein. Miss Stornoway kommt aus Schottland, und soweit ich weiß, hat sie keine Angehörigen mehr.«

»Demnach müßte sie – müßte sie ins Armenhaus?«

»Man kann nur hoffen, Miss, daß sie einige Ersparnisse hat.« Doch Glastonbury sah unverändert besorgt drein. Eine Glocke läutete gebieterisch. »Entschuldigen Sie mich, Miss«, sagte er gehetzt, »ich lasse Sie jetzt allein. Das Feuer brennt ganz leidlich. Miss Stornoway kommt gewiß bald. Und später bringe ich Ihnen eine Vesper und lasse das Gepäck auf Ihr Zimmer schaffen.«

Hatty stand auf der Schwelle zu einem großen kahlen Raum, bei dem es sich unverkennbar um ein Schulzimmer handelte. Der mit Schrammen, Flecken und Tintenklecksen übersäte Kiefernholztisch hatte offenkundig schon viele Jahre nicht eben pfleglicher Behandlung hinter sich. Auf ungestrichenen Regalen lagen in hohen Stößen zerfledderte Bücher, die Tasten eines billigen Klaviers waren vergilbt, und der Harfe, die in der Ecke stand, fehlten mehrere Saiten. An den Wänden hingen ein paar eingerissene Landkarten und etliche minderwertige Aquarelle. Man sah, daß hier seit Wochen kein Unterricht mehr abgehalten worden war. Im Kamin glühten ein paar kümmerliche Kohlen. Das breite Fenster ging auf einen großen, von Stallungen umgebenen Hof hinaus.

Hatty näherte sich dem Fenster. Zumindest war es hier heller, so daß sie sich endlich ihrem Brief widmen konnte.

Meine liebe Miss Hatty,

stand da in Lord Cambers charakteristischer schwarzer Krakelschrift.

Ich habe mir Gedanken über Ihre Zukunft gemacht und muß gestehen, daß dies mit einiger Sorge geschah. Ich weiß, daß Sie Dichterin werden wollen, und glaube fest an Ihren Erfolg. Zum Verfassen von Gedichten aber braucht man Ruhe. Sollten Sie einmal ein friedliches, abgelegenes Plätzchen suchen, steht Ihnen deshalb von heute an die Strohdachklause zur Verfügung. Ich habe Godwit und den übrigen Bewohnern Anweisungen gegeben, Sie (und selbstverständlich auch Ihre Freunde) dort jederzeit aufzunehmen. Zögern Sie nicht, von diesem Angebot Gebrauch zu machen. Es ist mir ein lieber Gedanke, Sie und Ihre Muse unter meinem Dach zu wissen. Und mein wunderliches kleines Gefolge wird sich freuen, Sie wiederzusehen.

Mit den besten Wünschen immer der Ihre
Camber.

Es folgte noch ein Nachsatz, der leider genau da stand, wo Camber den Bogen gefalzt hatte. Überdies war die Tinte verlaufen, und die schmutzige Kinderhand hatte an dieser Stelle Abdrücke hinterlassen, so daß die Worte unleserlich waren. »Damit alles seine Ordnung hat«, erkannte Hatty noch, und dann kam irgend etwas mit einer Urkunde, was sie nicht recht entziffern konnte. Gleichviel – der Brief machte sie so glücklich, daß sie, das Blatt ans Herz gedrückt, lächelnd am Fenster stehenblieb, die Tauben betrachtete, die zwischen den Pflastersteinen herumpickten, und sekundenlang sogar ihren peinlichen Auftrag vergaß.

Ein leises Geräusch brach den Bann. Sie drehte sich um und sah eine auf zwei Stöcke gestützte ältere Dame unter der Tür stehen.

Miss Stornoway, die früher eine stattliche Erscheinung gewesen sein mochte, war jetzt gebeugt und verkrümmt wie ein alter, windgezauster Baum. Die dünnen, arthritisch verdickten Hände umkrampften die Stöcke. Dünnes graues, nur notdürftig durch ein abgewetztes Samtband zusammengehaltenes Haar umrahmte ein blasses Gesicht, die grünbraunen Augen waren besorgt auf Hatty gerichtet.

»Miss Stornoway? Mein Name ist Hatty Ward. Ich – ich weiß nicht, wie ich anfangen soll. Hat man Ihnen schon etwas angedeutet?«

Hatty wand sich vor Verlegenheit. Es gab keine Möglichkeit, das abzumildern, was gesagt werden mußte. Doch zu ihrer Überraschung und Erleichterung schickte sich die hagere, abgearbeitete Frau mit großer Würde in das Unvermeidliche.

»Genieren Sie sich nicht, Kind. Ich weiß schon, was man Ihnen aufgetragen hat, Sie brauchen nicht um den heißen Brei herumzureden. Sie sollen mir den Laufpaß geben. Die Frage ist nur – und es ist eine heikle Frage, das dürfen Sie mir glauben –, wohin eine alte unnütze Person wie ich noch laufen kann.«

»Sie haben kein Geld? Keine Bekannten?«

»Keine Seele und keinen Shilling auf dieser Welt, liebes Kind. Das Gehalt war dürftig genug, und jeder Penny ist für warme Sachen draufgegangen und für ein wenig zusätzliche Nahrung, um Leib und Seele zusammenzuhalten.«

Miss Stornoway war dick in Winterkleidung und wollene Tücher verpackt. Mein Gott, dachte Hatty, wohin bin ich hier geraten?

»Miss Stornoway«, sagte sie schüchtern, »ich will Sie nicht

kränken, aber ich habe gerade eine Einladung für mich und meine Freunde bekommen … ich … Sie haben sicher schon von Lord Camber, dem Sohn des Herzogs, gehört …?«

»Aber ja, Lord Cambers Name ist hier nicht unbekannt. Er ist ein Vetter meiner Zöglinge oder vielmehr meiner früheren und ihrer künftigen Schülerinnen, Miss Ward.«

»Ich bin ein wenig mit Lord Camber bekannt geworden. Mein Onkel, in dessen Haus ich lebte, war sein Anwalt. Lord Camber ist jetzt nach Amerika gegangen, aber er bot mir freundlicherweise mit diesem Brief an, in seinem Cottage zu wohnen. Es ist nicht weit von hier, vielleicht haben Sie es sogar schon mal gesehen …«

Miss Stornoway nickte. »Ich habe von Lord Camber und seinen radikalen Ansichten gehört und daß er wie die Armen und Bedürftigen am liebsten ein ganz einfaches Leben führt. Und er hat Sie in sein Häuschen in Wanmaulden eingeladen? Das sieht ihm ähnlich, er ist die Güte selbst. Aber möchten Sie dieses Angebot nicht selbst nützen, Kind?«

»Ich weiß nicht recht«, hörte Hatty sich zu ihrer eigenen Überraschung sagen. Sie umfaßte Lord Cambers Brief wie einen Talisman. »Nein, wohl noch nicht gleich. Ich denke, es wäre ein bißchen feige, schon bei meiner ersten Berührung mit der Welt vor ihr davonzulaufen.«

»Ich merke schon, Sie haben eine Kämpfernatur, Kind! Und die werden Sie bei Lady Drusilla und Lady Barbara auch brauchen. Aber sind Sie sicher, daß Sie die Einladung auch für eine so flüchtige Bekannte wie mich nutzen können? Es ist wirklich überaus großherzig –«

»Ja, da bin ich ganz sicher«, erklärte Hatty sehr bestimmt. »Lord Cambers Großmut gilt allen Menschen, die in Not geraten sind. Und Mrs. Daizley, seine Haushälterin, Mr. Godwit und seine alte Großmutter sind die liebsten, besten Menschen auf der Welt und werden Sie mit offenen Armen aufnehmen.«

Dennoch regte sich jetzt leiser Zweifel in ihr. Legte sie Lord Cambers Einladung nicht doch allzu freizügig aus? Lud sie den drei Erwachsenen im Strohdachcottage vielleicht eine Last auf, die ihnen nicht zuzumuten war? Doch dann meinte sie Lord Cambers Stimme zu hören: Nur zu, Miss Hatty! Sie konnten gar nicht anders handeln!

»Die Frage ist jetzt nur«, sagte sie laut, »wie wir Sie in das Cottage bringen.«

»Keine Bange, Kind.« Ein trübes Lächeln ging über Miss Stornoways sorgenvolle Züge. »Ich denke, daß mir da Glastonbury ein wenig unter die Arme greifen wird. Er ist kein schlechter Mensch, der arme Kerl, ich habe ihm früher einige Briefe wegen seines Vetters geschrieben, der als Wilddieb deportiert worden ist.«

»Ja, dann wäre auch das geregelt. Soll ich Ihnen beim Packen helfen, Miss Stornoway?«

»Wie lieb von Ihnen! Aber das wird Hannah, das Stubenmädchen, wohl für mich besorgen, sie ist nicht so hochnäsig wie einige der anderen. Und Sie gehen, nachdem Sie Ihre erste schwierige Aufgabe bewältigt haben, am besten zurück zu Ihrer Ladyschaft und Ihren Schützlingen.« Wieder das trübe Lächeln. »Nur noch ein Wort im Vertrauen, Kind: Die beiden jungen Damen sind Ihnen feindlich gesinnt, und Sie werden viel Kraft und Klugheit brauchen, um mit ihnen fertig zu werden. Zum Glück besitzen Sie offenbar beides. Ich war schon zu alt und krank, als ich herkam, da haben sie mich in die Knie gezwungen. Aber Sie sind jung, Ihnen kann es gelingen, sie zu zähmen. Machen Sie nicht den Fehler, Drusilla für die Schwächere zu halten. Sie ist listenreicher.«

Schon eine Weile hörte man es ungeduldig läuten, und jetzt kam Glastonbury wieder herein.

»Ihre Ladyschaft fragt nach Ihnen, Miss Ward. Bitte folgen Sie mir.«

Er warf Miss Stornoway einen besorgten Blick zu, schien aber einigermaßen beruhigt, als die alte Gouvernante sagte: »Ich gehe jetzt auf mein Zimmer und warte dort auf Sie.«

»Ja, Miss Stornoway. Ich komme, sobald ich kann.«

»Leben Sie wohl, liebes Kind.« Zu Hattys Überraschung gab die alte Dame ihr einen verlegenen Kuß auf die Wange. »Ich wünsche Ihnen alles Glück dieser Welt. Sie werden es brauchen.«

11

Als Hatty in Lady Elstows Zimmer zurückkam, saßen die beiden Mädchen betont gleichgültig in einiger Entfernung von ihrer Mutter auf einem Sofa. Hatty hätte sie gern genauer in Augenschein genommen, aber die Gräfin fragte sofort: »Ist alles erledigt? Haben Sie dieser jämmerlichen Person den Laufpaß gegeben?«

»Miss Stornoway weiß, daß Sie ihre Dienste nicht mehr benötigen«, gab Hatty laut und frostig zurück.

»Und haben Sie ihr klargemacht, daß sie das Haus unverzüglich zu verlassen hat? Noch heute?«

Hatty nickte nur. Die Gräfin beäugte sie kritisch durch ihre Lorgnette.

»Nun gut. Dies sind meine Töchter, Lady Barbara und Lady Drusilla. Kommt her, Kinder.«

Sichtlich widerstrebend traten die beiden näher. Lady Elstow streifte sie mit einem freudlosen Blick.

»Das also ist eure neue Erzieherin, Miss Ward, die Stieftochter eurer Schwester Ursula. Ihre Mutter war eine Wisbech. Vergeßt das nicht.«

Die beiden Mädchen knicksten steif. Da sie Hatty ganz ungeniert musterten, nahm auch sie sich jetzt das Recht dazu heraus. Lady Ursulas Schwestern unterschieden sich in Größe und Aussehen beträchtlich voneinander. Die fünfzehn- oder sechzehnjährige Barbara war groß und kräftig und von der Figur her ihrer Mutter sehr ähnlich. Sie hatte einen Schopf wilder schwarzer Haare, plumpe Hand- und Fußgelenke, ein breites, nicht unschönes Gesicht mit rauher Haut, wache dunkle Augen und einen breiten Mund und blickte halb verdrossen, halb aufsässig drein. Drusilla, die Jüngere, war blaß, klein und mager, sie hatte schmale Lippen und vorquellende kurzsichtige Augen, die in einem intensiven Blauton leuchteten. Das blonde Haar fiel ihr in dünnen Fransen in die Stirn und war hinten zu einem Knoten gesteckt. Beide waren nachlässig angezogen, die Kleider saßen schlecht und standen ihnen nicht. Drusilla, die etwa zwölf sein mochte, betrachtete die neue Gouvernante nicht so feindselig wie ihre Schwester, dafür aber mit kühler Verachtung. Barbaras haßerfüllter Blick wirkte noch aggressiver und beunruhigender, weil die Ärmste auf dem linken Auge stark schielte. Während das rechte Auge auf die neue Gouvernante gerichtet war, ging das andere in die entfernteste Ecke des Zimmers, als sei es auf ein eigenständiges, ihm unliebsames Ziel fixiert.

»Ihr könnt gehen«, sagte Lady Elstow ungeduldig. »Fort mit euch. Glastonbury! Bring mir meinen Eierpunsch!«

»Sehr wohl, Mylady.«

»Sofort.«

»Sehr wohl, Mylady.«

Die beiden Mädchen verließen das Zimmer, ohne sich nach Hatty umzusehen. Sie folgte ihnen etwas ratlos. Es war eine peinliche Situation. Zu ihrer Erleichterung gingen die Mädchen in die Schulstube, wo sie sich rechts und links vor dem Kamin mit dem müde glimmenden Feuer aufbauten und ihr kampfbereit entgegensahen.

»Was wollen Sie uns beibringen?« fragte Barbara.

»Ja«, wiederholte die jüngere Schwester wie ein Echo, »was wollen Sie uns beibringen?«

Drusilla hatte einen leichten Sprachfehler, kein regelrechtes Stammeln, eher ein leichtes Stocken vor manchen Wörtern. Die blauen Augen blickten so unbeteiligt, so ganz ohne menschliche Wärme, daß man sie nicht als schön bezeichnen konnte. Sie waren kalt und ausdruckslos wie Vogelaugen.

»Was hat euch denn Miss Stornoway beigebracht?« konterte Hatty.

»Nur dummes Zeug. Die längsten Flüsse Rußlands und die Lebensdaten der Könige von England mit den wichtigsten Ereignissen ihrer Regierung und die römischen Kaiser...«

»Bis zurück zu Severus...«

»Und heidnische Mythologie...«

»Und alle Metalle, Halbmetalle, Planeten und berühmten Philosophen.«

»Da seid ihr ja ungemein gebildete junge Damen«, bemerkte Hatty trocken.

Die beiden sahen sie verblüfft an.

»Soll das ein Scherz sein?« fragte Barbara. Sie hatte eine rauhe, hallende Stimme, die der ihrer Mutter sehr ähnlich war.

»Ganz und gar nicht. Ich habe mir nur überlegt, wie ein derart zusammengewürfeltes Wissen euch später einmal durchs Leben helfen soll.«

»Eine solche Hilfe brauchen wir nicht, meine Gute«, sagte Barbara kalt. »Unser späteres Leben sieht so aus, daß wir in diesem Haus bleiben werden, bis wir mit neunzig als vertrocknete alte Jungfern den Geist aufgeben.«

Hatty fragte nicht weiter. Auf eine Ehe, die sie vor diesem Schicksal bewahrt hätte, konnten die zwei bei ihrer abgeschiedenen Lebensweise und ihren Beeinträchtigungen kaum hoffen. Selbst die Möglichkeit, sich den eigenen Lebensunterhalt zu verdienen, war ihnen versagt. Grafentöchter konnten nicht in Stellung gehen. Obwohl die beiden sie nach wie vor ablehnend, ja fast feindselig ansahen, empfand Hatty nichts als Mitleid für sie.

»Zu euren verheirateten Schwestern, zu Lady Mary oder Lady Anne, könntet ihr nicht ziehen?«

Die einzige Antwort war ein verächtliches Schnauben.

Hatty sah sich in dem trostlosen Raum um. Ob Miss Stornoway schon ihre Siebensachen zusammengepackt, ob Glastonbury ihr eine Fahrgelegenheit besorgt hatte? Was würde Lord Camber wohl diesem traurigen Paar verordnen? Sehnsüchtig dachte sie an sein behagliches kleines Haus, das so viele Anregungen auf dem Gebiet der Literatur, der Philosophie und der Musik und außerdem noch die Möglichkeit der Zerstreuung im Freien bot.

Sie ging ans Klavier und spielte ein paar Läufe. Das Instrument war schauderhaft verstimmt. »Zuerst wird das Klavier in Ordnung gebracht, und die Harfe muß repariert werden«, befand sie.

»Das macht ein Mann aus Bedford«, sagte Drusilla, als sei die Sache schon deshalb hoffnungslos.

»Dann muß man nach ihm schicken. Das Klavier kann ich selbst stimmen.«

»Sie?« wiederholte Barbara ungläubig.

»Ich habe zum Glück das absolute Gehör. Gibt es hier eine Bibliothek?«

»Ja, die von Papa.«

»Ist er zur Zeit im Haus? Hat er etwas dagegen, wenn ihr sie benutzt?«

Die beiden bedachten ihre neue Gouvernante mit einem fast mitleidigen Lächeln. »Papa ist fast nie hier. Er lebt in London, in dem Haus am Grosvenor Place.«

»Mit seinen Liebschaften«, fügte Barbara halblaut hinzu.

Hatty tat, als habe sie diese Bemerkung nicht gehört. »Dann stört es ihn wohl nicht, wenn wir seine Bücher benutzen...«

»Ich weiß nicht recht«, sagte Barbara etwas unsicher. »Aber wahrscheinlich erfährt er es gar nicht.«

»Am besten gehen wir gleich einmal hin. Mit dem, was ich hier in der Schulstube sehe, kann ich nichts anfangen.«

Die beiden wechselten einen argwöhnischen Blick. Hatty merkte, daß sie einander nicht besonders zugetan und nur durch die Umstände gezwungen waren, sich gegen eine vermeintliche Gefahr zusammenzutun.

Als Barbara auf der Treppe ein Stück vorausgegangen war, schlängelte sich Drusilla an Hatty heran und sagte mit ihrem stockenden Piepsstimmchen: »Auf Barbara müssen Sie aufpassen, Miss Ward, sonst macht sie Ihnen nichts als Verdruß – erzählt Lügengeschichten, verpetzt Sie bei Mama, bringt Sie in peinliche Situationen...«

»Ach ja?« entfuhr es Hatty. »Und warum?«

»Weil ihr das im Blut liegt. Wie dem Skorpion das Stechen. Sie hat Spaß daran, die Leute gegeneinander aufzuhetzen. Genau wie unsere Schwester Ursula.«

Hatty staunte über die Gehässigkeit, zu der dieses engelgleiche blauäugige Wesen neben ihr offenbar fähig war.

Als sie in der Bibliothek standen, tänzelte Drusilla bis zum anderen Ende des langgestreckten, muffig-ungeheizten Raums, dessen Fenster auf den verwilderten Garten hinausgingen. »Bleibt hier stehen«, rief sie. »Hathill soll Kerzen bringen.« Sie betätigte einen Klingelzug.

Barbara wartete, bis Hatty bei ihr war, dann sagte sie scharf: »Sie dürfen nicht alles glauben, was Drusilla Ihnen erzählt, Miss Ward. Sie besitzt nicht die Spur von sittlichem Empfinden.«

Ehe Hatty antworten konnte, kam Drusilla schon wieder angehüpft. »Hathill kümmert sich um die Beleuchtung«, zirpte sie. »Er war die erste Liebe meiner Schwester, Miss Ward, ihr männliches Schönheitsideal. Sie werden Augen machen!«

»Benimm dich«, zischte Lady Barbara.

Ein flachshaariger, stupsnäsiger Diener erschien, warf Hatty einen ängstlichen Blick zu und zündete die Kerzen in den Wandhaltern an. Besonders hübsch war er nicht, und Barbara übersah ihn völlig. Entweder war sie eine sehr gute Schauspielerin, oder ihre jugendliche Schwärmerei hatte sich inzwischen gelegt. Vielleicht hatte die jüngere Schwester aber auch nur Unfrieden stiften wollen. Hatty wies den Lakaien an, Feuer im Kamin zu machen.

»Ein Feuer, Miss?« fragte er verblüfft.

»Ja. Und zwar sofort. Hier ist es kalt wie in einer Scheune.« Hattys Blick schweifte begehrlich über die goldgeprägten, ledergebundenen Bände auf den Bücherborden und in den kleinen Nischen an der Längswand gegenüber der Fensterfront. Molière, las sie, Racine, Plato, Aristophanes, Sophokles, Shakespeare, Jonson, Dryden, Pope, Vergil,

Catull… Damit hatten sie und die Mädchen Lektüre für viele, viele Tage.

»Mama wünscht, daß wir Italienisch lernen«, teilte Barbara ihr mit, »aber das konnte Miss Stornoway nicht, deshalb ist bisher nichts daraus geworden.«

»Damit kann ich auch nicht dienen«, erwiderte Hatty. »Glaubst du, deine Mama würde mir deswegen den Laufpaß geben? Wir werden uns Dante oder italienische Gedichte vornehmen und eine Übersetzung daneben legen. Dafür habe ich Griechisch, Latein und Französisch zu bieten.«

»Was sollen wir denn mit Latein und Griechisch?« fragte Barbara verständnislos.

»Es gibt sehr vergnügliche Geschichten in diesen Sprachen«, erwiderte Hatty und überlegte, wozu es wohl gut sein sollte, sich lange Listen römischer Kaiser und heidnischer Mythen einzuprägen, wenn einem das Leben dieser Herrschaften und der Inhalt der Mythen und Sagen ein Buch mit sieben Siegeln blieb. Sehnsüchtig sah sie zu den Gedichtbänden hinüber – Crabbes *The Village*, Collins, Goldsmith – und nahm sich vor, ihre freie Zeit so oft wie möglich in der Bibliothek zu verbringen, immer vorausgesetzt, daß man ihr in diesem sonderbaren Hauswesen überhaupt Freizeit zugestand. Zahlreiche Bände waren durch Feuchtigkeit oder Alter in Mitleidenschaft gezogen, dazwischen aber standen neue Ausgaben, und alle Bücher waren klar und übersichtlich geordnet.

»Gibt es hier einen Bibliothekar?« fragte sie.

»Vetter Septimus Wisbech hat sich um die Bücher gekümmert, aber der ist letztes Jahr gestorben, und Papa hat sich nicht um einen Nachfolger bemüht.«

»Ihr glaubt also nicht, daß er etwas dagegen hat, wenn wir seine Bücher benutzen?«

»Bah«, sagte Barbara wegwerfend.

»Was hat Miss Stornoway an Lektüre mit euch durchgenommen?« Hatty bedauerte sehr, daß sie nicht mehr dazu gekommen war, sich mit ihrer Vorgängerin zu beraten. Sie griff nach einem Band des *Idler*, Johnsons berühmter Essaysammlung. »Hast du daraus schon mal was gelesen?« fragte sie Barbara.

»Kann schon sein.« Barbara besah sich den Band ohne besondere Begeisterung.

»Dann setz dich an den Tisch – inzwischen ist es hier ja leidlich warm – und schreib die Titel der Essays auf, die du kennst.«

»Und wenn ich keinen kenne?«

»Dann schreib auf, was dir einfällt, wenn du einen der Texte liest.«

»Die Tinte ist eingetrocknet.«

»Nimm einen Bleistift.«

Drusilla beobachtete Hatty so fasziniert wie ein Raubtier den Dompteur, den es mit Peitsche und Knute herankommen sieht. Mit mir kannst du das nicht machen, sagte ihr Gesichtsausdruck. Hatty war inzwischen auf ansprechend illustrierte Fabelsammlungen von Äsop und La Fontaine gestoßen. Sie schlug Äsops Fabel vom Fuchs und den Weintrauben auf.

»Laß mich einmal hören, wie gut du lesen kannst«, sagte sie zu Drusilla. »Die Geschichte ist nicht sehr lang. Danach kannst du das Bild von dem Fuchs, der zu den Trauben hochsieht, abmalen.«

Drusilla streifte mit leerem Blick erst Hatty, dann die aufgeschlagene Seite und rührte sich nicht.

»Wenn dir diese Fabel nicht gefällt, nehmen wir eine andere. Hier haben wir die vom Fuchs und dem Raben. *Maitre Corbeau, sur un arbre perché*... Hat Miss Stornoway euch dieses Gedicht von La Fontaine nie vorgelesen?«

Barbara hatte, ohne die ihr übertragene Aufgabe auch nur in Angriff zu nehmen, mit spöttisch hochgezogenen Augenbrauen zugehört. Jetzt sagte sie achselzuckend. »So kommen Sie bei meiner Schwester nicht weiter, Miss Ward. Da sie nicht lesen kann, ist sie auch nicht fähig, etwas auswendig zu lernen.«

»Sie kann nicht lesen? In ihrem Alter?«

»Nein, es war ihr nicht beizubringen. Verlorene Liebesmüh.«

Du lieber Himmel, dachte Hatty, sogar die Zwillinge... Aber diese Erinnerung tat noch immer weh, deshalb sagte sie rasch: »Dann kannst du mir etwas malen, Drusilla. Male den Raben mit dem Käse im Schnabel.«

Sogar diese einfache Aufgabe schien Drusilla zu überfordern. Als Hatty ihr ein Blatt Papier und einen Stift gegeben hatte, brachte sie aufs Geratewohl ein paar Striche zustande, die sich eher zufällig zu einem ungefähren Dreieck vereinigten.

»Ist das der Rabe? Sehr schön. Jetzt male ihn mit dem Bleistift schwarz aus.«

Langsam und widerstrebend fing Drusilla an zu krakeln, verlor aber bald die Lust und warf das zusammengeknüllte Blatt in den Kamin. Der Anblick des auflodernden Papiers machte ihr offensichtlich Spaß, und sie hätte weitere Blätter folgen lassen, wenn Hatty ihr das Papier nicht schleunigst weggenommen hätte.

»Dann lese ich dir jetzt die Geschichte vom Raben und vom Fuchs vor. Hör schön zu.«

Doch beim Vorlesen sank Hatty der Mut. Wie hatte Sydney gesagt? »Sie sind Tobsüchtige oder Kretins oder Kriminelle oder alles miteinander. Ich wünsche dir viel Spaß mit ihnen.«

Sie wandte sich an Barbara. »Hast du bei Miss Stornoway Französisch gelernt?«

»Ja, sie hat uns aus einem französischen Geschichtsbuch vorgelesen. Über die Rosenkriege. Wir waren gerade bis zur Ermordung der Prinzen im Tower gekommen.«

»Nun, vielleicht finde ich hier etwas Vergnüglicheres, während du deine Aufgabe beendest.«

Barbara betrachtete finster den *Idler* und ihr leeres Blatt.

Hatty überließ die Schwestern einen Augenblick sich selbst. Sie hatte das dringende Bedürfnis, sich kurz diesem Dunstkreis von Feindseligkeit, Groll und Verweigerung zu entziehen. An der hinteren Schmalseite der Bibliothek hing ein von Kerzenleuchtern flankiertes großformatiges Gemälde, auf dem ein Mann und eine Frau im Garten unter einem Baum zu sehen waren. Zunächst kamen ihr die beiden nur vage bekannt vor. Nachdem sie das Bild eine Weile betrachtet hatte, war sie sich fast sicher, daß sie beiden schon mal begegnet war. Aber so jung, so schön! Voll heiterer Zuversicht richteten sie den Blick auf eine Zukunft, die ihnen idyllisch wie die Sommerlandschaft auf dem Bild erscheinen mochte.

Langsam ging Hatty zu den Schwestern zurück, die tatenlos ins Leere starrten – die eine am Tisch, die andere auf einem Hocker am Kamin. »Wer ist das Paar unter dem Baum auf dem Bild dort hinten?« fragte sie.

»Meine Schwester Ursula und Vetter Harry Camber«, erwiderte Barbara gähnend. »Es stammt von einem Maler, auf den Papa damals große Stücke hielt. Ursula und Harry waren sich sehr zugetan, Camber ritt oft von Bythorn Chase herüber, um Ursula zu besuchen. Sie wollten heiraten, aber dann gab es dieses Zerwürfnis, und Harry hat sich hier nie mehr blicken lassen.«

»An den Streit erinnere ich mich noch.« Drusilla sah von ihrem Blatt Papier hoch, das sie mechanisch in kleine Stücke riß. »Es ging um uns.«

»Daran kannst du dich unmöglich erinnern, du warst noch zu klein.«

»Und ob ich mich erinnere!« Drusilla schlug eine leise, fast gespenstische Lache an. »Harry hat Ursula das Versprechen abgenommen, hierzubleiben und sich um uns zu kümmern. Erst wollte sie nicht, aber er hat ihr so zugesetzt, daß sie's schließlich getan hat.«

»Unsinn. Es ging um etwas ganz anderes.«

»Das soll nicht unsere Sache sein«, sagte Hatty verweisend. »Ich denke, wir gehen jetzt wieder in die Schulstube zurück. Ich habe ein paar Bücher als Lektüre für euch herausgesucht und einen Band Dante-Gedichte mit einer englischen Übersetzung, damit ihr dem Wunsch eurer Mutter nachkommen und auch ein wenig Italienisch lernen könnt.«

Barbara schnitt ein Gesicht. »Müssen wir wirklich gehen? Gerade jetzt, wo es hier leidlich warm und behaglich ist? Ich finde, wir sollten Mama fragen, ob wir nicht die Schulstunden in der Bibliothek abhalten dürfen.«

»Das wäre mir sehr recht. Aber jetzt kommt, ich will das Klavier stimmen.«

Vor allem aber wollte sie Drusilla, die sich einen ganzen Stoß Papier herangeholt hatte, aus der Nähe des Feuers entfernen. Bei dem Zauberwort ›Klavier‹ sprang Drusilla so unvermittelt auf, daß die Papierschnitzel wie Konfetti um sie herumwirbelten.

»O ja! Sie spielen uns was vor, und wir tanzen und singen dazu. Komm, Barbara!«

Während Hatty den Schwestern folgte, dachte sie voll Trauer an die beiden Liebenden auf dem Bild. Wie jung sie waren, wie hoffnungsfroh, strahlend und ahnungslos.

Wie konnte Lord Camber mit dieser Erinnerung im Herzen jemanden wie sie auch nur zur Kenntnis nehmen?

Auch über Drusilla machte sie sich auf dem Weg über die feuchten, düsteren Korridore und die knarzende Treppe ihre Gedanken. Ihre Lernfähigkeit war, obwohl sie im Gespräch einen ganz normalen, ja für ihre Jahre erstaunlich aufgeweckten Eindruck machte, offenbar stark eingeschränkt. Ungeachtet ihrer boshaften Bemerkungen ging von dem schmalen blonden Kind mit dem blassen Gesicht und den auffälligen Augen etwas durchaus Gewinnendes aus.

Auch Barbara war, obgleich sie sich gegen ihre neue Lehrerin sichtlich sträubte, nicht unsympathisch. Zwar schien sie – das war wohl ein Erbteil ihrer Mutter – wenig Humor zu haben, konnte aber sicher, wenn sie es darauf anlegte, auch durchaus liebenswürdig sein. Was für ein Mann war wohl der Vater dieser Mädchen?

Nachdem sie sich vierzig Minuten mit dem Klavier herumgeplagt und dabei die Schwestern unauffällig im Auge behalten hatte, erklärte Hatty es für einigermaßen spieltauglich. Barbara hatte ein kleines Notizbuch vor sich liegen und notierte hin und wieder den einen oder anderen Satz. Führte sie vielleicht Tagebuch? Drusilla kauerte neben dem Klavierschemel auf dem Boden und hatte Hattys Tonleitern, Variationen und Modulationen mit atemloser Aufmerksamkeit verfolgt. »So, besser wird es nicht«, erklärte Hatty. »Eine Taste spricht überhaupt nicht an, zum Glück ist es eine in den höheren Registern, die nicht so oft gebraucht wird.«

Drusilla sprang auf. »Jetzt lassen Sie mich spielen«, verlangte sie zu Hattys Verblüffung, schwang sich auf den Klavierschemel und gab ein Potpourri aus den verschiedensten Weisen zum besten, unter denen Hatty Melodien von Gluck, Arne und Purcell, volkstümliche Balladen, Weihnachtslieder und Choräle erkannte. Drusilla hatte offenbar ein unerschöpfliches Reservoir an Themen im Kopf und angeborenes musikalisches Talent. Passagen aus Klaviersonaten von Haydn vermischten sich mit liturgischen Gesängen, Ländlern und Gassenhauern.

»Wer hat dir das beigebracht? Miss Stornoway?« fragte sie, als Drusilla innehielt und beglückt lächelnd zu ihr aufsah.

»Ach wo, die konnte überhaupt nicht spielen. Mary und Anne hatten Musikunterricht, als sie noch zu Hause waren, da hab ich zugehört. Sie konnten auch Harfe spielen.«

»Dann müssen wir die Harfe unbedingt reparieren lassen. Vielleicht solltest du es auch mit der Geige versuchen.«

Drusilla nickte, als sei das nicht mehr als recht und billig.

»Kannst du Noten lesen?« Hatty nahm ein Heft mit einfachen Etüden von dem Stoß auf dem Klavier, aber das Notensystem mit den vielen Halb- und Viertelnoten sagte Drusilla offenkundig nichts.

»Musik in meinem Kopf«, sagte sie.

Dann legte sie sich unvermittelt auf den abgetretenen Teppich und schlief sofort ein.

»Sollten wir sie nicht zu Bett bringen?« fragte Hatty erschrocken.

Barbara zuckte die Schultern. »Wozu? Das macht sie oft, wenn sie sich bis zur Erschöpfung in ihr Spiel hineingesteigert hat.«

»Diese Musik ist beachtlich.«

Barbara zuckte erneut die Schultern. »Aber sie hat keinen Nutzen davon. Drusilla wird nie Noten lesen oder sich ein ganzes Stück einprägen können. Es steckt, wie sie selbst sagt, alles nur in ihrem Kopf.«

»Hat nie jemand ernsthaft versucht, ihr das Lesen und Schreiben beizubringen?«

»Zwecklos. In so ein Hirn bringen Sie nichts hinein!«

Das werden wir ja sehen, dachte Hatty kampflustig, aber Barbara, die wohl ahnte, was in ihr vorging, lächelte spöttisch und sagte: »Reine Zeitverschwendung, Miss Ward. Ebenso wie der Versuch, mir Italienisch beizubringen oder französische Theaterstücke mit mir zu lesen.« Ungeduldig schob sie das *Purgatorio* und die Dramen von Molière beiseite, die Hatty aus der Bibliothek mitgebracht hatte. »Wir wollen nämlich gar nicht, daß man uns etwas Gutes tut. Wir wollen nicht gebildet werden. Wen kümmert es, ob wir einen wohlklingenden französischen Akzent haben oder italienische Arien übersetzen können? Was hat meine Schwester

Ursula von ihrer ganzen Bildung gehabt? Sie mußte Ihren Vater heiraten und wird jetzt wohl wieder hier unterkriechen müssen.«

Barbara warf Hatty aus ihren dunklen Augen einen durchdringenden Blick zu. »Haben Sie nicht auch Schwestern, Miss Ward?«

»Ja, drei«, sagte Hatty ein wenig überrascht. »Agnes, Maria und Fanny.«

»Und welche haben sie am liebsten?«

Hatty war so überrumpelt, daß sie einen Augenblick zögerte. Barbara lachte hämisch.

»Hab ich's mir nicht gedacht? Sie machen sich aus keiner was.«

»Wir sind so unterschiedlich. Und sie sind alle sehr viel älter als ich«, setzte Hatty sich zur Wehr. »Meine Mutter habe ich sehr geliebt. Leider ist sie tot.«

»Sie können froh sein, daß Sie zumindest einen Menschen hatten, den Sie lieben konnten. Kein Mensch könnte Mama lieben, aber das haben Sie wohl schon gemerkt. Deshalb hat mein Vater sich anderen Neigungen zugewandt. Solange noch Hoffnung auf einen Stammhalter bestand, hat er den liebenden Gatten wenigstens gespielt, aber als das vorbei war – basta! Er nimmt Mama auch nicht mehr mit nach London. Weil sie so schwerhörig ist, sagt er. Und so unleidlich.«

»So etwas dürftest du mir gar nicht erzählen, Barbara, über solche Dinge sprechen junge Damen nicht mit ihren Gouvernanten – und eine Tochter von Lord Elstow schon gar nicht.«

»Papperlapapp! Wer schert sich schon darum? Und Sie

sind auch gar keine richtige Gouvernante. Ich schätze, daß Sie nicht viel älter sind als ich.«

»Das stimmt, aber ich habe eine viel bessere Ausbildung«, sagte Hatty sehr bestimmt, »und kenne mich in der Welt und in der Gesellschaft aus.«

»Schöne Worte! Nur weil Sie im Haus eines Advokaten in Portsmouth gelebt haben und zur Tanzstunde gegangen sind, brauchen Sie die Nase nicht so hoch zu tragen.«

»Lord Camber war sich nicht zu gut, im Haus meines Onkels in Portsmouth zu verkehren«, sagte Hatty unvorsichtigerweise. »Und die Gespräche mit ihm waren immer sehr anregend und instruktiv.«

Barbara sah sie scharf an.

»Sie haben sich in Harry Camber verliebt, was? Da sind Sie nicht die einzige. Als er mit Ursula verlobt war, gab es in London ein Dutzend junger Damen, die vor Liebe zu ihm vergingen. Und daran hat sich bis heute nichts geändert. Eigentlich erstaunlich, da er ja weiß Gott kein gutaussehender Mann ist. Meine Schwester Mary war ganz vernarrt in ihn, ehe sie dann Finster genommen hat, und Ursula hat den Verlust nie verwunden. Sie sehen ja, was aus ihr geworden ist.«

»So darfst du nicht reden, Barbara.«

»Warum nicht? Weil die Leute Harry Camber verehren wie einen Heiligen? Wenn Sie mich fragen«, erklärte Barbara rundheraus, »richten Heilige in der Welt viel mehr Schaden an als ganz gewöhnliche schlechte Menschen. Sie stellen Ansprüche, die niemand erfüllen kann, machen den anderen ein schlechtes Gewissen und verläppern sich an absurde Unternehmungen wie Cambers Idealgesellschaft am Ufer eines schlammigen Flusses in Amerika. Sie wird drei Jahre Bestand haben, viel Geld und einige Menschenleben kosten. Wozu das Ganze? Das ist doch alles blanker Unfug!«

»Auch wenn diese Unternehmung scheitert«, wandte Hatty ein, »trägt sie doch ihr Teil zum Fortschritt der Menschheit bei. Nicht ausgeschlossen, daß in hundert Jahren eine Gesellschaft der Zukunft von den Erfahrungen profitiert, die in Lord Cambers Gemeinwesen gemacht wurden, und daß sein Name in einem Atemzug mit denen von Sir Thomas More und Francis Bacon genannt wird.«

»Wer sind denn die?«

»Beide haben Geschichten über ideale Gemeinwesen geschrieben, Thomas More über ein Land, das er Utopia nannte, Bacon über eine Insel namens Bensalem. Beide saßen als Gefangene im Tower von London.«

»Und warum?«

»Bacon wegen Bestechung, glaube ich, Thomas More, weil er gegen die Scheidung Heinrichs des Achten von Königin Katharina war. Er wurde geköpft, Bacon kam mit einer Verwarnung davon. Euer Vetter kann von Glück sagen, daß er in friedlicheren Zeiten lebt. Heutzutage lassen die Regierenden nicht mehr so schnell Köpfe rollen.«

»Heinrich der Achte? War das der mit den sieben Frauen?«

»Ja und der Prachtparade auf dem Feld vom Goldenen Tuch, an der auch Sir Thomas More teilnahm.«

»Nie gehört«, sagte Barbara abschätzig. »Heinrich den Achten haben wir nicht gehabt, wir sind nur bis zu Heinrich dem Siebten gekommen.« Nach einer kleinen Pause fragte sie, nun wohl doch neugierig geworden: »War wirklich ein ganzes Feld mit goldenem Tuch bedeckt?«

»Ich erzähle dir gelegentlich davon«, versprach Hatty. »Was hat das Klingelzeichen zu bedeuten?«

»Daß unten unser kalter Aufschnitt aufgetragen ist.«

»Müßten wir nicht Drusilla wecken?«

»Nein, die können wir getrost schlafen lassen, sie ißt fast nur Obst, und auch davon nicht viel.«

Hatty war sehr erleichtert, daß der Imbiß, der ihr nach der frostigen Fahrt und dem langen, mühevollen Vormittag sehr willkommen war, nicht im Beisein der Gräfin eingenommen werden mußte, da Lady Elstow, wie man ihr sagte, den größten Teil des Tages in ihren Räumen verbrachte.

»Mama hinkt stark«, erklärte Barbara, »das Treppensteigen fällt ihr schwer, deshalb kommt sie, wenn keine Gäste da sind, nur selten nach unten. Vielleicht ändert sich das, wenn Ursula wieder herkommt, was ich nicht hoffe. Mama und sie liegen sich ständig in den Haaren. Mama konnte Ursula noch nie leiden, und als meine Schwester nach der Sache mit Harry Camber und Francis Fordingbridge zwei Ehekandidaten auf einen Schlag verlor, wurde es natürlich noch schlimmer.« Sie stopfte sich unerzogen große Stücke kalten Hammelbraten in den Mund.

»Sind das deine Eltern auf dem Bild über dem Kaminsims?« fragte Hatty, um Barbara von diesem Thema abzulenken.

»Ja, aber es ist lange vor meiner Geburt entstanden.«

Wie Lord Camber und Lady Ursula auf dem Bild in der Bibliothek war auch dieses junge Paar elegant gekleidet, aber im Stil einer vergangenen Zeit – die Dame in Reifrock und mit hochgetürmter Perücke, der Herr in langem besticktem Rock und mit Schnallenschuhen. Die Dame war ohne Mühe als Lady Elstow zu erkennen, der junge Mann hatte ein langgezogenes Gesicht, Raffzähne, eine vorspringende Nase und ein fliehendes Kinn. Er war noch größer als seine Frau und blickte, genau wie sie, gelangweilt und sichtlich angewidert von seiner Umgebung ins Weite.

»Ich reite um diese Zeit immer aus«, verkündete Barbara und stand unvermittelt auf, »während Sie vermutlich weiter Ihr Glück bei meiner Schwester versuchen wollen. Viel Spaß dabei.« Damit war sie verschwunden.

Hatty bat den Diener, der bei Tisch serviert hatte, sie auf ihr Zimmer zu führen. Sie brauchte dringend etwas Zeit für sich und wollte außerdem nachsehen, ob man ihr Gepäck schon gebracht hatte.

Es wird Wochen dauern, bis ich mich in diesem Haus zurechtfinde, dachte sie, während sie dem Diener weitere Treppen hoch und über schmale, mit abgetretenen Läufern belegte Gänge folgte.

Ihr Zimmer bot den gleichen Blick auf den ungepflegten Garten wie die Bibliothek. Es war nur mit einigen wenigen altmodischen Möbeln bestückt, aber recht geräumig, und Hatty dachte bei sich, daß man es sich mit wenig Aufwand ganz behaglich würde herrichten können. Allerdings war es bitterkalt.

»Ich brauche ein Feuer im Kamin«, sagte Hatty.

»Dafür habe ich keine Order, Miss.«

»Dann bekommen Sie Ihre Order jetzt von mir. Bitte sorgen Sie dafür, daß unverzüglich ein Feuer geschürt wird«, sagte Hatty gebieterisch, wenn auch mit heimlichem Herzklopfen.

»Ja, Miss«, erwiderte der Diener gefügig, und wenig später erschien ein Stubenmädchen, das sich am Kamin zu schaffen machte.

»Wissen Sie, ob Miss Stornoway in das Haus von Lord Camber gebracht wurde?« fragte Hatty.

Das Mädchen lächelte. »Ja, Miss. Frott, der zweite Kutscher, hat sie im Einspänner hingefahren. Und die alten Damen, Mrs. Godwit und Mrs. Daizley – Mrs. Daizley ist eine Base von meinem Dad, Miss – haben sie in Empfang genommen. Zuerst waren sie mächtig überrascht, aber dann hat Frott Ihren Brief übergeben, und er meint, sie würden Miss Stornoway bestimmt behalten, sie sei ganz vergnügt und munter gewesen, als er wegfuhr.«

»Da bin ich aber froh«, sagte Hatty sehr erleichtert. »Wie heißen Sie?«

»Bone, Miss. Soll ich Ihnen beim Auspacken helfen?«

»Nein, danke, das schaffe ich schon allein«, sagte Hatty und deutete auf ihr bescheidenes Gepäck.

»Wenn Sie mal was genäht oder geplättet haben wollen, brauchen Sie nur zu läuten, Miss«, sagte Bone, und Hatty dachte bei sich, daß die Dienstboten hier freundlicher und warmherziger waren als die Herrschaft.

Während sie auspackte und ihre Habe in einer kleinen Truhe unterbrachte (sie nahm sich vor, in den rechts und links von ihr gelegenen, offenbar leerstehenden Zimmern nachzusehen, ob sich dort vielleicht ein Schreibtisch und ein Schrank mit Fächern beschaffen ließ), sann Hatty über ihre Schülerinnen nach. Bei Drusilla stand sie vor einer ungemein schwierigen, vielleicht sogar unlösbaren Aufgabe. Die Kleine hatte offenbar gesundheitliche Probleme, die sich auch durch die liebevollste Zuwendung nicht würden lösen lassen. Mit Lady Elstows Unterstützung war kaum zu rechnen. Ihre Kinder, das Hauswesen, das ganze Leben waren für Drusillas Mutter nichts als Last und Langeweile. Und wenn der Graf so selten heimkam und sich so wenig für seinen Besitz interessierte, nützte es wohl auch nichts, sich an ihn zu wenden. Die Atmosphäre von Underwood Priors war, wohin man auch kam, von Verwahrlosung und Hoffnungslosigkeit geprägt. Es ist, als läge ein Fluch über dem Haus, dachte Hatty und merkte sich den Gedanken für ein künftiges Gedicht vor. Und Barbara? Zumindest war sie noch lebhafter Empfindungen fähig, auch wenn sie sich in Form von Grimm, Ablehnung und Argwohn äußerten. Daß sie Gesellschaft brauchte, war unübersehbar. Vielleicht war das ein Ansatzpunkt. Sie mag mich nicht, dachte Hatty, aber vielleicht akzeptiert sie mich als Gesprächspartnerin.

Sie legte sich ein Tuch um die Schultern, denn auf dem Gang herrschten arktische Temperaturen, schürte noch einmal das Feuer und fand nach einigen Irrwegen glücklich zur Schulstube zurück. Als sie ihrem Ziel näher kam, wies ihr die Musik den Weg. Drusilla war nach ihrem kurzen Erschöpfungsschlaf wieder völlig in ihr phantastisches Spiel mit Tönen und Variationen vertieft. Ein Diener, der nach dem Feuer gesehen hatte, begegnete Hatty vor der Tür und verdrehte verzweifelt die Augen. »Das geht jetzt bestimmt den ganzen Tag so, Miss«, sagte er halblaut.

Drusilla war so entrückt, daß sie Hatty zunächst gar nicht zur Kenntnis nahm und nur unwillig zuckte wie jemand, den eine lästige Fliege berührt, als die neue Gouvernante ihr behutsam auf die Schulter tippte. Ihr Blick war ernst und sehr fern. Dann aber verloren die blauen Augen etwas von ihrem träumerischen Ausdruck, und Drusilla lächelte wieder. »Komm«, sagte Hatty, »wir wollen versuchen, ein Duett zu spielen.«

ZWEITER TEIL

12

Brief des Seekadetten Ned Ward an Miss Harriet Ward

Liebe Cousine Hatty,

jetzt bin ich also auf See, und es könnte schlimmer sein. In den ersten drei Tagen habe ich gespien wie ein Reiher und kam aus meiner Hängematte in der Kadettenmesse nicht heraus, es stürmte wie toll, und ich dachte, ich müßte sterben. Am vierten Tag half mir ein Matrose in meine Kadettenuniform, ich stolperte an Deck und mußte lachen, als ich das ganze Männerzeug sah, das, vom Regen und von der Gischt durchnäßt, draußen zum Trocknen aufgehängt war. Die ganze Takelage war voller Hemden, Beinkleider und Jacken. Die nassen Segel waren auf den Spieren ausgebreitet oder über das Tauwerk drapiert, und die Putzer gingen mit ihren Schwabbern über die Decks, bis sie weiß und sauber waren. Zuerst wußte ich mir überhaupt nicht zu helfen, aber die anderen Kadetten sind feine Jungs und haben mir alsbald gezeigt, wie alles geht. Wir hatten schon etliche Gefechte mit Freibeutern zu bestehen, und zuerst fürchtete ich mich sehr, aber allmählich gewöhne ich mich an den Kanonendonner und das Kampfgetümmel. Am meisten tun mir die Pulverjungen leid, denn sie müssen das Pulver aus dem Magazin nach oben bringen und sich dann an Deck in einer langen Reihe auf die Pulverkübel setzen, damit beim Laden der Geschütze kein Funke hineinkommt, was keine beneidenswerte Aufgabe ist.

Der Kapitän meint es gut mit mir, und nach vier Monaten auf See, sagt er, stehe ich zur Beförderung zum Unterleutnant an, aber dazu muß ich dann vor einer Kommission auf dem Flaggschiff des Admirals antreten, da stellen sie gräßliche Fragen nach Quadranten und Sextanten und wollen wissen, was man macht, wenn man ein Schiff befehligt, das bei einem Orkan in einer Bucht mit Leeküste liegt. Falls ich dabei gut abschneide und befördert werde, habe ich das nur Dir zu verdanken, liebe Hatty, weil Du mir so oft beim Multiplizieren und Dividieren geholfen hast!

Wenn ich nachts in meiner Hängematte liege und nicht einschlafen kann, denke ich oft an die schönen Stunden in unserem lieben alten Baumhaus und an die Gedichte, die Du mir aufgesagt hast. Hoffentlich schreibst Du weiter Deine Verse, Cousine Hatty, denn etwas Besseres habe ich seither kaum gehört, und sie wären es wirklich wert, gedruckt zu werden. Damit läßt es für heute genug sein

Dein Dich liebender Vetter Ned.

Weißt Du übrigens, wie es zu Hause geht? Ich habe seit Monaten nichts mehr von der Familie gehört, aber die Post braucht eben recht lange, bis sie uns eingeholt hat. Ich schicke diesen Brief nach Bythorn in der Hoffnung, daß er Dich dort erreicht.

Edward Ward, Seekadett

Brief von Mrs. Frances Price an Mrs. Agnes Norris

Meine liebe Aggie,

seit Monaten schon wollte ich Dir schreiben und Dir meine Glückwünsche zur Hochzeit übermitteln. Wenn Du nur halb so glücklich bist wie ich mit meinem lieben Sam Price, kannst Du Dir gratulieren. Ich bin sehr froh, daß Du es so gut getroffen hast, und es wäre mir recht lieb, wenn Du gelegentlich mir und meinem lieben Sam eine Kleinigkeit zukommen lassen könntest, zehn Pfund vielleicht, denn von dem, was er zur Zeit an Sold hat, könnte kaum ein Vögelchen satt werden, und ich bin guter Hoffnung. Du könntest auch bei unserer Schwester, Lady Bertram, ein gutes Wort für mich einlegen, sie ist jetzt so vornehm, daß ich mich kaum traue, an sie selbst zu schreiben, aber bitte übermittle ihr meine allerherzlichsten Grüße.

Deine Dich liebende Schwester Fanny

Brief von Mrs. Norris an Mrs. Price

Meine liebe Frances,

ich muß gestehen, daß mich Dein Ansinnen etwas befremdet hat, denn Du solltest wissen, daß ich außerstande bin, Dir von dem sehr bescheidenen Nadelgeld, das Mr. Norris mir zur Verfügung stellt, die gewünschte Summe zukommen zu lassen. Nicht, daß er geizig wäre, aber er muß ein seinem geistlichen Stand angemessenes Haus führen und ist natürlich immer auch seiner Verpflichtungen den Armen gegenüber eingedenk. Deshalb kann ich Dir, so leid es mir tut, nicht helfen, aber da Du Dich durch Deine eigene Unbedachtsamkeit in diese unglückliche Lage gebracht hast, mußt Du nun selbst sehen, wie Du damit fertig wirst. Ich habe Deine Bitte nicht an unsere Schwester Bertram weitergegeben, da sie genau wie ich der Meinung ist, daß Du durch Deinen leichtfertigen Schritt Schande über die Familie gebracht hast und jetzt die Folgen tragen mußt. Wenn sie von Dir spricht, nennt sie Dich stets ›arme Schwester Fanny‹ und seufzt dabei so kläglich, daß es einem das Herz brechen könnte. Natürlich schließen wir Dich täglich in unsere Gebete ein.

Immer die Deine
A. Norris

Brief an Lady Ursula Ward von Sydney Ward

Sehr geehrte gnädige Frau,

darf ich Sie ergebenst darauf aufmerksam machen, daß seit dem Hinscheiden meines Onkels, Ihres verstorbenen Gatten Henry Ward, vier Monate vergangen sind und die Frist, die Ihnen eingeräumt wurde, um ein anderes Domizil zu finden, längst abgelaufen ist. Ich muß Sie ersuchen, das Haus schnellstens zu räumen, da ich beabsichtige, mich dort selbst einzurichten und der Verzug mir äußerst ungelegen kommt.

Ihr ergebener Diener
Sydney Ward

Brief von Lady Ursula Ward an Mrs. Norris

Meine liebe Agnes,

Du hast gewiß inzwischen erfahren, in welch mißliche Lage mich die unglückselige Erbfolgeregelung in der Familie meines verstorbenen Mannes und das empörende und herzlose Verhalten von dessen Verwandten gebracht hat. Bis Ende dieses Monats muß ich dieses Haus räumen, und Dein Vater, Mr. Ward, hat mich sehr mangelhaft versorgt zurückgelassen (ich wurde, was die Höhe seines Vermögens betrifft, gröblich getäuscht, und wäre mir bekannt gewesen, wie sehr er dazu neigte, sein Geld für Pferde zu verschwenden, wäre ich nie eine so unbedachte Verbindung eingegangen – doch genug davon!). Falls nicht liebe Freunde bereit sind, mich aufzunehmen, wird mir wohl die Rückkehr nach Underwood Priors nicht erspart bleiben. Du wirst verstehen, wie sehr dieser Schritt mir widerstrebt und welch traurige Erinnerungen er wachrufen würde. Nach Deiner geliebten Mutter warst Du seit jeher meine teuerste Freundin, zumal Miss Kittridge, die mir ebenfalls sehr nahestand, sich auf jenes törichte Abenteuer in Pennsylvanien eingelassen hat, und ich zögere deshalb nicht, mich zuerst an Dich zu wenden mit der Bitte, mir in meiner derzeitigen Notlage Zuflucht zu gewähren. Ich stelle es mir sehr angenehm vor, in Eurem lieben Pfarrhaus zu wohnen, mich an Deiner und der Gesellschaft Deines geschätzten Gatten zu freuen und sicher häufig auch Deine liebe Schwester Lady Bertram sowie den von mir so verehrten Sir Thomas zu sehen. Und ohne mich rühmen zu wollen, denke ich doch, daß ich in diesen kleinen, aber erlesenen Kreis meinen Teil an Distinktion und Harmonie einbringen könnte. Wie geht es Lady Bertrams bezaubernden Kindern? Sie müssen inzwischen in einem entzückenden Alter sein. Ich sehe deshalb, meine liebe Agnes, einer beide Seiten zufriedenstellenden schwesterlichen (und stieftöchterlichen) Antwort mit dem größten Interesse entgegen. Bitte übermittle Mr. Norris und Deiner lieben Schwester Maria meine besten Grüße.

Herzlich, Deine Freundin
(und Stiefmama)
Ursula Ward

P.S. Ich kann natürlich meine eigene Bettwäsche mitbringen.

Brief von Mrs. Norris an Lady Ursula Ward

Meine liebe Lady Ursula,

natürlich ehrt es mich sehr, daß Sie sich in Ihrer unglückseligen Lage zuerst an mich und Mr. Norris gewandt haben. Ich brauche Ihnen wohl nicht zu versichern, wie gern wir Ihnen diesen Gefallen erwiesen hätten, und wir bedauern unendlich, daß wir Ihnen in diesem Fall nicht behilflich sein können. Wie Sie wissen, hat mein lieber Mr. Norris eine zarte Konstitution und wird häufig von Gicht geplagt, weshalb vollkommene Ruhe im Haus für ihn oberstes Gebot ist. Die Anwesenheit einer dritten Person unter seinem Dach, selbst die einer so lieben und geschätzten Freundin, wie Sie es sind, wäre, wofür Sie gewiß Verständnis haben, zuviel für seine angegriffene Gesundheit. Bestimmt gibt es doch viele, viele andere gute Freunde, die nur zu gern bereit sein sollten, Ihnen ein neues Heim zu bieten. Aber wäre es nicht eigentlich für alle Beteiligten das beste, wenn Sie nach Underwood Priors zu Ihrer lieben Mama und Ihren reizenden Schwestern Barbara und Drusilla zurückkehrten? Erinnere ich mich recht, so erzählten Sie mir einmal, Lord Camber habe Ihnen die Mädchen besonders ans Herz gelegt, und das Bewußtsein, ganz in seinem Sinne zu handeln, müßte eine schöne Befriedigung für Sie sein. Wobei mir einfällt, daß dank Ihrer freundlichen Vermittlung meine Schwester Harriet wohl nach wie vor um die Bildung Ihrer Schwestern bemüht ist. Es wäre für alle Beteiligten sehr wünschenswert, wenn Sie in Zukunft ein wachsames Auge auf ihre diesbezüglichen Aktivitäten haben könnten. Wir sind uns ja darüber einig, daß Hatty eine querköpfige und halsstarrige Person ist, die zu Grillen und Launen neigt, gern ihrer eigenen Wege geht und sich nichts sagen läßt, so daß es Ihrer lieben, hochgeschätzten Mama womöglich gar nicht so leicht fällt, sie in Zaum zu halten. Sie aber, liebe Lady Ursula, werden nach Ihrer Rückkehr gewiß alles wieder ins Lot bringen. Natürlich freuen wir uns immer, Sie im Pfarrhaus von Mansfield zu sehen, Sie wissen, daß Mr. Norris der charmanteste Gastgeber von der Welt ist, wenn seine Gesundheit es ihm gestattet, Geselligkeiten zu veranstalten. Und wenn in einigen Monaten das Wetter freundlicher ist und Sir Thomas uns seinen Landauer zur Verfügung stellt, dürfen wir Ihnen vielleicht auch unsererseits einmal auf Underwood einen Nachmittagsbesuch abstatten. Ich nehme immer gern die Gelegenheit wahr, das prächtige alte Herrenhaus zu besuchen und mit Ihrer verehrten Frau Mutter, der Gräfin, plaudern zu dürfen.

Herzlich, Ihre Freundin
A. Norris

Brief von Lord Camber an Miss Harriet Ward

Meine liebe kleine Miss Hatty,

ich habe, wie Sie sehen, als meine Anschrift Amity Valley und nicht eine Faktorei in Philadelphia oder eine Farm in Pennsylvanien angegeben und will Ihnen im folgenden erklären, wie es dazu kam. Nachdem ich im Januar von Ihnen Abschied genommen hatte, brachte mich die Postkutsche auf direktem Wege nach Bristol. Dort liegt am Zoll eine Liste aus, in die sich Passagiere eintragen können, die sogenannte Auslöseverträge schließen wollen. Man war nicht wenig überrascht, daß ich, allem Anschein nach ein Mann von Stand, so eine Verpflichtung einzugehen wünschte, aber man kennt dort Fälle, in denen Männer ein ganzes Vermögen verspielten, deshalb ließ ich mich nicht unter dem stolzen Namen Wisbech eintragen, sondern nannte mich schlicht und einfach Harry Liss. Vor dem Friedensrichter unterschrieb ich eine Verpflichtung, mich auf zwei Jahre an einen unbekannten Dienstherrn zu verdingen. Bewerber, die keine eigenen Sachen hatten, wurden mit Leinenanzügen, wollener Unterwäsche, Schuhen, Ölzeug und Decken im Werte von etwa fünf Pfund versorgt, die ihnen später vom Lohn abgezogen werden. Man untersuchte uns auf die Französische Krankheit und schickte uns dann zu einem anständigen Logis, wo wir auf unsere Schiffspassage nach Baltimore warten sollten. Ich hatte Glück, denn das nächste Schiff lief fünf Tage später aus. Inzwischen konnte ich mich noch mit den nötigen Schreinerwerkzeugen versorgen. An Berufen vertreten waren auf meinem Schiff noch Weber, Tuchwalker, Knopfmacher, Ziegelmacher und Bauern.

Wir stachen mit der Schaluppe ›Sea Flower‹ in See. Den Passagieren mit Dienstverträgen auf Zeit wurden sogenannte »Bettplätze« von jeweils sechs Fuß im Quadrat zugewiesen, in die sich vier Erwachsene zu teilen hatten. Wir mußten uns deshalb beim Schlafen – je zwei und zwei – abwechseln. Zum Essen wurden wir in »Messen« eingeteilt, jede Messe erhielt eine bestimmte Menge an Mehl, Fleisch etc., und für die Zubereitung der Mahlzeiten wurde jeweils der Kochkundigste aus der Gruppe abkommandiert. Es ging sehr eng zu, denn auf unserer Schaluppe waren 106 Passagiere, die Schiffsbesatzung nicht eingerechnet. Wir waren sechzehn Wochen auf See und hatten eine sehr unruhige Überfahrt. Wenn ein Sturm aufzog, wurden die Luken dichtgemacht, und die Passagiere mußten unter Deck bleiben. Dort war das Elend groß, der Gestank, das ständige Erbrechen, die Läuse waren fürchterlich, viele Krankheiten brachen aus, von der Ruhr bis zu den Blattern. Es gab zahlreiche Tote – ich selbst zählte mindestens dreißig. Daß noch immer so schreckliche Zustände herrschen, ist empörend. Ich werde einen Bericht fürs Parlament darüber schreiben. Die meisten Vorräte waren am Ende der Reise verdorben, das Fleisch war verfault, die Butter ranzig.

Sie können sich leicht denken, welchen Jubel es gab, als Land in Sicht kam.

Ende April segelten wir glücklich den Delaware hinauf, und jene Passagiere, die sich verpflichtet hatten, eine Anstellung anzunehmen, machten sich landfein. Wer eine Schere hatte, schnitt sich und anderen die Haare, man wusch sich das Gesicht, Perücken wurden herausgeholt, Listen mit den Namen und Fertigkeiten der Überlebenden aufgestellt. Im Hafen standen Dienstherren und Arbeitskräftevermittler und hielten Ausschau nach den kräftigsten und tauglichsten Männern. Ich muß Ihnen sagen, Miss Hatty, daß unsere Gruppe keinen sehr vielversprechenden Eindruck machte. Die meisten waren abgemagert, bleich, von Krankheit gezeichnet. Ich durfte mich glücklich schätzen, daß ich den Platz des Schiffszimmermanns hatte einnehmen können, der schon zu Beginn der Reise an den Pocken gestorben war, so daß mir das schlimmste Elend unter Deck erspart blieb. Auch darin hatte ich Glück, daß ich sogleich von einem sehr anständigen Dienstherrn, einem Mr. Claiborne, eingestellt wurde, der mir, als er von meinen vielseitigen Fähigkeiten erfuhr, fest zusagte, mich in verantwortungsvoller Stellung einsetzen zu wollen. Sein großer Besitz, den er Piccadilly genannt hat, liegt nördlich von Baltimore, so daß wir keine lange Wegstrecke mehr zu bewältigen hatten. Sie können sich vorstellen, daß ich mit besonderem Interesse Baustile und Bauweisen der hiesigen Gegend studiert habe. Es gibt wie in England viele strohgedeckte Fachwerkhäuser, es besteht also keine Gefahr, etwas von meinen Fertigkeiten zu verlernen. Für Mörtel ist hier auf dem Land nicht genug Kalk vorhanden, so daß man nur selten gemauerte Häuser sieht. Ein Pflüger kann hier gutes Geld verdienen, und so ist es kein Wunder, daß es noch immer so viele Auswanderer nach Amerika zieht. Mein Dienstherr, James Claiborne, ist ein liberal gesinnter, intelligenter Mann, und bei der Arbeit führen wir häufig freundschaftliche Diskussionen und Streitgespräche. Er hat mir versprochen, mich vorzeitig aus meinem Vertrag zu entlassen, sobald er einen anderen tüchtigen Schreiner gefunden hat. Inzwischen habe ich mit meinen Freunden in Amity Valley Verbindung aufgenommen und hoffe, daß ich recht bald zu ihnen stoßen kann. Falls Sie mir schreiben wollen, können Sie Ihren Brief dorthin schikken. Ich frage mich oft, wie es Ihnen geht und wo Sie sind. Haben Sie das Brieflein erhalten, das ich Ihnen von jener Abzweigung aus zustellen ließ? Und sind Sie in die Strohdachklause eingezogen? Oder haben Sie sich für ein anderes Domizil entschieden? Schreiben Sie weiter Gedichte? Hoffentlich! Abends, wenn meine Arbeit getan ist, bleibt mir ein wenig freie Zeit, um Notizen für mein Buch über Sprache, Kleidung und Klima und für den Bericht über meine Seereise festzuhalten. In letzter Zeit beschäftige ich mich zunehmend mit der Bedeutung, die das Licht für uns hat und wie es auf das Wesen des Menschen einwirkt. Es gibt hier sehr viel mehr heiter-helle Sonnentage als in unserer Heimat, und ich habe den Eindruck, daß die Menschen hierzulande dementsprechend frohgemuter und gesprächiger sind. Unser nebel- und regenreiches England bringt in sich gekehrte, grüblerisch veranlagte Menschen hervor. Wenn ich an meine Cousinen in Underwood denke, begreife ich, daß durch eine ungünstige geographische Lage ein anhaltend negativer Einfluß auf den Charakter zustande kommen kann, nur vermögen eben manche Menschen widrige Umstände besser zu bewältigen als andere. Bitte lassen Sie mich wissen, wie es Ihnen geht, Miss Hatty, und legen Sie mir nach Möglichkeit ein neues Gedicht bei.

Herzlich der Ihre
Harry Camber

(Bitte vergessen Sie nicht, daß ich hier ein schlichter Harry Liss bin.)

Brief von Miss Harriet Wood an Mrs. Pauline Ward

Liebste Tante Polly,

seit sieben Monaten bin ich nun schon auf Underwood Priors und habe noch immer keine Antwort auf die Briefe, die ich Dir schrieb, so daß ich nicht weiß, wie es Dir geht. Ich sorge mich so sehr um Dich, liebe Tante, und frage mich oft, ob Du wieder wohlauf bist und was die Familie macht. Ihr seid mir alle so nah, daß es für mich ein sehr sonderbarer und betrüblicher Zustand ist, so gar nichts über Euch zu wissen. Geht es meinem Onkel gut? Und ist Tom inzwischen im Internat oder noch zu Hause? Kümmert sich Burnaby gut um Dich? Lebt Sydney jetzt auf Bythorn Lodge? Und was ist aus Lady Ursula geworden, wo ist sie untergekommen? Ich habe an Agnes in Mansfield geschrieben und nach alldem gefragt, aber sie hat nicht geantwortet. Sicher hat sie viel Arbeit mit der Betreuung Bedürftiger in der Gemeinde ihres Mannes. Von Ned bekam ich einen Brief und freue mich, daß ihm das Leben auf See zusagt, wodurch er hoffentlich Nancy Price schnell vergißt. Wie ich schon in meinem letzten Brief schrieb, versuche ich hier auf Underwood Priors Lady Barbara und Lady Drusilla ein wenig Bildung mitzugeben. Bisher hat man mir noch kein Gehalt gezahlt, aber vielleicht ist das nur recht und billig, denn ich komme recht langsam voran. Die Mädchen tun mir leid, sie führen ein sehr einsames und zurückgezogenes Leben, und ich fürchte, Drusilla, die Jüngere, wird nie lesen, schreiben oder rechnen lernen und immer jemanden brauchen, der sie betreut. Barbara, die Ältere, lehnte mich anfangs völlig ab und mochte sich überhaupt nicht unterrichten lassen, in den ersten Wochen war die Lage fast hoffnungslos, aber sie langweilt sich so fürchterlich, daß sie letzten Endes wohl um jede Ablenkung froh ist. Inzwischen betreiben wir französische, lateinische und italienische Lektüre, vielleicht können wir uns irgendwann sogar ans Griechische wagen. Gut zustatten kam mir, daß ich reiten kann, und ich denke dankbar an die Zeit zurück, als mein Vater uns Kindern noch herzlicher zugetan war und Ponys für mich und Fanny hielt. So kann ich jetzt Lady Barbara begleiten, die gern an jedem schönen Tag Ausritte in den Wald unternimmt. Jetzt, da die Bäume wieder grün und die Tage so milde sind, ist es wunderschön auf den Waldwegen. Und es ist immer eine große Freude, aus dem Haus zu kommen. Ich schrieb Dir ja schon, wie kalt, dunkel und feucht es ist. Eine prächtige Schimmelschicht liegt auf den Tanzschuhen, die Du mir geschenkt hast und die nie getragen werden… Immerhin wird sich an unserer Lebensweise bald etwas ändern: Im August soll der Graf kurz nach Hause kommen, um irgendwelche Dinge zu regeln, die das Gut betreffen, und das, denke ich mir, ist auch höchste Zeit, denn hier ist alles unglaublich verwahrlost. Doch da der Graf gut mit George Fox und Seiner Hoheit dem Prinzen von Wales befreundet ist, wird er wohl zu vornehm sein, um die Gouvernante seiner Töchter auch nur zur Kenntnis zu nehmen. Die Gräfin bekommen wir selten zu Gesicht. Da sie arg vom Rheuma geplagt wird, bleibt sie den ganzen Tag auf ihrem Zimmer und nimmt Opiate zur Linderung der Schmerzen. Sie unterhält sich nicht gern, denn sie ist schwerhörig und kann einen nur verstehen, wenn man schreit, ein Gedankenaustausch ist so gut wie unmöglich. Leider haben die Mädchen die Angewohnheit, auch in ihrem Beisein höchst despektierliche Bemerkungen zu machen, weil sie ja wissen, daß die Mutter sie nicht hört. Bisher ist es mir noch nicht gelungen, sie davon abzubringen. Barbara ist eine eigentümliche Person. Sie ist vielseitig begabt und kann, wenn sie Lust dazu hat, sehr umgänglich sein und gute Arbeit leisten, nur ist das leider selten der Fall. Meist ist sie teilnahmslos oder zieht sich grollend in sich selbst zurück. Die beiden älteren Schwestern, Anne und Mary, waren seit ihrer Heirat nie mehr hier. Beide leben hoch oben im Norden, da verbieten Besuche sich von selbst. Zu gern wüßte ich, wo Lady Ursula sich niedergelassen hat, nachdem sie Bythorn Lodge räumen mußte. Ich fühle mich hier schrecklich abgeschnitten, man erfährt rein gar nichts, das Haus ist wie ein Dornröschenschloß …

Viele herzliche Grüße von Deiner
Dich liebenden Nichte

P.S. Ich flehe Dich an, Tante Polly: Schreib mir eine Zeile, wenn Du kannst!

Brief von Miss Harriet Ward an Lord Camber

Lieber Lord Camber,

adressiert habe ich meinen Brief wunschgemäß an Mr. Liss, aber in meinen Gedanken bleiben Sie Lord Camber, und ich hoffe deshalb, daß Sie mir diese Anrede nachsehen. Ich habe mich so sehr über Ihren Brief gefreut und bin überglücklich, daß Sie die Widrigkeiten der Überfahrt gut überstanden haben. Ich konnte es zuerst kaum glauben und habe den Brief viele Stunden mit mir herumgetragen und immer wieder gelesen, so unwirklich kam mir das alles vor. Ob Sie wohl inzwischen Ihren ›Dienstherrn‹ Claiborne verlassen haben und zu Ihren Freunden in Amity Valley gestoßen sind? Wie Sie sehen, schreibe ich Ihnen aus Underwood Priors, wo ich als Gouvernante Ihrer Cousinen Barbara und Drusilla eingestellt bin. Lady Ursula hat das gleich nach meiner Heimkehr in die Wege geleitet. Unmittelbar davor war mein Vater durch einen Jagdunfall ums Leben gekommen, weshalb Lady Ursula ihrerseits in Bälde Bythorn Lodge räumen muß – vielleicht ist das sogar schon geschehen –, da das Haus in den Besitz meines Vetters Sydney Ward übergeht. Wo sie unterkommen wird, weiß ich nicht, möglicherweise bei meiner Schwester Agnes (jetzt Mrs. Norris) im Pfarrhaus von Mansfield. Ja, Ihre freundlichen Zeilen, mit denen Sie mir jederzeit Zuflucht in der Strohdachklause gewähren, habe ich erhalten. Wenn ich an dieses großzügige Angebot denke, wird mir immer ganz warm ums Herz, aber eigentlich möchte ich erst dann darauf zurückkommen, wenn ich mit meinen Gedichten genug Geld verdiene, um meinen Lebensunterhalt selbst zu bestreiten, denn zur Last fallen möchte ich Ihnen auf gar keinen Fall. Statt dessen habe ich mir eine große Freiheit herausgenommen, indem ich die frühere Gouvernante Ihrer Cousinen dort untergebracht habe, eine mittellose ältere Dame, die, nachdem sie ihre Stellung verloren hatte, nicht wußte wohin. Ich dachte mir, daß Sie in Ihrer Güte diesen Schritt gewiß billigen würden. Ich habe mehrere Arbeiten an das *Gentleman's Magazine, Bentley's Miscellany* und an *The Analytical Review* geschickt (durch einen glücklichen Zufall fanden sich einige Nummern dieser Zeitschriften hier in der Bibliothek) und erhielt ermutigende Antworten aus den Redaktionen, allerdings wurde bislang noch kein Gedicht angekauft. Natürlich möchte ich sehr gern so bald als möglich ein wenig Geld verdienen, um Ihnen Ihre liebenswürdige Gastfreundschaft vergelten zu können. Ich schreibe gerade an einer Totenklage auf die Zwillinge, die ich aber noch nicht herzeigen kann.

Nicht weit von meinem Fenster ist eine Krähenkolonie:

Der Krähe Nest prunkt hoch und frei,
sie spottet der Feinde mit krächzendem Schrei.
Ach, hoch über herzlosem Boden fürwahr
droht den eben flüggen Jungen Gefahr.

Lieber Lord Camber, ich bin Ihnen so dankbar für die glücklichen Tage im Strohdachcottage. Bis an mein Lebensende werde ich mich an die anregenden und ungezwungenen Gespräche erinnern, die wir bei unseren Wanderungen durch Wanmaulden Woods führten. Ich denke oft an Ihren Ausspruch, wir müßten das, was wir tun – auch das scheinbar Unbedeutendste –, so gut wie möglich tun, um der kommenden Generationen willen. Wie wahr das ist! Ich versuche nach Kräften, es zu beherzigen. Sicher erledigt man in Ihrer »Sophokratie« auch die alltäglichsten Aufgaben mit größter Sorgfalt und Hingabe. In Gedanken beschäftige ich mich oft mit dem Leben, das Sie dort führen werden. Zuerst fand ich Underwood Priors ganz trostlos, denn damals war tiefer Winter, und die Wälder, die das Haus umstehen, schienen karg und halb abgestorben und waren voller Schneematsch. Jetzt, wo die Bäume belaubt sind, sieht alles viel heiterer aus, das Haus allerdings ist noch immer in einem schrecklichen Zustand, der Putz fällt von den Decken, und an den Wänden läuft das Wasser herunter. Ein schönes altes Bauwerk, das man derart verfallen läßt, ist traurig anzusehen, aber der Graf hat, wie ich von Lady Barbara weiß, die jetzt hin und wieder unerwartet mitteilsam ist, hohe Summen im Spiel verloren und meint, es lohne nicht, den Besitz instand zu halten, weil kein männlicher Erbe da ist. Ich finde das sehr bedauerlich. Eine Frau würde sich bestimmt besser um alles kümmern. Frauen sind die geborenen Hausbesorger. Vielleicht ist Lady Barbara auch deshalb so mit der Welt zerfallen. Ich kann Ihnen noch berichten, daß ich große Freude am Musizieren mit der kleinen Drusilla habe. Zunächst dachte ich, man könne ihr rein gar nichts beibringen, und auf vielen Gebieten stimmt das auch, aber ich habe die Harfe für sie richten lassen und begleite sie auf dem Klavier, und so bringen wir Musik hervor, an der wir beide viel Freude haben. Unsere »Duette« versetzen Drusilla in eine wunderbar heitere, ruhige Stimmung, gefallen aber leider Barbara nicht, die sich nicht für Musik interessiert und sich, wenn wir spielen, häufig schmollend in den Wald verzieht. Allen kann man es eben nicht recht machen. Doch dieser Brief ist viel zu lang geworden, Sie werden nie die Zeit finden, ihn zu lesen.

Von Herzen grüßt Sie Ihre Freundin
H. Ward

Brief von Miss Nancy Price an den Seekadetten Ned Ward

Liebster Neddikins,

Du wirst lachen, wenn Du siehst, wer Dir diesen Brief schreibt, und mir ist auch ganz lächerlich zumute, wenn ich überlege, wie anders mein Leben jetzt aussieht als damals in Portsmouth, wo unser einziger Zeitvertreib darin bestand, auf einem feuchten eiskalten Friedhof herumzuspringen. Ein Wunder, daß wir uns bei der Kälte nicht den Tod geholt haben, aber daß wir beide so schlimm die Masern hatten, war ja auch nicht schön. Gleichviel, lieber Neddikins, unsere süßen Küsse und Liebkosungen gehörten und gehören zu meinen teuersten Erinnerungen. Du weißt vielleicht, daß ich nach meiner Krankheit in Ungnade gefallen war und die Eltern mich zu meiner Tante und meinem Onkel, den Chaunceys, nach High Holborn geschickt haben. Eigentlich sollte das wohl eine Strafe sein, aber in Wirklichkeit ist es keine, denn wenn auch die Trennung von Dir, mein liebster Neddikins, recht bitter ist, so habe ich es hier doch viel vergnüglicher und unterhaltsamer als in Portsmouth, denn meine Cousinen, Grace und Clara, sind muntere Mädchen, und meine Tante Chauncey ist keine Spielverderberin. Sie hat nichts dagegen, wenn wir zu dritt unten im Laden des Onkels sitzen, und Du kannst Dir vorstellen, daß das viel kurzweiliger ist, als ständig oben im Salon eingesperrt zu sein. So vergeht uns die Zeit wie im Fluge, wir sehen alles, was sich so zuträgt, und Miss Clara und Miss Grace haben keinen Mangel an Verehrern. Aber ich bleibe natürlich der Erinnerung an meinen liebsten Neddikins treu. Mein Bruder Robert, der Unterleutnant auf der ›Adonis‹ ist, hat mir von Gibraltar aus geschrieben, daß er Dich gesprochen hat und daß Du auf der ›Harpy‹ bist, dorthin schicke ich jetzt diesen Brief und hoffe, daß Du gesund und munter bist. Sollte Dein Schiff jemals im Hafen von London anlegen, vergiß nicht Deinen Dich liebenden Schatz

Nancy

Brief von Lord Camber an Miss Harriet Ward

Meine liebe kleine Miss Hatty,

Ihr Brief aus Underwood Priors war mir eine große Freude. So sind nun mehrere Probleme gelöst, die ich Ihnen gegenüber nicht ansprechen mochte, aber daß sich alles so gefügt hat, macht mich von Herzen froh. Daß Sie jetzt auf Underwood Priors sind, ist eine glückliche Fügung für meine armen kleinen Cousinen. Mit Ihrem tätigen, heiteren Wesen werden Sie die beiden anregen und bilden und ihren Horizont so sehr erweitern können, wie man es bislang kaum zu hoffen gewagt hatte. Vielleicht gelingt es Ihnen sogar, wohltuend auf meine Tante einzuwirken, die wegen des Mangels an belebender Gesellschaft zur Schwermut neigt.

Es wäre nicht schlecht, wenn auch meine Cousine Ursula wieder nach Underwood käme, aber ich weiß, daß das wenig wahrscheinlich ist, wenn sie unter einem anderen Dach – vielleicht bei Ihrer Schwester Agnes – unterkommen kann.

Gern läse ich Ihre Elegie auf die Zwillinge, wenn sie fertig ist. Ich bin sicher, daß es Ihnen gelingt, ihr trauriges, kurzes, aber poetisches und hochinteressantes Dasein anrührend zu schildern.

Jetzt zu meinem Leben in Amity Valley. Claiborne, mein gütiger »Dienstherr«, entließ mich tatsächlich aus dem Vertrag, sobald er einen anderen tüchtigen Schreiner gefunden hatte. Ich hatte in der Nachbarschaft etliche Strohdächer gedeckt und konnte ihm dadurch die gesamte Summe, die ihm für die zwei Jahre zustand, auf einmal abbezahlen. Danach erwarb ich einen Maulesel und machte mich auf den Weg hierher. Unterwegs kam ich durch mehrere deutsche und schweizerische Ansiedlungen. Seit Beginn des Jahrhunderts haben sich verschiedene Religionsgemeinschaften, unter anderem die Dunkers und die Marienborn Society, hier niedergelassen, die sich in ihren Sitten und Gebräuchen alle recht ähnlich sind. Ihre Mitglieder gehen überaus schlicht gekleidet, die Frauen tragen gestärkte Hauben und Brusttücher, die Männer Schlapphüte und wollene Kniehosen. Sie sind sehr fleißig und enthaltsam. Und wie groß war meine Freude, als ich glücklich in Amity Valley ankam, wo auch meine Freunde weitgehend nach diesen Grundsätzen leben. Mehrere Blockhütten stehen schon, weitere sind im Bau, zum Abendessen aber trifft sich alles in der Dorfhalle, wo für alle gekocht wird. In der Halle stehen Bänke, die herumgeschwenkt werden können, so daß sie eine lange Tischplatte bilden, über die ein weißes Tuch gelegt wird. Die Brüder und Schwestern wechseln sich beim Kochen täglich ab, backen Brot, bereiten Suppen, Pasteten, Lammbraten etc. Dem Essen folgt die Diskussionsrunde, bei der die Arbeitspläne für den nächsten Tag durchgesprochen werden und über ethische Fragen debattiert wird. Manchmal dauern diese Debatten bis tief in die Nacht, denn die Sophokraten gehören durchaus nicht alle einer Glaubensrichtung an – manche sind Christen, andere Freidenker oder Dualisten, während wieder andere höchst individuelle Ansichten vertreten, für die man noch gar keinen Namen gefunden hat –, und eine der wichtigsten Regeln unserer Gemeinschaft lautet, daß Entscheidungen nur einstimmig getroffen werden dürfen. Sie können sich vorstellen, liebe Miss Hatty, wie schwer es manchmal ist, diese Einstimmigkeit herbeizuführen. Da aber alle in unserer Gemeinschaft freundschaftliche Gefühle füreinander hegen und guten Willens sind, gelingt es letztlich immer, Meinungsverschiedenheiten auf die eine oder andere Art gütlich beizulegen. Manchmal denke ich, daß den Frauen das Gemeinschaftsleben schwerer fällt, da manche (wie die Schwester meines Freundes Kittridge) nur aus persönlichen Gründen hergekommen sind und nicht, weil sie von den Grundsätzen unseres Gemeinwesens überzeugt sind – aber vielleicht irre ich mich auch. Ich selbst habe alle Hände voll mit dem Bau und dem Eindecken der neuen Häuser zu tun, trotzdem bleibt mir noch ein wenig Zeit für die Arbeit an meinem Buch. Ich bewohne eine Blockhütte zusammen mit meinem Freund Humphrey Kittridge, und nach der Diskussion im großen Kreis führen wir zu zweit weiter die anregendsten Gespräche. Kittridge ist ein begeisterter Naturforscher, und sobald die Landwirtschaft in unserem Gemeinwesen auf gutem Wege ist, will er zu einer botanischen Expedition in die noch unerforschten Gebiete dieses großen Kontinents aufbrechen, wo es sicherlich vielerlei neue, staunenswerte Arten zu entdecken gibt. Damit will ich für heute schließen und grüße Sie als Ihr ergebener Freund Harry Camber.

P.S. Auch ich erinnere mich gern unserer guten Gespräche auf den Wanderungen durch Wanmaulden Wood. Da Underwood Priors nicht allzu weit von der Strohdachklause entfernt ist, wäre es schön, wenn Sie einmal hinüberreiten könnten – vielleicht mit meiner Cousine Barbara, die, wenn ich mich recht erinnere, eine begeisterte Reiterin ist –, um nach meinen Freunden zu sehen. Godwit hält mich mit seiner Korrespondenz recht kurz, er schreibt nur, wenn er etwas wirklich Wichtiges mitzuteilen hat, und von den Damen, die im Briefschreiben nicht recht geübt sind, höre ich überhaupt nichts. Ich würde mich deshalb sehr freuen zu erfahren, wie es ihnen und auch Ihrer Vorgängerin geht.

Brief von Miss Harriet Ward an Lord Camber

Lieber Lord Camber,

Ihr letzter Brief mit den fesselnden Schilderungen Ihrer florierenden Kolonie in Amity Valley hat mir große Freude bereitet. Möge sie auch in Zukunft blühen und gedeihen. Ich warte gespannt auf weitere Mitteilungen über das dortige Leben.

Gern werde ich die Gelegenheit wahrnehmen, Ihr liebes kleines Haus zu besuchen, falls ich Lady Barbara dazu bewegen kann, in diese Richtung zu reiten. Ich freue mich schon auf das Wiedersehen mit Ihren Freunden und bin gespannt, wie es der armen Miss Stornoway in ihrer Obhut ergangen ist. Im übrigen kann ich jetzt auch eine Kleinigkeit zu ihrem Unterhalt beitragen, da ich erfreulicherweise zwei Poeme an die *Analytical Review* verkauft habe.

Von hier habe ich etwas recht Beunruhigendes zu vermelden. Lord Elstow hat die Absicht, uns im Spätsommer einen Besuch abzustatten. Er wird einen Bekannten mitbringen, einen jungen Franzosen, an den Sie sich vielleicht sogar erinnern, denn wie Lady Barbara mir sagt, lebt er schon seit einer Reihe von Jahren in London. Der Abbé du Vallon ist aber nicht als Freund der Familie eingeladen, sondern als Bücherkenner. Er soll eine Bestandsaufnahme aller in der Bibliothek des Grafen befindlichen Bücher machen mit dem Ziel, sie danach an einen Interessenten zu verkaufen und dadurch – die Mädchen sprechen ganz offen darüber – die finanzielle Lage des Grafen zu verbessern. Sie können sich vorstellen, daß ich in großer Sorge bin, denn die hervorragende Bibliothek ist einer der großen Vorzüge dieses Hauses, und ich wüßte nicht, wie ich ohne sie mein Teil dazu beitragen soll, Lady Barbara die nötigen geistigen Anregungen zu vermitteln. Von deren Schwester spreche ich in diesem Zusammenhang nicht, denn sie kann mit Schriftlichem nichts anfangen.

Er
wirft den Ball mir her,
ich werfe darum

ihn zu ihm. Warum?
Ich und mir, ihm und er,
man wird fast verrückt dabei:
Denn wir sind doch hier nur zwei!

Herzlich die Ihre
H. Ward

13

Wenn Hatty und Lady Barbara miteinander ausritten, wurde meist nicht viel gesprochen. Was Barbara dabei durch den Kopf ging, ahnte Hatty nicht. Sie selbst genoß diese besinnlichen, ungestörten Stunden, wenn die Pferde gemächlich dahintrotteten, gefolgt von Harris, dem ältlichen Reitknecht, der ebenfalls seinen Gedanken nachhing. Der Rhythmus der Pferdehufe, die Stille des Waldes, die frische Luft, die ihr übers Gesicht strich – das alles beflügelte ihr dichterisches Schaffen. Nach ihrer Rückkehr konnte sie dann häufig Themen, Zeilen, ganze Verse notieren oder fand Lösungen für bisher unlösbar Scheinendes. Bei diesen Ausflügen herrschte ein wortlos-freundschaftliches Einvernehmen zwischen Hatty und ihrer Schülerin, von dem sonst keine Rede sein konnte. Gemeinsam freuten sie sich an Kleinigkeiten – dem unvermuteten Zickzackflug eines Spechts, der weißen Blütenpracht einer Wildkirsche, einem lautlos über den Pfad huschenden Fuchs –, und Hatty hatte den Eindruck, daß Barbara nach diesen gemeinsam erlebten kleinen Freuden sanfter und zugänglicher war. Lange hielt diese Stimmung allerdings nie an.

Barbara, von klein auf mit den Wegen und Saumpfaden der Umgebung vertraut, war stets diejenige, die bei ihren Ausritten die Richtung bestimmte. Sie war merklich befremdet und unangenehm berührt, als Hatty eines Nachmittags vorschlug, einen Abstecher zu Lord Cambers Cottage zu machen. »Ich habe dort etwas auszurichten. Und auf der großen Karte im Verwalterzimmer habe ich gesehen, daß sie nicht weit von einem unserer Reitwege entfernt ist.«

»Etwas auszurichten? Was denn?« fragte Barbara schroff.

»Ihr Vetter bat mich in seinem letzten Brief, gelegentlich dort nach dem Rechten zu sehen. Die Korrespondenz scheint von seiten der Bewohner recht sporadisch zu sein.«

»Sie haben einen Briefwechsel mit Lord Camber?« Barbaras Ton erinnerte in diesem Augenblick stark an den ihrer Mutter.

»Ja. Wie ich schon sagte, war er häufig bei meinem Onkel in Portsmouth zu Gast. Er schrieb mir, wie es ihm auf der Überfahrt ergangen ist. Der Brief wurde mir von Bythorn Lodge nachgeschickt.«

Bestürzt stellte Hatty fest, daß Barbara sofort wieder unmutig und verdrossen wirkte, aber sie erhob keinen Einspruch, und so schlugen beide die gewünschte Richtung ein. Dabei legte Barbara ein überhastetes, ungeduldiges Tempo vor, als wollte sie Hatty zu verstehen geben, daß sie den Abstecher sehr lästig fand und ihn so schnell wie möglich hinter sich bringen wollte.

Belustigt stellte Hatty fest, daß sich das Strohdachcottage auch jetzt, umgeben von sommerlichem Grün, recht bizarr ausnahm. Es sah aus wie eine Tasse mit einer Wärmehaube aus Stroh darüber, die man auf einer Lichtung mitten im Wald abgesetzt hatte.

Als sie näher kamen, sahen sie Godwit im Gemüsegarten am Haus arbeiten. Bedächtig richtete er sich auf und ging auf die Besucherinnen zu. Kaum hatte er sie erkannt, verzog sich sein lustiges, birnenförmiges Gesicht zu einem strahlenden Lächeln. Auch Dickon kam angesprungen und hüpfte freudig um sie herum. Er wartete, bis die Damen abgesessen waren und führte dann die Pferde zum Stall.

»Miss Hatty! Das ist aber mal eine Freude! Und auch Lady Barbara gibt uns heute die Ehre! Da wird Mrs. Daizley ihr bestes Tischtuch auflegen wollen.«

Barbara war sichtlich überrascht. »Woher kennt mich dieser Mensch?« fragte sie Hatty.

»Lady Barbara ist doch im Umkreis von zwanzig Meilen zumindest vom Sehen jedermann bekannt. Das ist Mr. Godwit, der – ja, was sind Sie eigentlich, Mr. Godwit?« fragte Hatty lachend. »Lord Cambers Sachwalter? Gutsinspektor? Butler?«

»Alles miteinander, denke ich«, erwiderte Godwit mit seinem verschmitzt hin und her huschenden Blick. »Und sein Kammerdiener obendrein – nur daß Seine Lordschaft im wilden Amerika für den sicher keine Verwendung hat. Aber treten Sie doch näher, Mylady und Miss Hatty, im Haus sind drei, denen wird das Herz aufgehen, wenn Sie kommen!«

»Ich bleibe lieber draußen und schlendere ein wenig herum«, sagte Barbara rasch. Sie musterte Godwit so hochmütig erstaunt, als habe unversehens ein Tier des Waldes sie angesprochen, und zwar nicht nur mit menschlicher Stimme, sondern auf französisch. Jetzt trat sie ein Stück zur Seite und sah sich ungeduldig um, als wollte sie andeuten, daß sie es nicht gewohnt war zu warten. »Es dauert ja sicher nicht lange«, fügte sie hinzu.

Doch in diesem Moment flog die Tür auf, und zwei

Frauen stürzten unter lautem Freudengeschrei aus dem Haus. Die eine war die füllige Mrs. Daizley, in der anderen erkannte Hatty nur mit Mühe die verjüngte und verwandelte Miss Stornoway. Sie umarmten und küßten Hatty und machten so viel Aufhebens um sie, daß es Barbara Fowldes vor Verblüffung buchstäblich die Sprache verschlug.

»Meine liebe Miss Stornoway, wie gut Sie aussehen! Guten Tag, Mrs. Daizley. Ist Mrs. Godwit wohlauf?«

»Ja, Miss, nur mit ihren Augen wird's immer schlechter, deshalb hält sie sich meist im Haus auf. Daß Sie Miss Stornoway hergeschickt haben, war ein großes Glück für uns, denn sie versteht sich ganz wunderbar darauf, aus den Büchern Seiner Lordschaft vorzulesen, stundenlang, wenn's sein muß. Mrs. Godwit kann gar nicht genug davon kriegen. Aber kommen Sie herein, trinken Sie eine Tasse Lindenblütentee mit uns! Sie werden uns doch die Ehre geben, Lady Barbara? Sicher freuen Sie sich schon darauf, mit Miss Stornoway über alte Zeiten zu plaudern.«

Barbaras Freude schien sich in Grenzen zu halten. Am liebsten hätte sie wohl die Einladung ausgeschlagen, aber der unerwartete Anblick ihrer früheren Gouvernante hatte sie so aus der Fassung gebracht, daß sie sich widerstandslos ins Haus führen ließ. Dort saß sie nun stumm und verdrossen und wagte nur hin und wieder einen kurzen Blick auf ihre Umgebung, als hätte sie Angst, sich durch eine längere Betrachtung einer Ansteckung auszusetzen.

Hatty begrüßte die alte Mrs. Godwit, die vor dem Kamin saß, Mrs. Daizley setzte eilfertig den Kessel auf und brachte Platten mit Schmalzgebackenem und Schalen mit Dörrkirschen.

Hatty konnte sich kaum fassen vor Staunen über die Veränderung, die mit Miss Stornoway vorgegangen war. »Es ist ja kaum zu glauben, wie wohl Sie aussehen. Wenn ich an unsere letzte Begegnung denke ...«

»Das habe ich nur Ihnen zu verdanken, meine liebe Miss Ward. Ich merke ja selbst mit jedem Atemzug, wie gut es mir wieder geht. Mrs. Daizley und Mrs. Godwit haben mich gründlich umgekrempelt und einen neuen Menschen aus mir gemacht.«

»Aber wie kam dieses Wunder zustande?«

»Brennesselbrühe und Brennesselsalbe«, erklärte Mrs. Daizley, während sie den Lindenblütentee einschenkte. »Sie müssen nämlich wissen, daß die Brennessel in höchstem Grade wirksam bei Rheumaleiden jeder Art ist, und so haben wir in den ersten beiden Monaten eine veritable Nesselkur mit ihr gemacht. Zum Glück hatte Eli im letzten Sommer ganze Felder abgemäht, so daß ich doppelt soviel Nesselessenz machen konnte wie sonst. Einreibungen haben wir ihr verpaßt und Umschläge, achtmal am Tag Nesselbier –«

»Aber ich durfte mich hier auch nützlich machen«, fiel ihr Miss Stornoway ins Wort, »was mir eine große Freude war.«

»Nützlich, Miss Stornoway?«

»Ich mochte nicht tatenlos herumsitzen, während die anderen von morgens bis abends so geschäftig waren.«

Hatty nickte und erinnerte sich sehnsüchtig der friedlich-heiteren Betriebsamkeit in der Strohdachklause.

»Weil aber zum Nähen oder Stricken meine Finger in der ersten Zeit zu steif waren«, fuhr Miss Stornoway lebhaft fort, »erinnerte sich Mr. Godwit an die Muscheln, die sein

Onkel als Matrose von den Bermudas mitgebracht hatte, und trug sie herunter, und ich habe daraus verschiedene kleine Spielsachen und Figuren machen dürfen, die Mr. Godwit für mich auf einem Marktstand in Bythorn verkaufen läßt. So brauche ich meinen gütigen Gastgebern doch nicht allzusehr auf der Tasche zu liegen.«

Frohlockend deutete Miss Stornoway auf ein Tablett mit Gegenständen, an denen Hatty schon eine Weile herumrätselte. Es waren, wie sie bei genauerem Hinsehen erkannte, Gebilde aus großen Südseemuscheln, die mit schwarzem Samtband, Flitter und Stoffresten verziert waren. Manche sahen aus wie bizarre Puppen, andere sollten wohl Tiere – Igel, Bären oder Affen – darstellen.

»Sehr – sehr beachtlich«, befand Hatty.

Insgeheim fand sie die Figuren scheußlich, aber Godwit sagte: »Ich habe einen Freund in Bythorn, Miss Hatty – er stammt von Zigeunern ab, ist aber sonst ein rechter Kerl, wir kennen uns schon von klein auf –, der hält sie für uns feil und sagt, sie gehen weg wie warme Semmeln. Er braucht ständig Nachschub. Sie werden gern als Glücksbringer gekauft.«

»Wie mich das freut«, sagte Hatty herzlich. »Wirklich eine glückliche Fügung, findest du nicht auch?« fragte sie Barbara, die ungerührt aus dem Fenster sah, als ginge sie das alles nichts an. Jetzt gab sie sich einen Ruck. »Wie? Ja, ja. Wir müssen gehen, Miss Ward, sonst kommen wir zu spät zum Abendessen.«

Hatty trennte sich nur ungern von ihren Freunden, aber sie sah ein, daß es unklug gewesen wäre, Barbara gegen ihren Willen noch länger hier festzuhalten. Sie holte ein Blatt aus ihrem Retikül und reichte es Godwit. »Ich habe einen Brief von Lord Camber bekommen, in dem er von seinem Leben in Amity Valley erzählt, den habe ich Ihnen abgeschrieben, damit Sie ihn alle in Ruhe lesen können.«

»Wie lieb von Ihnen, Miss Hatty! Wir sind ja so froh, daß er gut angekommen und endlich bei seinen Freunden ist. Vielleicht findet er jetzt auch Zeit, uns selbst mit ein paar Zeilen zu beehren.«

Hatty lachte. »Seiner Meinung nach sind Sie es, die ihn mit Briefen kurzhalten.« Sie stand auf. Barbara war schon an der Tür und wartete mit hochfahrender Miene darauf, daß Godwit sie ihr öffnete, was er mit gelassener Würde tat.

»Der Junge wird gleich mit den Pferden dasein, Mylady«, sagte er zu Barbara, die flüchtig nickte und zur Seite trat. Dann wandte er sich an Hatty. »An der armen Frau haben Sie wirklich ein gutes Werk getan, Miss Hatty«, sagte er leise. »Noch ein Monat in diesem feuchten, düsteren Underwood, und sie wäre tot und begraben gewesen. Es war nicht nur die feuchte Kälte dort, sondern die *Lieblosigkeit*.«

Hatty fröstelte. »Ja, es ist ein ungesundes Fleckchen Erde.«

»Geben Sie gut auf sich acht, Miss. Was man so über die beiden hört...« Er sah zu Barbara hinüber, die gerade aufsaß. »Lassen Sie sich nicht ausnutzen oder kleinmachen. Es wird uns eine Ehre und eine Freude sein, Sie bei uns zu sehen. Jederzeit.«

»Danke, lieber Mr. Godwit, ich werde daran denken. Aber Lord Camber schreibt, wie sehr er sich freut, daß ich seine Cousinen unterrichte, und daß er hofft, ich würde bei ihnen bleiben.«

»Lord Camber stellt manchmal Ansprüche, die gewöhnliche Sterbliche nicht erfüllen können«, erklärte Godwit zu ihrer Überraschung.

»Aber er würde sicher von anderen nie etwas verlangen, was er nicht auch selbst tun würde.«

»Das stimmt schon, Miss, aber so heiligmäßig, wie er ist, fallen ihm gute Taten eben leichter als uns armen Sündern. Probieren geht über Studieren, sag ich immer. Warten wir's ab, wie die Leute in Amity Valley miteinander auskommen. Denn das Leben dort ist ja wohl ganz nach den Vorstellungen von Seiner Lordschaft geregelt.«

»Ich dachte, er hätte die Regeln gemeinsam mit seinen Freunden ausgearbeitet.«

»Es würde mich nicht wundern, wenn Seine Lordschaft in den meisten Dingen das letzte Wort gehabt hätte!« Godwit verzog keine Miene, aber sein Tonfall sprach Bände.

»Ich verstehe...«, sagte Hatty nachdenklich.

Barbara saß inzwischen im Sattel. »So beeilen Sie sich doch, Miss Ward«, rief sie ungeduldig.

Dickon half Hatty auf ihr Pferd, und sie ritt rasch hinter Barbara her, die sich schon in Trab gesetzt hatte.

»Was haben Sie sich nur dabei gedacht, Miss Ward«, fragte sie, als Hatty sie eingeholt hatte, »diese schreckliche Person hier einzuquartieren? Ich hatte ja keine Ahnung...«

»Sie brauchte ein Dach über dem Kopf«, sagte Hatty beschwichtigend, »und wußte sonst nicht wohin, zumal sie keine Ersparnisse hatte.«

»Aber wer hat Ihnen gestattet, sie im Haus von Lord Camber unterzubringen?«

»Er selbst.«

»Er? Höchst sonderbar.«

»Der Aufenthalt scheint Miss Stornoway sehr gutgetan zu haben.«

Barbara preßte die Lippen zusammen und gab ihrem Pferd die Sporen. Die Stute, der diese rücksichtslose Behandlung mißfiel, warf den Kopf zurück und brach seitwärts in eine dichte Haselnußhecke aus, deren Zweige Barbaras Wangen und Stirn streiften. Mit einem zornigen Aufschrei schwang sie die Peitsche. Zum Glück hatte Harris, der Groom, die Situation erfaßt, kam rasch heran und griff in die Zügel, um die Stute zum Stehen zu bringen.

»So dürfen Sie Firebird niemals behandeln, Mylady, das verträgt sie nicht«, sagte er verweisend. »Wenn sie das Tempo selbst bestimmen darf, ist sie brav wie ein Lämmchen, aber wenn man sie hetzt, kann sie sehr ungemütlich werden. Zum Glück ist Ihnen ja nichts geschehen, es ist nur ein Kratzer.«

»Er blutet«, sagte Barbara zornig, »und tut sehr weh. Ich werde dieses launische Vieh nicht mehr reiten, am besten verkaufen wir es.«

Harris schüttelte den Kopf.

»Das sollten Sie sich noch mal überlegen, Mylady, wir haben nicht mehr viele Reitpferde im Stall stehen. Tauschen Sie doch mit Miss Ward.«

Hatty willigte sofort ein und erkundigte sich besorgt nach Barbaras offenbar ganz harmloser Schramme, aber Barbara verkündete erbost, auf Hattys lahmen Klepper würde keine Macht der Welt sie bringen, und legte den Heimweg in düsterem Schweigen zurück.

»Ich habe eine Zaubernußtinktur«, sagte Hatty, als sie abgesessen waren, »die sehr gut bei Kratzern und kleinen Wunden hilft.« Daß die Tinktur ein Geschenk von Mrs. Daizley war, verschwieg sie wohlweislich.

Barbara nickte nur kurz und ging auf ihr Zimmer, wohin Hatty ihr mit der Flasche und sauberen Läppchen folgte.

»Das wird dir guttun«, sagte sie, nachdem sie geklopft hatte und schroff zum Eintreten aufgefordert worden war. »Hier, ich trage es auf.«

Barbara ließ die Behandlung stumm und ohne Dank über sich ergehen. Als Hatty fertig war und sich umsah, weil sie die schmutzigen Läppchen wegwerfen wollte, sah sie zu ihrer Verwunderung und Bestürzung auf Barbaras Ankleidetisch das leinene Nadelbuch ihrer Mutter mit den aufgestickten Eichhörnchen liegen.

»Da ist es also«, entfuhr es ihr. »Mein schönes Nadelbuch! Ich hatte es schon überall gesucht, ja, ich habe sogar Bone gefragt –«

Sie wußte ganz genau, daß sie mit dem Nadelbuch ihr Zimmer nicht verlassen hatte. Da sie aber die Dienstboten nicht verdächtigen wollte, hatte sie ihren kleinen Schatz verloren gegeben und nie über die Angelegenheit gesprochen.

Barbara zog ein hochmütig-verständnisloses Gesicht. »Ich höre wohl nicht recht, Miss Ward! Das ist *mein* Nadelbuch. Meine Großmutter hat es mir geschenkt.«

Hatty versagte es sich, darauf hinzuweisen, daß zwischen die Eichhörnchen ihre Initialen, H.W., gestickt waren. Wenn nun Lady Barbaras Großmutter Helen Wisbech hieß?

Sie murmelte etwas Unverbindliches. Mit einem Streit war nichts gewonnen. Da verzichtete sie lieber auf das Andenken an ihre Mutter.

»Am besten legst du dich jetzt ein wenig hin«, sagte sie ruhig.

»Es ist *mein* Nadelbuch«, wiederholte Barbara und warf sich aufs Bett, ohne die Reitstiefel auszuziehen.

»Ja, sicher.«

Hatty wandte sich schon zum Gehen, da rollte ein kleiner Gegenstand aus Barbaras Tasche und fiel mit dumpfem Laut zu Boden. Hatty hob ihn wortlos auf und legte ihn auf den Ankleidetisch neben das Nadelbuch. Es war eins von Miss Stornoways mit schwarzem Samtband und Pailletten verzierten Muschelmonstern.

14

Hatty bedauerte es sehr, daß sie bei ihrem Besuch in Lord Cambers Cottage keine Gelegenheit gehabt hatte, mit Miss Stornoway kurz über die Fowldes-Schwestern zu sprechen. Nachdem deren frühere Gouvernante sich körperlich und geistig so gut erholt hatte, wäre sie vielleicht in der Lage gewesen, Hatty wertvolle Ratschläge zur Behandlung ihrer schwierigen Zöglinge zu geben. Anfangs hatte Hatty Drusilla für die Unzugänglichere und für völlig lernunfähig gehalten, im Lauf der Zeit aber ihre Meinung geändert. Einem normalen Schulunterricht würde sie wohl nie gewachsen sein, aber sie war, wenn man sie zu nehmen wußte, fügsam und lenkbar und auf ihre Art durchaus liebenswert. Die Musik schaffte eine enge Bindung zu Hatty, und mit ihrer Hilfe war es möglich, ihr in kleinen Rationen Wissen und ein wenig Lebensart zu vermitteln. Bei Barbara, die größer, körperlich robuster und schon fast erwachsen war – und auch nachdrücklich verlangte, als Erwachsene behandelt zu werden! –, lag der Fall sehr viel komplizierter. Hatty wußte inzwischen, daß Barbara sehr eifersüchtig war. Solange sie an erster Stelle stand und ihr soviel an Lob, Beifall, Achtung und Rücksichtnahme zuteil wurde, wie sie ihrer Meinung nach verdiente, war alles gut. Sobald sie aber den Eindruck hatte, darin auch nur andeutungsweise zu kurz zu kommen, steigerte sie sich in eine finstere Wut hinein, die tage-, ja manchmal wochenlang anhalten konnte. Den freundschaftlichen Umgang anderer untereinander konnte sie nicht ertragen, immer sollte sich alles nur um sie drehen. Hatty fragte sich, wie wohl ihre Beziehung zu den jetzt verheirateten Schwestern gewesen war. Hatte sie sich gut mit ihnen verstanden? Fehlten sie ihr, als sie das Haus verlassen hatten? Beneidete sie die beiden, weil ihnen der Absprung in die große weite Welt geglückt war? Zu gern hätte Hatty sich mit Barbaras Mutter über die charakterlichen Eigenheiten ihrer Tochter beraten. Wußte Lady Elstow zum Beispiel von Barbaras Neigung, sich Gegenstände anzueignen, die ihr nicht gehörten? Ging sie deshalb wie selbstverständlich davon aus, daß diese – nicht anders als ihre jüngste Tochter – keine Aussicht hatte, sich je zu vermählen, und daß beide ihr Leben lang auf Underwood Priors würden bleiben müssen? War die peinliche Neigung in der Familie bekannt? Hatte Lord Camber womöglich deshalb Ursula ans Herz gelegt, im Elternhaus zu bleiben und sich um die jüngeren Schwestern zu kümmern? (Immer vorausgesetzt, daß diese Version der Wahrheit entsprach; sie paßte nicht recht zu dem, was Tante Polly von der Verlobung mit Lord Francis Fordingbridge und dessen fataler Indienfahrt erzählt hatte.)

Wieder einmal sehnte Hatty sich sehr nach ihrer Tante und einem ausführlichen Gespräch mit ihr. Doch ihre Briefe blieben unbeantwortet, und eine Erörterung solcher Dinge mit Lady Elstow war ausgeschlossen. Die Gräfin blieb den ganzen Vormittag im Bett und ließ sich unten bis zum Abendessen nicht sehen. Sie hatte es nicht gern, wenn man sie in ihrem Zimmer aufsuchte, und wenn sie um Stellungnahme in einer Sache gebeten wurde, die ihre Töchter betraf, sagte sie nur: »Warten Sie, bis Seine Lordschaft kommt, dann können Sie ihn deswegen befragen.«

An Drusillas Sprachfehler waren unter anderem auch ihre vorstehenden Zähne schuld, und Hatty hätte gern einen Zahnarzt in dieser Angelegenheit konsultiert, doch als sie den Vorschlag machte, zuckte die Gräfin nur die Schultern. »Das muß Drusillas Vater entscheiden. Bitte belästigen Sie mich nicht mit derlei Petitessen.«

Der Besuch des Grafen war mittlerweile auf den September verschoben worden.

»Könnte ich ihm die Frage vielleicht schriftlich vorlegen, Ma'am?«

»Wo denken Sie hin! Es hat Zeit, bis er kommt. Und jetzt lassen Sie mich allein. Ich bin heute ganz besonders angegriffen. Klingeln Sie nach Glastonbury.«

Als Hatty am Tag nach ihrem Besuch im Strohdachcottage Glastonbury im Haus begegnete, blieb sie stehen, um sich mit ihm darüber zu freuen, daß Miss Stornoway sich an Leib und Seele so gut erholt hatte. »Hätten Sie nicht damals für die Fahrgelegenheit zu Lord Cambers Cottage gesorgt, weiß ich nicht, wie sie das alles überlebt hätte. Sie würden Miss Stornoway nicht wiedererkennen!«

Damit erzählte sie allerdings Glastonbury offenbar nichts Neues. »Es war ein gutes Werk, Miss, das ist mal sicher. Vielleicht findet sie jetzt sogar wieder eine neue Stellung.«

»Ja, haben Sie denn den Eindruck, daß sie Lord Cambers Haus verlassen will?«

»Es ist nur wegen Lady Ursula, Miss ...«

»Lady Ursula? Ja, du lieber Himmel, wo ist sie denn jetzt? Wohl nicht mehr in Bythorn?«

Wieder einmal zeigte sich, daß man auf dem Land über das Tun und Treiben in den Herrenhäusern umfassend unterrichtet war.

»Als Ihr Vetter Sydney Ward Bythorn Lodge in Besitz genommen hat, Miss Ward, ist Lady Ursula nach London gegangen und hat bei ihrer Schwester Lady Mary Finster gewohnt, die ein Haus am Berkeley Square gemietet hatte. Aber der Mietvertrag ging nur bis Juli, und jetzt ist Lady Mary wieder nach Kirkudbright, und so weit reisen wollte Lady Ursula nicht. Vielleicht«, fügte Glastonbury mit unbewegter Miene an, »hatte Lady Mary auch genug von ihr. Jedenfalls wohnt Lady Ursula jetzt bei Lady Bertram und Sir Thomas in Mansfield Park.«

»Hoffentlich kann sie dort recht lange bleiben. Meine Schwester Maria ist sehr gutherzig.«

»Gewiß, Miss.« Es war Glastonbury anzusehen, daß möglicherweise selbst Lady Bertrams Gutherzigkeit ihre Grenzen hatte. Nachdenklich setzte Hatty hinzu: »Meine Schwester Agnes ist jetzt Pfarrfrau in Mansfield. Früher waren sie und Lady Ursula eng befreundet. Aber sie sind sich zu ähnlich, da könnte es Schwierigkeiten geben.«

Besorgt dachte sie an die glücklichen, zufriedenen Menschen in dem Strohdachcottage. Hatte demnach Lord Camber nicht nur Hatty, sondern auch seiner Cousine seine großzügige Gastfreundschaft angeboten? Etwas in Hatty empörte sich gegen diesen Gedanken. Wie hatte Godwit gesagt? »Lord Camber stellt manchmal Ansprüche, die gewöhnliche Sterbliche nicht erfüllen können...« Glaubte Lord Camber wirklich, sein »wunderliches kleines Gefolge«, wie er einmal geschrieben hatte, würde Lady Ursula mit offenen Armen aufnehmen? Und wenn Hatty nun schon dort gewohnt hätte – was dann? Sie stutzte. War das womöglich sogar Absicht gewesen? Hatte er Ursula und Hatty zwingen wollen, miteinander Freundschaft zu schließen? Darüber mußte sie gelegentlich in Ruhe nachdenken.

»Haben Sie etwas Konkretes über Lord Elstows Rückkehr gehört, Glastonbury?« fragte sie jetzt.

»Nein, Miss. Das hängt wohl von dem Gesundheitszustand des Königs ab.«

»Des Königs?«

»Ja, Miss. Es heißt, Seine Majestät habe den Verstand verloren, neulich hat man ihn mit einem Baum im Park von Windsor sprechen hören, den er für den König von Preußen hielt. Die Leute sagen, er soll in eine Anstalt, und der Prince of Wales wäre dann Regent.«

»Wie schrecklich, Glastonbury!«

»Und da Seine Gnaden gut mit Mr. Fox und Mr. Fox gut mit dem Prince of Wales befreundet ist... und für den Fall, daß man Mr. Fox auffordern würde, eine Regierung zu bilden...«

Hatty nickte. Sie hatte sofort begriffen, daß bei dieser Entwicklung auch Graf Elstow auf eine Verbesserung seiner Lage hoffen durfte. Spontan stellte sie eine weitere Frage: »Ist jemals davon die Rede gewesen, Lady Barbara zu Lady Mary oder Lady Anne zu schicken?«

Glastonburys unbewegtes Gesicht wurde noch maskenhafter. »Nein, Miss.«

Ein wenig beschämt darüber, daß sie sich zum Klatsch mit einem Dienstboten hatte hinreißen lassen, ging Hatty in die Schulstube, wo Barbara sie mit einem finsteren Blick empfing. Aber wie sonst soll ich in diesem Haus an Informationen kommen, dachte sie.

Der Mai ging ins Land, der Juni begann. Die gemeinsamen Ausritte hatten aufgehört. Am Tag nach dem Besuch in Lord Cambers Cottage erfuhr Hatty von Harris, Lady Barbara würde in Zukunft allein mit dem Groom ausreiten, Miss Wards Begleitung sei nicht mehr erforderlich.

Hatty nahm diese Mitteilung bedauernd, aber ohne große Überraschung zur Kenntnis und ging statt dessen nun regelmäßig mit Drusilla spazieren, die von zarter Gesundheit war und sich leicht erkältete, weshalb Winship, die Kinderfrau, die alle Fowldes-Töchter betreut hatte, sie im Winter und Frühjahr gar nicht aus dem Haus lassen mochte. Inzwischen war es aber so milde, daß gegen Croquetspielen im Garten und kleine Spaziergänge nichts einzuwenden war. Die Bewegung tat Drusilla sichtlich gut. Sie hatte rosigere Wangen, schlief besser, hatte ein klein wenig mehr Appetit, und auch ihre Aufnahme- und Merkfähigkeit verbesserte sich. Sie konnte jetzt kurze Texte auswendig lernen, besonders, wenn sie ihr musikalisch übermittelt wurden. Auf ihren Spaziergängen vergnügten die beiden sich damit, das Einmaleins, Grammatikregeln und Geschichtszahlen auf die Melodie von Kinderliedern oder Balladen oder nach Weisen zu singen, die Drusilla ersann. Die Ideen schienen ihr nie auszugehen, und was sie hervorbrachte, war nicht einfach kindliches Trallala, sondern Musik, die Form und Struktur hatte und derer sich auch ein erwachsener Komponist nicht hätte zu schämen brauchen. Drusilla behielt ihre Stücke alle im Gedächtnis und konnte jederzeit wieder auf sie zurückgreifen, und Hatty fand es immer wieder erstaunlich, daß sie so große Schwierigkeiten hatte, sich Fakten, Texte und Bilder einzuprägen, während sie alles, was mit Musik zu tun hatte, mühelos meisterte.

Leider reagierte die ältere Schwester auf Hattys herzlichere Beziehung zu Drusilla sehr ungnädig. Die einsamen Ausritte schienen Barbaras finstere, eifersüchtige Stimmung noch zu verstärken. Es war, als verbringe sie die Zeit dort draußen nur mit düsterem Grübeln. Im Haus war sie wortkarg und übellaunig und gab, wenn man sie ansprach, nur schroffe, einsilbige Antworten. Sogar Lady Elstow, die meist ebenfalls in einer eigenen Welt lebte, fiel auf, wie schweigsam und verdrießlich ihre Tochter war.

»Hören Sie, Miss Ward, was haben Sie eigentlich Lady Barbara getan, daß sie gar so unleidlich ist? Sie sollen die Mädchen anregen und nicht in den Schmollwinkel treiben. Dafür, daß sie mir trübselige Mienen bei Tisch vorführen, bezahle ich Sie nicht, das lassen Sie sich gesagt sein.«

»Vielleicht darf ich bei dieser Gelegenheit darauf hinweisen, Mylady, daß Sie mich bisher überhaupt noch nicht bezahlt haben«, sagte Hatty in dem höflichen, aber sehr nachdrücklichen Ton, der, wie sie nach langem Herumprobieren festgestellt hatte, die schwerhörige Gräfin noch am ehesten erreichte.

Barbara, die sich damit vergnügt hatte, ihren Hammelbraten in kleine Stücke zu schneiden, die sie lustlos auf dem Teller hin und her schob, prustete belustigt.

Lady Elstow tat, als hätte sie nichts gehört, eine bewährte Methode, mit häuslichen Schwierigkeiten umzugehen. »Nächste Woche bitte ich mir jedenfalls bessere Manieren aus. Ich wünsche keine sauren Mienen und kein verstocktes

Schweigen, wenn der Abbé du Vallon bei uns ist. Nicht gerade seinetwegen, aber er soll nicht in London sämtlichen Bekannten eures Vaters erzählen können, daß Elstow zwei ungeschliffene Töchter hat, die ständig aussehen, als ob ihnen die Gerste verhagelt ist, so daß man sie in guter Gesellschaft nicht vorzeigen kann.«

Drusillas Miene erhellte sich. »Der Abbé kommt? Den mag ich.«

Und selbst über Barbaras finsteres Gesicht huschte ein Ausdruck flüchtigen Interesses.

»Allerdings werden wir wohl nicht viel von ihm haben. Mama wird ihn ganz für sich beanspruchen, das macht sie immer«, sagte sie aufsässig, aber so leise, daß ihre Mutter sie nicht verstand. Hatty sah sie stirnrunzelnd an, aber Barbara zog nur einen Flunsch. Um die Gräfin von Barbaras Ungezogenheiten abzulenken, fragte Hatty: »Wer ist der Abbé du Vallon, Ma'am?«

»Ein mittelloser junger Tunichtgut, allerdings aus guter Familie, die ihn vor sieben oder acht Jahren verstoßen hat. Er ist mit unserem Vetter, dem Duc de Pierrefonds de Bracieux, verwandt. Jetzt versucht er in England sein Glück, und Mr. Fox hat sich seiner angenommen.«

»Kommt er in Begleitung von Lord Elstow?«

»Nein, mein Mann wird, solange die politischen Verhältnisse so unsicher sind, auf jeden Fall in London bleiben. Er schickt du Vallon voraus, um die Bücher in der Bibliothek für den Verkauf katalogisieren zu lassen.«

Hatty mochte die Gräfin nicht daran erinnern, daß der Unterricht jetzt meist in der Bibliothek stattfand, und sagte ruhig: »Sie wissen vielleicht noch, Mylady, daß ich Sie fragte, ob ich zur Ergänzung der Schulbücher, die sehr alt sind –«

»Was für meinen Großvater, den verstorbenen Lord Aberfoyle, gut genug war, wird wohl auch für meine Töchter taugen!«

»Gewiß, Ma'am, aber sie sind diesen Büchern entwachsen. *Das kleine Bilderbuch für brave Mädchen* ist keine angemessene Lektüre für Lady Barbara. Es war nötig, sie durch den einen oder anderen Band aus der Sammlung Seiner Lordschaft zu ergänzen.«

»Und darf ich fragen, welche Bücher aus der Bibliothek Ihrer Meinung nach eine angemessene Lektüre für die Mädchen sind?«

»Aristoteles. *Die Nikomachische Ethik.*«

»Soso. Und was hoffen Sie mit so einer Lektüre zu erreichen?«

»Es kann nie nutzlos sein, über den Sinn des Lebens nachzudenken, Mylady.«

»Und das sollen die Mädchen von Aristoteles lernen?«

»Warum nicht? Er sagt, daß ein mäßiges Leben den meisten – zumal jungen – Menschen nicht zusagt. Man muß es sie also früh lehren, damit sie sich an Widrigkeiten gewöhnen.«

Lady Elstow sah Hatty aus ihren großen, schwachen grauen Augen so fassungslos an, als seien der Gouvernante plötzlich Schwingen und ein Schweif gewachsen.

Barbara mußte lachen, dann sagte sie laut: »Du siehst also, Mama, daß Aristoteles gut für uns ist. Und viele andere Bücher aus der Bibliothek ebenfalls. Monsieur du Vallon darf sie uns nicht wegnehmen.«

»Was lest ihr denn sonst noch?«

»Milton, Cervantes, und da du gewünscht hast, Mama, daß wir Italienisch lernen, auch Dante...«

»Dante? Ihr solltet Italienisch lernen, um in dieser Sprache Konversation zu machen.«

Doch Lady Elstows Interesse erlahmte wie immer sehr schnell. Gähnend setzte sie hinzu: »Das ist alles recht mißlich und sicher nicht im Sinne eures Vaters. Aber es hat wohl Zeit, bis er nach Underwood kommt....« Ihre Augen wurden glasig. »Sagt Glastonbury, daß ich den Tee in meinem Zimmer zu mir nehme.«

»Und wir dürfen weiter in der Bibliothek arbeiten?«

»Meinetwegen. Sofern euer Vater nicht du Vallon Anweisung gibt, alle Bücher einzupacken und zu verkaufen.«

Erneut gähnend verließ die Gräfin schleppenden Schritts das Zimmer.

»Zum Tee wird sie ihr Quantum Laudanum schlucken«, sagte Barbara, »und ich wette zehn zu eins, daß sie danach die ganze Sache vergessen hat.«

Sie warf Hatty einen fast freundschaftlichen, verständnisinnigen Blick zu. Erstaunlich, wie schnell ihre Stimmung umschlagen kann, dachte Hatty. Eben noch himmelhochjauchzend, beim kleinsten Anlaß sofort wieder zu Tode betrübt. »Dann wollen wir wieder in unsere schöne Bibliothek gehen, solange das noch möglich ist«, sagte sie und nützte Barbaras vorübergehende Zugänglichkeit, um sie zu fragen: »Ist du Vallon ein alter Bekannter eures Vaters?«

»Sie kennen sich seit neun oder zehn Jahren. In Frankreich gab es irgendeinen Skandal – die Familie du Vallon ist mit der Tante meines Vaters verwandt und hat Besitzungen bei Compiègne –, deshalb mußte Monsieur du Vallon nach England gehen. Ich war damals erst sechs und habe nie erfahren, worum es ging, aber Papa fand rasch Gefallen an ihm. Früher war er häufig längere Zeit hier. Er war sehr amüsant und immer nach der neuesten Mode gekleidet, *tiré à quatre épingles*, und hat uns auch ein bißchen Französisch beigebracht.«

»Ich habe mich schon immer gefragt, woher du deine gute französische Aussprache hast«, bemerkte Hatty. »Von Miss Stornoway wohl kaum«, fügte sie unbedacht hinzu und hätte sich hinterher am liebsten die Zunge abgebissen.

Doch Barbara nickte nur zerstreut und fuhr fort: »Drei oder vier Jahre waren er und Papa fast unzertrennlich, und Mama fand ihn auch sehr unterhaltend. Damals – da waren Anne und Mary noch zu Hause – hat er Scharaden und improvisierte Theatervorstellungen ausgerichtet.«

»Wann habt ihr ihn zum letztenmal gesehen?«

»Vor einem Jahr etwa, da kam er zusammen mit Papa her. Inzwischen ist er aber richtig seriös geworden, die meiste Zeit haben die beiden nur politisiert.«

»Und nach Frankreich, zu seiner Familie, kommt er gar nicht mehr?«

»Nein, die hat ihn wohl ganz abgeschrieben.«

Was mochte einen jungen Mann von seiner Familie getrennt und ins Exil getrieben haben? Vielleicht, dachte Hatty, ging es um eine Frau…

Als sie ein paar Tage später mit Drusilla von einem Spaziergang zurückkam, stand eine Kutsche vor dem Haus, aus der größere Mengen an Gepäck ausgeladen wurden.

Drusilla hatte den Fahrgast schon erkannt und stürzte ihm entgegen.

»Abbé! Abbé!«

Er fing sie auf und gab ihr einen Kuß.

»Ma mignonne! Petit choufleur!«

Dann sah er Hatty und machte eine tiefe Verbeugung. »Ich bitte tausendmal um Vergebung, Mademoiselle. Aber Ihre Schülerin und ich sind, wie Sie sehen, alte Freunde.«

Sein Englisch hatte einen ganz leichten Akzent, und er sprach auffallend schnell, aber völlig fehlerfrei.

»Guten Tag, Monsieur«, erwiderte Hatty. »Ich bin Miss Ward, die Gouvernante, wie Sie sich offenbar schon gedacht haben.«

»*Enchanté*, Mademoiselle.« Eine weitere Verbeugung. »Ich hoffe zuversichtlich, daß wir gut Freund miteinander werden können.«

»Ganz im Gegenteil, Monsieur. Wir sind schon jetzt Feinde, denn Sie sollen den Verkauf von Lord Elstows Büchern vorbereiten, und das ist ein barbarisches Vorhaben, mit dem ich nicht einverstanden sein kann.«

Er warf ihr einen Verschwörerblick zu. »Abwarten, Mademoiselle. Vielleicht stelle ich ja fest, daß ein Verkauf der Bücher nicht lohnend wäre. Aber jetzt entschuldigen Sie mich bitte, ich muß Madame la Comtesse meine Aufwartung machen. Wir sehen uns später.«

Rasch folgte er seinem Gepäck ins Haus.

Ein sonderbarer Mensch, dachte Hatty. Er erinnerte sie an den Kupferstich einer Gottesanbeterin (vielleicht aus Amerika?) in einem von Lord Elstows naturwissenschaftlichen Werken mit seiner schmächtigen Figur, dem spitzen

Gesicht und den großen, kalten murmelgleichen Augen, der leicht fliehenden Runzelstirn, dem kleinen Mund. Seine Haut war weiß und weich wie die einer frisch geschlüpften Larve. Man glaubt ihm den Menschen nicht so recht, dachte Hatty. Er gleicht eher einer sprechenden Eidechse oder einer intelligenten Grille.

Zum Diner erschien er sehr elegant gekleidet, *tiré à quatre épingles,* wie Barbara gesagt hatte, in Kniehosen aus Satin, Samtjacke und Seidenstrümpfen. Er trug eine Perücke und duftete stark nach Veilchenpastillen. Die Mädchen in ihren alten Musselinkleidern musterten ihn bewundernd.

Gräfin Elstow plauderte ein wenig herablassend mit ihm und erkundigte sich nach ihren Londoner Bekannten. Er antwortete lebhaft, mit routinierter Leichtigkeit und hoher, klarer Stimme. Er scheint in London alle Welt zu kennen, dachte Hatty, oder verfügt über beste Quellen für Klatsch und Tratsch. Hin und wieder brachte er Lady Elstow mit seinen Geschichten sogar dazu, ihr kurzes, bellendes Lachen auszustoßen, das Hatty bisher noch kaum gehört hatte.

»Eins muß man Ihnen lassen, Monsieur du Vallon: Sie sind sehr viel kurzweiliger als meine beiden griesgrämigen Töchter samt ihrer Gouvernante«, stellte diese fest.

Er lächelte. »Das dürfen Sie ihnen nicht ankreiden, Madame. Schließlich habe ich so viel bessere Möglichkeiten, an Skandale, Geraune und Geschwätz heranzukommen. Im übrigen habe ich mir erlaubt, mir eine Londoner Zeitung nach hier zu bestellen, und hoffe, Sie werden mir die Freude machen, gelegentlich auch hineinzusehen.«

»Schaden kann es nichts. Sehr verbunden, Monsieur.«

»Es ist mir ein Vergnügen, Mylady.«

»Kommt, Kinder, kommen Sie, Miss Ward, wir wollen Monsieur du Vallon mit seinem Wein allein lassen.«

Zum erstenmal seit Hattys Ankunft in Underwood gab es Wein zum Essen. Die Mädchen und Hatty tranken abends Wasser oder Limonade, und am Platz der Gräfin stand eine kleine Karaffe mit einer farblosen Flüssigkeit, von der Glastonbury ihr hin und wieder einschenkte. Häufig übermannte sie noch beim Essen die Müdigkeit, so daß sie sich gleich danach auf ihr Zimmer zurückzog, heute aber ging sie mit in den Salon, in dem ausnahmsweise ein kleines Feuer geschürt war – denn auf Underwood waren die Räume sogar im Hochsommer nach Sonnenuntergang kalt und feucht – und alle Kerzen brannten.

Während des Essens hatte Hatty nur den Mund aufgemacht, wenn sie gefragt oder direkt angesprochen wurde. Die Mädchen hatten hin und wieder dem Gast eine Frage gestellt oder ihn an Dinge erinnert, die sie bei früheren Besuchen miteinander erlebt hatten. Man merkte, daß beide großen Wert auf seine gute Meinung legten und eifersüchtig um seine Beachtung wetteiferten. Er zog beide gleichermaßen ins Gespräch und gab sich große Mühe, weder die eine noch die andere zu bevorzugen, was ihm Hatty insgeheim hoch anrechnete. Sein Verhalten war vielleicht nicht einem von Natur aus warmherzigen Wesen zuzuschreiben, zumindest aber hatte er offenbar Sinn für Gerechtigkeit. Er weiß wohl noch, dachte Hatty, wie kompliziert, wie hochexplosiv die Beziehung zwischen den beiden Schwestern ist. Zu Hatty sah er nur selten hin, aber wenn es doch einmal der Fall war, meinte sie in seinen Augen ein kurzes Zwinkern zu erkennen, ein *clignement d'œil*, wie er selbst wohl gesagt hätte, und als Lady

Elstow ihn nach dem Dessert mit der halben Flasche Wein allein ließ, ertappte Hatty ihn bei einem kurzen, spöttischen Lächeln und einem angedeuteten Achselzucken. Sie brauchten im Salon nicht lange auf ihn zu warten. Vermutlich hatte er den sauren Wein auf einen Zug hinuntergegossen und dazu ein ebenso saures Gesicht gezogen.

»Was halten Sie von der Lage in Frankreich?« fragte Lady Elstow, als du Vallon hereinkam.

Barbara und Drusilla verdrehten gelangweilt die Augen. »Das fragen Sie mich, Madame?« gab du Vallon zurück, der es möglicherweise bemerkt hatte. »Mich, der schon so lange Jahre im Exil lebt?«

»Aber Sie haben noch Freunde und Bekannte dort, von denen Sie gelegentlich etwas hören?«

»Selten genug. Allerdings weiß ich aus der französischen Presse, daß das Land zur Zeit unter einer gewaltigen Schuldenlast stöhnt, der am einfachsten dadurch beizukommen wäre, daß die Mittel- und Oberschicht eine zusätzliche Abgabe in Höhe von sechs oder sieben Francs pro Kopf zahlt, doch der Adel – unter anderem auch meine Familie – ist nicht bereit, diesen Beitrag zu leisten. Wie ich höre, soll eine Ständeversammlung einberufen werden. Vielleicht gelingt es, auf diese Weise aus der Sackgasse herauszukommen.«

»Warum sollte der Adel zahlen?« fragte die Gräfin. »Ich sehe dazu keine Notwendigkeit.«

»Wie Sie vielleicht bei Jean-Jacques Rousseau – in seinem *Discours sur l'origine de l'inégalité* und *Du Contrat social* – gelesen haben, ist er der Meinung, daß wir alle gleich geboren wurden und es wünschenswert wäre, diesen Zustand wiederherzustellen.«

»Blühender Unsinn«, sagte die Gräfin. »So eine perverse Theorie kann sich nur ein Franzose ausdenken und dann auch noch zu Papier bringen.« Sie gähnte. »Bitte reden Sie über solche Machwerke nicht mit meinen Töchtern!«

»Nein, Madame, das würde mir nie einfallen. Außerdem würden sie davon gewiß auch gar nichts hören wollen.« Er lächelte Barbara und Drusilla zu, die gleich weniger gelangweilt dreinsahen.

»Ich bin sehr angegriffen und muß Sie verlassen«, sagte Lady Elstow. »Achten Sie darauf, daß meine Töchter nicht länger als bis zehn aufbleiben, Miss Ward.«

»Ja, Ma'am.«

Die üppige Satinschleppe hinter sich herschleifend, ging die Gräfin zur Tür, die der Abbé ihr beflissen öffnete.

Sobald die Tür hinter ihr zugefallen war, fragten die Mädchen wie aus einem Munde: »Erinnern Sie sich noch an das Schlachtenspiel, Monsieur du Vallon?«

»*Ma foi*, wie könnte ich das vergessen? Aber interessieren sich die jungen Damen denn noch für derlei männliche, kriegerische Zerstreuungen?«

»Was sollen wir denn sonst machen?« sagte Barbara mit verdrießlich verzogenen Lippen, und Drusilla rief: »*Malbrouk s'en va, Malbrouk s'en va!*«

Es war der erste französische Satz, den Hatty von ihr gehört hatte, und sie fragte sehr interessiert: »Bitte helfen Sie mir, Monsieur du Vallon! Was ist das Schlachtenspiel?«

»In einem Sommer hatte Lord Elstow das Pech, sich hier in Underwood den Fuß zu brechen, worauf er einen Monat ans Haus gefesselt war. Ich hatte gerade eine Lebensbeschreibung von Alexander dem Großen mit ausführlichen Schilderungen seiner Schlachten und Feldzüge gelesen, und das führte dazu, daß wir dieses Spiel ersannen, das dann auf einem großen Tisch in einem Zimmer neben der Bibliothek gespielt wurde. Sogar Seine Lordschaft hatte – *faute de mieux* – Spaß daran. Nach den Schlachten Alexanders nahmen wir uns andere berühmte Waffengänge vor – Hastings, Lützen, Troja, die Schlacht von Malplaquet, bei der beide Seiten den Sieg für sich beanspruchen –«

»Können wir das jetzt nicht wieder spielen?« bettelte Drusilla. »Gips läßt sich bestimmt beschaffen, und die Spielfiguren liegen wahrscheinlich noch irgendwo im Vorratsraum oder in einem der Lampenzimmer –«

»Notfalls könnten wir auch neue Spielfiguren machen – wenn Mademoiselle Ward es erlaubt?« Seine sonderbaren Augen suchten wieder Hattys Blick, und diesmal war die Botschaft nicht zu übersehen: Wir sind aus dem gleichen Holz geschnitzt, Sie und ich …

»Ich habe nichts dagegen«, sagte Hatty. »Es scheint ja ein sehr lehrreicher Zeitvertreib zu sein.«

Ein andeutungsweises Zucken der Lippen. Bei einem anderen als dem Abbé du Vallon hätte man es wohl ein Grinsen genannt.

15

Nachdem der Abbé ins Haus gekommen war, sah Hatty schwarz für einen geregelten Unterricht, denn Barbara und Drusilla hatten nur noch das Schlachtenspiel im Kopf. Zuerst hatte sie den Verdacht, daß die beiden es vor allem als Vorwand benutzten, um mit dem Abbé zusammenzusein, bald aber merkte sie, daß ihnen auch das Spiel an sich wichtig war.

»Warum habt ihr mir nie davon erzählt?« fragte sie.

Drusilla zuckte die Schultern. »Wozu? Sie hätten ja doch nicht gewußt, wie es geht.«

Aus einem unbenutzten Teil des Gesindetrakts wurde ein zwanzig Fuß langer Wäschetisch geholt und in einer leeren Kammer unweit der Bibliothek aufgestellt. Er hatte schon beim letzten Besuch des Abbés für das Spiel Verwendung gefunden und war über und über mit verkrusteten Kitt- oder Gipsresten bedeckt. Ein Diener wurde beauftragt, sie abzukratzen, und als er nach kurzer Zeit meuterte mit dem Hinweis, für Maurerarbeiten sei er nicht zuständig, machten sich die beiden Mädchen so bereitwillig und mit so großem Erfolg selbst ans Werk, daß Hatty nur staunen konnte. Zum Glück nahm Lady Elstow, durch die Aufmerksamkeiten und die Konversation des Abbés bei Tisch abgelenkt und friedlich gestimmt, von ihren Töchtern gerade jetzt noch weniger als sonst Notiz, weshalb sie weder die Blasen an den Händen noch die abgebrochenen Fingernägel bemerkte.

Inzwischen machte sich der Abbé daran, vor der eigentlichen Katalogisierung die Bestände der Bibliothek systematisch zu erfassen und neu zu ordnen. Hatty, die ihn unauffällig beobachtete, war beeindruckt, wie kenntnisreich und systematisch er dabei zu Werke ging. Anfangs hatte sie sich durch sein exzentrisches Erscheinungsbild verleiten lassen, ihn für einen Schmarotzer zu halten, der die Freundschaft mit dem Grafen ausgenutzt hatte, um sich Kost und Logis und eine einträgliche Pfründe zu verschaffen. (Nicht, daß er von dem Essen und von der Unterkunft auf Underwood Priors besonders angetan war, aber geschenktem Gaul, sagte sich Hatty, schaut man nicht ins Maul, und über andere Einnahmequellen schien er nicht zu verfügen.)

»Wie haben Sie sich Ihren Lebensunterhalt verdient, ehe Sie herkamen?« fragte sie ihn einmal.

»*Comme ci, comme ça*«, erwiderte er achselzuckend. »Manchmal mit Französischunterricht bei den Söhnen von Adelsfamilien, dann wieder mit der einen oder anderen Übersetzung. Ich lebe von der Hand in den Mund.«

In diesem Moment kamen die Mädchen herein und meldeten aufgeregt, der Schlachtentisch sei jetzt einsatzbereit. »*Très bien*«, sagte du Vallon, der sich offenbar nicht ungern mit Hatty unterhielt. »Und wo sind die Spielfiguren? Ohne Armeen kann man keine Schlachten schlagen.«

Nach längerem Suchen fanden sich in einem alten Vorratsschrank Kartons mit Kieselsteinen – die Infanterie, wie Drusilla erläuterte – und eine Kollektion verstaubter, muffiger Korken in einem wirren Knäuel zerrupfter, mottenzerfressener Hühnerfedern. Eine Hälfte der Kieselsteine war braun, die andere weiß, alle aber waren so schmutzig, daß der Abbé befand, sie müßten erst einmal gewaschen und zum Trocknen ausgelegt werden. »Sonst kann Drusilla, die ja bekanntlich farbenblind ist, sie nicht unterscheiden.«

Hatty horchte auf, als der Abbé so unbefangen eine Behinderung ansprach, die in der Familie nie erwähnt wurde, wie man denn überhaupt alles, was Drusilla von ihren Mitmenschen unterschied, konsequent totschwieg. Das gleiche galt für Barbaras Neigung, sich fremden Besitz anzueignen.

»Die Federn sind alle nichts mehr wert und gehören ins Feuer«, befand der Abbé.

»O ja«, freute sich Drusilla und lief eilfertig zum Kamin.

»Nicht die Korken, du Dummchen, die können wir noch gebrauchen, zumal zur Zeit im Haus wohl nicht so viele Korken anfallen wie bei den Besuchen von Seiner Lordschaft.«

»Nein, das stimmt«, bestätigte Barbara. »Wenn Papa daheim war, haben wir von Glastonbury immer große Tüten mit Korken bekommen. Bei Mama ist die Zufuhr lange nicht so reichlich. Sie tröstet sich lieber mit Laudanum als mit Wein.«

»Wir brauchen also noch ein paar Korken, einen Korb Federn von der Hühnerfrau, ein paar Belagerungsgeschütze – da tun es Wäscheklammern und Zweige – und Tusche zum Einfärben der Federn.«

Mit großem Interesse und nicht wenig belustigt verfolgte Hatty, wie bereitwillig sich auch Barbara für ein so kindliches Spiel, wie die Erstellung von zwei Spielzeugarmeen es war, einspannen ließ. Allein oder nur für ihre Gouvernante hätten die beiden sich nie so angestrengt. Es war klar, daß sie mit ihrem Schwung und Eifer dem Abbé imponieren wollten. Unter seiner Anleitung hätten sie sich bereitwillig von morgens bis abends gemüht.

»Welche Schlacht soll es sein? Agincourt? Malplaquet? *›Malbrouk s'en va, s'en va, s'en va t'en guerre‹*«, summte der Abbé.

»O ja, Malbrouk«, verlangte Drusilla, die sich bei dem Gesang erregte, aber Barbara protestierte. »Nein, lieber eine ältere. Alexander gegen Darius oder die Römer gegen Hannibal.«

»Den Römern fehlte es immer an guter Kavallerie, deshalb hat Hannibal sie besiegt. Interessant und erstaunlich, daß die Italiener zu Pferde nie erfolgreich waren. Wer hat die Kavallerie erfunden, wissen die jungen Damen das noch?«

»Cyrus der Große«, kam es wie aus der Pistole geschossen von Barbara. Hatty staunte.

»*Formidable!* Im Jahre 550 v. Chr. Die Griechen wiederum hatten unter Alexander eine hervorragende, von Xenophon ausgebildete Kavallerie. *Bien*, wir spielen also die Begegnung von Alexander und Darius auf der Ebene von Gaugamela zwischen Ninive und Arbela. Alexander führte die Kavallerie persönlich an. Die Ebene machen wir aus Sand. Drummond, der Untergärtner, hat mir einen Sack voll versprochen.«

»Warum nicht Gips?«

»Weil der sich, wenn er hart geworden ist, nur schwer entfernen läßt. Mit Sand kann man das Gelände für jede Schlacht neu gestalten.«

Das sahen sie ein, beschwerten sich aber darüber, daß der Sand sich ständig verschob und ihnen die Hände schmutzig machte. Auch ihre Kleider waren vorn bald voller Flecken, so daß Hatty ihnen für das Spiel voluminöse Hausschürzen verordnete. Für die Schlacht von Agincourt brauchten sie feuchten Untergrund, damit das französische Heer im Morast versinken konnte, und beschmutzten sich dabei so ausgiebig, daß sie auf Hattys Geheiß baden und sich komplett umziehen mußten, ehe sie sich zu Tisch setzten.

Seit der Abbé im Haus war, hatten sich die beiden Mädchen äußerlich und auch in ihrem Benehmen sehr zu ihrem Vorteil verändert. Er achtete nicht nur selbst sehr auf seine Kleidung – was er tagsüber trug, war zwar schlicht und schmucklos, aber von bester Qualität, die Hemden waren stets frisch gebügelt, die Schuhe blankgeputzt –, sondern nahm auch sachkundig Notiz von Einzelheiten im Erscheinungsbild seiner Hausgenossinnen.

»Da kommt eine junge Dame mit wunderschön sauberem, glänzendem Haar«, beglückwünschte er Hatty, als sie eines Abends mit frisch gewaschenen Haaren nach unten kam. Am nächsten Tag sah sie belustigt, daß ihre beiden Schülerinnen Winship, die alte Kinderfrau, dazu angestellt hatten, ihnen die Haare zu waschen. Sie zogen jetzt aus freien Stücken saubere Sachen an und waren eher bereit, sich mit dem Geradehalterbrett zu plagen und ihre Nägel schneiden zu lassen.

Der Abbé erbot sich, mit seinem Karriol nach Bythorn zu fahren, um den Mädchen Musselin für neue Sommerkleider zu besorgen. »Denn ihre Toiletten sind ihnen längst zu klein geworden und arg verschossen.«

Barbara seufzte. »Es sind Sachen unserer Schwestern, die sie nicht mehr brauchten, als sie geheiratet haben und fortgegangen sind.«

»*Pauvres petites!* Ich habe einen guten Blick für Stoffe, und Sie können sich darauf verlassen, daß ich sie zu günstigen Preisen erstehen werde.«

»Ach, Monsieur! Aber wie wollen Sie nur Mama dazu bringen, das Geld dafür herzugeben?«

»Indem ich verspreche, ihr die Bonbons zu kaufen, die sie so gern ißt.«

»Wenn wir nur mitkommen könnten...«

»*Das* würde sie ganz gewiß nicht gestatten.«

Der Abbé offerierte auch Hatty seine Dienste. Äußerst taktvoll erklärte er, daß es doch sehr bedauerlich sei, wenn eine so attraktive junge Dame, die – wie er sehr gut beurteilen könne – einen sicheren persönlichen Geschmack habe, in einer so grellen, unkleidsamen Garderobe herumlaufen müsse. »Für die Sie sich gewiß nicht freiwillig entschieden haben, Mademoiselle.«

Hatty seufzte, dann mußte sie lachen. »Sie haben recht, Monsieur du Vallon. Die Kleider hat meine Tante ausgesucht. So lieb ich sie habe – was Farben betrifft, bin ich einfach anderer Meinung als sie.«

»Ja, dann wäre es doch aber die einfachste Sache von der Welt, Mademoiselle –«

»Sehr liebenswürdig, Monsieur, aber leider wird das nicht gehen. Ich habe kein Geld für Kleidung übrig.«

Auf das Salär von Lady Elstow wartete sie nach wie vor vergeblich, und die kleine Summe, die ihr aus dem Verkauf von Gedichten an die *Analytical Review* geblieben war, betrachtete sie als Notgroschen für den Fall, daß es der Gräfin unversehens einfiel, sie ebenso plötzlich und ohne jeden vernünftigen Anlaß vor die Tür zu setzen wie ihre Vorgängerin.

»Das braucht kein Hinderungsgrund zu sein«, wandte der Abbé ein. »Das Geld, das Madame la Comtesse ihren Töchtern gibt, reicht sicherlich auch für drei.« Richtig lächeln sah man den Abbé selten, jetzt aber ging etwas wie ein leicht belustigtes Zucken über das eigentümliche Gesicht.

»Danke, Monsieur, aber das wäre nicht redlich«, sagte Hatty mit Nachdruck.

»*Dommage!* Eine klug zusammengestellte Garderobe würde sich bei Ihnen mehr als bezahlt machen…«

»Wer fragt schon danach, wie wir hier in unserem fernen Waldwinkel gekleidet sind?«

»Das Auge Gottes sieht Sie«, erwiderte er salbungsvoll.

Es war das erstemal, daß er die Religion ins Spiel brachte. Hatty hatte nicht den Eindruck, daß er seinen Beruf sehr ernst nahm. Wenn sich am Sonntag Lady Elstow und Hatty mit ihren Zöglingen auf den Weg zu der heruntergekommenen kleinen Kirche machten, die allein von dem Dörfchen Underwood übriggeblieben war, blieb der Abbé auf Underwood Priors, um dort seine – vermutlich römisch-katholische – Andacht zu verrichten.

»Außerdem«, fuhr er fort, »sehe *ich* Sie, Mademoiselle, und zwar mit dem Blick des Künstlers. Es tut mir in der Seele weh, Sie in einem Kleid betrachten zu müssen, das einem orangefarbenen Fondant gleicht.«

»Das bedaure ich von Herzen, Monsieur, aber ich fürchte, Sie werden weiter leiden müssen«, gab Hatty lachend zurück.

Er verbeugte sich, eine Hand an die Brust gelegt, und gab sich geschlagen. Als er später mit einem großen Packen bezaubernder, umsichtig ausgewählter Stoffe aus Bythorn zurückkam – alle, wie er sagte, zu Sonderpreisen erstanden –, bei deren Anblick die beiden Mädchen in lauten Jubel ausbrachen, suchte er Hattys Blick und zog zum Zeichen seines Kummers über ihre Halsstarrigkeit eine Augenbraue hoch. Hatty aber hatte das sonderbare Gefühl, daß sie bei dem wunderlichen Besucher so etwas wie eine Prüfung bestanden hatte, und war heilfroh, daß sie auf seinen Vorschlag nicht eingegangen war.

Er beriet die Mädchen sachkundig bei der Verarbeitung der Stoffe und überwachte höchstpersönlich das Zuschneiden und Nähen.

»Woher haben Sie dieses erstaunliche modische Fachwissen, Monsieur?«

»Ich wuchs gewissermaßen im Schoß der königlichen Familie auf, Mademoiselle. Meine Mutter war Kammerfrau der Königin und mußte bei allen Veranstaltungen des Hofes zugegen sein, wir lebten deshalb ebenfalls in Versailles (in einer kleinen Wohnung mit einem großen Maß an Unbequemlichkeiten), und als ich klein war, wurde ich von allen gehätschelt. Ich war ein sehr hübsches Kind mit dichtem goldenem Haar – ja, ich weiß, die Zeiten ändern sich! –, und meine Mutter kleidete mich bis zum fünften Lebensjahr wie ein Mädchen. In meinem Batistkleidchen wurde ich auf so manchem königlichen Knie geschaukelt. Ich war ein Wunderkind, lernte mit zwei das Lesen, konnte mit drei Racines Tragödien auswendig hersagen, saß mit in der Loge, wenn die königliche Familie das Theater besuchte, und trug mit meinen Bemerkungen zur allgemeinen Erheiterung bei.«

»Nein, wirklich?«

»Ihre Überraschung ist verständlich, Mademoiselle.« Er

nickte ein wenig melancholisch. »Aber ich möchte diese Erfahrungen nicht missen. Ein in jungen Jahren ausgebildeter Geschmack kommt einem später zugute. (Geben Sie acht, Miss Winship, daß Sie nicht zu knapp zuschneiden!) Eine elegante Erscheinung und gute Manieren sind zweifellos die Grundvoraussetzungen für ein kultiviertes Leben.«

»Ich frage mich, ob Lord Camber dem zustimmen würde«, sagte Hatty halb zu sich.

»*Hein*? Camber? Sie kennen ihn?«

»Ich habe ihn häufig gesehen, als ich bei meinem Onkel in Portsmouth lebte«, erklärte Hatty. »Sie sind also auch mit ihm bekannt?«

»Ja, von Cambridge her.« Ein seltsamer Schatten ging über das Gesicht des Abbés, ein Ausdruck, den sich Hatty, wie so oft bei dem Franzosen, nicht zu deuten wußte. War es Abneigung, Sarkasmus, Bedauern?

»Ein Mann mit viel Charme«, sagte er. »Ich fürchte nur, daß seine Ideen nicht stichhaltig sind, keinen – wie sagt man so schön –, keinen praktischen Nährwert haben. Aber ich habe ihn schon mehrere Jahre nicht mehr gesehen, vielleicht ist er inzwischen anderen Sinnes geworden.«

»Nein, sicher nicht. Er ist ein Mann, der sehr entschieden zu seinen Überzeugungen steht. Inzwischen ist er als Dienstbote auf Zeit nach Pennsylvanien gegangen.«

»Ach ja?« Hatty hatte den Eindruck, daß sie damit dem Abbé nichts Neues erzählte. »Seinen Dienstherrn – sofern er nicht selbst ein leidenschaftlicher Debattierer ist – kann man nur bedauern. Chère Madame, wenn Sie erlauben … Sie legen die Falte hier, sehen Sie, so … Das gibt dem Kleid den richtigen Sitz.«

Drusilla begeisterte sich, da ihr Farben und Muster nichts sagten, für die neuen Kleider lange nicht so sehr wie Barbara.

»Monsieur, Monsieur! Wollen Sie nicht draußen mit uns Croquet spielen? Schauen Sie, die Sonne scheint.«

»Falls Mademoiselle Ward es erlaubt...«

»Ja, wenn Sie versprechen, beim Croquetspielen mit uns nur Französisch zu sprechen.«

»Sie sind eine strenge Zuchtmeisterin, Mademoiselle!« Aber er ging bereitwillig mit, so wie er sich überhaupt immer und überall leicht und liebenswürdig einfügte. Abends wurde er nicht müde, Backgammon oder Karten mit Lady Elstow zu spielen und sie mit einem schier unerschöpflichen Vorrat an Klatschgeschichten aus Politik und Gesellschaft zu unterhalten.

»Und stimmt es, daß der König den Verstand verloren hat?«

»Nein, Mylady, diese Gefahr ist gebannt. Seine Majestät sind wieder ganz der Alte.«

»Und stimmt es, daß der Prince of Wales für jeden Tag des Jahres ein anderes Paar Schuhschnallen hat?«

»Ja, Madame, und sogar noch mehr.«

Auch Hatty und ihre Zöglinge hatten ihren Vorteil von der Tageszeitung, die der Abbé sich mit der Post zustellen ließ. Außerdem bezog er noch eine französische Wochenschrift, den *Moniteur Chrétien*. »Damit ich mir, falls einmal bessere Zeiten kommen und ich nach Frankreich zurückkehren kann, nicht so sehr wie ein ahnungsloser Ausländer vorkomme.«

Mit keinem Wort erwähnte der Abbé jemals den unglückseligen oder blamablen Vorfall, der ihn genötigt hatte, seine Heimat zu verlassen und sich über den Ärmelkanal zu flüchten; hin und wieder trafen Briefe für ihn aus Paris ein. »Von einem Freund«, erklärte er dann, ohne sich auch nur andeutungsweise über ihren Inhalt zu äußern.

Hatty zerbrach sich oft den Kopf darüber, warum er nach England gekommen war. Er wirkte in seiner ganzen Art so taktvoll und gesetzt, daß man sich einen Fehltritt bei ihm nur schwer vorstellen konnte. Hatte es vielleicht etwas mit Politik zu tun? In Frankreich ging es, wenn man den Artikeln des *Moniteur Chrétien* glauben durfte, drunter und drüber, da konnte man sicher schnell einen folgenschweren politischen Fehler begehen.

Nachdem Lady Elstow auf Hattys Betreiben die Harfe hatte reparieren lassen, gehörte regelmäßiger Harfenunterricht zum Stundenplan der beiden Mädchen. Barbara hatte nur mäßiges Talent, aber da ihr die Aussicht, sich auf elegante Art produzieren zu können, durchaus zusagte, übte sie leidlich regelmäßig und gewissenhaft. Bei Drusilla war – diese Erfahrung hatte Hatty schon beim Klavierspielen gemacht – mit systematischem Lernen und Üben nichts auszurichten, dafür aber war sie unermüdlich im Improvisieren und im Erfinden neuer Weisen. Musik erreichte Lady Elstows Gehör besser als die menschliche Stimme, und hin und wieder ließ sie ganz gern die Harfe in den Salon bringen und saß nickend dabei, wenn die Töchter spielten und sangen.

Du Vallon hatte eine eigenartige, fast zirpende Stimme – wie eine Grille, dachte Hatty und erinnerte sich ihres ersten Eindrucks von ihm –, aber er setzte sich bereitwillig zu ihnen, wenn sie nach dem Abendessen musizierten, summte ihre Lieder mit und gab manchmal selbst drollige Verse und Kinderliedchen zum besten.

Qu'on m'apporte ma flute
La tzimm, la tzimm
La tzimm
La la!

Vormittags widmete er sich mit großem Fleiß seinem Bibliothekskatalog.

»Ich habe schon etliche Schätze gefunden«, sagte er eines Tages im Vertrauen zu Hatty. »Lord Elstow, der ja kein großer Leser ist, hat bestimmt keine Ahnung von den Werten, die seine Bibliothek birgt.«

»Zum Beispiel, Monsieur?«

»Zum Beispiel diese Chaucer-Folioausgabe von 1687 ›Die Werke unseres ehrwürdigen gelahrten und vortrefflichen englischen Poeten Jeffrey Chaucer‹ – sehen Sie nur die wunderschöne Titelseite! –, zusammen mit *Die Belagerung von Theben* von John Lydgate.«

»Wäre das vielleicht etwas für die Schlachtenspiele der Mädchen?«

»Jetzt ziehen Sie mich auf, Mademoiselle! Das Buch ist ein wahrer Schatz. Schauen Sie sich den Kupferstich des Poeten Chaucer mit seinem ›kleinen Söhnlein‹ an.«

Hatty nickte. »Wirklich reizend. Könnte man viel Geld dafür verlangen?«

»Mindestens hundert Guineen, schätze ich. Und hier: ›Herrensitze des hohen und niederen Adels von Großbritannien und Wales, illustrirt mit Kupferstichen, in Leder gebunden und mit Goldschnitt‹ und ›Werke des Quintus Horatius Flaccus, Ausgabe 1733 mit Vignetten und vergoldetem Blumenschmuck‹.«

»Vielleicht könnte ich mir das für unsere Lateinstunden ausleihen.«

»Ich hoffe, Sie scherzen, Mademoiselle! Und hier: Sir Thomas Malory, *La Mort d'Arthur Wynken de Worde en 1498.*«

»Das muß ich mir aber auf jeden Fall borgen, König Arthur war schon immer einer meiner Helden.«

»Das werden Sie nicht tun, Mademoiselle. Der Band müßte von Rechts wegen in einer mit Samt ausgeschlagenen Truhe hinter Schloß und Riegel aufbewahrt werden, in einem warmen, trockenen Raum.«

»Wo findet man so etwas in diesem Haus?«

»Eben! Es ist zum Weinen, was die Feuchtigkeit bereits angerichtet hat. Aber ganz im Ernst, liebe Miss Ward: Was hier an Schätzen liegt, genügt, zumindest für eine der jungen Damen eine Mitgift bereitzustellen oder –«

»Sie meinen, die beiden könnten einmal heiraten?«

Er zuckte die Schultern. »Die Jüngere? *Jamais de la vie.* Die Ältere? Vielleicht. Gewiß, *la kleptomanie* ist eine unglückselige Neigung –«

»Die – was?«

»Der Hang, ihren Mitmenschen Wertgegenstände zu entwenden.«

»O Himmel«, stieß Hatty entsetzt hervor. »Hat sie –«

»Nein, nein. *Soyez tranquille.* Mir hat sie nichts weggenommen. Ich bin auf der Hut und schließe mein Zimmer ab. Aber es gibt da Erinnerungen an frühere Besuche … Beunruhigen Sie sich nicht, liebe Miss Ward. Sie haben Wunder an ihr gewirkt, und ich halte es nicht für unmöglich, daß sie schließlich doch noch einen Mann findet. Aber ich war noch nicht fertig. Ich habe mir überlegt, wie leicht, wie kinderleicht es wäre zu vergessen, daß sich diese Bücher je in der Bibliothek befanden, denn wer weiß davon außer Ihnen und mir? Lord Elstow jedenfalls nicht.«

»Ich – verstehe Sie nicht«, sagte Hatty. Sie war ganz blaß geworden.

»Nein? Aber man hat Ihnen für Ihre Mühen mit den beiden jungen Damen noch keinen einzigen Sou gezahlt, nicht wahr? Mir geht es übrigens nicht anders. Ein einziges dieser Bücher würde das Salär, das Ihnen als Hauslehrerin und mir als Bibliothekar zusteht, für ein Jahr, vielleicht sogar für zwei Jahre mehr als decken.«

Hatty holte tief Luft.

»Das ist natürlich nur ein Scherz.«

»Selbstverständlich.« Er sah sie an, ohne eine Miene zu verziehen. »Wir wollen dieses Gespräch vergessen.«

»Ja, bitte.«

»Was für ein Gespräch? Worum ging es?« fragte Barbara lauernd, die in diesem Moment hereingekommen war. Sie blickte finster und argwöhnisch von einem zum anderen, wie immer, wenn sie sah, daß man sich auch ohne sie sehr gut zu unterhalten verstand.

»Um die Frage, ob man Quintus Horatius Flaccus in Ihren Lehrplan aufnehmen sollte. Seien Sie froh, Mademoiselle, daß wir uns dagegen entschieden haben. Wie ich sehe, haben Sie eins Ihrer neuen Kleider an und sehen sehr charmant darin aus. Wie schade, daß Miss Ward immer noch ihren alten orangefarbenen Jakonett tragen muß.«

Barbara war nur halb besänftigt. »Können wir jetzt die Schlacht von Hastings spielen?«

»Woher kam Harold am Vorabend mit seinen Truppen?«

»Von Stamford Bridge.«

»Und gegen wen hatte er dort gekämpft?«

»Gegen die Norweger.«

»Und warum erwiderten die Engländer den Angriff der normannischen Bogenschützen nicht?«

»Weil sie keine Bogenschützen hatten.«

»Ausgezeichnet. Bis zur Schlacht von Agincourt hatten sie dazugelernt. Bauen Sie die Höhe von Hastings auf. Wo ist Ihre Schwester?«

»Sie liegt in der Schulstube auf dem Boden und schläft.«

»*Eh bien*, dann muß man sie wecken.«

Barbara warf dem Abbé noch einen mißtrauischen Blick zu und ging davon. Währenddessen war Hatty schon auf dem Weg zu ihrem Zimmer, ihr Retikül umklammernd, als sei ein Schatz darin.

Und so etwas Ähnliches war es ja auch, nämlich ein Brief der *European Review*, die zwei ihrer Gedichte angenommen hatte und ihr als Honorar für jedes eine halbe Guinee offerierte.

Ein weiterer Schritt auf dem Weg in die Freiheit, dachte sie.

16

Der Abbé du Vallon kannte sich nicht nur bestens in der Londoner Gesellschaft aus, sondern war auch eine Fundgrube an Informationen über sämtliche Verästelungen und Verrücktheiten der Familien Wisbech und Fowldes. Der Herzog von Dungeness zum Beispiel, erzählte er, habe eine tief verwurzelte Abneigung gegen halb gefüllte Gläser und Tassen und rühre kein Trinkgefäß an, wenn es nicht voll sei. Sein Butler müßte stets zum Nachschenken neben ihm stehen.

»Die ganze Familie«, fuhr der Abbé fort, »ist etwas verschroben. Die Tante des Herzogs, Lady Flimborough, hat sich bei einem Empfang der Königin einmal alle Kleider vom Leib gerissen.«

»Grundgütiger! Gab das keinen Skandal?«

»Der Vorfall ereignete sich während der ersten vorübergehenden Umnachtung des armen Königs, deshalb war man bei Hofe derlei ausgefallene Dinge gewohnt. Und ihr Ehemann, Lord Flimborough, verfügte in seinem Testament, daß sein gesamtes Vermögen seiner geliebten Tochter Jane zugedacht sei, nur müsse sie innerhalb von zwölf Kalendermonaten nach seinem Tod keinen Geringeren als einen Baron heiraten, andernfalls solle das Geld seine Frau bekommen, die sonst leer ausgegangen wäre.«

»Das sind ja schöne Geschichten! Und hat die Tochter einen Baron geheiratet?«

»Nein, obgleich an Bewerbern, wie Sie sich vorstellen können, kein Mangel herrschte, denn der Lord galt als ungeheuer reich. Sie habe nicht vor, das Andenken ihres Vaters zu verunehren, sagte sie, indem sie im Trauerjahr heiratete, und als das Jahr verstrichen war, trat sie in einen geistlichen Orden ein. Sie war eine sehr ernsthafte junge Frau.«

»Dann hat die Ehefrau also doch alles geerbt?«

»Nein, die Ärmste starb fünf Tage vor Ablauf des Trauerjahres an der Ruhr.«

»Und wer bekam das Geld?« Der Fall hätte Vetter Sydney interessiert, dachte Hatty.

»Das ging für Anwaltskosten drauf, weil sich die Familienmitglieder gegenseitig das Erbe streitig machten.«

Auch der Herzog von Dungeness sei ausgesprochen wunderlich, erzählte der Abbé, ja, wäre er kein Herzog, müßte man ihn wohl als nicht ganz richtig im Oberstübchen bezeichnen.

»Aber das gilt für viele dieser Adelsfamilien. Inzucht ist dort so weit verbreitet, daß solch seltsame Verirrungen schon fast an der Tagesordnung sind.«

Hatty dachte an Drusillas Farbenblindheit und Barbaras Diebereien.

»Aber die Kinder des Herzogs sind doch wohl ganz normal«, sagte sie in der Hoffnung, der Abbé werde etwas Freundliches über Lord Camber sagen.

»*Au contraire*, Mademoiselle Hatty«, erwiderte er zu ihrer Bestürzung. »Über die Mädchen ist mir nichts Nachteiliges bekannt. Susan und Louisa haben gute Partien gemacht und sich offenbar mit ihren Ehepartnern arrangiert. Aber Camber! Manche meinen, er sei ein heiliger Narr – und das wäre ja noch relativ harmlos, obgleich er auch in dieser Rolle schon großen Schaden angerichtet hat –, aber ich finde ihn *insupportable.* Er hat die Gewohnheit, stets im unpassendsten Augenblick die Wahrheit zu sagen – oder das, was er für die Wahrheit hält –, ob es nun angebracht ist oder nicht. In Cambridge nannten ihn alle nur den einfältigen *Candide.*«

Sekundenlang verzerrten sich die Züge des Abbés vor Haß, so daß Hatty nicht gewagt hätte, das Thema zu vertiefen, doch er fuhr schon fort: »Denken Sie nur an das, was er seiner Cousine Ursula angetan hat. Sie wissen vielleicht, daß die beiden einmal verlobt waren. Sie hatte eine vorübergehende Schwäche für seinen Freund Fordingbridge – keine ernsthafte Sache, nicht mehr als eine *amitié tendre* –, aber Camber mußte unbedingt ein großes Drama mit Entsagungsszenen und heldenhaftem Verzicht daraus machen, was völlig unnötig war.«

»Aber vielleicht«, wandte Hatty vorsichtig ein, »war er zu dem Schluß gekommen, daß er und Lady Ursula … daß sie im Grunde nicht zueinander paßten? Sie sind ja auch wirklich völlig verschieden. Und von einer neuerlichen Verlobung war später nie mehr die Rede …«

»*Jetzt* sind sie verschieden«, betonte der Abbé. »Aber wenn sie zusammengeblieben wären – wer weiß … Vielleicht wäre er kein heiliger Narr geworden, und sie wäre heute möglicherweise weniger schroff und unversöhnlich.«

»Aber wenn sie Fordingbridge liebte?«

»Larifari! Ich weiß genau, daß aus der Sache nichts geworden wäre.«

»Warum nicht?« fragte Hatty eigensinnig. »Woher wollen Sie das wissen?«

»Fordingbridge war nicht der Typ, der über längere Zeit eine Frau lieben konnte. Zuerst war er nämlich Lord Camber zugetan.«

»Ja so«, sagte Hatty verdutzt.

»Fordingbridge schrieb Camber aus Indien und nahm ihm das Versprechen ab, sich um Lady Ursula zu kümmern, falls ihm etwas zustoßen sollte. Hat Camber sich daran gehalten? Mitnichten! Statt dessen versuchte er sie zu überreden, in ihr Elternhaus zurückzukehren und diese langweiligen Mädchen zu betreuen ...«

Hatty hätte gern gefragt, woher du Vallon von dem Brief des Lord Fordingbridge an Camber wußte. Von Camber selbst wohl kaum. Die beiden hatten offenbar nie auf sehr vertrautem Fuß gestanden. Und was für ein Vorfall – vermutlich in Cambridge – hatte in dem Abbé eine so heftige Abneigung gegen Camber geweckt?

Doch in diesem Moment betrat Barbara die Bibliothek und griff den letzten Satz des Abbés auf.

»Welche langweiligen Mädchen?«

»Die dieses Buch hier lesen«, erwiderte der Abbé geistesgegenwärtig und hielt den Band hoch. »*Erbauungsschriften für junge Frauen* von Fordyce. Dies ist schon die neunte Auflage, und da das Buch erst vor zwanzig Jahren herausgekommen ist, muß die Nachfrage recht rege sein. Ich habe Miss Ward empfohlen, Ihnen und Ihrer Schwester jeden Tag, wenn Sie auf Ihrem Geradehalterbrett liegen, eine dieser Erbauungspredigten vorzulesen. Wenn es nach dem Verfasser geht, so müssen junge Damen stets eine demütig-verschämte Miene zur Schau tragen, jeden Ansatz von Witz, Geist oder Ausgelassenheit meiden, sich in der Öffentlichkeit eines gesetzten Benehmens befleißigen und immer still, sittsam und bescheiden sein. Ganz besonders verdammt er die Neigung, auf irgendeinem Gebiet besonders zu glänzen.«

»Wie gräßlich! Lesen Sie uns solche Sachen nur nie vor, Miss Ward!«

»Keine Angst«, sagte Hatty beruhigend. »Eine besondere Neigung zum Glänzen ist mir bisher weder bei dir noch bei Drusilla aufgefallen. Vielleicht liegt es daran, daß ihr kein Publikum habt.«

»Das kann sich aber ändern«, meinte Barbara. »Papa hat an Mama geschrieben, daß sie im September bestimmt mit ihm rechnen kann und daß er vielleicht Freunde mitbringt.«

»Dann solltet ihr euren Hang zu Witz oder Ausgelassenheit tunlichst zügeln.«

Barbara rang sich schon beinah ein Lächeln ab und fragte den Abbé: »Können wir die Schlacht bei den Thermopylen spielen, Marcel?«

»Haben Sie Ihre Aufgaben für Miss Ward gemacht? Und Sie sollen mich im Beisein Ihrer Hauslehrerin nicht Marcel nennen.«

Sie streckte ihm die Zunge heraus. »Ja, ja, das ist alles erledigt.«

»Was für Soldaten nahm König Leonidas zum Paß der Thermopylen mit?«

»Nur solche, die Söhne hatten.«

»Warum?«

»Weil er wußte, daß seine Kämpfer alle umkommen würden.«

»Und wo waren die übrigen Griechen?«

»Auf der Insel Salamis.«

»Sehr gut. Sie können das Schlachtfeld vorbereiten. Aber erst sollten wir noch eine Partie Federball spielen. Drusilla sieht ein wenig blaß aus.«

Drusilla, die ihrer Schwester gefolgt war, stand vor dem Kamin und sah verlangend in das Feuer, das auf Anweisung des Abbés auch an diesem warmen Augusttag brannte. Jetzt liefen die beiden davon, um alles für das Spiel in die Wege zu leiten.

»Sie haben bei den Mädchen viel Gutes bewirkt«, sagte du Vallon. »Mehr, als deren Schwester Ursula hätte ausrichten können.«

»Sie aber auch, Monsieur.«

Ein Diener kam herein. »Sie haben Besuch, Miss. Ein junger – Herr«, meldete er mit einer merklichen Pause vor dem letzten Wort. »Ich habe ihn in den Empfangsraum links vom Eingang gebracht.«

»Danke, Firkin.« Wer konnte das sein? Ihr Herz tat einen Sprung und kehrte gleich darauf enttäuscht an seinen angestammten Platz zurück.

Der Besucher war ihr Vetter Sydney.

Er betrachtete sie von oben bis unten. »Haben die Fowldes dir noch kein Gehalt gezahlt, Base Hatty? Das Kleid sieht mir ganz danach aus, als hätte es meine Mutter für dich ausgesucht. Ich meine, dich schon letztes Jahr darin gesehen zu haben.«

»Wie geht es Tante Polly?« fragte Hatty begierig. »Ich warte schon so lange auf Nachricht von ihr. Hat sie sich gut erholt?«

»Nein«, erwiderte Sydney schroff. »Ach, das weißt du wohl noch gar nicht... Im April hatte sie einen zweiten Anfall, und zwei Tage später war sie tot.«

»Das – das ist doch kaum möglich«, flüsterte Hatty. »Sie ist schon vor fünf Monaten gestorben?«

»Ganz recht.«

»Und niemand hat mir geschrieben. Niemand hat es mir gesagt. Einen Brief nach dem anderen habe ich an sie auf den Weg gebracht, und niemand hat es für nötig gehalten, mir Bescheid zu geben. Das war grausam!«

»Du kennst doch Vater! Hat man sich bei ihm erst mißliebig gemacht, ist man ein für allemal unten durch.«

»Weiß er, daß du mich besuchst?«

»Vermutlich ja, ich komme nämlich in Geschäften. Meine Mutter hat dir fünfzehn Pfund vermacht, aus ihrer Mitgift. Die hatte sie die ganze Zeit für dich aufgespart.«

Sydney überreichte seiner Cousine einen kleinen Stoffbeutel. »Und außerdem hat sie dir ihr Kochbuch hinterlassen, das du hier allerdings wohl kaum nötig haben wirst. Man sollte doch denken, daß du in so einem Haus von vorn bis hinten bedient wirst...«

Er lächelte säuerlich und sah sich naserümpfend in dem schäbigen kleinen Raum um. »Du hast noch keinen Penny von deinem Gehalt gesehen, hab ich recht?«

»Bisher nicht«, räumte Hatty ein. »Aber Lord Elstow will nächsten Monat herkommen – ich kenne ihn noch gar nicht – und wird mir dann wohl zahlen, was mir zusteht. Lady Elstow nimmt nicht viel Anteil an dem, was im Haus vorgeht, aber ich habe den Eindruck, daß sie mit meinen Erziehungsmethoden durchaus einverstanden ist.«

»Respekt vor deinem Stehvermögen, Base Hatty! Daß du dich hier auf Dauer arrangieren könntest, hätte ich nie für möglich gehalten. Ich weiß, daß du eine kräftige Konstitution hast, aber trotzdem staune ich. Du siehst ausgesprochen gut aus.«

»Das Kompliment kann ich dir zurückgeben, Vetter«, erwiderte Hatty ein wenig boshaft. Seit ihrer letzten Begegnung hatte Sydney einiges an Gewicht zugelegt und war jetzt mit seiner fülligen Figur und seinem selbstzufriedenen Gehabe ganz der arrivierte junge Geschäftsmann. Sein Gesicht glänzte mit seinem Hut und seinem Anzug um die Wette. »Du machst einen recht wohlhabenden Eindruck. Wenn der Schein nicht trügt…«

»Besten Dank! Mir geht es in der Tat sehr gut. Drei Tage in der Woche verbringe ich in London, die übrige Zeit in Bythorn, wo ich bereits einen erfreulich großen Mandantenkreis habe.«

»Und wo ist meine – meine Stiefmutter Ursula jetzt?«

Noch war die Trauer um Tante Polly nur wie ein leiser, dumpfer Schmerz. Hatty redete und fragte automatisch und versuchte damit instinktiv, den Augenblick hinauszuzögern, in dem der Verlust ihr in vollem Ausmaß bewußt werden würde. Daß man ihr all die Monate die Möglichkeit des Trauerns genommen, sie wie zur Strafe in Unwissenheit gehalten hatte, empfand sie als himmelschreiende Ungerechtigkeit. Das ist der zweite Todesfall, dachte sie, an dem man mich nicht hat teilhaben lassen, obwohl es mein Recht gewesen wäre. Ungebeten stand plötzlich das Bild des regennassen Friedhofs in Portsmouth vor ihr, sie sah im Geiste die verzweifelte Tochter von Lady Pentecost bei dem Versuch, sich in das Grab ihrer Mutter zu stürzen, sah, wie Lord Camber sich ihrer gütig und verständnisvoll annahm und sie in Sicherheit brachte.

Nein, er ist kein heiliger Narr, dachte Hatty hitzig, sondern ein warmherziger, verständnisvoller Mensch. Wie schön wäre es, ihn jetzt hier zu haben. Er hatte Tante Polly auch so gern...

Unwillkürlich drängte sich der Vergleich zwischen Lord Camber und den beiden Männern auf, mit denen sie gerade gesprochen hatte. Der Abbé war gescheit und amüsant, aber unzuverlässig und oberflächlich, ein Mensch, der sich von seltsamen, undurchschaubaren Wünschen und Begehrlichkeiten leiten ließ, während ihren Vetter Sydney, wie sich an jedem seiner Blicke, jeder seiner Gesten ablesen ließ, allein die Sorge um das eigene liebe Ich umtrieb. Das war schon immer so gewesen und würde sich auch in Zukunft nicht ändern.

Wieder sah er sich ungeduldig um. »Lady Ursula?« wiederholte er gleichgültig. »Zuerst war sie bei einer ihrer Schwestern, aber nur für ein, zwei Monate, glaube ich. Und ich wette, sie ist dann nach Mansfield Park zu deiner Schwester, Lady Bertram, in der Hoffnung, sich dort auf Dauer einzuquartieren. Lady Bertram soll ja sehr gutmütig sein, wahrscheinlich kann deine Stiefmama dort bleiben, solange sie will, sofern sie sich nicht mit Sir Thomas anlegt oder mit Agnes, dieser Harpyie. Schon, um die nicht mehr sehen zu müssen, warst du doch bestimmt froh, daß du zu uns nach Portsmouth durftest. Aber höre, Hatty, ist das in einem so vornehmen Haus eine Art, Besucher zu empfangen? Wie wäre es mit einem Glas Madeira oder einer anderen kleinen

Herzstärkung, nachdem ich so weit geritten bin, um dich zu sprechen?«

Hatty klingelte. »Es wundert mich überhaupt, daß du dich dieser Mühe unterzogen hast. Hättest du nicht einen Boten schicken können? Oder hast du Geschäftliches mit Lady Elstow zu besprechen? Und ist es nicht ein wenig anmaßend zu verlangen, daß jemand, der die Gouvernante besucht, genauso zuvorkommend behandelt wird wie Besucher der gräflichen Familie?«

»Je nun, vielleicht nicht genauso zuvorkommend, aber hol's der Henker, du bist schließlich mit ihnen verwandt! Deine Mutter war eine Wisbech, und Lady Ursula ist deine Stiefmutter. Ich könnte Lady Elstow erzählen, was es Neues von Lord Camber gibt, vielleicht interessiert es sie.«

»Das glaube ich kaum. Sie ist sehr gegen ihn eingenommen. Aber du kannst es ja mir erzählen«, sagte Hatty scheinbar unbeteiligt. »Wie kommt es, daß er sich bei dir gemeldet hat?«

»Er hat Anweisung gegeben, noch einen Teil seines Besitzes zu veräußern. Im Grunde ist er genauso verdreht wie sein Vater – nur auf andere Art.«

Ein Diener erschien unter der Tür.

»Sie hatten geläutet, Miss?«

»Bringen Sie uns ein Glas Wein, guter Mann«, sagte Sydney. Der Diener verbeugte sich und entschwand.

»Demnach hat Lord Camber sich von seinem Dienstherrn getrennt und auf Dauer in Amity Valley niedergelassen?« fragte Hatty so gleichmütig wie möglich.

»Noch nicht, aber das soll wohl in Kürze geschehen. Und eins muß man sagen: Sie konnten das Land zu überaus günstigen Bedingungen erwerben.« Daß jemand ohne seine

Mitwirkung ein gutes Geschäft gemacht hatte, schien Sydney zu verdrießen. »Sie verfügen jetzt über weitere 33 Quadratmeilen mit einer Mineralquelle am Ufer des Susquehanna. Als Pachtsumme wird jeweils im Juni eines jeden Jahres nur eine rote Rose fällig.«

»Das ist wirklich ein vorteilhaftes Geschäft«, staunte Hatty. »Und an wen geht die Pacht?«

»An irgendwelche Rothäute«, sagte Sydney abfällig. »Übrigens, Hatty, du weißt wohl nicht zufällig, wo die Eigentumsurkunde für Lord Cambers Kate, die Strohdachhütte oder wie sie heißt, abgeblieben ist?«

Das war so beiläufig hingesagt, daß Hatty unwillkürlich aufhorchte, denn mit Beiläufigkeiten pflegte Sydney sich nicht aufzuhalten. »Die Eigentumsurkunde für die Strohdachklause? Ich habe keine Ahnung. Weshalb meinst du, daß ich darüber Bescheid wissen könnte?«

»Immerhin hast du dort einige Tage verbracht. Es wäre ja denkbar, daß einer der Bewohner die Sache erwähnt hat.«

»Warum? Ist die Urkunde verlorengegangen?«

»Nein, sie wurde wohl nur verlegt und wird früher oder später sicher wieder zum Vorschein kommen.«

Sydney trat ans Fenster und beobachtete den Abbé du Vallon, der auf der Einfahrt, der einzigen ebenen Fläche vor dem Haus, mit Drusilla und Barbara Federball spielte.

»Das muß der Franzose sein, der Lord Elstows Bibliothek katalogisieren soll.«

»Ja, das ist der Abbé du Vallon.«

»Und der nimmt sich bei seiner vielen Arbeit noch die Zeit, mit den Töchtern des Hauses zu spielen? Da muß er wirklich ein sehr gutherziger Mensch sein.«

»Aber er ist auch sehr arbeitsam«, verteidigte Hatty den Abbé. »Er verbringt viele Stunden in der Bibliothek und hat dort schon etliche sehr interessante und wertvolle Stücke entdeckt.«

»Ach ja?« Sydneys Miene erhellte sich, wie immer, wenn von Finanziellem die Rede war, dann aber setzte er seine Erkundigungen fort. »Und wie hat Lady Elstow den Franzosen aufgenommen? Kommt er als Bewerber für eine der Töchter in Frage?«

»Das halte ich für sehr unwahrscheinlich«, sagte Hatty ganz erschrocken. »Er geht mit ihnen eher wie ein älterer Bruder oder Vetter um und ist ja auch wirklich um einige Ecken herum mit der Familie Fowldes verwandt. Aber er hat kein Geld, und Lady Elstow wäre mit so einer Verbindung bestimmt nicht einverstanden. Die Mädchen sind gern mit ihm zusammen, aber nur, weil sie keine andere Gesellschaft haben. Er ist ein so wunderlicher vertrockneter kleiner Kerl, daß sie ihn nie und nimmer als Freier betrachten würden.«

»Und zu dir ist er höflich? Benimmt sich mit der gebotenen Schicklichkeit?«

Hatty hatte Mühe, sich das Lachen zu verbeißen. »Hattest du etwa Angst, er könne mir zu nahe treten, Vetter? Nein, da kann ich dich beruhigen. Solche Absichten liegen ihm gänzlich fern. Hast du dich deshalb auf den langen Weg nach Underwood Priors gemacht? Um meine Tugend zu schützen?«

Sydney machte ein böses Gesicht. »Und wenn es so wäre? Da gibt es nichts zu lachen. Nach drei Nächten unter Lord Cambers Dach ist dein Ruf ohnehin lädiert.«

»Wer schert sich hier in der Gegend auch nur einen Deut um meinen Ruf? Wer weiß überhaupt davon, daß ich in Lord Cambers Cottage übernachtet habe?« Doch Sydneys Frage nach der Eigentumsurkunde ging Hatty nach. »Hat Lord Camber etwa die Absicht, das Haus zu verkaufen?«

Sie dachte an die Menschen, die dort so glücklich und zufrieden zusammenlebten – Godwit, seine Großmutter, Mrs. Daizley, Dickon und Miss Stornoway. Wo sollten sie unterkommen, wenn das Haus verkauft wurde? Daß er es auch ihr als Zuflucht angeboten hatte, sagte sie Sydney wohlweislich nicht, denn ihr Vetter hätte dieser großherzigen Geste bestimmt eine unliebsame Auslegung gegeben.

»Du wirst verstehen, liebe Base, daß ich über Lord Cambers Geschäfte nicht mit dir sprechen kann«, erklärte Sydney hochfahrend. Hatty ärgerte der Verweis. Vermutlich war sie mit Lord Cambers Plänen und Wünschen besser vertraut als ihr Vetter. Doch der war noch immer nicht mit dem Abbé fertig.

»Es wundert mich, daß Lady Elstow ihn hier nach Gutdünken schalten und walten läßt, ja, daß sie ihn gewissermaßen in die Familie aufgenommen hat. Wie ich höre, hat er eine etwas anrüchige Reputation.«

»So?« Hatty hatte keine Lust, sich von ihrem Vetter lästerliche Geschichten über den Abbé erzählen zu lassen. Schon als Schuljunge hatte er über Freunde und Bekannte mit Vorliebe boshafte, meist maßlos übertriebene Gerüchte in die Welt gesetzt.

»Es heißt –«, fing Sydney an, aber Hatty fiel ihm ins Wort.

»Wenn du hier weiter nichts zu erledigen hast, wirst du mich jetzt entschuldigen, ich muß wieder zu meinen Zöglingen. Lady Elstow könnte mich zu Recht tadeln, wenn ich hier herumstehe und mir Klatsch und Tratsch anhöre, statt meiner Arbeit nachzugehen.«

»Meinetwegen. Aber ich wollte dir noch etwas sagen... Ich frage mich... Ich überlege...« Mit einem Schlag hatte sich Sydneys weltmännisches Gehabe verflüchtigt. Er war jetzt nur noch ein nervöser junger Mann, fein herausgeputzt, aber dick, unhübsch und voller Hemmungen. »Hast du – ist es denn möglich, daß es dir hier tatsächlich gefällt?«

Hatty konnte über diese unerwartet fürsorgliche Frage nur staunen. »Ja, ich wundere mich selbst darüber, wie gut ich mich eingelebt habe. Lady Elstow redet mir nicht in meinen Unterricht hinein, die Mädchen folgen leidlich, und ich habe, was mir am wichtigsten ist, genug Ruhe, ungestörte Stunden, eine wunderbare Bibliothek und damit beste Grundlagen und Voraussetzungen für meine eigene Arbeit.«

»Deine eigene Arbeit?« wiederholte Sydney verwundert.

»Meine schriftstellerische Arbeit.« Er machte noch immer ein verständnisloses Gesicht. »Meine Gedichte.«

»Diese Reimerei? Du lieber Himmel! Und ich dachte schon, du meinst richtige Arbeit...«

Hatty verzichtete auf eine Antwort und wartete in frostigem Schweigen, bis Sydney endlich herausbrachte: »Höre, Hatty, hast du dir mein Angebot noch einmal überlegt?« Jetzt war es an ihr, ihn verständnislos anzusehen. »Das Angebot, meine Frau zu werden. Es gilt nach wie vor. Bedenke bitte, daß ich inzwischen ein mehr als bequemes Auskommen habe – mein eigenes Haus, eine florierende Praxis mit Mandanten aus den besten Kreisen –, und betrachte im Vergleich dazu deine jetzige Lage und deine wenig erfreuliche Zukunft. Was hast du denn zu erwarten außer fortgesetzter Plackerei hier auf Underwood oder ähnlicher Mühsal in einem anderen Haus? Die Hoffnung auf eine bessere Partie kannst du dir getrost aus dem Kopf schlagen.« Dann fiel ihm noch etwas ein: »Und du weißt, daß ich immer ein ausgesprochenes Faible für dich hatte.«

Hatty entfuhr ein ungeduldiger Seufzer. »Wie oft soll ich dir noch sagen, Sydney, daß meine Anwort nein lautet und immer nein lauten wird, auch wenn du bis zum Jüngsten Tag hier stehst! Im übrigen habe ich von deinem angeblichen Faible bisher nichts gemerkt. Ich glaube, du bist da einer Selbsttäuschung erlegen. Mich jedenfalls täuschst du nicht. Wir passen nicht zusammen. Gestatte, daß ich dich hinausbringe.« Sie öffnete die Tür und verließ, seine saure Miene geflissentlich übersehend, vor ihm den kleinen Raum.

»Wie geht es in der Lombard Street?« erkundigte sie sich höflich, als sie auf dem Weg durch die Halle an den zwei dort postierten Lakaien vorbeikamen. »Besucht Tom noch seine Tagesschule? Der Haushalt ist ja stark dezimiert. Dein Vater kann einem leid tun, er muß recht einsam ein. Bist du oft dort?«

»So gut wie gar nicht«, erwiderte Sydney kurz angebunden. Sie standen jetzt vor dem Haus, und ein Reitknecht brachte das Pferd. »Ich hörte von Tom«, fuhr er fort, während er auf den kleinen, gedrungenen Gaul zuging – sich mit edlen Pferden großzutun war offenbar nicht Sydneys Sache –, »daß Vater fest entschlossen ist, Burnaby zu heiraten, wenn die Trauerzeit für meine Mutter um ist. Damit spart er das Geld, das er ihr an Lohn zahlen müßte.«

»*Was?*« stieß Hatty hervor und sah Sydney fassungslos an. Als er ziemlich schwerfällig aufgesessen war und den Gaul mit einem Tritt angetrieben hatte, besann sie sich und lief hinter ihm her. »Vetter –!«

»Was ist?« fragte er ungnädig und wandte sich um.

»Du sagtest, Tante Polly hätte mir ein Kochbuch hinterlassen. Hast du es mitgebracht?«

Er kramte umständlich in der Satteltasche und reichte ihr das in braunes Papier eingeschlagene Bändchen hinunter. »Möchte wirklich wissen, was du damit anfangen willst. Daß du in der Küche aushilfst, werden wohl nicht mal die Fowldes von dir verlangen.«

Hatty sah dem davontrabenden Sydney halb verärgert, halb belustigt nach und dachte bei sich, daß er wohl auch deshalb so übler Laune war, weil der Lakai ihm das erbetene Glas Wein nicht gebracht hatte. Fast konnte er einem leid tun, der arme, dicke Sydney. Auch wenn er inzwischen ein erfolgreicher Anwalt geworden war, würde er nie jene mühelos überlegene Haltung, jene angeborene Autorität erreichen, die noch in der zerschlissensten Kleidung von Lord Camber oder trotz all seiner Eigenheiten von Abbé du Vallon ausging.

Sie nahm das verpackte Buch unter den Arm und gesellte sich zu dem Abbé und den Mädchen. Während sie ihnen bei ihrem vergnügten Spiel zusah, mußte sie an Sydneys Bemerkung denken, der Abbé habe eine anrüchige Reputation. Anrüchig? Wie war das wohl gemeint? Unvermutet fiel ihr ein Untergärtner von Bythorn Lodge ein, den ihr Vater ohne Lohn und unter der Androhung gerichtlicher Schritte aus dem Haus gejagt hatte, weil er Fanny und Maria zu nahe getreten war.

Maria hatte ihren Schwestern nie Einzelheiten darüber erzählt, sondern nur gesagt, es sei äußerst unerfreulich gewesen.

»Ja, was hat er denn gemacht, Fanny?«

»Er hat mich geküßt. Auf widerliche Art.«

Hatty sah den Untergärtner – Fawkes hieß er – deutlich vor sich, einen untersetzten, bulligen Kerl mit Borstenhaar und wulstigen roten Lippen, der immer nach Schweiß und alter Sackleinwand roch. Auch sie hatte er geküßt und an sich gedrückt, obgleich sie damals erst sieben oder acht gewesen war. Das hatte sie so angewidert, daß sie sich zappelnd und so schnell sie konnte, ohne ihn zu kränken, aus seinem Griff befreit hatte.

Wenn denn bei dem Abbé tatsächlich von einer anrüchigen Reputation die Rede sein kann, dachte Hatty, verdankt er sie ganz gewiß nicht dem, was den Untergärtner die Stellung gekostet hat. Die beiden sind so verschieden wie Tag und Nacht.

Jäh überwältigte sie der Kummer. Sie wandte sich an den Abbé. »Monsieur, jener junge Mann war mein Vetter, er brachte mir völlig unerwartet die Nachricht vom Tod einer lieben Verwandten, meiner Tante, die mich aufgezogen hat. Ich muß eine Weile allein sein. Würden Sie mich bitte für heute abend bei Lady Elstow entschuldigen und den Mädchen inzwischen die Zeit vertreiben?«

Neugierig kamen die beiden näher. Drei Augenpaare musterten sie aufmerksam, aber ohne jedes Mitgefühl.

Doch du Vallon wußte in jeder Lebenslage, was sich gehört.

»Ich übernehme es gern, Ihrer Ladyschaft alles zu erklären, Mademoiselle«, versicherte er mit einer Verbeugung. »Sie wollen in aller Stille trauern. Das ist nur zu verständlich.«

»Danke, Monsieur. Gute Nacht, Barbara. Gute Nacht, Drusilla. Viel Spaß bei eurem Spiel. Wir sehen uns morgen früh.«

Während Hatty ungewöhnlich mühsam die Treppe zu ihrem Zimmer hochstieg, überlegte sie, warum Sydney wohl den langen Ritt nach Underwood Priors auf sich genommen hatte. Nur um den Abbé du Vallon in Augenschein zu nehmen? Und was bezweckte er damit?

DRITTER TEIL

17

Brief von Mrs. Fanny Price an Lady Bertram

Liebe Maria,

ich wende mich mit meiner Bitte an Dich, da meine Schwester Agnes Norris mir nur noch harsche Ermahnungen schickt, und auch das nur mehr selten. Du warst mir immer eine gute Schwester, und ich denke gern daran zurück, wie wir miteinander gelacht und geschwatzt haben, wenn wir uns beim Schein der Kerze das Haar bürsteten. Liebe Schwester, ich will kein Hehl daraus machen, daß ich in meinem Urteil über Sam Price einer schrecklichen Täuschung erlegen bin. Ich hätte ihn nie genommen, wenn ich vorher von seinem heftigen Temperament, seinen ungehobelten Manieren, seiner Trunksucht, Unbildung und allgemeinen Unleidlichkeit gewußt hätte. Aber nun frage ich Dich, liebe Schwester: Wie viele Frauen wissen, wenn sie heiraten, über ihren Zukünftigen mehr, als ich über den meinen wußte? Eine junge Dame lernt im Ballsaal einen Kavalier kennen, sie tanzen ein paarmal zusammen, er kommt ins Haus ihrer Familie zum Essen, sie machen vielleicht den einen oder anderen Spaziergang, und das ist oft die ganze

Bekanntschaft, die ein Paar miteinander hat, ehe es vor den Traualtar tritt. Du hast es in Deiner Verbindung mit Sir Thomas offenbar glücklich getroffen, da er, wie Agnes mir unablässig vorhält, ein Ausbund an Nüchternheit, Geist und Scharfsinn ist. Aber bedenke doch, wie anders es hätte kommen können! Du warst nur fünfmal mit ihm zusammen (bei einem Picknick, einem Ball und drei Abendgesellschaften, wenn ich mich recht erinnere), dann hat er Dir schon einen Antrag gemacht, und ich weiß noch sehr wohl, wie Du die ganze Nacht geweint hast, weil Du diesen tristen, schwerfälligen Menschen nicht wolltest und in Fähnrich Stephen Tillinghast verliebt warst, der arm wie eine Kirchenmaus war.

Liebste Schwester Maria, bedenke doch meine Not. Fleisch kostet $6^1/_2$ Pence das Pfund, und für Kohlen zahlt man 12 Shilling die Tonne, aber mein Gatte gibt mir nur 4 Shilling die Woche, und häufig muß ich mich ranhalten, daß ich sie von ihm bekomme. Wie soll ich damit meine arme kleine Fanny durchbringen, von William und Sam ganz zu schweigen? Oft genug muß ich Sam in ein altes Handtuch wickeln, weil ich keine Windeln habe. Ich bitte Dich, liebe Schwester, mir von Deinem Überfluß nur zehn Pfund zu schicken, ja, auch mit fünfen wäre mir schon gedient oder zumindest mit einem Paket Wäsche. Von Agnes weiß ich, daß sich in Deiner Kinderstube schon etliche wohlgeratene Sprößlinge tummeln. Einige werden aus den Säuglingssachen inzwischen herausgewachsen sein. Und ich bin, Gott sei's geklagt, schon wieder in der Hoffnung…

Deine Dich liebende, aber zutiefst verzagte Schwester

F. Price

Brief von Nathaniel Claiborne in Baltimore an seinen Vetter Luke Claiborne in Connecticut

Mein lieber Luke,

ich schicke Dir diese Zeilen mit einem Faß Pökelfleisch als Dank für den Ahornsirup, mit dem Du uns eine große Freude bereitet hast. Der Überbringer ist mein früherer Schreinermeister Harry Liss, der, wenn er es abgeliefert hat, zu der Siedlung am Ufer des Susquehanna weiterziehen wird, in der er sich niederlassen will. Ich verzichte nur ungern auf seine Dienste, denn er war ein hervorragender Schreiner, und vieles von dem, was er gemacht hat, wird noch meine Enkel überdauern, ansonsten aber will ich froh sein, wenn ich ihn los bin, denn ein so redseliger Mensch ist mir mein Lebtag noch nicht untergekommen. Wenn ich an seine Stimme nur denke, fallen mir schon die Ohren zu. Vom frühen Morgen an war sein Wortschwall nicht zu bremsen. Ein Gegenstand, ein Gedanke führte unaufhaltsam zum nächsten. Zwar will ich gern zugeben, daß vieles von dem, was er zu sagen hatte, vernünftig, geistreich und originell war, aber wie Du weißt, bin ich ein einfacher, friedfertiger Bursche, der am liebsten still vor sich hin arbeitet und sich sein Teil denkt. Ich finde keinen Geschmack daran, ständig Diskussionen oder Streitgespräche zu führen oder (was noch schlimmer ist) einem anderen dabei zuzuhören, auch wenn er noch so verständig und rechtschaffen argumentiert. Ich habe deshalb Mr. Liss nur zu gern aus der zweiten Hälfte seines Dienstvertrages entlassen und kann nur sagen, daß seine Mitbrüder in Amity Valley mir herzlich leid tun, denn wofern sie nicht von seiner Art sind, wird er sie mit seinem Disputieren und Parlamentieren in wenigen Wochen in Grund und Boden geredet haben. Dabei ist er an sich ein liebenswerter Kerl, dem ich nur Gutes wünsche. Für die Zukunft der Siedlung allerdings sehe ich schwarz, wenn sich dort lauter Gleichgesinnte zusammengefunden haben. Sie werden ihre Kraft und Zeit nur aufs Debattieren verwenden und nichts Handfestes zustande bringen.

Mit den besten Wünschen an Deine liebe Frau, meine gute Schwägerin Adelaide, und in der Hoffnung, daß der kommende Winter nicht allzu streng wird, bin ich Dein

N.C.

Brief von Lady Ursula Ward an ihre Schwester Lady Mary Finster

Meine liebe Mary,

wie ich von unserer Schwester Anne erfahre, hast Du die Absicht, wegen der rheumatischen Beschwerden Deines Mannes die Wintermonate statt in Schottland in Bath zu verbringen. Das trifft sich insofern recht günstig, als auch mich hin und wieder das Rheuma zwickt, so daß ich mich Euch in Bath anschließen könnte. Wie Du weißt, war ich genötigt, Bythorn Lodge zu verlassen, das aufgrund einer sehr mißlichen Erbregelung einem gewissen Sydney Ward zufiel, dem Neffen meines verstorbenen Mannes, der ein höchst unersprießlicher junger Laffe mit schlechten Manieren ist. Einer liebenswürdigen Einladung Lady Bertrams folgend (sie ist Mr. Wards älteste Tochter), habe ich einige Zeit in

Mansfield Park verbracht, aber durch den zahlreichen Nachwuchs (sie haben zwei Söhne und zwei Töchter, alles kerngesunde, gut entwickelte, lebhafte Kinder) ist es im Bertramschen Haushalt nicht mehr so geruhsam wie früher, so daß Sir Thomas in seiner üblichen vornehm-rücksichtsvollen Art andeutete, es könne mir angenehmer sein, mich nach einer anderen Unterkunft umzusehen. Im Vertrauen auf Deine schwesterliche Gastfreundschaft wende ich mich deshalb an Dich und bin gern bereit, Dir bei der Einführung in die gute Gesellschaft von Bath behilflich zu sein. Natürlich kann ich meine eigene Bettwäsche mitbringen.

Deine Dich liebende Schwester Ursula Ward

Brief von Lady Mary Finster an Lady Ursula Ward

Liebe Ursula,

leider muß ich Dir mitteilen, daß Finster unter keinen Umständen bereit ist, in Bath mit Dir unter einem Dach zu wohnen, da er sich noch lebhaft Eurer Differenzen über Hafergrütze zum Frühstück und die Brottunke erinnert. Falls Du in Bath eine Badekur machen willst, gibt es dort, soviel ich weiß, Personen, die gegen Entgelt Gäste aufnehmen und ihnen auch Empfehlungen für die dortige Gesellschaft geben. Mir wurde in diesem Zusammenhang eine gewisse Mrs. Partridge genannt, deren Adresse ich Dir gern besorgen kann, wenn Du es wünschst. Wir werden uns dann freuen, Dich gelegentlich in der Trinkhalle oder in den Bädern zu sehen.

Deine Dich liebende Mary Finster

Brief von Sydney Ward an Lady Ursula Ward

Sehr geehrte gnädige Frau!

Ohne Euer Ladyschaft Zeit über Gebühr in Anspruch nehmen zu wollen, erlaube ich mir submissest anzufragen, ob Ihnen zufällig etwas über den Verbleib der Eigentumsurkunde von Lord Cambers kleinem Haus, der sogenannten Strohdachklause, bekannt ist. Mir kam der Gedanke, daß Seine Lordschaft möglicherweise Sie als seine Cousine darüber in Kenntnis gesetzt hat, in welcher Weise er über dieses Schriftstück verfügte, oder ob er es gar Ihnen zur sicheren Aufbewahrung übergeben hat. Sollte dies der Fall sein, wäre ich Ihnen außerordentlich verbunden, wenn Sie mir bestätigen könnten, daß es sich in Ihrem Besitz befindet.

Ich hatte kürzlich Gelegenheit, in einer Familienangelegenheit auf Underwood Priors vorzusprechen, und darf Ihnen mitteilen, daß Ihre verehrte Frau Mutter, Lady Elstow, sowie Ihre Schwestern, Lady Barbara und Lady Drusilla Fowldes, bei bester Gesundheit sind.

Ich freue mich auch vermelden zu können, daß man mit meiner Cousine, Miss Harriet Ward, in ihrer Eigenschaft als Hauslehrerin auch weiterhin zufrieden ist und daß sie einen Anflug jener Eleganz erkennen läßt, die sich in einem so vornehmen Haus zwangsläufig allen seinen Bewohnern mitteilt.

(Es ist dies für mich um so erwünschter, als ich in nicht allzu ferner Zukunft die junge Dame zu heiraten gedenke, so daß mir ihre Belange sehr am Herzen liegen.)

Haben zufällig Sie den Boten von Foale's Bank in Empfang genommen, der an dem Tag nach Mr. Wards Ableben auf Bythorn Lodge vorsprach?

Ihr gehorsamer Diener
Jos. Sydney Ward

Brief von Lord Camber an Miss Hatty Ward

Meine liebe kleine Miss Hatty,

ich kann Ihnen gar nicht sagen, wie herzlich es mich freut, daß Sie nach wie vor auf Underwood leben und sich um die Weiterbildung meiner Cousinen Barbara und Drusilla kümmern. Daß die jungen Damen allerlei Problematisches und Befremdliches an sich haben, ist mir bekannt, aber das dürfte sich dank Ihrer Güte, Ihres Einfallsreichtums und Ihrer liebevollen Zuwendung bald verlieren. Mir ist noch sehr lebhaft in Erinnerung, wieviel Sie seinerzeit bei den unglücklichen Zwillingen erreicht haben. Auch bin ich sehr froh, daß Underwood mit seiner Ruhe und Abgeschiedenheit ein geeigneter Weidegrund für Ihre Muse ist. Die Verse, die Sie mir freundlicherweise haben zukommen lassen, bewundere ich sehr und gratuliere Ihnen von ganzem Herzen zum Verkauf der Gedichte an die *European Review* und das *Gentleman's Magazine.* Ihr *nom de plume* gefällt mir ausnehmend, und ich werde nicht versäumen, von jetzt an nach Versen von Anthony Bailiff Ausschau zu halten. Einige Mitglieder unserer Gemeinschaft beziehen die genannten Zeitschriften, die hier eifrig herumgereicht und besprochen werden. Ich hoffe deshalb, Sie in Kürze auch gedruckt bewundern zu können, und werde insgeheim unbändig stolz auf meine Bekanntschaft mit der Autorin sein. – Mit einiger Sorge erfuhr ich, daß Lord Elstow den Abbé du Vallon damit beauftragt hat, seine Bibliotheksbestände zu katalogisieren. Der Abbé ist ein gescheiter, vielseitig begabter Mann, allerdings halte ich seinen Einfluß – besonders auf junge Menschen – für nicht sehr bekömmlich. Andererseits weiß ich auch, daß junge Mägen fast jede Kost vertragen, und will deshalb versuchen, mich nicht über Gebühr zu beunruhigen. Dennoch möchte ich hoffen, daß der Abbé nicht allzu lange auf Underwood Priors bleibt.

Ihr aufrichtiger Freund und Gönner
H.C.

P.S. Vergessen Sie bitte nicht, daß Ihnen die Strohdachklause als Refugium nach wie vor zur Verfügung steht, auch wenn ich wiederhole, daß Sie dort, wo Sie zur Zeit leben und wirken, unendlich viel Gutes tun...

Brief des Abbé du Vallon an seinen Vetter Marcus Dariole

Mon Cher,

ich bin, wie Du siehst, nach wie vor hier, ein wenig von Langeweile geplagt, aber gut versteckt und in Sicherheit. In London begann man sich ein wenig zu sehr für mich zu interessieren, so daß diese Sinekure gerade jetzt eine überaus glückliche Fügung war. Und sie hat, wie Du zu gegebener Zeit erfahren wirst, durchaus ihre Vorteile!

Ich hoffe, daß die Dinge drüben bei Dir zufriedenstellend vorankommen und Du mir bald Erfreuliches zu berichten hast.

Mit brüderlichen Grüßen Dein
Marcel

Brief von Lady Ursula Ward an die ehrenwerte Lucy Kittridge

Meine liebe Lucy,

Du magst Dich wundern, nach so langer Zeit wieder von mir zu hören, aber ich dachte, daß Du in Deinem abgeschiedenen Amity Valley vielleicht gern Neuigkeiten über Deine englischen Verwandten erfährst. Deine Schwester Kate hat einen weiteren gesunden Sohn zur Welt gebracht, ihren vierten, wenn ich recht informiert bin. Ich habe Kate selbst nicht gesprochen, erhalte aber ausführliche Berichte von Tante Sarah Chornleigh, die für die Verbreitung der Familienmeldungen sorgt.

Wie kommt Eure Sophokratische Gesellschaft voran? Ich gebe ihr offen gesagt nicht mehr als fünf Jahre. Ein Verein, den sich drei Windeier und Schaumschläger wie Wandesleigh, Dein Bruder Humphrey und mein Vetter Harry Camber ausgedacht haben, muß sehr bald unter der Last seiner Spitzfindigkeiten einbrechen. Ich unke nicht gern, da es sich letztlich um eine an sich gutgemeinte Unternehmung handelt, aber aller Erfahrung nach wird es so kommen. Wenn sich die Gelegenheit ergibt, könntest Du meinem Vetter ausrichten, daß sein Vater vor vier Wochen, wie ich von

Vetter Fred Wisbech hörte, bei guter Gesundheit, wenn auch, wie gewohnt, ungemein überspannt und sprunghaft war und daß Miss Harriet Ward, Protegé von Camber, wenn ich nicht irre, in Kürze ihren Vetter Sydney Ward heiraten wird, zu dessen Mandanten auch der Herzog zählt und der als gute Partie gilt.

Mit den besten Wünschen verbleibe ich
Deine Ursula Conway Fowldes

Brief von Miss Letitia Stornoway an Miss Harriet Ward

Meine liebe Miss Ward,

ich zögere, Sie zu belästigen, da ich es doch nur Ihrem gütigen Eingreifen verdanke, daß ich überhaupt noch auf dieser Welt weile und in einer so liebevollen Hausgemeinschaft leben darf. Doch glaube ich, daß das, was ich Ihnen zu sagen habe, unmittelbar Ihre Belange betrifft. Und selbst wenn dies nicht der Fall wäre, würde mein Gefühl für Recht und Gerechtigkeit mir nicht gestatten zu schweigen. Wäre es Ihnen wohl möglich, liebe Miss Ward, uns noch einmal einen Besuch abzustatten? Ich würde Sie nicht darum bitten, wenn ich nicht der Meinung wäre, daß es sich um eine Angelegenheit von größter Wichtigkeit –

(unvollendet)

18

Der September kam, ohne daß Lord Elstow sein Versprechen, nach Underwood Priors zu kommen, eingelöst hätte. Seine Frau nahm sein Nichterscheinen mit Gleichmut hin, die Töchter aber waren enttäuscht und grollten. Barbara war weiterhin ohne ein neues Pferd. »Firebird ist alt und lahm geworden, man könnte denken, der Klepper eines Kesselflickers trotte da durch die Gegend. Bei diesem Tempo könnte ich genausogut zu Fuß gehen.«

»Wie schön, dann könnten Drusilla und ich dich begleiten«, sagte Hatty vergnügt, was ihr einen feindseligen Blick von Barbara einbrachte. »Aber könntest du nicht an deinen Vater schreiben und ihn bitten, Geld zu schicken und Harris nach einem neuen Reitpferd suchen zu lassen?«

»Die Mühe kann ich mir sparen. Ich glaube, er liest meine Briefe gar nicht. Zu dumm, daß er nicht zur Jungfuchsjagd herkommt, dann könnte er selbst sehen, daß mit Firebird nichts mehr anzufangen ist. Außerdem liebe ich die Hatz auf Jungfüchse.«

Das war ein zusätzliches Ärgernis. Lord Elstow hatte die Meute in Oberst Wisbechs Obhut gegeben, und deshalb traf sich die Jagdgesellschaft jetzt nicht mehr wie früher auf Underwood, sondern auf Bythorn Chase oder gar in Market Saltby, das praktisch am anderen Ende der Grafschaft lag. Zu diesen Jagdpartien, die Barbara Anregung und Geselligkeit geboten hätten, mochte Lady Elstow die Tochter nur in Begleitung eines alten Reitknechts nicht lassen.

»Es ist wirklich zu dumm«, klagte Barbara. »Und Harris ist so ein lästiger alter Griesgram. Heute nachmittag wollte er in Sparsholt Wood anhalten und zum Bach hinunterreiten, weil er behauptete, er habe dort jemanden rufen hören, der alte Narr, aber da hat er es mit mir zu tun bekommen. Wenn wir nicht bis vier Uhr wieder zu Hause sind, habe ich gesagt, können Sie sich nach einer anderen Stelle umsehen.«

Manchmal, dachte Hatty, ist Barbara ihrer Schwester Ursula geradezu unheimlich ähnlich.

»Was macht Papa bloß die ganze Zeit in London?« haderte Barbara weiter. »Früher ist er so gern auf die Jagd gegangen.«

Der Abbé versuchte zu vermitteln. »Die Gicht plagt ihn in diesem Jahr doch sehr. Als ich ihn im Club sah, waren seine Füße derart geschwollen, daß er Hausschuhe tragen mußte. In seine Jagdstiefel wäre er unmöglich hineingekommen und in Steigbügel schon gar nicht.«

Als sie am nächsten Tag miteinander allein waren, sagte der Abbé zu Hatty: »Wie man hört, hat Lord Elstow auch noch andere Gründe dafür, in London zu bleiben. Es wird gemunkelt, Seine Majestät sei wieder verrückt geworden, zumindest verrückt genug, um Mr. Pitt als Schuft und Mr. Fox als seinen Freund zu bezeichnen. Wenn man sich für eine Position in der Regierung interessiert, entfernt man sich in so einer Situation nicht aus dem Zentrum der Macht.«

»Glauben Sie wirklich, daß Lord Elstow es je zu einem

hohen Amt bringen wird?« fragte Hatty, die sich nach dem, was sie über Lord Elstow gehört hatte, keine sehr günstige Meinung von seinen geistigen Fähigkeiten gebildet hatte.

»Immerhin hat er in Lord Foley und Charles Grey gute Freunde. Was aber meiner Meinung nach Seine Lordschaft in Wirklichkeit in London festhält, ist sein neuer Freund Matthew Artingstall.«

»Und wer ist Mr. Artingstall?«

»Ach, nur ein Poet«, sagte der Abbé in einem Ton, der seine eher schlechte Meinung von Poeten verriet, woran Hatty später noch denken sollte. »Einer dieser neuen romantischen Dichterlinge. Aber bildhübsch ist er, das muß man ihm lassen. Lange schwarze Locken und feurige schwarze Augen.« Er hob die Schultern und zog die Augenbrauen hoch, als wollte er sagen, daß so eine Freundschaft wohl jeden Mann von seinem Heim, seiner Familie und lästigen Gutsherrnpflichten fernhalten würde. Hatty begriff nicht recht, was er meinte, aber es war dies offenbar ein Gebiet, auf dem er sich auskannte.

»So werden wir beide, Miss Ward, uns damit abfinden müssen, daß unser Gehalt weiter auf sich warten läßt.«

»Nur gut, daß es hier nichts zu kaufen gibt«, erwiderte Hatty, die sich, nachdem ihr die *European Review* noch zwei Gedichte abgenommen hatte, richtig reich vorkam. »Sehr geehrter Mr. Bailiff«, hatte die Redaktion dazu geschrieben, »wir schätzen Ihre Arbeiten als so gut ein, daß wir anfragen möchten, ob Sie uns gegebenenfalls genügend Material für eine Gedichtsammlung zur Verfügung stellen könnten. Wir zahlen, wie Sie wissen, eine halbe Guinee für hundert Zeilen und dreißig Guineen für einen ganzen Band.

Eine Betrachtung in Versform über die derzeitigen Unruhen in Frankreich wäre uns willkommen.«

Dreißig Guineen! Ein Jahresgehalt!

In diesem Moment kam mit verstörter Miene Glastonbury herein. »Ach bitte, Miss Hatty... Es ist etwas Schreckliches...«

Nach und nach hatten die Dienstboten sich angewöhnt, bei Problemen und in kritischen Situationen, die das Hauswesen betrafen, Hatty anzusprechen. Lady Elstow interessierte sich so wenig für diese Dinge und war so phlegmatisch, daß man oft einen halben Tag oder länger brauchte, um ihr eine Antwort oder Entscheidung zu entlocken.

»Was ist denn, Glastonbury? Hat Drusilla wieder ihre Krämpfe?«

»Nein, Miss. Sie haben im Bach von Sparsholt Wood eine Leiche gefunden und... und... ich mag es Ihnen gar nicht sagen, Miss... es ist die andere Dame...«

»Die andere Dame?«

»Die vor Ihnen hier war. Miss Stornoway.«

»Miss Stornoway?« Hatty war wie vor den Kopf geschlagen. »Eine Leiche, sagen Sie... Heißt das... Ist sie tot?«

»Ja, Miss. Grad eben bringen die Leute sie her. Harris war so, als hätte jemand geschrien, als er gestern mit Lady Barbara dort vorbeigekommen ist, aber sie haben nicht angehalten. Lady Barbara wollte unbedingt nach Hause und hat gesagt, daß sie nichts gehört hat. Und Harris hat auch nicht gewußt, ob es eine menschliche Stimme war, aber irgendwie hat ihn die Sache nicht ruhen lassen, und da ist er heute früh noch mal hin, um nachzusehen, und –«

»Wie furchtbar! Sie ist in diesem kleinen Bach ertrunken? Hat demnach die ganze Nacht dort gelegen?«

»Es wird wohl eine gerichtliche Leichenschau geben, Miss, und der Coroner muß entscheiden, ob sie ertrunken ist, die arme Seele. Es ist ein böses, halsbrecherisches Eck dort zwischen Tanner's Piece und Yaffle Bank.«

Hatty wußte, welche Stelle der Butler meinte. Ein schmaler, von Bäumen gesäumter Reitpfad führte etwa zwanzig Fuß oberhalb des Baches über einen bewaldeten Hang. Der mit einer dicken Laubschicht bedeckte Boden war nach den starken Regenfällen gefährlich glitschig. Wenn man das Pech hatte, auf dem schmalen Weg auszurutschen oder zu stolpern, und die steile Böschung herunter in den Bach stürzte... Ein junger Mensch hätte sich ohne weiteres wieder aufrappeln und herausklettern können, aber eine gebrechliche ältere Dame mit arthritischen Gliedmaßen, durch ihre Kleidung behindert...

Was aber hatte Miss Stornoway dort, fünf Meilen von dem Strohdachcottage entfernt, überhaupt gesucht?

»Und daß es Miss Stornoway ist, steht fest?«

»Ja, Miss Hatty, da gibt es keinen Zweifel.«

Getrappel und dumpfes Gemurmel verkündeten die Ankunft der Männer mit der Trage, auf der die tote Miss Stornoway lag. Man wies sie zu einer unbenutzten Kammer in einem halb verfallenen, von den Wohnräumen der Familie weit entfernten Flügel des Hauses und schickte nach dem Coroner. Hatty begab sich, ihren heftigen Widerwillen überwindend, zu der Toten, die auf einem Arbeitstisch aufgebahrt war.

Sie hatte Mühe, die völlig durchnäßte, mit einer dicken Schlammschicht bedeckte Gestalt als Miss Stornoway zu erkennen. Nur an der spitzen Nase und dem dünnen, grauen, mit einem tropfnassen schwarzen Samtband zusammengehaltenen Haar sah sie, daß es sich tatsächlich um die alte Gouvernante handelte. Nichts mehr erinnerte an die so staunenswert verjüngte und verwandelte Frau, die sie bei ihrem Besuch in der Strohdachklause angetroffen hatte.

»Ihr ganzes Gesicht ist voller Schlamm und die Nase auch«, sagte Harris. »Sieht aus, als ob sie daran erstickt ist, die Ärmste. Meinen Sie nicht auch, Miss? Das Wasser ist nicht tief, an die zwei Fuß vielleicht, aber das Bachbett ist sehr morastig, und da hat sie wohl, nachdem sie hingefallen war, nicht mehr die Kraft gehabt, allein wieder rauszukommen, zumal es da unten nichts gibt, woran man sich festhalten kann. Wär ich nur hingegangen, als ich was rufen hörte. Aber Lady Barbara wollte davon absolut nichts wissen, und ich hätt auch nicht sagen können, ob's nicht vielleicht ein Eisvogel war oder ein Fischreiher. Das wird mich nun wohl mein Lebtag nicht mehr loslassen.«

Der amtliche Leichenbeschauer – es war Mr. Jones, der Arzt aus Bythorn – gab Harris recht, und die Spuren unterhalb des glitschigen Reitwegs bestätigten die Vermutung des alten Reitknechts. Die Unglückliche war ausgeglitten – wahrscheinlich hatte sie versucht, ein besonders morastiges, von den Pferdehufen tief zerfurchtes Wegstück zu vermeiden –, war den steilen Hang hinuntergerutscht oder hinuntergerollt, wofür auch geknickte Äste und die zerquetschten Blätter des wilden Bärlauchs sprachen, war kopfüber in den Bach gestürzt und hilflos liegengeblieben. Eine Weile hatte sie noch matt um Hilfe gerufen, dann hatten Schwäche und Erschöpfung sie übermannt, und sie war in dem schlammigen Wasser gestorben.

»Keine Anzeichen einer Gewalttat?« fragte Hatty angstvoll.

»Aber nein, Miss, wo denken Sie hin?« erwiderte Jones ganz empört. »Ein höchst bedauerlicher Unfall, ohne Zweifel! In ihrem Alter und ihrem geschwächten Zustand hätte sie niemals allein im Wald unterwegs sein dürfen. Warum haben ihre Freunde nicht besser auf sie achtgegeben?«

»Sie werden untröstlich sein«, sagte Hatty. »Wir haben sie bereits benachrichtigt. Sicher hatten sie sich schon große Sorgen gemacht...«

Und dann wurde Hatty – was ihr später sehr peinlich war – von der ausgestandenen Angst und dem Kummer, der sie seit der Nachricht von Tante Pollys Tod drückte, derart überwältigt, daß sie in Ohnmacht fiel. Als sie wieder zu sich kam, waren Bone, das Hausmädchen, und Winship, die Kinderfrau der jungen Damen, mit angesengten Federn und aromatischem Essig um sie bemüht.

»Wo bin ich?« fragte sie matt. »Was ist passiert?«

»Sie sind ohnmächtig geworden, Miss, was ja auch kein Wunder ist, es war ein schauerlicher Anblick und ganz und gar nichts für eine junge Lady. Gottsfroh können wir sein, daß Lord Cambers Leute die Leiche so schnell abgeholt haben. Ich mag gar nicht daran denken, was passiert wär, wenn unsere Drusilla die Ärmste zu Gesicht bekommen hätte.«

»Arme Miss Stornoway... Man hat sie also schon weggebracht?«

»Ja, Miss. Ihre Ladyschaft hat gesagt, daß sie keine toten Leute im Haus haben will, und da sind Mr. Godwit und zwei andere mit einem Leiterwagen gekommen und haben sie zu Garrett geschafft, das ist der Leichenbestatter von Wanmaulden. Am Montag ist die Beerdigung, Miss, und Mr. Godwit läßt Ihnen ausrichten, wie leid es ihm tut, daß Ihnen nicht gut war und er Sie nicht hat sprechen können, aber er läßt sich Ihnen bestens empfehlen.«

»Vielleicht sehe ich ihn ja auf der Beerdigung.«

Auch Hatty bedauerte es, daß sie nicht ein paar Worte mit Mr. Godwit hatte wechseln können, denn nach Lord Camber war er der gütigste, zuverlässigste Mann, den sie kannte. Und nicht auf den Kopf gefallen, fügte sie bei sich hinzu und dachte an das verschmitzte Funkeln in seinen Augen, wenn er sich die eine oder andere besonders phantasiebeflügelte Rede seines Dienstherrn angehört hatte, dem er so aufrichtig zugetan war. Vorsichtig erhob sich Hatty von ihrem Lager.

»Machen Sie nur langsam, Miss, Sie sind noch schwach.«

»Wo sind die jungen Damen?«

»Im Salon, Miss, mit dem französischen Herrn und Ihrer Ladyschaft.«

Drusilla zupfte traurig-geheimnisvolle eigene Weisen auf der Harfe, Lady Elstow machte ein Nickerchen, und Abbé du Vallon versuchte, Barbara mit einem Bericht über die Belagerung von Tyrus zu zerstreuen, stieß aber damit auf wenig Gegenliebe. Hatty sank der Mut. Barbaras mürrisch-grollende Miene war ihr leider nur zu vertraut. Es war klar, daß Barbara um ihre Schuld wußte, sich aber eher auf den

Scheiterhaufen hätte schleppen lassen, als sie zuzugeben, eher der ganzen Welt die Stirn geboten und sich jedermann zum Feind gemacht hätte, als auch nur einen Zoll zurückzuweichen. Wage es, schien ihr lauernder Blick zu sagen, mich auf die Umstände anzusprechen, unter denen Miss Stornoway zu Tode gekommen ist, oder anzudeuten, daß sie nicht hätte zu sterben brauchen, wenn Harris dem, was er gehört hatte, hätte nachgehen dürfen.

»Geht es Ihnen besser, Mademoiselle Ward?« fragte du Vallon beflissen. »Der Anblick der armen Verstorbenen muß ein großer Schock gewesen sein.«

Barbara zog einen Flunsch, sagte aber nichts.

»Ja, danke«, erwiderte Hatty. »Viel besser.«

Lady Elstow raffte sich kurz aus ihrem Dämmerzustand auf. »Was kann in die alberne Person gefahren sein, daß sie um diese Jahreszeit, wo der Untergrund so weich und tückisch ist, allein im Wald unterwegs gewesen ist? Eine sehr unwürdige Art und Weise, aus der Welt zu gehen! Wirklich zu dumm. Rücksichtslos, so einen Wirbel zu veranstalten. Daran hätte sie denken sollen, ehe sie sich auf den Weg gemacht hat.«

»Ich möchte wohl wissen, warum sie sich überhaupt auf den Weg gemacht hat«, überlegte der Abbé laut. »Es sieht aus, als ob sie nach Underwood Priors wollte. Vielleicht, um ihren einstigen Zöglingen einen Besuch abzustatten? Aber wie hätte sie vor Anbruch der Dunkelheit wieder heimkommen sollen?«

Ein spöttisch-fragender Blick aus den großen, seltsamen Augen des Abbés traf Barbara, die heftig aufsprang. »Wen kümmert es, was diese dumme Person im Sinn hatte?« stieß sie hervor. »Ich habe Kopfschmerzen und lege mich hin.« Damit stürmte sie hinaus.

Zehn Tage lang rührte sich Barbara nicht aus ihrem Zimmer und verbreitete, sie sei krank. Dem eilig herbeigerufenen Dr. Jones gegenüber klagte sie über Kopf- und Rückenschmerzen, erklärte, Nacken und Beine täten ihr weh und das Essen widere sie an, sie bekäme keinen Bissen herunter. Hatty mußte sich an ihr Bett setzen und ihr täglich viele Stunden lang vorlesen. Soweit sie es beurteilen konnte, nahm ihre Schülerin von dem Gelesenen – ob es nun Gedichte, Shakespeare, französische oder lateinische Texte waren – kein Wort auf. Der Vorlesebefehl war wohl etwas wie eine Herausforderung, eine Machtprobe. In diesem unerklärten Krieg blieb Hatty nichts weiter übrig, als ruhig abzuwarten. Jedenfalls konnte sie – vielleicht war auch das Zweck der Übung gewesen – nicht zu Miss Stornoways Beerdigung gehen, was allerdings ohnehin schwierig gewesen wäre, da Lady Elstow an der Trauerfeier nicht teilnahm und deshalb die Kutsche nicht zur Verfügung stand. Daß von der Herrschaft auf Underwood Priors niemand der früheren Gouvernante die letzte Ehre erwies, hatte bestimmt Anlaß zu Klatsch in der Nachbarschaft gegeben, auch wenn man dort die Familie Fowldes und ihre Eigenheiten zur Genüge kannte.

»Waren viele Leute da?« fragte sie Glastonbury.

»Nein, nur die Damen aus der Strohdachklause. Und Mr. Godwit und der Junge. So hab ich es jedenfalls gehört.«

»Sie glauben mir meine Krankheit nicht«, sagte Barbara eines Tages zu Hatty. »Sie denken, ich simuliere nur.«

»Weshalb sollte ich das denken? Niemand unterwirft sich ohne Not Tag für Tag lästigen ärztlichen Anweisungen. Was sollte das für einen Sinn haben?«

»Was ist dann Ihrer Meinung nach mit mir los?« fragte Barbara herausfordernd.

Hatty schwieg einen Augenblick. »Ich denke, daß etwas dich vergiftet hat.«

»Was denn?« fragte Barbara nach einer betroffenen Pause.

»Woher soll ich das wissen? Vielleicht hat das Gift inzwischen auch schon deinen Körper verlassen, und du leidest nur noch an den Nachwirkungen.«

Barbara sah sie mit zusammengekniffenen Augen an.

»Was reden Sie da? Sie wissen doch auch nicht mehr als ich.«

»Aber ich habe schon etliche Kranke gepflegt«, erwiderte Hatty ruhig, »und kenne mich in ihrem Verhalten aus. Krankheit äußert sich nicht nur in roten Flecken, Übelkeit oder Bauchschmerzen, nicht nur in Dingen, die man sehen oder anfassen kann. Auch die Seele kann krank werden.«

»Sie halten mich wohl für verrückt wie Tante Flimborough?«

»Nein. Ich halte dich für unglücklich.«

»Ach, gehen Sie weg. Lassen Sie mich in Ruhe.«

Am nächsten Tag stand Barbara auf, verkündete, es ginge ihr besser, und wandte sich wieder ihren gewohnten Tätigkeiten zu. Hatty gegenüber aber verhielt sie sich weiterhin feindselig, sprach nur das Nötigste mit ihr, sah sie kaum an und blieb nach Möglichkeit nicht mit ihr allein. Sie haßt mich, dachte Hatty seufzend, aber was soll ich machen? Eine wirksame Abhilfe fiel ihr nicht ein.

19

Im Januar kam Lord Elstow zu einem kurzen Besuch nach Underwood Priors. Der Graf war ein hochgewachsener Mann mit blassem Gesicht und vorspringendem Unterkiefer. Sein Auftreten war tranig, unentschlossen und gehemmt. So gesehen, dachte Hatty, passen die Elstows eigentlich ganz gut zusammen. Wenn er mit seiner Frau sprach, war seine Stimme hoch und gelangweilt, eine Tonlage, mit der er ihrer Schwerhörigkeit offenbar noch am besten beikam und die wohl das Ergebnis langjähriger Übung war. Für das, was er ihr über gemeinsame Londoner Bekannte berichtete, schien sie sich nur mäßig zu interessieren.

»Das Parlament und der König haben es abgelehnt, die Schulden des Prinzen von Wales zu bezahlen.«

»Warum sollten sie auch?«

»Der Herzog von Richmond besteht auf seinem Recht, Sarah Napiers Leibrente zu überprüfen.«

»Er wird schon seine Gründe haben.«

Barbara grollte, weil der Besuch ihres Vaters in eine strenge Frostperiode fiel, in der man keine Jagd reiten konnte. Wegen seiner Gicht hätte er allerdings sowieso nicht mitmachen können, immerhin aber gab er Anweisung zum Kauf eines neuen Reitpferdes für seine Tochter.

Drusilla war überglücklich, ihren Vater wiederzusehen, an dem sie im Gegensatz zu Barbara offenbar sehr hing, doch die Aufregung führte zu heftigen Anfällen, und sie mußte tagelang das Bett hüten. Der Winter war immer eine böse Zeit für Drusilla, denn wegen ihrer zarten Konstitution war sie sehr anfällig für Brustleiden. Ihrem Vater waren die Anfälle äußerst peinlich, ja fast unheimlich, weshalb er seine Tochter nach Möglichkeit mied, was Hatty stark gegen ihn einnahm.

Interessiert beobachtete sie, wie der Abbé mit dem Grafen umging. Er behandelte Lord Elstow mit der rauhen, spöttisch herablassenden Herzlichkeit eines jüngeren Bruders, der weiß, daß der Ältere zwar liebenswert, aber geistig weit weniger beweglich ist. Ganz ähnlich hatte es Ned mit seinem Bruder Tom gemacht. Lord Elstow ließ sich diese Behandlung widerspruchslos gefallen und unterwarf sich in fast allem dem Urteil des Abbés.

Um so mehr überraschte Hatty die Unterhaltung, die sie sich eines Tages gegen ihren Willen anhören mußte. Sie hatte in einer der Nischen der Bibliothek, wo sie auf den ersten Blick nicht zu sehen war, nach einem Buch gesucht, als die beiden Herren den Raum betraten, und da sie in ein lebhaftes Gespräch vertieft waren, mochte sie sich nicht sofort bemerkbar machen.

»Wäre es nicht eine gute Idee, wenn ich Ihre Tochter Barbara heiraten würde?« fragte der Abbé.

»Sie?« wiederholte Lord Elstow völlig fassungslos. »Barbara heiraten? Nein, mein Lieber, das kommt überhaupt nicht in Frage. Wie konnten Sie nur auf so einen Gedanken verfallen?«

»Für mich wäre es von Vorteil, verheiratet zu sein, eine

Ehefrau vorweisen zu können. Und für Ihre Tochter wäre es eine sehr glückliche Lösung. Merken Sie nicht, wie unglücklich, wie unzufrieden sie hier ist? Das macht sie unduldsam. Als meine Frau hätte sie sehr viel mehr Bewegungsfreiheit. Ich kenne ihre Schwierigkeiten, ich würde sie gut behandeln und habe viel Verständnis für sie. Und Sie wären damit ein Problem los.«

»Barbara ist kein Problem«, erwiderte Lord Elstow seelenruhig. »Was spricht dagegen, daß sie für den Rest ihres Lebens auf Underwood bleibt? Daß sie Ihre Frau wird, mein Lieber, ist ausgeschlossen. Als Heiratskandidat sind Sie untauglich, absolut untauglich. Ihre Familie hat sich von Ihnen losgesagt, Ihr politischer Ruf ist bedenklich. Nein, schlagen Sie sich das nur schleunigst aus dem Kopf. Heiraten Sie die Gouvernante, wenn Sie unbedingt eine Frau brauchen, sie ist ein nettes Ding, sieht nicht übel aus, kommt aus einer achtbaren Familie – ihre Mutter war eine Wisbech –«

»Die Gouvernante? Ich danke bestens. Gab es da nicht einen Skandal wegen Camber?«

»Ach, über solche Affären wächst doch ganz schnell wieder Gras…«

Als sie so weit gekommen waren, machte Hatty sich zornbebend bemerkbar, indem sie ein dickes Buch fallen ließ. Eine erschrockene Stille trat ein, dann verließen die beiden Herren schleunigst die Bibliothek, ohne nachzusehen, wer sie belauscht hatte. Hatty entfernte sich durch die Dienstbotentür am anderen Ende, um der Peinlichkeit zu entgehen, einem von ihnen oder beiden begegnen zu müssen.

Etwas später betrat der Abbé unter dem Vorwand, er wolle den Damen eine Karte der Schlacht bei Charleston bringen, die Schulstube (in die sich Hatty mit ihren Zöglingen jetzt, da der Graf im Haus war, notgedrungen wieder hatte zurückziehen müssen). Hatty war allein. Drusilla war nach einem weiteren Anfall eingeschlafen, und Barbara machte sich mit der neuen Stute vertraut.

Du Vallon kam sofort zur Sache. »Waren Sie das vorhin in der Bibliothek, Miss Hatty?«

»Ja, das war ich«, sagte Hatty offen und registrierte aufmerksam, daß er geradezu erleichtert wirkte. »Ich konnte mich nicht rechtzeitig genug bemerkbar machen, um das Gespräch zu unterbinden.«

»Ja, Sie steckten in einer peinlichen Klemme«, bestätigte du Vallon. »Wir hätten vorsichtiger sein sollen.«

»Allerdings«, sagte Hatty kühl.

»Falls wir Sie gekränkt haben, bedaure ich das sehr. Es war ein unglückliches Zusammentreffen.«

»In der Tat.«

»Aber da Sie weder von mir noch von Seiner Lordschaft eine besonders gute Meinung haben«, sagte der Abbé zu Hattys Überraschung, »ist es ja im Grunde kein Malheur. Was kümmert Sie unsere Geringschätzung?«

»Es ist trotzdem nicht eben angenehm, wenn man hören muß, wie über einen geredet wird...«

»Pfui! Sie sind ein kluges Mädchen. Insgeheim sind Sie doch davon überzeugt, daß Sie gescheiter sind als wir beide zusammen.«

»Nicht gescheiter als Sie, Monsieur. Ich halte Sie für sehr intelligent.«

»Und fragen sich, warum ich hier herumsitze und Bücherlisten anlege...«

»Das geht mich nichts an.«

Er krauste ein wenig die hohe Stirn. »Wirklich nicht? Ich habe mir die Sache durch den Kopf gehen lassen und bin zu dem Schluß gekommen, daß Lord Elstow gar nicht so unrecht hatte. Eine Verbindung zwischen uns könnte für beide Seiten von Vorteil sein.«

»Von Vorteil? Inwiefern, Monsieur?«

»Sie haben Ihr Herz an Camber gehängt. Nein, sehen Sie mich nicht so böse an. Wann immer sein Name erwähnt wird, leuchten Ihre Augen wie Kutschlaternen. Aber Sie werden ihn nicht bekommen. Der Bursche taugt nicht zur Ehe. Er hat sich auf Dauer in Wolkenkuckucksheim häuslich eingerichtet. Falls er von seiner fruchtlosen amerikanischen Unternehmung wieder nach England zurückkommt, was durchaus möglich ist, denn keins seiner Projekte war bisher von Erfolg gekrönt, und die wenigsten hielten sich mehr als ein paar Monate, falls er zurückkommt, sage ich, brauchen Sie sich nicht einzubilden, daß Sie ihn festnageln können. Ehe Sie sich's versehen, hat er sich schon wieder zu einem neuen Narrengang aufgemacht.«

»Sie sind im Irrtum, Monsieur«, erwiderte Hatty frostig. »Ich mache mir keinerlei Hoffnungen in dieser Richtung. Eine Freundschaft ist alles, was mich mit Lord Camber verbindet, und die ist mir sehr wertvoll, aber ich werde ihn wohl nie wiedersehen. Im übrigen habe ich meine eigenen Pläne.«

»Und die wären?«

»Das ist meine Sache.«

Er schüttelte ungeduldig den Kopf.

»Was können Sie allein schon erreichen? Jung, weiblich, weder hochgeboren noch vermögend, keine Freunde, der Ruf leicht angekratzt –«

»Genau wie der Ihre«, entfuhr es Hatty.

»Ja. Nur fehlt es mir nicht an Freunden. Hören Sie, Miss Ward, lehnen Sie mein Angebot nicht rundheraus ab. Nehmen Sie sich Zeit zum Überlegen. Tage, Wochen, Monate, wenn es sein muß. Ich komme wieder auf Sie zu. Auch Rom wurde nicht in einem Tag erbaut. *Entendu*? Ich schätze Sie sehr, Miss Ward.«

»Obgleich ich nur ›nicht übel‹ aussehe und in einen Skandal mit Lord Camber verwickelt war?«

Der Abbé brachte mit ein paar schnellen Lidschlägen und einem Zucken der Lippen das hervor, was bei ihm als Lachen galt. »Eine verständige Person wie Sie gibt doch nichts auf derlei dummes Gerede. Vergessen Sie Lord Elstow, er ist ein völlig unbedeutender Mensch und wird seine Ziele nie erreichen, auch wenn er sich bis zum Sanktnimmerleinstag am Rande der Whig-Partei herumdrückt. Aber wenn ich Sie so ansehe, Miss Ward, sage ich mir: Diese junge Dame hat eine Zukunft. Wenn jemand wie ich sie unter die Fittiche nähme…«

»Eine Zukunft? Vielleicht haben Sie recht«, sagte Hatty nachdenklich. »Allerdings glaube ich nicht, daß in meiner Zukunft Platz für Sie ist, Monsieur l'Abbé. Und jetzt sollten wir unser Gespräch beenden. Draußen sehe ich Lady Barbara absitzen, und Sie wissen, wie sehr es sie erbost, wenn wir zu lange miteinander reden.«

»Wie recht Sie haben«, seufzte der Abbé und verließ die Schulstube.

Als eine in Ungnade gefallene Gouvernante ohne Freunde und vornehme Verbindungen, Hauslehrerin auf einem abgetakelten Herrensitz mitten im Wald, dachte Hatty nicht ohne eine gewisse Genugtuung, kann ich mich nicht beklagen. Zwei Heiratsanträge innerhalb weniger Monate sind nicht zu verachten. Zumindest vermute ich, daß du Vallon mir tatsächlich die Ehe angetragen hat... Erstaunlich ist es aber doch. Was kann Sydney, was kann der Abbé so fesselnd an mir finden, daß beide mich zur Frau nehmen wollen? Was steckt dahinter?

20

Der Graf blieb nicht lange. Es zog ihn zurück nach London, wo er das politische Klima erkunden wollte. Leider zerschlugen sich seine Hoffnungen erneut. Im März war der König wieder bei Verstand, die Tories genossen ihren Triumph, und die Whigs hatten wieder einmal das Nachsehen.

Im März erhielt Hatty einen flehentlichen Brief von der armen Fanny.

Ich nehme doch an, daß Du für Deine Mühe als Hauslehrerin zumindest anständig entlohnt wirst, was ich von mir nicht sagen kann, denn ich plage mich den ganzen Tag und bekomme nur unfreundliche Worte zu hören. Wir sind nach Portsmouth umgezogen, aber das Haus ist klein, dunkel und unbequem. Ach, Hatty, wenn ich an unsere schöne Kindheit denke und die Wälder und Wiesen von Bythorn und unsere liebe gute Mutter, will mir schier das Herz brechen. Heirate nie, Schwester, die Ehe ist eine böse Falle. Du bist sehr viel besser dran als ich, denn Du hast nur für Dich zu sorgen und brauchst nur Deine Dienstherrin zufriedenzustellen.

Wie man's nimmt, dachte Hatty. Lady Elstow war seit der Abreise ihres Mannes recht reizbar, langweilte sich sehr und mußte abends stundenlang mit Cribbagespielen bei Laune gehalten werden, eine Aufgabe, die meist Hatty zufiel, da Lady Barbara sich kategorisch verweigerte, Drusilla mit den Regeln nicht zurechtkam und der Abbé sich abends jetzt immer mit dringenden schriftlichen Arbeiten entschuldigte. Der Katalog, dachte Hatty, mußte fast fertig sein. Was würde er dann anfangen? Unter einem Vorwand versuchen, auf Underwood zu bleiben? Oder würde er so plötzlich wieder verschwinden, wie er gekommen war? Er würde ihr fehlen, denn er hatte immer etwas Anregendes zur Unterhaltung beizutragen, und seine Zeitungen und Zeitschriften, die der Familie uneingeschränkt zur Verfügung standen, taten Hatty bei der Erörterung zeitgeschichtlicher Themen und Fragen der Tagespolitik im Unterricht gute Dienste. Drusilla interessierte sich für derlei Dinge weniger, Barbara aber konnte sich dabei manchmal sogar heftig ereifern, besonders über Fragen der Frauenemanzipation und des Sklavenhandels. In den Schulstunden verhielt sie sich Hatty gegenüber einigermaßen höflich, danach aber hüllte sie sich wieder stundenlang in verdrossen-feindseliges Schweigen, besonders wenn Hatty und der Abbé sich unterhielten oder auch nur freundschaftlich beisammensaßen. Der April und der Mai gingen ins Land, und Barbaras ablehnende Haltung verstärkte sich immer mehr. Manchmal fragte sich Hatty, wie lange sie mit diesem ständigen Schwall von Anfeindungen und Empfindlichkeiten noch würde leben können. Wenn sie versuchte, dagegen anzugehen, hatte sie immer das Gefühl, durch schweren, verklumpten Sand zu stapfen. Sie konnte nur staunen, daß von fünf Schwestern zumindest zwei über ein so ungewöhnlich großes Maß an feindseligen Gefühlen verfügten, und überlegte manchmal, was wohl Mary und Anne, die verheirateten Fowldes-Töchter, für Frauen sein mochten. Auch die Frage, wo Lady Ursula stecken mochte, machte ihr zu schaffen. Nachdem sie Bythorn Lodge hatte verlassen müssen, hatte sie einige Zeit in dem Stadthaus ihrer Schwester verbracht und war dann nach Mansfield Park gegangen, soviel wußte Hatty. Aber danach?

Als Hatty ihrer Schwester das erbetene Geld schickte (Lord Elstow hatte ihr das ausstehende Gehalt für das letzte Jahr sowie das Salär für ein halbes Jahr im voraus gezahlt, so daß sie endlich einmal relativ sorgenfrei in die Welt blicken konnte), fragte sie auch Fanny nach dem Verbleib von Lady Ursula. Daß sie auf ihre Anfrage keine Antwort bekam, war ihr einigermaßen unheimlich. Lady Ursula war eine ebenso gefährliche wie unberechenbare Macht, einer Kanone vergleichbar, die ungesichert auf dem Schiffsdeck herumrollt (was Ned in einem seiner Briefe sehr anschaulich geschildert hatte). Nicht zu wissen, wo sie abgeblieben war, hinterließ bei ihr ein Gefühl der Bedrohung.

Im Juni mußte Lady Elstow zum Zahnarzt nach Bythorn. Auf dem Gut wurde gerade die Heuernte eingebracht, und da weder Barbara noch Drusilla Lust hatte, sich wegen einer langweiligen Fahrt in die Stadt das muntere Treiben entgehen zu lassen, begleitete Hatty die Gräfin und erstand bei dieser Gelegenheit ein paar Musselinstoffe, Bänder und Borten für eine neue Sommergarderobe. Als sie sich mit Hilfe von Bone und unter dem kundigen Blick des Abbés die schlichten, aber ansprechenden Kleider geschneidert hatte, kam Barbaras Animosität noch zehnmal heftiger zum Ausbruch. Sie konnte kaum mehr den Mund aufmachen, ohne daß eine gehässige Bemerkung oder eine Schmähung herauskam.

Zu allem Unglück war du Vallon – auch das trug wohl zu Barbaras Mißstimmung bei – jetzt voll von anderen Dingen in Anspruch genommen. Früher hätte er versucht, sie durch munteres Geplauder, eine schnell erfundene groteske Geschichte oder einen amüsanten Fund aus einer seiner Zeitschriften auf andere Gedanken zu bringen, aber gerade jetzt beschäftigte er sich fast ausschließlich mit den Ereignissen auf der anderen Seite des Ärmelkanals.

In Frankreich war eine Nationalversammlung einberufen worden, die Generalstände traten in Versailles zusammen, um – wahrscheinlich durch Erhebung einer Steuer – die kritische Wirtschaftslage des Landes zu verbessern. Da es in diesem Gremium zu keiner Einigung kam, hatte der König nach weiteren sechs Wochen der fruchtlosen Debatte ein Ende gemacht und den Saal geschlossen, in dem die Beratungen stattgefunden hatten. Hell empört über diese selbstherrliche Handlungsweise tagten die Deputierten in einem Ballhaus weiter und schworen, nicht auseinanderzugehen, bis eine Verfassung für Frankreich ausgearbeitet war. Der verschreckte König beorderte ausländische Truppen unter der Führung von Marschall Broglie nach Paris.

»Das ist eine bodenlose, geradezu selbstmörderische Torheit«, sagte du Vallon eines Abends zu Hatty. »Die Pariser sind ein reizbarer, aufsässiger Haufen. Wenn sie sich von ausländischen Söldnern bedroht fühlen, muß es irgendwann zur Explosion kommen. König Ludwig gleicht einem Mann, der die Stützpfähle eines Dammes wegschlägt.«

Das klang kritisch, doch in den seltsamen Augen blitzte

es freudig erregt. Barbara, die sich wieder einmal ausgeschlossen vorkam, machte ein böses Gesicht und biß auf ihren Fingernägeln herum, was Hatty ihr nach langem hartem Kampf erst vor zwei Monaten abgewöhnt hatte. Dann stand sie auf, verließ laut trampelnd das Zimmer und knallte die Tür hinter sich zu.

»Barbara braucht jemanden, der sie ernst nimmt«, sagte Hatty seufzend. »Der Vater fehlt ihr, und mit meiner Zuwendung ist ihr nicht geholfen.«

»Dommage«, erwiderte du Vallon achselzuckend. »Sie muß lernen, sich zu bescheiden – wie wir alle.« Er wandte sich wieder seiner Zeitung zu.

Fünf Minuten später steckte Barbara den Kopf zur Tür herein. »Marcel, würden Sie bitte gleich einmal in den Pavillon kommen«, verlangte sie nachdrücklich und in vielsagendem Ton. »Ich muß Ihnen etwas zeigen.«

Seinerseits seufzend faltete der Abbé den *Moniteur* zusammen, warf Hatty einen Dulderblick zu und folgte Barbara in den Garten.

Lady Elstow hatte sich zeitig zurückgezogen. Sie klagte über Zahnschmerzen, die als Vorwand für eine Dosis Laudanum herhalten mußten. Drusilla, die sehr viel Schlaf brauchte, lag längst im Bett.

Froh über die kleine Atempause ging Hatty auf ihr Zimmer. Als sie sah, daß jemand die Tür einen Spaltbreit offengelassen hatte, stutzte sie, denn das Hausmädchen hatte so etwas noch nie getan, und ging dann rasch an den Schreibtisch, in dem sie ihre Briefe und Aufzeichnungen verwahrte. Hier war alles durchwühlt, Briefe waren auf dem Boden verstreut, und das Heft, in dem sie ihre Gedanken und

Entwürfe für laufende Arbeiten zu notieren pflegte, fehlte ganz.

Mit hämmerndem Herzen lief Hatty wieder nach unten, betrat durch die Glastüren der Bibliothek den Garten und eilte vorbei an den verwilderten Büschen und über den ungepflegten Rasen zum Pavillon. Dabei handelte es sich um die Nachbildung eines griechischen Tempels, den korinthische Säulen zierten und dessen Eingang vom Haus abgewandt war. In dem mit geborstenen Fliesen belegten Innenraum stand eine steinerne Bank für Besucher bereit, die abgehärtet genug waren, sich dort niederzulassen und den immer weiter heranrückenden Wald zu betrachten.

Im Näherkommen hörte Hatty Barbaras laute, triumphierende Stimme und erkannte ihre eigenen Verse. Sie bildeten den Schluß eines Sonetts, das sie erst kürzlich geschrieben hatte:

> Der Weg führt bis ans Tor und weiter nicht:
> Klopf an und harre voller Zuversicht.

Mit der Miene einer Rachegöttin jagte Hatty um die Ecke und betrat den Pavillon. Barbara und Abbé du Vallon saßen nebeneinander auf der Steinbank. Sie hatte ein Heft mit braun marmoriertem Umschlag in der Hand, er hörte aufmerksam abwägend ihrer Lesung zu. Beide sahen erst auf, als Hatty vor ihnen stand. In ihren Sandalen war sie völlig lautlos über den Rasen herangekommen. Barbara wurde dunkelrot, der Abbé verzog keine Miene.

»Mein Heft, wenn ich bitten darf, Lady Barbara«, sagte Hatty ruhig und streckte die Hand aus. Barbara grinste hämisch, als wollte sie sagen: Gut, du hast mich ertappt, aber wen kümmert das? Ich habe dich schön lächerlich gemacht. Noch immer hohnlächelnd reichte sie ihr das Heft.

»Ein hübsches Poem, Miss Ward! Könnte es sein, daß es an Lord Camber gerichtet ist?«

Nur mühsam widerstand Hatty dem fast unbezähmbaren Drang, mit dem schweren Heft in das spöttisch verzogene rote Gesicht zu schlagen. Sie beherrschte sich, krampfte die Hand um das Heft, tat einen tiefen Atemzug, um die Wut, die sie durchzitterte, zurückzudrängen, und sagte: »Morgen früh reise ich ab. In einem Haus, in dem das, was mir gehört, nicht mehr sicher ist, kann ich nicht bleiben.«

Barbara war jetzt nicht mehr rot, sondern leichenblaß. Ihr Mund verzerrte sich.

Der Abbé war aufgesprungen. »Übereilen Sie nichts, Miss Ward. Ich bitte Sie inständig: Überlegen Sie es sich noch einmal in aller Ruhe!«

»Was gibt es da zu überlegen? Weshalb soll ich in einem Haus bleiben, in dem man mir keinen Respekt zollt, in dem meine Zöglinge mich verhöhnen und drangsalieren?«

Hatty ging rasch zurück auf ihr Zimmer, doch der Zorn wühlte in ihr, und sie fand keine Ruhe. Sie packte ihre Habe zusammen, dann trat sie vors Haus, ging ungeduldig auf der Auffahrt hin und her und sehnte die Morgendämmerung herbei. Es war eine schwüle Julinacht und trotz der späten Stunde noch nicht richtig dunkel. Der Himmel hatte sich bewölkt, und ein paar Regentropfen fielen. In der Ferne grollte Donner. Hatty mußte an jene Nacht vor vielen Jahren denken, in der ihr das Tablett mit den Schätzen ihrer Schwester Agnes aus der Hand und die Treppe heruntergefallen war. Dieses Mißgeschick hatte sie Schritt für Schritt bis in dieses Haus geführt. Und wohin, dachte sie, führen mich wohl die Ereignisse dieser Nacht?

Etwa eine Stunde später gesellte sich der Abbé zu ihr.

»Barbara liegt im Bett«, sagte er leise. »Mrs. Winship hat ihr zur Beruhigung ein paar Tropfen von Lady Elstows Tinktur in heißer Milch gegeben. Sie war völlig außer sich. Ich bin gekommen, um mich zu entschuldigen. Hätte ich gewußt oder auch nur geahnt, was sie mir vorlesen würde, hätte ich es verhindert. Aber nachdem sie angefangen hatte, war ich, das muß ich zugeben, so gefesselt, daß ich sie nicht unterbrechen mochte.«

»Worte sind billig«, sagte Hatty.

»Ich weiß, im Grunde war es unentschuldbar. Ich habe mich bisher kaum mit Lyrik beschäftigt, sie geht mir nicht ins Ohr, aber Ihre Verse, Ihre Bilder und Vorstellungen haben mich sehr beeindruckt.«

»Merci du cadeau, Monsieur.«

»Hören Sie, Mademoiselle – ich werde dieses Haus verlassen.«

»Ich auch.«

»Seien Sie nicht töricht. Sie wissen nicht wohin, Sie haben keine eigenen Mittel. Hals über Kopf abzureisen, ohne Sicherheiten, ohne Pläne für die unmittelbare Zukunft – das wäre höchst unklug, ja geradezu selbstmörderisch. Kommen Sie mit mir, ich biete Ihnen ein neues Leben.«

»Was wollen Sie damit sagen?« Trotz ihres Ärgers ließen diese Worte sie aufhorchen.

»Ich habe die Entwicklung in Frankreich verfolgt und werde dorthin zurückkehren.«

»Aber man hat Sie von dort vertrieben, Sie sind *persona non grata*.«

»Das wird sich in Kürze ändern. Es wird zu einem Aufstand kommen, und danach werden meine Freunde und Anhänger an der Macht sein. Wir haben jetzt Anfang Juli. Jeden Tag kann es losgehen. Daß der König so dumm war, ausländische Truppen nach Paris zu rufen, wird den Umschwung noch beschleunigen, denn so etwas läßt sich die Bevölkerung nicht bieten. Kommen Sie mit nach Paris, Miss Ward. Die neue Umgebung, das neue Leben, neue Aktivitäten werden Ihr Denken verändern. Schluß mit dem Dahindämmern in feuchten Wäldern, mit zwei stupiden, unerzogenen Mädchen, die an Ihrem Rockzipfel hängen. Sie sind für Besseres bestimmt. Sie werden Politiker kennenlernen, Gelehrte, Musiker, Bildhauer, Maler. Sie werden Aufsehen erregen, in Paris gibt es derzeit nicht viele Engländerinnen. Sie können einen *salon* einrichten, einen erlesenen Kreis um sich scharen.«

»Aber all das reizt mich nicht.«

»Und warum nicht? Was verlangen Sie denn vom Leben?« fragte er unmutig.

»Ich möchte meine eigenen Gedanken niederschreiben.« Und um keinen Preis tagtäglich mit schnatternden Franzosen politisieren, dachte Hatty. Laut sagte sie: »Sie scheinen Ihrer Sache sehr sicher zu sein, Monsieur. Wie kommt es, daß Sie über die Ereignisse in Paris so gut informiert sind?«

»Ich habe Kontaktpersonen, die mich auf dem laufenden halten. Und die ich meinerseits über die Ereignisse in den politischen Zirkeln Londons unterrichte.«

»Sie sind also eine Art Spion.«

»Sagen wir lieber: ein politischer Analyst.«

»Es ist sehr liebenswürdig, daß Sie mich auffordern, Sie zu begleiten, und ich bin Ihnen dankbar für Ihr Angebot, aber so ein Leben wäre nichts für mich. Ich möchte lesen, schreiben, nachdenken, mich äußern, statt mich in einen Wirbel politischer Aktivitäten zu stürzen.«

»Aber Sie würden Paris kennenlernen. Paris ist eine wunderbare Stadt.«

»Mir sind diese Wälder lieber. Und während eines Staatsstreichs möchte ich erst recht nicht in Paris sein.«

»Der geht schnell vorbei.«

»Dann warte ich lieber, bis sich die Wogen wieder geglättet haben.«

»Nur weil Sie in diesen erbärmlichen Kerl vernarrt sind«, fuhr er sie wütend an.

»Darf ich fragen, wen Sie meinen?« fragte Hatty frostig.

»Diesen Camber natürlich. ›Klopf an und harre voller Zuversicht...‹ Er hat in dieser Familie schon genug Unheil angerichtet, und wenn er von seiner unüberlegten Expedition zurückkommt, gibt es bestimmt neuen Ärger. Kein Wunder, daß Barbara ihn nicht ausstehen kann. Aus ihrer Schwester Ursula hat er eine vor der Zeit gealterte, verbitterte, ichbezogene, zanksüchtige Frau gemacht, und Sie werden mit ihm nicht besser fahren.«

»Beenden wir das fruchtlose Gespräch, Monsieur. Ich gehe zurück ins Haus.«

Um sechs, nach drei Stunden unruhigen Dahindämmerns, stand Hatty auf. Sie wußte, daß vor dem Frühstück der

Metzgerwagen in Underwood vorbeikam, der dann über Wanmaulden Cross nach Bythorn weiterfuhr.

Hatty hinterließ einen Brief für Lady Elstow und legte das letzte, ihr nicht mehr zustehende Monatsgehalt bei. Persönlich hatte sie die Gräfin, die erst viele Stunden später aus ihrem schweren Betäubungsschlaf erwachen würde, nicht mehr sprechen können. In ihrem Brief erklärte sie, daß sie in einem Haus, in dem man ihre Habe durchwühlt und besudelt hatte und sie selbst bösartigen Anwürfen und Kränkungen ausgesetzt war, nicht bleiben könne. Lady Elstow persönlich, schrieb Hatty, mache sie keinen Vorwurf und bäte wegen der überstürzten Abreise um Entschuldigung, im übrigen sei sie der Meinung, daß Barbara inzwischen in einem Alter sei, in dem eine Gouvernante ihr nicht mehr von Nutzen sein könne, und Drusilla sei zwar lieb und anschmiegsam, zusätzliches Schulwissen aber könne man ihr wohl nicht mehr vermitteln. Für den Fall, daß nach ihrer Abreise noch Post für sie eintraf, gab Hatty die Adresse ihres Vetters Sydney in Bythorn Lodge an und schloß mit dem Ausdruck vorzüglicher Hochachtung und den besten Wünschen.

Während sie mit dem Daumen den Siegellack festdrückte, überlegte sie, ob Lady Elstow sich wohl so weit aus ihrer Lethargie aufraffen würde, um ihren Brief bis zum Ende zu lesen.

Hatty hatte Glastonbury am Vorabend noch von ihrer Absicht in Kenntnis gesetzt. Jetzt trug er ihr das Gepäck zum Wagen und gab dem Metzger die nötigen Anweisungen.

»Es ist jammerschade, daß wir Sie verlieren, Miss. Sie haben die jungen Damen, soweit das überhaupt möglich war, viel besser im Zaum gehalten als die arme Lady vor Ihnen. Lady Barbara ist sowieso nicht zu bändigen, mit der nimmt's noch mal ein böses Ende, davon sind wir alle überzeugt. Wir wünschen Ihnen alles Gute, Miss, denken Sie manchmal an uns. Und lassen Sie sich von Lady Ursula nichts gefallen.«

Er hob die Hand zum Gruß. Während der Wagen sich rumpelnd auf den Weg machte, zerbrach sich Hatty den Kopf darüber, was Glastonbury wohl mit seinem letzten Satz gemeint hatte.

21

Der Schreck fuhr Hatty in alle Glieder, als sie feststellen mußte, daß Lady Ursula im Strohdachcottage das Regiment übernommen hatte.

Es war ein schwüler Vormittag. Das Gewitter, das die ganze Nacht drohend am Horizont gestanden hatte, war nicht zum Ausbruch gekommen. Lady Ursula saß vor dem Haus in einem Korbsessel (den Hatty zuletzt in Lord Cambers Arbeitszimmer unter dem Dach gesehen hatte) und gab Godwit strenge Anweisungen für das Setzen von Porreepflanzen.

Die Strohdachklause hatte keinen Ziergarten, aber das Gras vor dem Haus war kurzgeschnitten, und um die Gemüsebeete herum hatte Mrs. Daizley Nelken, Studentenblumen und Pelargonien gepflanzt.

»Sie müssen die Spitzen um mindestens einen Viertelzoll einkürzen und die Wurzeln um die Hälfte. Nicht so dicht, Sie Tölpel ...«

Lady Ursula und Godwit blickten gleichzeitig auf, als sie Hatty kommen hörten. Godwit wirkte leicht entnervt, und auch Hattys Ankunft vermochte ihn nicht aufzuheitern.

Lady Ursula hob die Lorgnette, die sie an einem Samtband um den Hals trug, und musterte Hatty eingehend. Das hat sie ihrer Mutter abgesehen, dachte Hatty. Lady Elstow macht es mit ihrem Hörrohr genauso. Mit dieser Geste wollen sie wohl ihre Mitmenschen auf Distanz halten.

»*Harriet!* Was um alles in der Welt machst du hier? Hast du dir Urlaub genommen?«

Ihrem Tonfall war zu entnehmen, daß sie das nicht für eine gute Idee hielt.

»Nein«, sagte Hatty. »Ich habe Underwood Priors verlassen.«

»*Verlassen?*«

»Ja.«

»Hat man dich vor die Tür gesetzt?«

»Nein, ich bin freiwillig gegangen. Ich konnte dort nicht mehr bleiben.«

»Und warum nicht, wenn ich fragen darf?«

Hatty kam sich vor wie in einem Alptraum. In der vergangenen Nacht hatte sie nur wenig und sehr unruhig geschlafen. Schmerzliche Gedanken plagten sie. War sie glücklich einmal in einen leichten Schlaf verfallen, weckte das Bewußtsein ihres kläglichen Versagens sie gleich wieder auf, und da sie am nächsten Morgen sehr früh aufstehen mußte, hatte sie ohnehin keine rechte Ruhe gefunden. Die quälend langsame Holperfahrt im Metzgerwagen von Underwood nach Wanmaulden war eine wahre Strafe. In diesen zwei Stunden hatte sie reichlich Zeit gehabt, sich die Szene im Pavillon und ihr letztes Gespräch mit dem Abbé noch einmal in Erinnerung zu rufen. Immer wieder fragte sie sich, ob sie Barbara nicht vielleicht doch unrecht getan hatte. Sie ist ein eifersüchtiges, gehässiges Menschenkind, dachte Hatty, aber ist das denn ihre Schuld? In dieser düsteren Umgebung aufgewachsen, ohne Kontakte zu Gleichaltrigen, mit einem

Vater, der kaum daheim ist, einer Mutter, die ihre Tage in dumpfem Drogendämmer verbringt… Hätte ich mir mehr Mühe mit ihr geben, hätte ich nach anderen Möglichkeiten suchen müssen, ihr Interesse zu wecken, sie aufzuheitern, ihr eine Freundin zu sein?

Wieder einmal sehnte sie sich sehr nach Lord Cambers Rat.

Nachdem sie ihr Gepäck im ›Specht‹ eingestellt hatte und auf dem vertrauten schmalen Pfad zu Fuß unterwegs durch den Wald war, hob sich ihre Stimmung. Die körperliche Bewegung tat ihr wohl. Sie dachte daran, wie sie damals mit Godwit durch den Schnee gestapft war, ohne zu ahnen, wieviel Schönes sie am Ende des Weges erwartete. Bei dem Gedanken an das kleine Haus auf der Lichtung und seine schlichten, herzlichen Bewohner wurde ihr warm ums Herz. Sie werden mir keine Vorhaltungen machen, weil ich mich an sie wende, dachte sie, im Gegenteil, sie haben mich bei meinem letzten Besuch mit Barbara gebeten, bald wiederzukommen. Es wird sein, als käme ich nach Hause. Nein, schöner…

Nachdem sie, angespornt durch diese Überlegungen, die Wegstrecke rasch hinter sich gebracht hatte, wirkte der Anblick von Lady Ursula, die in ihrem Korbsessel thronte und Godwit so selbstverständlich herumkommandierte, als führte sie hier seit eh und je das Regiment, auf Hatty wie ein kalter Guß. Fragend sah sie zu Godwit hinüber, der aber verzog keine Miene.

»Wolltest du hier unterkommen? In diesem Haus? War das deine Absicht?« fragte Lady Ursula.

Hatty nahm sich zusammen. Es war lächerlich, vor dieser

blassen, hageren Frau Angst zu haben. Was konnte sie ihr schon tun? »Ja, das ist meine Absicht. Lord Camber hat es mir gestattet, mehr noch, er hat mich ausdrücklich eingeladen. Mr. Godwit weiß davon.«

»Jawohl, Ma'am, so ist es«, bestätigte Godwit. »Lord Camber hat hinterlassen, daß die junge Dame jederzeit hier einziehen kann.«

»Dann darf ich Sie daran erinnern, daß dieses Haus jetzt mir gehört«, sagte Lady Ursula. »Lord Camber hat mir die Eigentumsurkunde für die Dauer seines Aufenthaltes in Amerika anvertraut. Und mir paßt es ganz und gar nicht, wenn du dich hier einnistest, Hatty. Wovon wolltest du leben?«

»Das lassen Sie nur meine Sorge sein«, erwiderte Hatty zuversichtlich. »Ich habe ein Jahresgehalt gespart, und außerdem –« Sie unterbrach sich, dann sagte sie mit Nachdruck: »Es wäre Lord Camber gewiß nicht recht, wenn er erfahren müßte, daß mir die Gastfreundschaft in seinem Haus verweigert wurde. Ich werde unverzüglich an ihn schreiben und ihm von diesem Vorfall berichten. Er hat sein freundliches Angebot mehrmals wiederholt. Mr. Godwit weiß davon.«

»Jawohl, Ma'am, so ist es«, wiederholte Godwit.

»Soso ... hm ...« Lady Ursula überlegte. »Ich sage ja auch nur, wie lästig es ist, daß du gerade jetzt herkommst. Ich weiß gar nicht, wo wir dich unterbringen sollen.«

»Da wird sich Mrs. Daizley gewiß etwas einfallen lassen«, meinte Godwit, dessen Gesicht sich etwas aufgehellt hatte. »Haben Sie Ihr Gepäck im Wirtshaus untergestellt, Miss Hatty?«

»Ja.«

»Ich schicke gleich den Jungen hin.«

Hatty atmete auf, als Godwit einen weiteren Bewohner erwähnte. Im Haus und in seiner Umgebung herrschte eine so tiefe Stille, daß eine blinde, unvernünftige Angst sie erfaßt hatte, die anderen seien womöglich geflohen oder vertrieben worden.

»Notfalls schlafe ich überall, auch in einer Besenkammer«, versicherte sie. Sie erinnerte sich jetzt, daß unter dem Strohdach mehrere leere Räume waren.

Als sie ins Haus kam, wurde sie in Mrs. Daizleys Umarmung fast erdrückt.

»Ach, Miss Hatty, liebe Miss Hatty! Wir haben eine schwere Zeit hinter uns, das dürfen Sie mir glauben, aber jetzt, wo Sie wieder da sind, wird es bestimmt besser.«

»Wie lange ist sie schon hier?« fragte Hatty halblaut.

»Fast ein halbes Jahr, Miss. Wir meinten ja, Mr. Godwit hätte Ihnen eine Zeile schreiben sollen, aber Sie wissen doch, daß er sich mit dem Briefeschreiben ein bißchen schwertut, und dann haben wir uns auch gesagt, daß *die da* sich wohl bei ihrer Mama, der Lady Elstow, melden würde, wo sie jetzt so in der Nähe von Underwood wohnt. Aber die Fowldes sind eben eine sehr wunderliche Familie, da kümmert sich einer nicht groß um den anderen. Mr. Godwit meint, daß ihr nichts anderes übriggeblieben ist als herzukommen, weil ihre Schwestern sie nicht aufgenommen haben, nachdem Sir Thomas sie von Mansfield Park weggejagt hat.«

»Hat er das getan?«

»Hier herum erzählt man es sich so, Miss.«

Hatty sah sich in der Küche um und registrierte etliche

Veränderungen. Am Fenster stand jetzt ein kleiner gedeckter Tisch.

»Zuerst, Miss«, flüsterte Mrs. Daizley, »hat *die da* verlangt, daß wir ihr das Essen aufs Zimmer bringen, aber dafür werden wir nicht bezahlt, hat Mr. Godwit gesagt, wir sind nicht ihre Dienstboten. Und jetzt ist sie damit einverstanden, abends an dem Tisch da zu essen. Das Frühstück bringe ich ihr aber nach oben, denn dann bleibt sie den halben Vormittag dort, und wir haben unsere Ruhe.«

»Wie ich sehe, hat sie ihren Kater mitgebracht.«

»Ja, und das garstige Vieh hat den armen Tib in die Flucht geschlagen, auf und davon ist er, auf Nimmerwiedersehen.« Mrs. Daizley wischte sich die Augen. »Es war wirklich hart, Miss Hatty. Seine Lordschaft ahnt ja nicht, was er uns da auferlegt hat. Aber Sie sind ein wahrer Herzenstrost! Vielleicht wendet sich ja jetzt alles zum Guten, und Sie können die Lady gnädiger stimmen.«

»Wo ist Mrs. Godwit?«

»Als *die da* kam, Missy, hat sie sich ins Bett gelegt und ist seither nicht mehr aufgestanden.«

»Du liebe Güte...«

Mrs. Daizley machte sich wieder ans Erbsenschälen. Hatty half ihr und überlegte dabei betrübt, wie erschreckend schnell es doch in einem Hauswesen um Frieden und Harmonie geschehen ist, wenn ein einziges störendes Element hinzukommt. In der kleinen Gemeinschaft, in der vorher eins dem anderen mit heiterer Hilfsbereitschaft zur Hand gegangen war, herrschten jetzt Niedergeschlagenheit und scheues Schweigen. Beim Abendessen, das Lady Ursula an ihrem Tisch am Fenster einnahm, setzte sich Hatty zu den anderen an den großen Küchentisch, da Lady Ursula vermutlich ohnehin keinen Wert auf ihre Gesellschaft legte. Niemand äußerte sich dazu. Während des Essens fiel kein Wort.

Wenig später ging Lady Ursula auf ihr Zimmer, und Hatty winkte Godwit, ihr nach draußen zu folgen. Dort, wo sie unbelauscht waren, erkundigte sie sich nach den näheren Umständen von Lady Ursulas Ankunft.

»Ja, das war im Herbst, Miss Hatty, ehe der viele Regen kam, da tauchte sie plötzlich hier auf. Zwei Burschen aus Bythorn hatten sich gegen Bezahlung vor ein Gig gespannt und sie hergebracht. Damals war der Boden noch knochenhart. Zu schade, daß sie nicht noch ein paar Wochen gewartet hat, nach der langen Schlechtwetterperiode hätten sie es nie geschafft. Sie hat mir die Eigentumsurkunde gezeigt, verschnörkelte Advokatenschrift auf Pergament mit einem dicken Siegel. Für mich waren das alles böhmische Dörfer, Sie wissen ja, daß ich gerade mal normale Schreibschrift entziffern kann. Miss Stornoway hat aber gemeint, daß alles seine Richtigkeit hatte, und als gebildete Dame mußte sie es schließlich wissen. Und dann rückte Lady Ursula auch noch mit einem Brief von Seiner Lordschaft heraus, in dem hieß es: ›Liebe Cousine, solltest Du jemals um eine Unterkunft verlegen sein, kannst Du gern in meine Strohdachklause kommen. Falls Du dort bereits unsere kleine Miss Hatty vorfindest, wird sie Dich gewiß mit großer Herzlichkeit aufnehmen.‹ Und damit hatte es auch seine Richtigkeit, denn daß Sie jederzeit herkommen könnten, Miss Hatty, hatte er uns ja gesagt.«

Hatty seufzte leise. »Ja, Lord Camber ist sehr großzügig.« Die Überlegung, daß es manchmal angebracht sein konnte, der Großzügigkeit nicht allzusehr die Zügel schießen zu lassen, behielt sie für sich.

»Und da ist Lady Ursula dann im Herbst einfach eingezogen?« fragte sie.

»So ist es, Miss. Und daß Miss Stornoway schon da war und wir alle so nett und freundschaftlich miteinander umgingen, war ihr gar nicht recht. Ich sag's nicht gern, Miss, aber von Stund an hatte die arme Frau keine ruhige Minute mehr.«

»Wie meinen Sie das, Mr. Godwit?«

»Ständig hat Lady Ursula allerlei Andeutungen gemacht, daß Miss Stornoway keine Einladung von Lord Camber hatte, sondern sozusagen nur aus zweiter Hand eingeladen worden war, und daß sie deshalb schleunigst schauen sollte, wo sie bleibt.«

»Das ist ja schrecklich! Glauben Sie – glauben Sie, daß Lady Ursula die arme Miss Stornoway so weit getrieben hat, daß sie – daß sie sich umgebracht hat?«

Sie gingen einen von sanftem Mondlicht matt erleuchteten Waldweg entlang. Als Godwit sah, daß Hatty zitterte, nahm er mit festem Griff ihren Arm.

»Nein, das glaube ich nicht, liebe Miss Hatty, und Sie dürfen sich so was auch nicht einreden. Ich denke mir, daß Lady Ursula die arme Frau so lange getriezt und geschurigelt hat, bis sie losgegangen ist, um Sie in Underwood aufzusuchen und um Hilfe oder Rat zu bitten. Aber weil sie nicht mehr die Jüngste und ein bißchen wacklig auf den Beinen war, ist sie auf dem glitschigen Weg ausgerutscht und den Hang hinuntergerollt. So muß es gewesen sein.«

»Aber dann hat Lady Ursula sie ja wirklich in den Tod getrieben.«

»Genaugenommen läuft es wohl darauf hinaus, und dafür wird sie sich dermaleinst vor unserem Schöpfer verantworten müssen. Aber jetzt kehren wir besser um, es ist spät, und Sie sind sicher todmüde.«

In den nächsten Tagen wunderte sich Hatty ein wenig, daß Lady Ursula nicht nach den Umständen fragte, die sie veranlaßt hatten, ihren Posten auf Underwood Priors aufzugeben. Die Angelegenheit kam nie zur Sprache. Lady Ursula sprach überhaupt sehr wenig. Wenn sie einmal den Mund aufmachte, klagte sie über das Essen, das harte Bett oder die unzulängliche Bedienung. Sie brachte diese Beschwerden in einem bei aller Arroganz eher scherzhaften Ton vor, als sei es nur ein Versehen, daß nicht alle ihr geleisteten Dienste höchsten Ansprüchen genügten. Hatty fand es erstaunlich, daß sie sich nicht ein einziges Mal nach ihren Eltern oder ihren Schwestern erkundigte. Sie schien die ganze Familie aus ihrer Erinnerung gelöscht und sich in eine eigene wolkig-verschwommene Welt zurückgezogen zu haben.

»Hat sie die Eigentumsurkunde noch in Verwahrung?« wollte Hatty von Godwit wissen.

»Ich denke schon, Miss Hatty, sie ist inzwischen nie fort gewesen und hat auch nichts mit der Post weggeschickt. Die Urkunde muß oben bei ihr sein, denn Master Harrys Arbeitszimmer benutzt sie nicht. Weiß der Himmel, was in Master Harry gefahren ist, daß er ihr diesen Schrieb überlassen hat, eine böse Gedankenlosigkeit, wenn Sie mich fragen, aber er hatte wohl vor seiner Abreise den Kopf von anderen Dingen voll.«

Womöglich, dachte Hatty, war es ein letzter Versuch gewesen, die Freundschaft mit Lady Ursula wieder zu festigen. War diese versöhnliche Geste womöglich der Grund für Lady Ursulas eigenartige Benommenheit, in der sie niemanden an sich herankommen ließ?

Es gab nur einen, mit dem sie lange, herzliche Gespräche führte, und das war ihr Kater. Die zärtlichen Worte, mit denen sie ihn überschüttete, trieften vor Sentimentalität und wollten so gar nicht zu ihrer sonstigen geharnischten Redeweise passen, daß es Hatty immer peinlich war, sich diese Ergüsse anzuhören. Der Kater ignorierte sie einfach. Wenn Lady Ursula mit hoher, durchdringender Stimme *»Miezmiez, miezimauz«* rief, legte der Kater die Ohren an, senkte den Schwanz und verzog sich, ohne sie eines Blickes zu würdigen.

»Der denkt sich sein Teil«, sagte dann Godwit halblaut. »Kann's ihm nicht übelnehmen...«

»Komm doch, komm, mein süßer kleiner Miezekater«, lockte Lady Ursula, aber Miezekater tat nichts dergleichen. Hatty fragte sich jetzt manchmal, ob Lady Ursula vielleicht nicht ganz richtig im Kopf war. Fragen des Alltags und alles, was ihre eigene Person betraf, schien sie fest im Griff zu haben, aber die sonderbare Distanziertheit wich nie, so daß man den Eindruck hatte, das Hier und Jetzt sei ihr im Grunde nicht wichtig. Hatten durch ihr wurzel- und heimatloses Dasein, den ständigen Umzug von einem nicht eben gastfreundlichen Domizil zum nächsten, ihr Geist und ihre Seele Schaden genommen?

Eines Tages kam Godwit, der nach Bythorn geritten war, um allerlei Besorgungen für den Haushalt zu erledigen, mit allerlei aufregenden Neuigkeiten zurück. Er hatte eine Zeitung mitgebracht, die er auf dem Küchentisch ausbreitete.

»Also erst mal ist drüben in Frankreich die Hölle los. Die Franzmänner haben in Paris einen Aufstand gemacht, sie waren wütend, weil der König ausländische Truppen geholt hatte, die für Ordnung in der Stadt sorgen sollten, und da haben sie sich zusammengerottet und das Tor zu einem großen Gefängnis aufgebrochen – die Bastille heißt es – und alle Gefangenen befreit.«

»Grundgütiger«, stieß Hatty hervor. Sie hörte die siegesgewisse Voraussage des Abbé du Vallon: »Jeden Tag kann es losgehen.«

Auf seine Informanten war also Verlaß gewesen.

»Aber das ist noch nicht alles«, fuhr Godwit fort. »Der Franzmann, der ein Dreivierteljahr in Underwood gesessen und die Bücher aus der Bibliothek in lange Listen geschrieben hat, ist getürmt. Auf und davon ist er, zurück nach Frankreich, aber damit nicht genug: Er hat Lady Barbara mitgenommen.«

Entgeistert sah Harriet ihn an.

Warum habe ich das nicht vorausgesehen, dachte sie. Dabei lag es doch so nah. Er wollte nach Frankreich, er brauchte eine Begleiterin – und zweifellos hatte er dem Grafen mit der Entführung seiner Tochter in das chaotische Frankreich die Pistole auf die Brust setzen und ihm eine Mitgift entlocken wollen.

Ob aber Lord Elstow klein beigeben und zahlen würde,

erschien ihr mehr als zweifelhaft. Sie dachte an das unfreiwillig belauschte Gespräch in der Bibliothek, bei dem sich der Graf so strikt gegen eine Verbindung seiner Tochter mit dem Abbé ausgesprochen hatte. Vielleicht hatte aber du Vallon tatsächlich einflußreiche Freunde in der revolutionären Bewegung, vielleicht bekam nun Barbara die Chance, die er Hatty hatte bieten wollen, unter den Jakobinern ein neues, aufregendes Leben zu beginnen? Sie konnte sich Barbara gut vorstellen, wie sie in dramatisch wallenden Gewändern und mit wehendem schwarzem Haar eine begeisterte Gefolgschaft durch flammende Worte anfeuerte. Und der unglückselige Hang, sich anderer Leute Habe anzueignen? Vielleicht drängte es sie jetzt gar nicht mehr danach, etwas zu stehlen, oder vielleicht störte sich in revolutionären Zeiten niemand mehr daran, weil alle es machten…?

Doch Godwit war mit seinem Bericht noch nicht zu Ende. »Den Wirbel auf Underwood können Sie sich ja vorstellen, Miss Hatty, und natürlich mußte Seine Lordschaft aus London her. Und was glauben Sie, was sich herausstellt? Aus der Bibliothek fehlen kostbare Bücher, die Hunderte von Pfund wert sind, und von Lady Barbara ist ein Brief da, in dem steht, daß sie die Bücher als ihr Heiratsgut mitgenommen hat, weil sie genau weiß, daß sie keinen Penny Mitgift kriegt.«

»Das hatte sie ganz richtig erkannt«, sagte Hatty nachdenklich.

»Aber es kommt noch besser«, fuhr Godwit fort. »Seine Lordschaft hatte sich einen jungen Mann aus London mitgebracht, einen Mr. Artingstall. Und wie die beiden mit ihrem Gekrame in der Bibliothek fertig sind, wo sie das Unterste zuoberst gekehrt hatten, um nachzusehen, was fehlte, lassen sie doch die jüngste Tochter, Lady Drusilla, dort allein, und die geht hin und zündelt mit dem vielen schönen Papier, und es fehlt nicht viel, und ganz Underwood wäre in Flammen aufgegangen.«

»Wie schrecklich«, sagte Hatty entsetzt. »Feuer hat sie schon immer fasziniert. Ich hatte ständig Angst, daß so etwas passieren könnte. Ist sie verletzt?«

»Nein. Glastonbury hat noch rechtzeitig gemerkt, daß es brennt, und hat sie rausgeholt, aber es ist viel Schaden entstanden, und als alles gelöscht war, fanden sie Lady Elstow besinnungslos in ihrem Zimmer, denn der Rauch war bis zu ihr gezogen und hätte sie fast erstickt. Und nun wird Lord Elstow erst mal auf Underwood bleiben müssen, bis alles wieder im Lot ist.«

»Das wird ihm nicht gefallen«, meinte Hatty.

Lady Ursula hatte sich das alles in ihrem Korbsessel sitzend mit strenger, abweisender Miene, gesenkten Lidern und heruntergezogenen Mundwinkeln angehört.

Jetzt fuhr sie unerwartet Hatty an: »Das ist allein deine Schuld, du schlimme, pflichtvergessene Person. Wärst du, wie es sich gehörte, auf deinem Posten geblieben und hättest dich um deine Zöglinge gekümmert, wäre es zu alldem gar nicht gekommen.«

Hatty schlug tatsächlich das Gewissen, als sie hörte, was alles nach ihrer Abreise über Underwood Priors hereingebrochen war. Aber hätten sich, überlegte sie, der Abbé und Barbara durch sie an der Flucht hindern lassen? Wohl kaum. Trotzdem traf diese überraschende Attacke sie empfindlich.

»Wie können Sie so etwas sagen, Lady Ursula«, gab sie

empört zurück. »Dabei sind doch Sie Ihrer Wege gegangen und haben die armen Mädchen fremden Menschen überlassen, obgleich Lord Camber Ihnen ans Herz gelegt hatte, sich um sie zu kümmern.«

Godwit hatte sich taktvoll ans hintere Ende des Gartens verzogen.

Lady Ursula machte den Mund auf, besann sich kurz und machte ihn wieder zu. Einen Augenblick blieb es still. Dann fragte Hatty: »Möchten Sie einen Blick in die Zeitung werfen?«

»Danke.«

Hatty überflog das Blatt flüchtig, ehe sie es weitergab. In der Bastille hatten offenbar nur wenige Gefangene eingesessen, der Sturm hatte sich so gesehen also kaum ausgezahlt, war aber natürlich eine eindrucksvolle symbolische Geste. Und für die armen Seelen, die freigekommen sind, dachte Hatty, hat sich die Mühe allemal gelohnt. Ich könnte ein Gedicht darüber schreiben.

Wenn es bei uns zu solchen Erhebungen käme, würde die wütende Menge wahrscheinlich Underwood Priors und Bythorn Chase plündern. Daß Lord Elstow seine Pflichten als Großgrundbesitzer sträflich vernachlässigt, ist sehr wahrscheinlich, und von dem Herzog weiß ich es ganz gewiß, Lord Camber hat es selbst gesagt. Sie hätten es verdient, enteignet zu werden. Aber wird es in England jemals so weit kommen? Wohl kaum. In Frankreich sollen die Bauern ja bettelarm sein. Die Verhältnisse hier sind doch viel besser. Oder nicht?

Sie ließ Lady Ursula, die das Interesse an der Zeitung offenbar schon wieder verloren hatte, draußen sitzen und ging still ins Haus.

22

Brief von Lord Camber an Miss Hatty Ward

Meine liebe kleine Miss Hatty,

wie oft sage ich mir Ihren Namen vor! Sie fehlen mir sehr! Immer wieder ertappe ich mich dabei, daß ich mir Ihren analytischen Blick, Ihre anschaulich schildernde Feder nach hier wünsche. Könnten Sie nur Amity Valley jetzt sehen! Es ist ein reizendes Dörfchen mit weiß gestrichenen, von Bauerngärten umgebenen Holzhäusern geworden, an denen sich die ersten Kletterpflanzen hochranken. Über den Fluß führt eine Holzbrücke, so daß wir die Furt nicht mehr brauchen, und auch eine Kornmühle haben wir jetzt. Ob Sie mittlerweile in die Strohdachklause gezogen sind? Ich bin hin und her gerissen zwischen der Hoffnung, daß Sie dort mit Ihrer Muse Zwiesprache halten, und dem Gedanken, Sie seien vielleicht doch noch auf Underwood und öffneten meinen Cousinen die Augen für die Schönheiten dieser Welt. Was mich angeht, so muß ich gestehen, daß ich jetzt, da unsere kleine Gemeinschaft gedeiht und sich wohl bald aus eigener Kraft erhalten kann, unruhig werde und mich nach ›frischen Wäldern und grünen Weiden‹ sehne, wie es so schön in Miltons *Lycidas* heißt. Es drängt mich, mein Bündel zu schnüren und nach Westen, in unentdeckte Gefilde zu ziehen. Ich kenne Reisende, die in die noch nicht erforschten Gebiete jenseits des Mahoning Creek im östlichen Pennsylvanien und bis zum Muskingum River im nördlichen Ohio vorgedrungen sind. Dieses Land ist so weit und so voller Wunder, daß es sehr schade wäre, sich nicht weiter in seine Geheimnisse und seine Wildnis vorzuwagen. Ich habe Geschichten über die Dakota-Indianer und über Assiniboia gehört, wo es ungemein kriegerische Ureinwohner geben soll, aber ich habe noch nie einen Menschen – ob Mann oder Frau – getroffen, den ich mir nicht zum Freund hätte machen können (vielleicht mit Ausnahme meiner Cousine Ursula – wie geht es ihr übrigens?), und ich bin sehr geneigt, mein Glück in diesen westlichen Gebieten zu versuchen. Inzwischen erkunden Sie wohl das Land der Poesie, und ich hoffe sehr, daß Sie dort reiche Schätze finden. In Ihrem letzten Brief schrieben Sie, daß ein Gedichtband von Ihnen zur Veröffentlichung angenommen wurde, und ich kann Ihnen gar nicht sagen, wie sehr ich mich darüber freue und mit welchem Stolz ich ihn in Händen halten werde.

Ihr Freund H. C.

P.S. Haben Sie übrigens das Päckchen bekommen, das Ihnen nach meiner Abreise nach Bythorn Lodge zugestellt werden sollte?

Bitte übermitteln Sie Cousine Ursula, falls Sie mit ihr in Verbindung stehen, meine besten Grüße. Es ist mein sehnlichster Wunsch, daß Sie beide gut Freund werden.

Brief von Lady Barbara Fowldes du Vallon an Miss Hatty Ward

Liebe Miss Ward,

mittlerweile dürfte sich die Aufregung über meine Flucht mit Marcel gelegt haben, und Sie leben wohl inzwischen glücklich und zufrieden in Harry Cambers Strohdachklause. Falls Ihre Zeit es erlaubt, möchte ich Sie bitten, nach Underwood hinüberzureiten und Winship zu sagen, sie möge meine Kleider zusammenpacken und an die obige Adresse schicken. Wir wohnen im Quartier des Cordeliers von Paris, einer ebenso malerischen wie kuriosen Gegend mit dunklen Gassen und krummen Sträßchen, die im Nirgendwo enden. Mein Mann (Marcel und ich sind durch eine Ziviltrauung gesetzlich Mann und Frau geworden) ist mit einem außergewöhnlich interessanten Mann, einem gewissen Jean-Paul Marat, befreundet. Er ist Arzt, hat aber die Medizin zugunsten der Politik an den Nagel gehängt. Er sagt, daß Lafayette, der jetzt die Nationalgarde befehligt, hoffnungslos unfähig und nutzlos und nicht mehr als ein Aushängeschild ist, und schreibt ständig Pamphlete darüber. Marat ist kein ausgesprochen gut aussehender Mann, aber er hat einen durchdringenden, sengenden Blick und ist der genialste Kopf, der mir je begegnet ist. Bitte sagen Sie Winship, sie soll nur ja nicht auf die Kleider vergessen. Eins hat einen langen Riß, den soll sie nähen, ehe sie die Sendung auf den Weg bringt.

Ihre
Barbara du Vallon

Brief von Leutnant Edward Ward an Miss Hatty Ward

Liebe Base Hatty,

ich habe in Kürze zwei Wochen Landurlaub zu erwarten und würde, falls es Dir paßt, einen Teil davon gern mit Dir im Norden verbringen. Tom, der mittlerweile Fähnrich in General D.s Regiment ist und in Brighton im Quartier liegt, hat mir geschrieben, daß Vater und Burnaby geheiratet haben. Wußtest Du das? Ich habe deshalb keine Lust, länger als einen Tag in Portsmouth zu verbringen, in der Lombard Street dürfte es jetzt recht ungemütlich zugehen. Meiner lieben Nancy habe ich nach London geschrieben, aber noch keine Antwort erhalten, so daß ich nicht weiß, ob wir uns werden sehen können, bin mir aber natürlich sicher, daß sie mir nach wie vor in treuer Liebe anhängt. Damit grüßt Dich für heute Dein Dich liebender

Vetter Ned

P.S. Tom schreibt, daß Burnaby Mutterfreuden entgegensieht. Was sagst Du dazu? Ist das nicht gräßlich?

Brief von Mrs. Agnes Norris an Lady Ursula Fowldes

Liebe Lady Ursula,

ich kann Ihnen gar nicht sagen, wie sehr mich die Nachricht erschüttert hat, daß meine rücksichtslose und flatterhafte jüngere Schwester Knall auf Fall ihren Posten auf Underwood Priors verlassen und sich höchst unschicklicherweise unter Lord Cambers Dach begeben hat. (Daß

Lord Camber sich zur Zeit irgendwo in Amerika aufhält, macht diesen Schritt nicht weniger verwerflich.) Auch die anderen unseligen Vorfälle auf Underwoods Priors bekümmern mich sehr – die Flucht Ihrer Schwester Barbara mit diesem windigen Franzosen, den sich Ihr Herr Vater zur Katalogisierung seiner Bibliotheksbestände ins Haus geholt hatte (*ich* hätte ihm sagen können, daß das böse enden mußte), der Diebstahl von Büchern durch Ihre Schwester Barbara, der nur bestätigt, was wir schon immer befürchteten, daß sie nämlich ein diebisches Wesen hat und man ihr nicht trauen kann, und die durch Ihre jüngste Schwester ausgelöste Feuersbrunst, bei der Ihre verehrte Frau Mutter nur knapp mit dem Leben davonkam. Ich fürchte sehr, daß diese Ereignisse sich auf Ruf und Fortkommen Ihrer Familie ganz allgemein ungünstig auswirken werden, denn wer möchte schon etwas mit Menschen zu tun haben, über denen so ein Unstern steht? Das habe ich auch zu meinen Freunden und Bekannten gesagt, die mir alle zustimmten. Gerüchteweise verlautet, auch Sie hätten sich bei Lord Camber einquartiert, was mir höchst merkwürdig vorkommt, aber da ich sonst nicht wüßte, wohin ich Ihnen schreiben sollte, schicke ich diesen Brief zunächst dorthin. Ich halte es für Ihre Pflicht, liebe Freundin, unverzüglich in Ihr Elternhaus zurückzukehren und dort Ordnung zu schaffen. Ich verbleibe, liebe Base, mit dem Ausdruck meines Mitgefühls

Ihre A. Norris

»Es heißt, daß es Seiner Gnaden sehr schlecht geht«, sagte Godwit eines Tages zu Hatty, die gerade Dickon eine Stunde gab.

Der Unterricht fand stets in sicherer Entfernung vom Haus statt, denn Lady Ursula brauchte sich Dickon nur auf hundert Meter zu nähern, um ihn in ein angstschlotterndes Häufchen Elend zu verwandeln. Wußte er sie aber weit weg, machte er sehr erfreuliche Fortschritte. Den durch die Enttäuschung über Hattys Fortgang ausgelösten Rückfall hatte Miss Stornoway wieder wettgemacht, indem sie Hattys Buchstabenspiel so lange fortsetzte, bis er flüssig lesen konnte. Hatty hatte inzwischen herausbekommen, daß er für Wörter und Sätze, die sie ihm in einer bestimmten Tonlage vorsang, sehr wohl zugänglich war. Jetzt kamen ihr die Reimlieder zugute, die sie sich ausgedacht hatte, um die Kluft zwischen Drusillas musikalischem Genie und ihrer Unwissenheit auf anderen Gebieten zu überbrücken. Dickon hatte vielversprechende Anlagen, er erkannte jede Melodie wieder und nickte mit dem Kopf im Takt dazu.

Während sie miteinander lernten, streiften sie im Wald herum, und wenn es regnete, setzten sie sich in die Hütte eines Wildhüters.

Das Nennwort ist für Sachen,
die allen Freude machen,
das Zeitwort ist für Tätigkeiten
wie backen, brauen, zubereiten

sang Hatty gerade, als Godwit mit dieser Mitteilung und dem nur für sie bestimmten leisen Lächeln die Hütte betrat.

»Der Arme«, sagte Hatty, die den Herzog nicht persönlich kannte und sich nach Lord Cambers Schilderung keine allzu günstige Meinung über ihn gebildet hatte. »Muß er sterben?«

»Sie haben Oberst Wisbech von seinem Regiment zurückgerufen, aber natürlich wollen sie jetzt vor allem Master Harry zu fassen kriegen. Wann haben Sie zum letztenmal von ihm gehört, Miss Hatty?«

Sie wiegte bedenklich den Kopf.

»Den letzten Brief bekam ich vor einem Monat, darin hieß es, er wolle sich auf eine Erkundungsreise zu den unbekannten Gebieten westlich des Ohio aufmachen, aber das Schreiben war nicht wie sonst acht oder neun Wochen, sondern fünf Monate unterwegs gewesen, es war offenbar fehlgeleitet worden. Ob er diese Reise tatsächlich unternommen hat und ob er, wenn das der Fall war, inzwischen wieder in Amity Valley ist, weiß ich nicht. Aber die Leute des Herzogs werden wissen, wie man ihn am schnellsten erreicht. Da kommt der Briefträger auf seinem Pony. Mal sehen, was er für uns hat.«

Der Briefträger hatte einen Brief aus Übersee mitgebracht, der aber an Lady Ursula gerichtet war und nicht Lord Cambers Handschrift trug. Mrs. Daizley ging nach oben, um ihn Lady Ursula zu bringen, die an diesem regnerischen Nachmittag ihr Zimmer nicht verlassen hatte.

Inzwischen hatte Hatty einen an sie gerichteten Brief aus London geöffnet.

»Von meinem Verlag«, verkündete sie strahlend. »Mein Gedichtband ist gedruckt, sie schicken mir in Kürze einige Exemplare. Ich wünschte, Lord Camber wäre hier, ich würde ihm zu gern mein Buch zeigen.«

»Hoffen wir, daß er bald heimkommt, Kind«, sagte Mrs.

Godwit. »Wenn es Seiner Gnaden so schlechtgeht, sieht's ganz danach aus, als ob Master Harry bald in seine Fußstapfen treten müßte.«

»Was ein recht mühsames Geschäft sein dürfte«, bemerkte Godwit.

»Ich kann mir Lord Camber nicht als Herzog vorstellen«, sagte Hatty. »Irgendwie glaube ich nicht, daß er das sehr gut macht.«

»Nicht schlechter als –«, fing Godwit an, aber ein eigentümlich klagender Laut von oben ließ ihn innehalten.

»Gott steh uns bei, das war Lady Ursula!« stieß Mrs. Godwit hervor und stand mühsam auf. Mrs. Daizley, die schon halb die Treppe herunter war, machte kehrt, und Hatty folgte ihr.

Sie fanden Lady Ursula in einer sehr seltsamen Stellung vor.

Sie saß in einem hölzernen Armsessel aus Eichenholz, hatte die Beine von sich gestreckt und den Kopf zur Seite gedreht, als versuchte sie, einen fernen Gegenstand zu erkennen oder ein flüchtiges Geräusch zu erfassen. Die Augen waren geschlossen, die Arme hingen schlaff herunter. Der Brief, den sie wohl gerade gelesen hatte, lag auf dem Boden.

»Wir brauchen einen Arzt«, sagte Hatty. »Es sieht ganz nach einem der Krampfanfälle aus, wie ich sie von Drusilla kenne. Aber zuerst bringen wir sie am besten zu Bett.«

Godwit half Hatty und Mrs. Daizley, die Kranke aufs Bett zu legen, dann machte er sich auf den Weg zu Mr. Jones, während die Frauen die noch immer bewußtlose Lady Ursula auskleideten. Als sie nichts mehr für sie tun konnten, nahm Hatty sich den Brief vor in der Hoffnung, darin einen

Hinweis auf den Grund für diesen sonderbaren Anfall zu finden.

»Er ist aus Amity Valley, von einer gewissen Lucy Kittridge. Der Name ist mir geläufig, Lord Camber hat hin und wieder ihren Bruder Humphrey erwähnt. Sie dankt Lady Ursula für ihren Brief vom vergangenen Jahr und schreibt, daß Lord Camber und ihr Bruder eine Expedition in die unerforschten Gebiete des Westens unternommen haben. Sie –« Hatty unterbrach sich und sah auf das Datum. »Der Brief war nur fünf Wochen unterwegs. In Amity Valley, schreibt Miss Kittridge, macht man sich große Sorgen, weil Lord Camber und ihr Bruder versprochen hatten, bis Ostern wieder zurück zu sein, doch dieser Termin ist längst verstrichen, und es besteht leider Grund zu der Annahme, daß den Reisenden etwas zugestoßen ist.«

»Achgottachgott«, lamentierte Mrs. Daizley. »Kein Wunder, daß Lady Ursula die Sinne geschwunden sind. Wenn Seine Lordschaft für immer die Augen zugemacht hat, wird sie's nie verwinden, daß sie so garstig zu ihm war.«

Mrs. Godwit bestätigte düster nickend Mrs. Daizleys Worte.

»Bis an ihr Lebensende wird ihr das zu schaffen machen«, sagte sie. »Dabei hat nicht sie ihn abgewiesen, Mrs. Daizley, es lag an Seiner Lordschaft.«

»Ach, und ich dachte, sie hätte die Verlobung gelöst, weil sie Lord Fordingbridge heiraten wollte«, wunderte sich Hatty.

»So hat man es später hingestellt, aber in Wirklichkeit war es folgendermaßen: Meine Cousine zweiten Grades, Prue Hedger, die auf Underwood in Stellung war, wurde entlassen, weil sie angeblich einer Dame ein Retikül gestohlen hatte – damals gaben sie auf Underwood noch große Gesellschaften –, aber nicht Prue hatte die Tasche genommen, sondern Lady Barbara, was Lady Ursula genau gewußt hat. Und Lord Camber auch, denn Prue hat es mir gesagt, und ich hab es ihm gesagt. Er hat Prue eine andere Stellung besorgt, bei Lady Munster in London, doch seitdem war es um die Verbindung geschehen.«

»Jetzt wird mir einiges klar«, sagte Hatty nachdenklich.

Godwit kam mit dem Arzt zurück, der die Bewußtlose sorgfältig untersuchte und befand, sie habe keinen Schlaganfall erlitten, wie sie befürchtet hatten, sondern eine Herzattacke, und würde sich bald wieder erholen.

»Denn sie hat von Natur aus eine sehr robuste Konstitution«, sagte er.

Hatty, die sofort an Tante Polly hatte denken müssen, war weniger optimistisch, aber Mr. Jones sollte recht behalten. Nach ein, zwei Tagen begann Lady Ursula sich zu regen, schlug die Augen auf und konnte bald Gespräche führen, die durchaus Hand und Fuß hatten. Nur schien sie zu glauben, sie sei gerade erst von einer langen Bildungsreise durch Europa zurückgekommen.

»›Jeder Sohn bekommt seine Kavalierstour‹, habe ich zu Vater gesagt, ›warum nicht auch die Tochter?‹ – ›Ja‹, meinte er, ›warum eigentlich nicht?‹ Und dann schickte er mich mit meinem Hauslehrer los. Es war sehr genußreich und bildend. Wir waren beim Papst. Aber die Flöhe im Apennin waren schlimm.«

Wahrscheinlich, dachte Hatty, war so eine Reise der größte Wunsch ihre Lebens. Arme Lady Ursula!

Bedenklich war auch, daß sie Hatty mit deren Mutter Isabel verwechselte. Das mochte daran liegen, daß Hatty jetzt in einem Alter war, in dem Isabel Wisbech und Ursula eng befreundet gewesen waren, und daß sie ihrer Mama so ähnlich sah.

»Isabel«, sagte Lady Ursula immer wieder, »bitte geh nicht weg. Geh nie wieder weg. Bleib bei mir.«

Sie war sehr viel sanfter und nachgiebiger als vor der mysteriösen Attacke. Am liebsten lag sie stundenlang da, hielt Hattys Hand und lächelte ihr vertrauensvoll zu. Hin und wieder sagte sie: »Es tut so gut, daß du bei mir bist, Isabel, so gut. Du bedeutest mir viel mehr als meine eigene Familie.«

»Ich bin nicht Isabel«, sagte Hatty dann. »Ich bin Hatty.«

»Ja, Isabel.«

»Ihr Vater, Lord Elstow, hat geschrieben«, sagte Hatty eines Tages. »Soll ich Ihnen den Brief vorlesen?«

Lord Elstow drängte Ursula, nach Underwood Priors zu kommen, sobald sie wieder einigermaßen auf den Beinen war. »Deine Mutter hat der viele Rauch, den sie eingeatmet hat, sehr geschwächt, und Drusilla ist auch nicht viel besser dran. Ich müßte dringend zurück nach London, was aber unmöglich ist, solange ich nicht eine vertrauenswürdige Person im Haus weiß, die ein wachsames Auge auf alles hat. Es ist Deine Pflicht, sobald wie möglich herzukommen.«

»Soll ich es tun, Isabel?«

»Erst, wenn Sie wieder ganz gesund sind«, sagte Hatty. »Und auch dann nur, wenn Sie es selbst wollen. Lassen Sie Ihren Vater sein Haus selbst bestellen.«

»Ja, Isabel. Es sei denn, du kommst mit.«

»Nein, das geht nicht.« Hatty war blaß und übernächtigt. Die Sorge um Lord Camber ließ sie nicht schlafen, sie sah ihn in wegloser Wildnis herumirren, von Bären angefallen, von kriegerischen Rothäuten gefangengenommen. Geradezu abergläubisch klammerte sie sich an die Überzeugung, daß nur dann, wenn sie weiterhin in seinem Haus, unter seinem Dach lebte, eine wenn auch noch so schwache, verzweifelte Hoffnung auf ein Wiedersehen bestand.

Die langen Stunden an Lady Ursulas Krankenbett waren für Hatty sehr belastend. Endlos konnte sich die Kranke über ihre Garderobe verbreiten und bis in kleinste Einzelheiten längst verschollene Kleider schildern oder in gnadenloser Ausführlichkeit Gespräche mit Personen wiedergeben, die sie meist nur als »der Mann« oder »die Frau« bezeichnete. »Und dann sagte ich zu dem Mann, mein guter Mann, sagte ich, wenn Sie glauben, ich nehme Ihnen diesen Schund unbesehen ab, irren Sie sich, ganz gewaltig irren Sie sich da. Denn es gibt in dieser Welt noch Menschen, sagte ich, die nicht von gestern sind. Ja so, sagte er, aber bedenken Sie doch den hohen Preis des Rohmaterials. Bah, sagte ich, was heißt hier Rohmaterial...«

Bei diesen Kontroversen hatte Lady Ursula offenbar immer das letzte Wort behalten.

Was für ein trostloses, eintöniges Leben sie geführt hat, dachte Hatty mitleidig. Sie hätte doch Camber heiraten sollen, das Zusammenleben mit ihm hätte ihr gutgetan.

Die Kranke duldete nur Hatty an ihrem Bett und vergoß so manches Mal bittere Tränen, wenn sie ihrer Meinung nach – denn auf Lady Ursulas Zeitgefühl war nicht immer Verlaß – zu lange ausgeblieben war.

»Was meinen Sie, Mrs. Daizley«, fragte Hatty, »ob sie wohl je wieder aufstehen wird? Sollten wir sie vielleicht nach unten bringen?«

»Nur wenn sie selbst darauf besteht, Miss. Sie können doch nicht bestreiten, daß es hier viel friedlicher zugeht, solange die da oben ist. Für Sie ist es natürlich schlimm, daß Sie ständig bei der sitzen müssen. Bloß gut, daß die so viel schläft.«

Die Zeit, in der sie sich nicht um die Kranke zu kümmern brauchte, nutzte Hatty für den Unterricht mit Dickon, für ihre Gedichte und für Kochstunden bei Mrs. Daizley.

»Denn irgendwann brauchen Sie auch einmal eine Atempause oder möchten vielleicht einen kleinen Ausflug machen. Und zur Zeit kann ich noch nicht mal Kalbsfüße kochen, einen Eintopf machen oder Kutteln braten.«

Als sie sich eines Tages über die Weinerzeugung unterhielten, fragte Mrs. Daizley: »Haben Sie mir nicht mal erzählt, daß Ihre Tante Ihnen ein Kochbuch vererbt hat? Ihr Vetter, haben Sie gesagt, hat es Ihnen eigens nach Underwood Priors gebracht.«

»Ja, richtig. Damals stürmte so viel auf mich ein, daß ich es einfach zu meinen anderen Sachen gelegt und völlig vergessen habe. Noch nicht einmal ausgepackt ist es.«

Rasch ging sie auf ihr Zimmer und holte den kleinen Band herunter, der sorgsam in braunes Papier eingeschlagen war, um ihn vor Fettflecken und Schmutzspritzern zu schützen. Zwischen den gedruckten Seiten lagen zehn, zwölf lose Blätter, auf denen Tante Polly in ihrer schief und krumm über die Seiten schlingernden Schrift zusätzliche Rezepte notiert hatte: Mrs. Ashworths Quittengelee. Ein sehr guter Orangenpudding. Rezept für eine feste Rahmspeise von Mrs. Sawbridge. Wie man Melonen konserviert. Miss Thornhills Grüner Stachelbeerwein.

»Hier ist das Rezept für Walnußblätter-Wein. Aber wie heißt es da? ›Man pflücke die Blätter im Mai.‹ Also müssen wir bis zum nächsten Jahr warten. Du liebe Güte, da ist ja ein Brief in Lord Cambers Schrift!«

»Na so was! Hat er Ihrer Tante ein Rezept geschickt?«

»Nein, es scheint ein Brief zu sein. Das war eine Angewohnheit von Tante Polly. Briefe, die sie sich aufheben wollte, steckte sie in irgendein Buch...«

Hatty trat ans Fenster und las Lord Cambers Brief an ihre Tante, während Mrs. Daizley friedlich ihren Teig weiterknetete.

Verehrte Mrs. Ward,

zu meinem großen Kummer mußte ich erfahren, daß Sie ernstlich krank waren und das Bett hüten mußten, und ich hoffe sehr, daß Sie inzwischen ganz wiederhergestellt und wie früher die Stütze der Familie sind. Ich schreibe an Sie, um mich mit Ihnen im Hinblick auf meine Gefühle für die kleine Miss Hatty zu beraten, die Sie doch wohl als eine Art Adoptivtochter betrachten.

Es kann Ihrem aufmerksamen Blick nicht entgangen sein, daß sich in den letzten Monaten bei mir eine große Hochschätzung und Zuneigung für diese junge Dame entwickelt hat. Lägen die Dinge anders, würde ich bei ihrem Vater um ihre Hand anhalten, doch ist mir das in meiner derzeitigen Lage nicht möglich. Auch möchte ich Miss Hatty in keiner

Weise unter Druck setzen, da sie zur Zeit wohl ohnedies noch zu jung ist, um schon ans Heiraten zu denken. Sehen Sie in dem Altersunterschied zwischen uns ein unüberwindliches Hindernis? Angenommen, ich käme in fünf Jahren von meinem amerikanischen Abenteuer zurück und fände sie noch ungebunden...? Ich wäre Ihnen für Ihre Meinung in dieser Sache ganz außerordentlich verbunden.

Ich schreibe Ihnen wohl auch deshalb, verehrte Mrs. Ward, weil ich weiß, daß Sie Hatty ins Herz geschlossen haben und es so wohltut, eine mitfühlende Seele an den zärtlichen Gefühlen teilhaben zu lassen, die mich erfüllen. Ich weiß, daß das Kind sich in Ihrem Haus noch immer in mancher Beziehung als Eindringling fühlt (was nicht Ihre Schuld ist, verehrte Mrs. Ward, sondern anderen Mitgliedern des Haushalts angelastet werden muß) und habe sie voll Verlangen von einem ›eigenen kleinen Haus‹ sprechen hören. Ich habe deshalb die Absicht, ihr mein Cottage zu überschreiben, in der Hoffnung, daß sie sich dort zu einer erfolgreichen Schriftstellerin entwickelt (woran ich fest glaube). Ich werde ihr demnächst die Eigentumsurkunde zustellen lassen und hoffe, daß sie diese Gabe als Freude und nicht als Last empfindet. Ich freue mich, zu gegebener Zeit zu erfahren, wie Sie in diesen Punkten denken, und verbleibe als Ihr aufrichtiger Freund

H.C.

Hatty setzte sich sehr plötzlich an den kleinen Tisch, an dem Lady Ursula ihre Mahlzeiten einzunehmen pflegte. Er liebt mich, dachte sie. Lord Camber liebt mich. Ein solches Maß an Glück ist kaum zu fassen. Aber wo ist er? Werde ich ihn je wiedersehen, wird er je zurückkommen? Warum konnte er mir nichts davon sagen? Dann hätte ich mich in all den Monaten an diesem Wissen aufrichten können...

»Was ist mit Ihnen, Kind?« sagte Mrs. Daizley. »Sie sehen plötzlich ganz komisch aus.«

»Es ist gleich wieder gut.«

Hat Tante Polly den Brief beantwortet? Und falls ja, was hat sie an Camber geschrieben? Hat sie den Brief in das Kochbuch gelegt, damit ich ihn finde? Oder hat sie ihn völlig vergessen, als sie so krank wurde? Werde ich je eine Antwort auf diese Fragen bekommen?

»Isabel! *Isabel!*« tönte es klagend von oben.

23

Mrs. Godwit hatte, nachdem Lady Ursula durch ihre Erkrankung außer Gefecht gesetzt war, erstaunlich schnell aus dem Bett gefunden und wieder ihren angestammten Platz im Haus eingenommen. Hin und wieder leistete sie der Kranken sogar für kurze Zeit Gesellschaft, was diese sich in ihrer derzeitigen friedfertigen Stimmung auch gefallen ließ. Mrs. Godwit war vor Jahren auf Underwood Priors in Stellung gewesen und erinnerte sich noch an die Besuche von Miss Isabel Wisbech und die enge Freundschaft zwischen den beiden jungen Frauen.

»Sie war ein richtiger Irrwisch, die Miss Isabel, hatte immer dummes Zeug im Kopf. Du liebe Zeit, was Sie über das Mädchen gelacht haben, Mylady! Tränen gelacht haben Sie beide! Und Lord Francis war auch immer für Possen gut.«

»War Lord Francis Fordingbridge wirklich so?« erkundigte sich Hatty, die im Krankenzimmer Staub wischte, während Mrs. Godwit Lady Ursulas graues, stumpfes, fast knielanges Haar frisierte.

»Ja, das ist wahr, Lord Francis verstand es, mich zum Lachen zu bringen«, sagte Lady Ursula nachdenklich und beugte sich vor, damit Mrs. Godwit an ihren Hinterkopf kam. »Er war so heiter und unbeschwert und hatte so viel Spaß an Neckereien und Rätselfragen. Natürlich war er eigentlich Harry zugetan. Alle jungen Männer waren das damals. Erstaunlich, diese schrankenlose Hingabe, die er bei allen weckte. Und jetzt ist nichts von ihm übrig, rein gar nichts mehr…«

Es hört sich fast an, als sei sie froh darüber, dachte Hatty betroffen. Als sei sie erleichtert, von ihm erlöst zu sein – von ihm und seinem empfindlichen Gewissen. »Wir wissen doch noch gar nicht, ob ihm wirklich etwas zugestoßen ist«, sagte sie störrisch. »Vielleicht ist er nur an einem sehr fernen Ort, wo man ihn nicht erreichen kann.«

»Miss Hatty«, rief Mrs. Daizley die Treppe hinauf. »Da ist ein junger Mann, der zu Ihnen will. Er ist Ihr Vetter, sagt er.«

»Ned!« rief Hatty freudig und lief nach unten.

Doch es war nicht Ned, sondern Sydney, fülliger und feiner herausgeputzt denn je. Sein Gesicht verzog sich fast gepeinigt, als er Hatty sah, die sich einen Staublappen um den Kopf gebunden hatte und über ihrem Musselinkleid eine von Mrs. Daizleys sackleinenen Schürzen trug.

»Als man mir sagte, du seist hier, liebe Base, wollte ich das kaum glauben. Was ist eigentlich in dich gefahren, daß du Underwood so Knall auf Fall verlassen hast? Das war zumindest eine achtbare Adresse, wohingegen hier… Was treibst du überhaupt in diesem Haus?«

»Im Augenblick pflege ich Lady Ursula. Sie hatte einen Kollaps, nachdem sie eine beunruhigende Nachricht über Lord Camber erhalten hatte. Zum Glück scheint sie sich langsam, aber sicher wieder zu erholen.«

»Diese schlechte Person pflegst du noch?«

»Schlecht? Das glaube ich denn doch nicht, Vetter. Hast

du sie bisher nicht immer sehr verehrt? Im Augenblick tut sie mir nur leid, sie wirkt so traurig und verloren.«

»Weißt du, daß sie die Eigentumsurkunde für dieses Haus unterschlagen hat?« fragte Sydney.

»Ach ja? Woher weißt du das?« fragte Hatty zurück und ließ dabei weniger Überraschung erkennen, als Sydney wohl gehofft hatte.

»Vor seiner Abreise ließ mir Lord Camber noch eine kurze Nachricht zukommen, in der er den Wunsch äußerte, das Haus auf dich zu übertragen, was ich sehr unklug fand. Allerdings konnte ich weder mein diesbezügliches Mißfallen zum Ausdruck bringen noch ihn von diesem törichten Wunsch abbringen, da er, als der Brief bei mir eintraf, schon auf hoher See war. Die Eigentumsurkunde, die bis dahin in der Foale's Bank in Bythorn hinterlegt gewesen war, sollte dir durch einen Boten zugestellt werden, aber du hast sie nie erhalten, nicht wahr?«

»Nein, zu der Zeit war ich wohl schon auf Underwood.«

Hatty überlegte, wie anders ihr Leben womöglich verlaufen wäre, hätte sie damals schon von Lord Cambers Absichten gewußt. Besser oder schlechter? Sie hätte nie Abbé du Vallon kennengelernt und auch nicht Barbara und Drusilla und Miss Stornoway. Sie wäre nie nach Underwood gekommen. Lord Camber muß mich für sehr unhöflich halten, dachte sie, weil ich mich nie bei ihm bedankt habe. Einmal hat er ja sogar angefragt –

»Warum hast du mir das nicht schon früher erzählt?« wollte sie wissen, aber Sydney ließ sich zu keiner Antwort herab.

»Lady Ursula hat die Urkunde an sich genommen«, sagte

er, »als der Bote sie in Bythorn Lodge ablieferte, und sie nie an dich weitergegeben.«

»Das stimmt...«

»Sie ist eine schlechte Person«, wiederholte Sydney.

»Daß sie die Eigentumsurkunde an sich genommen hat, war wohl eine ganz spontane Entscheidung. Hätte jemand sie danach gefragt, hätte sie sagen können, daß sie das Dokument für mich verwahren wollte. Aber schlecht...?« Wie würde Lord Camber diesen Fall beurteilen? »Wie sie Miss Stornoway behandelt hat«, überlegte sie laut, »war wirklich schlimm, aber nach ihrer Krankheit ist sie ganz anders geworden, viel sanfter und umgänglicher. Sie klagt nicht mehr, während sie vorher an allem etwas auszusetzen hatte. Kann man einem Menschen, der sich von Grund auf geändert hat, aus seinem früheren Verhalten einen Vorwurf machen?«

»Wahrscheinlich kommt sie dir nur deshalb so sanft vor, weil sie noch nicht so richtig auf dem Damm ist. Wart nur ab, bis sie wieder ganz gesund ist! Aber höre, Hatty, es schickt sich einfach nicht, daß du hier lebst.«

»Warum nicht? Und wohin sollte ich gehen?«

»Ich sage es noch einmal, Hatty: Warum heiratest du mich nicht und kommst mit nach Bythorn Lodge, wo dein Zuhause ist? Das wäre die beste, die einzig richtige Lösung.«

»Daß ich hier mein eigenes Dach über dem Kopf habe, ist eine noch bessere Lösung. Ich sage es noch einmal, Sydney: Wir passen nicht zusammen.«

Sie hatten das Haus verlassen und gingen auf der kleinen Rasenfläche auf und ab. Hatty wartete ungeduldig darauf, daß Godwit von seinen Besorgungen in Bythorn oder Mrs.

Daizley vom Beerenpflücken im Wald zurückkam, damit sie diesem Gespräch ein Ende machen konnte.

»Wir haben über diese Dinge schon so oft gesprochen, Sydney. Ich kann dich nicht lieben, so leid es mir tut.«

»Wie alt bist du jetzt, Hatty?« fragte er unerwartet.

»Neunzehn. Alt genug, um zu wissen, was ich will.«

»Eben nicht! Mit neunzehn bist du viel zu jung, um allein loszuziehen und ein windiges Leben in einer Waldhütte zu führen. Die Leute reden schon, weil du so plötzlich von Underwood fort bist und gleich darauf dieser verdächtige Franzose mit Barbara Fowldes nach Frankreich durchgebrannt ist. Die Famlie kann von Glück sagen, wenn sie ihre Tochter noch mal wiedersieht. Man bedenke, eine englische Grafentochter! Wahrscheinlich knüpfen die Franzosen sie an einem Laternenpfahl auf.«

»Das glaube ich nicht. Monsieur du Vallon hat mir erzählt, daß er einflußreiche Freunde in der Radikalenbewegung hat. Wahrscheinlich bringen die sie als Abgeordnete in die Gesetzgebende Versammlung.«

»Das möchte ich denn doch bezweifeln«, schnaubte Sydney. »Und ich wiederhole, liebe Base, so leid es mir tut, dir das sagen zu müssen: Über dich sind unerfreuliche Gerüchte im Umlauf. Der Franzose soll dir, so heißt es, in Underwood zu nahe gekommen sein, und als er deiner überdrüssig war, soll er bei Lord Elstow um seine Tochter angehalten und sie, als der Graf ihn hat abblitzen lassen, kurzerhand entführt haben.«

»Davon ist kein Wort wahr«, sagte Hatty, »abgesehen davon, daß du Vallon tatsächlich um Barbara angehalten hat.« Der Satz war kaum heraus, da hätte sie sich am liebsten die

Zunge abgebissen, denn Sydney sah sie scharf an und fragte sofort: »Woher weißt du das?«

»Das spielt keine Rolle.«

»Bitte überleg es dir noch einmal in aller Ruhe, Hatty. Es hängt so viel davon ab. Sehr viel mehr, als du ahnst.«

»Wie meinst du denn das?« fragte sie verwundert.

In diesem kritischen Moment kam Lady Ursula nach unten, was schon deshalb höchst erstaunlich war, weil sie sich bisher kategorisch geweigert hatte, ihr Lager zu verlassen. In einem lang über den Boden schleifenden Nachtgewand aus Organdy über einem Hemd aus französischem Tuch, einen Paisleyschal über den Schultern und eine üppig bebänderte Nachthaube aus Tüll auf dem Kopf stand sie – eine einigermaßen furchterregende Erscheinung – zwischen den Säulen unter der geöffneten Haustür.

»Isabel«, sagte sie kläglich. »*Isabel!* Warum hast du mich so lange allein gelassen?«

»Sie hält mich für meine Mutter«, flüsterte Hatty dem Vetter zu und nahm rasch ihren Arm. »Es war sehr leichtsinnig von Ihnen, allein die Treppe herunterzukommen, Lady Ursula. Warum haben Sie sich nicht von Mrs. Godwit helfen lassen?«

»*Ursie!* Warum nennst du mich nicht Ursie?«

Dann fiel ihr Blick auf Sydney. »Da ist ja dieser Kanzleigehilfe, der mich unbedingt von der Kirche nach Hause bringen wollte. Sag ihm, er soll weggehen. Er belästigt mich ständig wegen irgendwelcher Dokumente. Sag ihm, daß ich keine Lust habe, seine Fragen zu beantworten. Weder jetzt noch später.«

»Warum haben Sie die Eigentumsurkunde für dieses

Haus unterschlagen, Lady Ursula?« fragte Sydney. »War Ihnen nicht klar, daß Sie damit eine Straftat begangen haben? Wo befindet sie sich jetzt?«

Vielleicht, dachte Hatty, ist der Hang zu Diebereien bei den Fowldes erblich. Oder sie wissen gar nicht, daß Stehlen unrecht ist, und betrachten derlei als ihr *droit de famille*. Sie verstehen es sogar, anderen Leuten ein schlechtes Gewissen zu machen, nur weil die etwas besitzen, was sie selbst gern hätten.

Lady Ursula wandte sich an Sydney. »Sie brauchen sich in dieser Sache nicht mehr zu bemühen«, sagte sie sehr von oben herab. »Nachdem Isabel zu mir zurückgekehrt ist, werden wir uns in das Haus teilen.«

Sydney sah Hatty hilfesuchend an. Sie runzelte leicht die Stirn. »Im Augenblick ist die Angelegenheit ja nicht weiter wichtig«, sagte sie. »Hoffen wir, daß Lord Camber bald zurückkommt, dann kann er die Sache regeln.«

»Wie ich höre, ist es durchaus möglich, daß er nie mehr zurückkommt. Die Urkunde muß gefunden und an einem sicheren Ort verwahrt werden, Base.«

»Ich will sehen, was sich tun läßt. Möglicherweise ist sie in Lady Ursulas Zimmer. Aber da kommen Godwit und Mrs. Daizley. Du solltest jetzt gehen, Sydney, du ermüdest Lady Ursula.«

»Ich komme wieder«, erklärte er wutschnaubend. »Und zwar sehr bald.«

Erst als er fort war, fiel Hatty ein, daß er sich mit keinem Wort über die Heirat seines Vaters mit Burnaby geäußert hatte. Vielleicht bringt er es nicht fertig, darüber zu sprechen, dachte sie. Die Sache muß ihn sehr erzürnt haben. Lady Ursulas Stimmung verschlechterte sich nach Sydneys Besuch, der ihr offenbar die eigene Lage wieder klarer zu Bewußtsein gebracht hatte. Sie wurde nervös und reizbar. Die Eigentumsurkunde war nicht noch einmal angesprochen worden. Hatty hatte das Schriftstück, in einen Norwich-Schal eingehüllt, im Schrank entdeckt, als sie Lady Ursula saubere Wäsche aufs Zimmer brachte. Sie beschloß, die Urkunde an ihrem Platz zu lassen, da ihr dort wohl nichts passieren konnte, schickte aber Sydney, um ihn zu beruhigen, eine Mitteilung nach Bythorn.

Für Godwit und Mrs. Daizley, die das Ende des Gesprächs zwischen Sydney und Lady Ursula mit angehört hatten, stand nun fest, daß Hatty die rechtmäßige Eigentümerin des Hauses war.

»Gedacht hab ich's mir von Anfang an«, sagte Godwit, »denn ich weiß, daß Master Harry Ihnen das Haus übereignen wollte, er hat oft von Ihnen gesprochen. Und daß er es sich so plötzlich anders überlegt haben sollte, kam mir schon recht komisch vor. Aber dann hat uns Lady Ursula von seinem Brief erzählt und uns die Urkunde gezeigt, und ich habe mit Seiner Lordschaft schließlich schon genug Überraschungen erlebt... Kurzum – was hätten wir machen sollen?«

»Sie haben sich ganz richtig verhalten«, sagte Hatty beruhigend.

Godwit schüttelte bedenklich den Kopf. »Die Fowldes waren alle ein bißchen rappelig. Von dem letzten Grafen erzählt man sich, daß er es nicht haben konnte, wenn jemand Wasser verschwendete. Im Garten standen überall große

Tanks und Zisternen, und im Haus stolperte man über Töpfe und Krüge. Er lebte in ständiger Angst vor einer Dürre. Oder einer Feuersbrunst.«

»Wie eigenartig. Warum wohl?«

»Das weiß ich nicht, aber er mag seine Gründe gehabt haben. Kann sein, daß man ihn als Kind mal hat dursten lassen.«

Darüber könnte ich ein Gedicht schreiben, dachte Hatty.

»Aber Miss Hatty«, sagte Mrs. Daizley, während sie draußen am Brunnen, wo man sie vom Haus aus nicht hören konnte, einen Eimer Waser hochzog, »wo wir doch jetzt wissen, daß *der da* das Haus nicht gehört, daß sie nicht den klitzekleinsten Anspruch darauf hat, könnten Sie die Lady doch eigentlich hinauskomplimentieren. Sagen Sie ihr, sie soll ihr Bündel schnüren und sich anderswo eine Unterkunft suchen. Uns ist sie hier nur eine Last, und Ihnen allemal, Miss Hatty. Ich weiß doch, wie gern Sie manchmal schnell in Master Harrys Zimmer hochlaufen würden, um eins Ihrer Gedichte aufzuschreiben, statt dessen müssen Sie *der da* zuhören und Däumchen drehen.«

»Ich weiß wohl, wie schwer es mit ihr ist, Mrs. Daizley. Aber Lord Camber hat sie schließlich eingeladen...«

»Ja, das hat er«, sagte Mrs. Daizley gedehnt. »Seine Lordschaft ist eben ungemein großzügig. Besonders, wenn's ihn persönlich nicht weiter kratzt. Aber er hat's doch sicher nicht so gemeint, daß sie für immer und ewig hierbleiben darf?«

»Ich bin ja ganz Ihrer Meinung«, sagte Hatty, »aber da ist nun Lord Cambers Einladung... und wir wissen nicht, wo er sich gerade aufhält... und sie könnte doch nur zurück nach Underwood, wo alles so trostlos ist... Mit einem Wort, ich bringe es einfach nicht übers Herz, sie wegzuschicken. Warten wir ab, bis eine Nachricht über Lord Cambers Verbleib eintrifft.«

»Und wenn wir darauf vergeblich warten?« wandte Godwit ein.

»Das mag ich nicht glauben«, sagte Hatty.

Godwit sah sie einen Augenblick schweigend an. Es war ein seltsamer Blick, voller Mitgefühl, Verständnis und Hilfsbereitschaft. Schließlich sagte er: »Nein, Sie haben recht, Miss Hatty. Soweit wir die Wünsche Seiner Lordschaft kennen, müssen wir sie erfüllen. Wir werden versuchen, Lady Ursula noch eine Weile zu ertragen.«

Hatty lächelte dankbar. Er ist ein so guter Mensch, dachte sie. So gut wie Lord Camber oder vielleicht sogar besser. Denn er beurteilt die Menschheit realistischer und verhält sich entsprechend.

Sie trug ihren Eimer Wasser ins Haus, während Godwit den nächsten hochzog.

Der heiße Sommer ging in einen heißen, trockenen Herbst über.

Hatty mußte oft an den verblichenen Lord Elstow mit seinen wunderlichen Ängsten denken. Bestimmt hätte er in diesen Tagen im ganzen Haus Gefäße mit Wasser aufgestellt.

Ein Zigeuner, der von Tür zu Tür ging und Wäscheklammern verhökerte, erzählte in der Strohdachklause, daß der Herzog weiterhin zwischen Leben und Tod schwebte. Von Lord Camber habe man bisher noch nichts gehört, und

Oberst Wisbech sei noch auf Bythorn Chase und mache dort allen das Leben schwer.

»Was ich ihm nicht verdenken kann«, sagte Godwit, »wo er nun immer noch nicht weiß, ob er erbt oder nicht. So was kann den Friedlichsten vergrämen.«

Die Quittenernte war in diesem Jahr besonders reichlich ausgefallen, und nachdem Mrs. Daizley schon Stachel- und Johannisbeermarmelade, Apfelgelee und Pflaumenmus gemacht hatte, ging sie jetzt daran, die Quitten einer nützlichen Verwendung zuzuführen. Hatty half ihr, die Körbe mit den harten rötlichgelben Früchten ins Haus zu tragen und in Stücke zu schneiden, die dann den ganzen Tag in großen Kesseln auf dem Feuer köchelten. Ihr würziger Duft zog in alle Räume und lockte die Wespen an. Zu Hunderten summten sie um den verführerischen rötlichen Saft herum und ertranken vor lauter Gier darin.

»Lästige Viecher«, sagte Mrs. Daizley. »Sie müssen irgendwo ganz in der Nähe ein Nest haben, Eli.«

Lady Ursula gehörte zu den Menschen, die beim Anblick geflügelter Insekten nicht ruhig bleiben können. Sie führte einen Rachefeldzug gegen jede einzelne Wespe und schlug schreiend mit Messer oder Löffel auf sie ein, als seien sie eigens gekommen, um sie anzugreifen. Obgleich es weiter sehr warm war, setzte sie kaum einen Fuß vor die Tür. An Mrs. Daizleys Marmeladenkochtagen ließ sie sich in der Küche mit ihren süßen Düften und geflügelten Eindringlingen gar nicht erst sehen, sondern verschanzte sich in ihrem Zimmer, zusammen mit ihrem Kater, der sich auch sehr vor den Wespen ängstigte, was aber verständlich war, denn sie hatten ihn schon einmal gestochen.

»Schön ist es ohne die beiden«, sagte Mrs. Daizley zufrieden und hackte auf einem Holzbrett ihre Quitten klein.

Godwit fahndete erfolgreich nach dem Wespennest, das tief im Strohdach am hinteren Ende des Hauses steckte.

»Ich stelle eine Kohlepfanne mit nassem Stroh auf, das dürfte sie ausräuchern.«

»Tu das, Eli«, sagte Mrs. Daizley. »Gerade jetzt sind ganze Schwärme in meiner Küche, ich krieg ja kaum das Gelee in die Gläser, ohne daß sie hineinfallen.«

Als die Gläser zugebunden und zum Abkühlen in Reih und Glied aufgestellt waren, ging Hatty nach oben, um Lady Ursula Laws *Bemerkungen zu der Fabel von den Bienen* vorzulesen.

»Aber lassen Sie mich das Fenster aufmachen«, bat sie. »Es ist so stickig hier.«

»Und wessen Schuld ist das?« fragte Lady Ursula ungehalten. »Wenn Mrs. Daizley nicht tagtäglich unten ein wahres Höllenfeuer entfachen würde...«

»Im Winter werden wir uns über das viele schöne Quittengelee freuen«, sagte Hatty und überlegte, daß Winter und Kälte nicht mehr fern waren. Wie lange gedachte Lady Ursula noch bei ihnen zu bleiben? Für immer? Eine entsetzliche Vorstellung...

Sie machte das Fenster auf, setzte sich und nahm das Buch zur Hand.

Dann geschah jäh und unerwartet zweierlei. Eine bierfaßgroße, bierfaßförmige schwarze Wolke kam durchs Fenster geflogen, die unter lautem Gesumm zu einer Vielzahl summender Wespen zerfiel, und Ursulas Kater, der auf dem Bett gelegen hatte, sprang verschreckt mauzend auf den Boden. Die Bewegung lockte den Schwarm an, der sich auf ihm niederließ.

»Das Vieh muß raus«, kreischte Lady Ursula. Sie wickelte ein großes Umschlagtuch um den Kater, der vor lauter Wespen kaum noch zu sehen war, und warf das Bündel aus dem Fenster. In diesem Augenblick kam Godwit herein. In der einen Hand hatte er einen Eimer Wasser, in der anderen eine rauchende Kohlenpfanne.

»Rasch, Miss Hatty, hinaus mit Ihnen! Und das gilt auch für Sie, Mylady!«

Das brauchte er nicht zweimal zu sagen. Wie der Blitz war Lady Ursula aus dem Zimmer und hatte sich in einer der kleinen unbewohnten Kammern eingeschlossen, ehe Hatty ihr folgen konnte. Als sie die Tür zuschlagen hörte, griff auch sie sich einen Eimer Wasser und lief aus dem Haus. Sie konnte in diesem Moment nur noch an den Kater denken. Auch wenn er ein tückisches, griesgrämiges Tier war, das keiner recht leiden mochte, mußte man jetzt versuchen, ihm zu helfen.

Dickon war ihr zuvorgekommen. Er hatte den in das Umschlagtuch gewickelten Kater mit Wasser übergossen und scheuchte die Wespen mit einem geknotenen Handtuch weg. Als Hatty herankam, sah er auf und breitete die Hände aus. »Da ist nichts mehr zu machen«, bedeutete das in der Zeichensprache, die sie neuerdings benutzten. »Er ist tot.«

»Der Arme! Ich möchte wohl wissen, ob die Wespen ihn getötet haben oder ob ihn der Sturz das Leben gekostet hat. Zumindest war es ein rasches Ende. Aber Lady Ursula wird untröstlich sein...«

Nach diesem dramatischen Zwischenfall dauerte es eine ganze Weile, bis wieder Ruhe im Haus einkehrte. Zunächst mußten die toten Wespen zusammengekehrt und verbrannt werden. Lady Ursula gab Anweisung, ihr Zimmer mit Karbolsäure zu desinfizieren oder auszuschwefeln. »Ich weigere mich, auch nur einen Fuß hineinzusetzen, ehe es gründlich gereinigt ist«, erklärte sie, woraufhin Godwit bedächtig den Besen hinlegte und die Arme übereinanderschlug. »Ihr weiteres Verbleiben in diesem Haus ist nicht erwünscht, Mylady!« sagte er.

»Sie unverschämter Klotz! Was fällt Ihnen ein, mir so etwas zu sagen? Ich bleibe, solange es mir paßt.«

»Nein, Ma'am. Lord Camber hat mir als seinem Verwalter Vollmacht gegeben zu entscheiden, wer hier wohnen soll und wer nicht. Lord Camber ist, wie Sie sicher wissen, ein Gentleman von hohen Grundsätzen, dem es zutiefst widerstreben würde, eine Dame unter seinem Dach zu beherbergen, die ein unschuldiges Tier aus dem Fenster geworfen und damit seinen Tod verschuldet hat. Er ist, und auch das ist Ihnen bekannt, Ma'am, strikt gegen Grausamkeit in jeder Form.«

Lady Ursula senkte den Blick, dann stammelte sie: »Isabel! *Isabel?* Du wirst doch nicht zulassen, daß man mir das antut?«

»Ich bin nicht Isabel«, sagte Hatty traurig. »Ich bin Hatty. Und das wissen Sie auch, Lady Ursula.«

»Aber wo soll ich bleiben? Wer würde mich aufnehmen?«

»Sie können nach Underwood zurückgehen, Ma'am, wo Sie hingehören. Und wo eine Aufgabe auf Sie wartet«, erklärte Godwit streng. »Die Frauen werden jetzt für Sie packen.«

»Aber wie komme ich dorthin? Ich habe keine Fahrgelegenheit, ich kann unmöglich –«

»Das läßt sich leicht regeln, Ma'am.«

Während Hatty und Mrs. Daizley Lady Ursulas Sachen packten, beschaffte Godwit, umsichtig wie immer, eine Chaise, die Lady Ursula von Wanmaulden Cross nach Underwood bringen sollte, sowie eine Sänfte für den Weg von der Strohdachklause nach Wanmaulden Cross. (Im Stall des ›Specht‹ schimmelte eine alte Sänfte vor sich hin, die der Wirt bereitwilligst herausholte und abstaubte, um sie der Lady zu einem horrenden Preis zur Verfügung zu stellen.) Zwei Schankburschen aus dem Wirtshaus trugen mit Hilfe von Godwit und Dickon die ingrimmig schweigende Lady Ursula durch den Wald. Godwit zahlte Sänfte und Träger. »Was ich sehr gern getan habe, wenn wir damit den Unglücksvogel los sind.«

Hatty war hin und her gerissen. Sie mußte an Lord Cambers Brief denken, in dem er der Cousine sein Haus als Unterkunft angeboten hatte, und an seinen ausdrücklichen Wunsch, sie und Lady Ursula sollten Freundschaft schließen. Doch schwerer als dieser Zweifel wog die Erleichterung, daß Godwit so schnell entschlossen die Sache in die Hand genommen und Lady Ursula in ihr Elternhaus zurückgeschickt hatte, wo sie ja wirklich gebraucht wurde.

Von der Eigentumsurkunde war nicht mehr die Rede gewesen. Hatty hatte das Schriftstück stillschweigend zu Lord Cambers Papieren gelegt.

»Arme Lady Ursula«, sagte sie seufzend. »Das wird eine traurige Heimkehr! Aber vielleicht freut sich Drusilla, wenn sie wieder da ist. Nur mit ihrem Klavier und mit Winship, der Kinderfrau, wird es ihr recht langweilig gewesen sein. Sie kann Lady Ursula ja das eine oder andere Schlachtenspiel beibringen. Und womöglich ist es auch Lady Elstow jetzt ganz lieb, ihre Tochter wieder bei sich zu haben.«

24

Das für die Jahreszeit zu warme Wetter hielt sich bis weit in den Oktober, noch gute drei Wochen. »Wenn es umschlägt«, prophezeite Godwit, »kommt es ganz plötzlich, wahrscheinlich mit einem schweren Gewitter.«

Die Bewohner der Strohdachklause verbrachten diese Zeit in einem stillen Grenzland zwischen Kummer und Hoffnung, Vergangenheit und Zukunft und fühlten sich ganz wohl darin. Mit dem Fortgang von Lady Ursula war ihnen eine Last von der Seele genommen. Gesprochen wurde kaum von ihr, und wenn sie einmal an ihren schwierigen Gast dachten, lächelten sie sich wortlos zu. Hatty erinnerte sich an das, was sie von einem Eingeborenenstamm gelesen hatte: Dort vermied man es ängstlich, auf den Schatten eines Feindes oder eines Menschen zu treten, auf dem ein Fluch lag. Nicht anders machten sie es in der Strohdachklause, wenn von Lady Ursula die Rede war.

Vielleicht bringt sie wirklich Unglück, dachte Hatty. Wie gut, daß die Exemplare meines Buches, die der Verlag mir versprochen hat, noch nicht da sind. Es wäre mir nicht lieb gewesen, wenn sie ihr unter die Augen gekommen wären.

Lady Ursula war offenbar wohlbehalten in Underwood Priors angekommen, denn Godwit hatte, als er in Bythorn eine Zeitung kaufen wollte, Glastonbury getroffen, der sich freundlich nach Miss Hatty erkundigt und berichtet hatte, daß die Reparaturarbeiten in der Bibliothek mächtig lange dauerten, weil Lady Ursula und Seine Lordschaft sich wegen jeder Kleinigkeit in die Haare gerieten. Und Seiner Gnaden dem Herzog drüben auf Bythorn Chase ginge es wieder besser, er sei, wie es hieß, über dem Berg.

Von Ned kam ein trostloser Brief:

Liebe Base Hatty,

was glaubst Du wohl, was ich erleben mußte, als ich nach London kam? Miss Nancy Price, von deren Treue ich so felsenfest überzeugt war, hat mich schändlich hintergangen. Sie sagt, daß sie einem anderen die Ehe versprochen hat, einem älteren Mann, mit dem sie seit vielen Wochen vertrauten Umgang pflegt. Sie will mir weder seinen Namen noch seinen Rang verraten, weil sie Angst hat, ich könnte ihn fordern. Außerdem ist sie jetzt eine feine Stadtlady, die einen armen Marineleutnant sowieso nicht mehr nehmen würde. Ihr Onkel ist nämlich gestorben und hat ihr zehntausend Pfund vermacht, und nun habe ich bei ihr überhaupt nichts mehr zu bestellen. Ich bin sehr geknickt und ganz mutlos nach diesem Schicksalsschlag, liebe Hatty, und werde Dich in diesem Urlaub nun doch nicht besuchen, weil dabei zu viele schmerzliche Erinnerungen an Portsmouth und an unser geliebtes Baumhaus wach werden würden. Außerdem hat man mir den Urlaub um eine Woche gekürzt, so daß auch die Zeit zu knapp wäre. Tom hat erzählt, daß Sydney Dich angeblich heiraten will, aber ich kann mir nicht denken, daß das stimmt, denn Du hast Sydney doch noch nie ausstehen können. Seine Kanzlei soll ja florieren, der ganze Adel läuft zu ihm, was ja nur gut für ihn ist, denn von

Tom weiß ich auch, daß Burnaby ihr Kind bekommen hat, und es ist ein Junge. Jetzt wird sie nicht ruhen, bis Vater ein Testament zu seinen Gunsten gemacht hat, dann muß ich zusehen, daß ich es zum Admiral bringe, und Tom muß General werden.

Mit vielen herzlichen Grüßen verbleibe ich Dein Dich liebender Vetter Ned

Und dann stand eines schwülen Tages, an dem sich schwarzes Gewölk drohend am Himmel ballte, plötzlich Lord Camber in Begleitung eines schmalen, dunkelhäutigen Mädchens vor der Tür der Strohdachklause. Er trug einen sonderbaren breitkrempigen Hut und sie einen prächtigen Umhang aus dunklen Pelzen.

Hatty war oben in Cambers Zimmer und arbeitete. Es war Mrs. Daizley, die ihm auf sein Klopfen öffnete und in ihrer Überraschung einen schrillen Schrei ausstieß.

»Mylord! Sie sind wieder da und heil und gesund! Nein, diese Freude! Warten Sie nur, bis ich es den anderen sage!«

Doch Godwit, der unweit des Hauses Feuerholz sammelte, hatte Seine Lordschaft schon durch die Bäume gesehen und kam mit Dickon gerannt, und Mrs. Godwit hörte Mrs. Daizleys Aufschrei in der Milchkammer und kam angetrappelt, so schnell die alten Beine sie tragen wollten. Es gab ein lautes, freudiges Stimmengewirr.

»Mylord! Seine Lordschaft! Willkommen daheim! Nein, dieses Glück …!«

Sie waren kaum im Haus, als ein lauter Donnerschlag ertönte.

»Da sind wir offenbar keinen Moment zu früh gekommen«, lachte Lord Camber. »Hört nur, wie es schüttet. Es sieht aus, als kämen wir so bald nicht wieder weg. Aber jetzt will ich euch vor allem die Lady an meiner Seite vorstellen. Sie ist meine Frau und weit weg von daheim, denn sie ist aus dem Indianerstamm der Algonquins –«

Einen Moment schwiegen alle verblüfft. Hatty hatte Lord Cambers Worte auf der Treppe gehört, so daß ihr ein Augenblick blieb, um sich zu fassen, dann blickte Lord Camber hoch, sah sie und verstummte mitten im Satz. Eine schier endlose Sekunde lang sahen sie sich schweigend an, dann sagte die alte Mrs. Godwit gemütlich: »Nein, so was, da haben Sie sich also ein Indianermädchen mitgebracht, Mylord! Daß ich auf meine alten Tage noch eine leibhaftige Indianerin zu sehen bekomme, hätte ich mir auch nicht träumen lassen. Wie heißen Sie denn, Kind? Spricht sie unsere Sprache, Master Harry?«

»Ein bißchen«, sagte die junge Frau, die, vielleicht verängstigt durch die vielen unbekannten Gesichter, ein wenig bänglich dreingeschaut hatte, und wagte ein kleines Lächeln. »Mein Name in Ihrer Sprache lautet Veränderlicher Himmel.«

»Veränderlicher Himmel? Nein, was es nicht alles gibt auf dieser Welt…«

»Aber ich nenne sie Anna«, ergänzte Lord Camber. »Das ist kürzer. Und klingt freundlicher.«

Erst ganz allmählich fand er wieder zu seiner gewohnten liebenswürdig-ungezwungenen Art zurück. Er war ganz blaß geworden und wirkte einen Augenblick fast hilflos.

Ein Blitz, der über den Himmel zuckte, erhellte kurz den Raum, in dem es trotz der frühen Nachmittagsstunde schon fast dunkel war. Die Frauen schrien verschreckt auf, dann sagte Mrs. Daizley: »Ich setze schon mal den Kessel auf. Sie werden sicher gern was Warmes trinken wollen, Mylord, und Ihre liebe Frau auch. Ich mache uns einen Kamillentee.«

Sie scharten sich um den Tisch, und im Schutz der klappernden Teller und Tassen sagte Lord Camber leise zu Hatty: »Es überrascht mich sehr, Sie hier zu sehen. Ich dachte, Sie sind in Bythorn.«

»In Bythorn? Nein. Wo sollte ich sein, wenn nicht hier? Ich muß Ihnen noch danken, Lord Camber –«

»Aber ich denke, Sie sind verheiratet«, unterbrach er sie. »Mit Ihrem Vetter, dem Anwalt.«

»Mit Sydney? Du lieber Gott, nein! Wie kommen Sie denn darauf?«

»Es stand in einem Brief meiner Cousine Ursula an Lucy, die Schwester von Kittridge.«

Ratlos sahen sie sich an. Wieder sprang die alte Mrs. Godwit in die Bresche. »So erzählen Sie doch, Master Harry, wie es kam, daß Sie diese hübsche kleine Indianerin geheiratet haben.«

»Ich fand sie auf einer Insel, wo sie auf den Tod wartete.«

»Barmherziger Gott! Warum denn das?«

»Sie hatte gegen ein Gesetz ihres Stammes verstoßen, und das nimmt man dort sehr ernst. Die Indianerstämme werden von einer Hierarchie von *manidos* oder Geistern beherrscht. Jeder Stamm hat ein eigenes Totemtier oder eine eigene Tompflanze. Annas Stammestotem war das Eichhörnchen. Sie hat versehentlich ein Eichhörnchen getötet, als sie mit ihrem Pfeil ein Waldmurmeltier schießen wollte. Und so hat man sie denn auf die Insel gebracht, um sie dort verhungern zu lassen.«

»Hätte sie nicht fliehen können?« fragte Hatty, die trotz ihres Kummers von der seltsamen Geschichte gefesselt war.

Camber sah sie über den Tisch hinweg an. Jedesmal, wenn ihre Blicke sich trafen, durchfuhr sie ein nie gekannter Schmerz. Aber ich werde darüber hinwegkommen, redete sie sich zu. Ich habe so viel Kummer und Leid verwunden, warum nicht auch dies?

»Ja«, bestätigte er, »sie hätte fliehen können, aber das wollte sie nicht. Sie fand, daß sie den Tod verdient hatte. Und sie wäre dort geblieben und verhungert, ihre Gebeine wären nicht bestattet worden, und ihr Geist hätte in alle Ewigkeit unbehaust außerhalb der Ewigen Jagdgründe herumirren müssen. Es war gar nicht so einfach, sie davon zu überzeugen, daß sie ein Recht auf Leben hatte, aber schließlich ist es mir gelungen.«

Er lächelte seiner jungen Frau liebevoll zu, und sie erwiderte das Lächeln mit so viel Hingabe und so schrankenlosem Vertrauen, daß Hatty unter dem Tisch die Hände ineinanderkrampfte und sich sagte: Ich habe überhaupt keinen Anspruch auf diese schmerzlichen Gefühle. Er weiß ja nicht, daß ich seinen Brief an Tante Polly gelesen habe, und hat sich mir gegenüber nie auch nur andeutungsweise festgelegt. Niemals.

»Und zu Ihrem Stamm können Sie also nicht zurück?« fragte sie die junge Frau, die nachdrücklich den Kopf schüttelte. »Das ist schlimm«, sagte Hatty mitleidig.

»Und hier steht ihr noch Schlimmeres bevor«, sagte Lord Camber und legte schützend einen Arm um Anna. »Sie muß lernen, wie man sich als Herzogin benimmt. Denn heute nacht ist mein armer alter Vater gestorben, und mir wird nichts anderes übrigbleiben, als seine Nachfolge anzutreten.«

»Gott bewahre uns, Mylord«, sagte Godwit. »Da wartet ein steiniger Acker auf Ihren Pflug. Aber wir wünschen Ihnen und Ihrer lieben Frau von Herzen alles Gute auf Ihrem Weg.«

»Wo sind Sie denn getraut worden?« wollte Mrs. Daizley wissen.

»In einer kleinen Missionskirche in der Wildnis. Als wir nach Amity Valley zurückkamen, erwartete mich die Nachricht, daß mein Vater schwerkrank war. Wir hatten das Glück, uns in Baltimore gleich einschiffen zu können, die Winde standen günstig, und so konnte mein Vater mich noch einmal sehen, ehe er starb. An Sie, Mrs. Daizley, habe ich eine große Bitte. Und da ich Ihr gutes Herz kenne, hoffe ich sehr, daß Sie ja sagen werden.«

»Aber natürlich, Master Harry – Euer Gnaden, meine ich. Wenn ich etwas für Sie tun kann …«

»Würden Sie wieder nach Bythorn Chase kommen und uns den Haushalt führen? Im Augenblick ist dort für Anna alles sehr groß und furchterregend, aber Sie könnten meine junge Frau liebevoll vor den vielen beängstigenden fremden Leuten abschirmen, und mit Ihrer Hilfe wird sie sich bald zurechtfinden …«

»Aber sicher wird sie das«, sagte Mrs. Daizley. »Natürlich komme ich. Das heißt … ich meine … wenn Miss Hatty mich entbehren kann …«

Sie warf Hatty einen flehenden Blick zu, die ihrerseits die

junge Herzogin betrachtete. Sie hatte ein schmales Gesicht mit hohen Wangenknochen, eine schöne gerade Nase und weiches nachtschwarzes Haar. Trotz des prachtvollen Pelzmantels und der goldenen Ringe in den Ohren sah sie sehr jung und verletzlich aus. Sie kann nicht älter als sechzehn sein, überlegte Hatty. Praktisch von einem Tag zum anderen in ein fremdes Land verschlagen und gleichzeitig in den Rang einer Herzogin erhoben zu werden, war für eine Sechzehnjährige gewiß nicht einfach. Unvermittelt hob Anna den Blick und sah Hatty an. »Natürlich müssen Sie nach Bythorn Chase gehen, Mrs. Daizley«, erklärte Hatty. »Wir werden hier schon zurechtkommen. Immerhin kann ich jetzt Kalbsfüße kochen. Mr. Godwit haben sie jedenfalls geschmeckt.«

Wieder donnerte es. Der Regen trommelte auf das Strohdach und lief in Strömen an den Fensterscheiben herunter. Hatty mußte an den jähen Windstoß denken, der schuld daran war, daß sie das Tablett mit den vielgeliebten Schätzen ihrer Schwester Agnes hatte fallen lassen. Sie stand auf. »Entschuldigen Sie mich einen Augenblick.« In Lord Cambers Arbeitszimmer, das von jetzt ab wohl ihr Zimmer war, ließ sie den Blick liebevoll über das geordnete Chaos gehen. Hier ist mein Platz, dachte sie. Trotzdem blieb sie einen Augenblick stehen und hielt mit beiden Händen ihren Kopf fest, als fürchte sie, er könne sich plötzlich lösen und wie ein Ballon davonfliegen.

Dann ging sie nach unten und überreichte Camber zwei in blaues Saffianleder gebundene Bände.

»Ich weiß nicht, ob dies Ihr erstes Hochzeitsgeschenk ist«, sagte sie, »aber ich glaube, Sie werden keins bekommen, das herzlichere Wünsche und freundschaftlichere Empfindungen begleiten.«

Er schlug den Buchdeckel auf. *»Der Mond steht auf dem Kopf«,* las er. ›Eine Sammlung neuer Gedichte von Anthony Bailiff.‹ Ich bin überwältigt, meine liebe Miss Hatty! Und ich bin der erste Empfänger?«

»Ja, die Sendung kam erst vor zwei Tagen. Ich müßte das Buch wohl auch meinen Schwestern schicken, aber mir stehen nur fünf kostenlose Belege zu«, sagte Hatty vergnügt, »und bei meiner großen Familie weiß ich kaum, wo ich anfangen soll.«

Lord Camber sah aus dem Fenster. »Der Regen läßt nach. Ich fürchte, wir müssen zurück nach Bythorn Chase.«

25

Der Herzog und die Herzogin von Dungeness waren kaum aus dem Haus, als Godwit explodierte. »Das sieht Master Harry mal wieder ähnlich. Rücksichtslos wie immer! Kein Gedanke an seine Mitmenschen!«

»Aber Eli, wie kannst du so etwas Häßliches sagen«, empörte sich seine Großmutter. »Wo doch Seine Lordschaft nur für andere da ist... und jeden Penny, den er übrig hat, den Armen gibt, und... und so leutselig und ungezwungen mit seinen Untergebenen umgeht...«

»Ja, und was kommt dabei heraus? Nichts als Verdruß! Schöne Verhältnisse mögen das sein in diesem Amity Valley. Ich möchte wetten, daß er dort ein schauderhaftes Kuddelmuddel hinterlassen hat.«

»Aber dem armen jungen Ding hat er das Leben gerettet«, sagte Mrs. Daizley und vergoß eine mitleidige Träne. »Wird da einfach ausgesetzt, um Hungers zu sterben, man muß sich das mal vorstellen...«

»Schön und gut, das Leben hat er ihr gerettet«, sagte Godwit erbost, »aber ihre Familie wird sie nicht wiedersehen. Die würde sie nie wieder aufnehmen, auch wenn sie nach Amerika zurückginge. Und wie um Himmels willen soll sie hier als Herzogin zurechtkommen? Mit den vornehmen Familien aus der Nachbarschaft und mit Master Harrys Familie wird sie's hart haben, die werden sie mit Verachtung strafen, wo sie nur können. Eine Indianerin aus dem Urwald! Natürlich hätten die als Master Harrys Frau lieber eine gesehen, die aus einem guten Stall kommt und ein bißchen Geld mitbringt, oder notfalls auch –« Er verstummte sehr plötzlich.

»Das Heimweh wird sie arg plagen, die arme Kleine«, sagte Mrs. Godwit gedankenvoll. »Aber was hätte er denn sonst mit ihr machen sollen, wenn die eigene Familie sie verstoßen hat? In einem Waisenhaus wäre sie auch nicht glücklicher geworden, abgesehen davon, daß sie so was da drüben in Amerika wahrscheinlich gar nicht haben. Und er mußte heim zu seinem armen Vater.«

»Sie wird sehr einsam sein.«

»Miss Hatty wird sie besuchen und sich um sie kümmern wie eine Schwester, nicht wahr, Kind?«

»Ja, natürlich«, bestätigte Hatty.

»Miss Hatty!« wiederholte Godwit erbost. »Miss Hatty soll ihre Gedichte schreiben und nicht Indianerinnen besuchen und Kalbsfüße kochen. Wie soll Miss Hatty denn die Wirtschaft bewältigen, wenn Sie drüben auf Bythorn Chase sind, Mrs. Daizley?«

»Das habe ich mir noch gar nicht überlegt«, gestand sie zerknirscht. »Seine Lordschaft hat mich so bedrängt...«

»Aber Sie würden gern wieder auf Bythorn Chase arbeiten, nicht?« fragte Hatty.

»Ich habe noch viele alte Bekannte unter der Dienerschaft«, räumte Mrs. Daizley ein. »Und ich sehe mich gern nach einer kräftigen jungen Person um, die Ihnen im Haushalt besorgt, was nötig ist, Miss Hatty.«

»Danke, Mrs. Daizley, so schaffen wir es bestimmt. Wenn Sie uns natürlich auch sehr fehlen werden.«

»Allerdings«, bekräftigte Mrs. Godwit. »Wer wird mich mit Kampferöl einreiben? Und was ist, wenn ich krank werde?« Kampfbereit funkelte sie die anderen an. So klein, verhutzelt und lahm sie auch war – ihre Energie war ungebrochen. Aber sie ist neunundachtzig, dachte Hatty. Wie lange kann das noch gehen? »Das will ich gern übernehmen, Mrs. Godwit«, sagte sie, »auf so etwas verstehe ich mich nämlich. Ich habe reichlich Erfahrung in der Krankenpflege.«

Godwit sah Hatty an.

Seltsam, dachte sie, in Harry Cambers Blick – nein, ich muß ihn jetzt Herzog nennen, auch in Gedanken –, in seinem Blick stand jedesmal, wenn er mich ansah, etwas wie eine flehentliche Frage, die ich nicht beantworten konnte. Wenn Godwit mich ansieht, ist das ganz anders. Daß er kein Hehl aus seinem Unmut und seiner Besorgnis macht, tut mir irgendwie gut. Es ist wohl nicht das erstemal, daß er etwas in Ordnung bringen muß, was Harry Camber verpatzt hat, er ist es gewohnt.

»Es wird sicher eine große Beerdigung«, sagte sie nachdenklich. »Mit viel Verwandtschaft aus dem ganzen Land, für die nun das arme Kind auf Bythorn Chase die Gastgeberin spielen muß.«

Mich werden sie nicht einladen, dachte sie, aber Lady Ursula wird dasein und die übrige Familie Fowldes. Und wie, um Himmels willen, wird sich Lady Ursula zu der jungen Herzogin stellen? Jetzt hat sie Lord Camber endgültig verloren – viel unwiderruflicher, als wenn er in der Wildnis gestorben wäre. Aber vielleicht wollte sie ihn ja gar nicht haben? Was wollte sie überhaupt? Ich werde es nie erfahren.

Warum hat sie Lucy Kittridge geschrieben, ich würde Sydney heiraten? Was hoffte sie damit zu erreichen?

Hatty dachte an die Beerdigung von Lady Pentecost, auf der Lord Camber so gütig und geistesgegenwärtig der fassungslosen Tochter zu Hilfe gekommen war, und an Lady Ursulas unbarmherzigen Kommentar. Man kann seinen Mitmenschen nicht ins Herz sehen, überlegte Hatty. Wir können sie uns wie Landkarten zeichnen, doch die sind dann vermutlich nicht weniger falsch und irreführend als die der alten Kartographen, auf denen sich Nixen und Seeungeheuer tummeln »Hier send Drachen.« Einen Augenblick wünschte Hatty, sie säße wieder in der Bibliothek von Underwood Priors und stöberte friedlich in all ihren Bücherschätzen. Doch das wäre jetzt ohnehin nicht mehr möglich gewesen. Einen Teil der Bücher hatte Barbara gestohlen, den Rest Drusilla in Flammen aufgehen lassen. Ich darf mich nicht beklagen, ich habe oben genug zu lesen. Oder will Lord Camber am Ende die Bücher zurückhaben? Sie gehören schließlich ihm. Aber auf Bythorn Chase dürfte es auch eine stattliche Bibliothek geben, und er ist ja jetzt Herr über diese ganze Herrlichkeit. Wie leid sie mir tut, die arme Kleine …

Wie Ameisen rannten die Gedanken kreuz und quer in ihrem Kopf herum.

»Sie sind müde und durcheinander, Miss Hatty«, sagte Godwit freundlich. »Und das ist weiß Gott kein Wunder. Aber sehen Sie mal, das Gewitter ist vorbei. Wollen sie nicht ein bißchen Luft schnappen gehen?«

»Eine gute Idee«, seufzte Hatty.

Im Haus gab es jetzt doch keine Ruhe. Mrs. Daizley lief

hierhin und dorthin und überlegte in halblauten Selbstgesprächen, welche Haushaltsgeräte sie nach Bythorn Chase mitnehmen sollte und welche dann in der Strohdachklause ersetzt werden mußten – »Sie haben dort in der Küche zwar prachtvolle große Kupferkessel, aber einen ordentlichen Backraum gibt es nicht... darüber muß ich unbedingt mit Seiner Gnaden sprechen... und mein Nudelholz brauche ich unbedingt, Godwit muß eben ein neues machen...« –, während Mrs. Godwit düster die Namen all jener Tanten, Vettern und Basen aufzählte (wobei der Name Ursula Fowldes natürlich nicht fehlen durfte), die der jungen Herzogin das Leben schwermachen würden.

Hatty und Godwit stiegen langsam den schmalen Pfad hoch, den sie einmal mit Lord Camber gegangen war.

Nein, zweimal. Und beim zweitenmal haben wir meinen Vater mit der Meute gesehen, dachte sie. Er ist nie Master of Foxhounds geworden, der Ärmste, dabei war das der einzige große Wunsch, den er ans Leben hatte. Ich bin schon jetzt besser dran als Vater, denn mir ist ein Wunsch in Erfüllung gegangen: Ein Buch von mir ist erschienen. Und ich bin erst neunzehn. Diesen Stolz, diese Genugtuung kann mir niemand mehr nehmen. Als ich klein war, glaubte ich, daß es im Leben immer nur bergauf geht, bis der Gipfel erreicht ist, und daß es, je höher man kommt, desto schöner wird. Jetzt weiß ich, daß das ein Kindertraum war. Es gibt kleine Gipfel – wie damals die Wanderung mit Harry Camber –, und von denen führt der Weg wieder zurück ins Tal. Aber Erinnerungen sind wie welkes Laub – so hat er es einmal gesagt –, das herunterfällt und den Boden nährt, auf dem dann andere Pflanzen gedeihen.

All diese Gedanken schossen ihr durch den Kopf, während sie mit Godwit ganz vernünftig über verschiedene Reparaturen sprach, die im Haus anstanden.

»Sid, der Dachdecker, soll kommen und den Schaden reparieren, den die Wespen angerichtet haben. Und die Regentonne fängt an zu rosten.«

»Ich habe das Geld vom Verlag«, sagte Hatty. »Wir sind reich.«

»Wenn's noch so wie früher wär«, sagte Godwit bekümmert, »hätte Master Harry das Dach repariert. Auf Strohdächer versteht er sich wie kein zweiter. Aber im Moment wird er alle Hände voll zu tun haben, das Durcheinander seines Vaters in Ordnung zu bringen. Wie heißt es so schön? Der Apfel fällt nicht weit vom Stamm...« Er lachte leise. »Daß Sie für Ihre Gedichte auch noch Geld bekommen... Ebensogut könnte man einen Vogel fürs Singen bezahlen.«

Auch Hatty lachte. »Ja, wer hat schon das Glück, für seine Lieblingsbeschäftigung auch noch Geld zu sehen?«

Sie standen vor der Bank auf dem Gipfel. »Zu naß nach dem vielen Regen«, befand Godwit. Er legte seine Jacke ab und breitete sie aus, und sie setzten sich darauf. Nach dem Gewitter war die Luft glasklar, sie sahen Underwood Priors im Tal und Bythorn Chase auf der Höhe liegen – was mochten wohl Harry Camber und seine Indianerbraut jetzt gerade machen? – und in der Ferne den Kirchturm von Mansfield in den Himmel ragen.

Keiner von dort wird uns besuchen kommen, dachte Hatty. Es wird sehr friedlich bei uns sein.

»Was mir ein bißchen Sorgen macht, Miss Hatty...«, setzte Godwit an.

»Ja? Was denn?«

»Wenn nun Mrs. Daizley nicht mehr da ist... und meine Großmutter ist schließlich auch nicht mehr die Jüngste, sie macht's wohl nicht mehr viele Winter... Die Leute werden sich die Mäuler zerreißen, wenn wir beide allein im Haus sind, Miss Hatty. Für den Fall, daß Sie hierbleiben wollen, fürchte ich –«

»Natürlich will ich hierbleiben!«

»Ja, dann hilft es wohl nichts: Wir zwei beide werden heiraten müssen.«

»Müssen? Aber Godwit, ich könnte mir nichts Schöneres vorstellen!«

Er lachte auf seine lautlose Art und ließ seinen verschmitzten Blick von einer Seite zur anderen gehen.

»Dann wirst du wohl lernen müssen, mich Eli zu nennen.«

»Unsinn! Godwit paßt großartig zu dir, und dabei bleibt's.«

26

Brief von Lady Barbara du Vallon an Miss Hatty Ward

Liebe Miss Ward,

ich habe (durch einen Brief von Winship, sonst schreibt mir niemand aus Underwood) erfahren, Sie hätten sich angeblich höchst unstandesgemäß verheiratet, mit einem Butler oder Kammerdiener oder dergleichen, aber wahrscheinlich hat Winship da etwas mißverstanden, deshalb richte ich diesen Brief wie immer an Miss Ward. Unser Freund Monsieur Marat ist neulich nur um Haaresbreite davongekommen, als dreitausend Mann in den Cordelier-Distrikt beordert wurden, um ihn wegen seiner regierungsfeindlichen Pamphlete zu verhaften. Zum Glück gelang es einem anderen unserer Freunde, einem Monsieur Danton, die Offiziere so lange zurückzuhalten, bis Marat durch die Hintertür fliehen konnte, und zu meiner großen Freude ist er nach wie vor auf freiem Fuß. Wie mir mein Mann sagt, der weiter alle englischen Zeitungen liest, deren er habhaft werden kann, haben Sie einen von der Kritik sehr günstig aufgenommenen Gedichtband veröffentlicht. Der Verfassername, sagt er, ist ein Pseudonym, aber er hat einige Gedichte wiedererkannt, die er schon mal gehört hatte. Er übermittelt Ihnen seine herzlichen Glückwünsche, denen ich mich anschließe. Da Sie jetzt eine reiche Frau sein müssen, wäre ich Ihnen sehr verbunden, wenn Sie uns eine kleine Zuwendung schicken könnten, da Marcels Aktivitäten im Dienste der Revolution zur Zeit nur recht dürftig honoriert werden. Zehn Pfund wären hochwillkommen. Erfreulicherweise ist das Leben hier billig, nicht weit von unserer Wohnung gibt es ein Restaurant, in dem man für sechs Sous eine ganze Mahlzeit – Lammbraten, Linsen, Speck, Salat, Käse und eine Karaffe Rotwein – bekommt, so daß Ihre zehn Pfund eine ganze Weile reichen dürften. Vielen Dank, daß Sie Winship noch einmal an meine Kleider erinnert haben, die jetzt glücklich hier eingetroffen sind.

Ihre B. du V.

Brief von Tom Ward an Ned Ward

Lieber Bruder,

wir haben lange nichts mehr voneinander gehört, und ich hoffe, Du bist gesund und munter und auf dem besten Wege zum Kapitän. Ich selbst erwarte in etwa einem Monat meine Beförderung zum Hauptmann. Unser Regiment hat mittlerweile in Bedfordshire Winterquartier bezogen, und weil ich in der Nähe war, habe ich die Gelegenheit genutzt, unsere Base Hatty in Wanmaulden zu besuchen, so daß ich Dir das Neueste über sie berichten kann, nämlich daß sie einen gewissen Godwit geheiratet hat, der Lord Cambers Bursche oder so was Ähnliches war. (Lord Camber ist, wie Du wohl weißt, der neue Herzog von Dungeness.) Hatty und dieser Godwit leben offenbar glücklich und zufrieden in einem bemerkenswert häßlichen kleinen Haus mitten im Wald. Er habe sich, sagt er, auf den ersten Blick in sie verliebt, nachdem sie mit Schimpf und Schande aus unserem Haus gejagt worden war, weil sie angeblich Deinen heimlichen Verabredungen mit diesem Flittchen Nancy Price Vorschub geleistet hatte. Weißt Du übrigens schon, daß N.P. jetzt Sydneys Frau ist? S. hatte sie wohl in London aufgesucht, um ihr zu sagen, sie solle sich auf Dich keine Hoffnungen machen, und da hat sie offenbar ihre Netze nach ihm ausgeworfen. Ich weiß, daß sie nach dem Tod ihres Onkels zehntausend Pfund geerbt hat, und davon hatte Sydney vermutlich Wind gekriegt. Du kannst froh sein, daß Du das raffinierte kleine Biest los bist, und Sydney wird es noch bereuen, daß er seine Nase in Sachen gesteckt hat, die ihn nichts angehen. Zum Thema Erbschaften fällt mir ein, daß ich Dir noch einen guten Witz erzählen muß. Du weißt ja, daß unsere Großtante Winchilsea vor zwei Jahren gestorben ist und jedem von uns eine Bibel vermacht hat. Offenbar hatte sie aber außerdem ein Vermögen zu vererben, und der Testamentsvollstrecker ist Sydneys Partner Saul Brabham. Wie's scheint, hatte Hatty bei Tante Winchilsea einen Stein im Brett, sie hatte der alten Dame, als die zur Hochzeit von Maria Ward bei der Familie zu Gast war, einen Blumenstrauß ans Bett gestellt, das hat die Gute nie vergessen, und deshalb hat sie ihr Vermögen unserer Base vermacht unter der Bedingung, daß Hatty vor ihrem 21. Lebensjahr verheiratet sein muß. Tante W. fand, Mädchen sollten möglichst früh heiraten, ehe sie zu störrisch werden. Hatty durfte von der ganzen Sache nichts wissen. Für den Fall, daß sie es doch erfahren oder bis zu diesem Zeitpunkt nicht geheiratet hätte, sollte das Geld an ein Matrosenheim gehen. Sydney wußte von dem Testament, aber uns hat er nichts davon erzählt, weil er Angst hatte, wir könnten uns an Hatty heranmachen und ihm die Beute vor der Nase wegschnappen. Hat sich nun seine Hinterhältigkeit nicht wunderbar an ihm selbst gerächt? Mir gegenüber ist er mit der Geschichte erst rausgerückt, als Hattys Heirat bekannt wurde, über die er furchtbar erbost war. Ich freue mich für unsere Base, die immer noch nichts von ihrem Glück weiß, da sie erst nächstes Jahr einundzwanzig wird. Sie ist ein nettes Ding und hat mir immer bei meinem Euklid und den lateinischen Verben geholfen. Leb wohl, lieber Bruder, und laß gelegentlich von Dir hören. In der Hoffnung, daß sich unsere Wege bald wieder kreuzen, grüße ich Dich herzlich

Leutnant Thomas Ward

Brief von Mrs. Fanny Price an Mrs. Harriet Godwit

Liebe Schwester,

herzlichen Dank für Deine zehn Pfund, aber bitte schicke kein Geld mehr, denn Agnes sagt, daß ich keine Geschenke von Dir annehmen darf, weil Du durch Deine empörende Mesalliance den Ruf unserer Familie besudelt hast, und sie hat uns verboten, Deinen Namen je wieder in den Mund zu nehmen. Meine Tochter Fanny, die Harriet als zweiten Vornamen hat, soll ihn nicht mehr benutzen, und sogar den Kindern gegenüber darf ich nicht von Dir sprechen. Hiermit will ich schließen und sage Lebewohl als Deine

Schwester Fanny Price

Brief von Sir Nicholas Bertram an Miss Sarah Ward

Liebe Sal,

als ich neulich eine Woche mit einem verstauchten Knöchel liegen mußte (Squash!), habe ich mir die Zeit damit vertrieben, kistenweise alte Papiere durchzusehen, die Henshaw mir in Mansfield Park vom Dachboden geholt hat. Dabei habe ich etwas sehr Spannendes entdeckt. Wußtest Du, daß unsere Urgroßtante Harriet Ward der Dichter Anthony Bailiff war? (Das Dritte Programm der BBC hat ihn vor ein paar Monaten in wöchentlichen Lesungen vorgestellt.) Toll, daß wir eine so interessante Persönlichkeit in unserer Familie haben! Ich will versuchen, mehr über ihr Leben in Erfahrung zu bringen. Leider ist sie wohl ziemlich jung gestorben. Vielleicht wäre das auch etwas fürs Fernsehen? Was meinst Du?

Alles Gute für Dich und Pete und herzliche Grüße

Nick

Joan Aiken im Diogenes Verlag

Die Kristallkrähe

Roman. Aus dem Englischen von Helmut Degner

»Als ihr Krimi *Die Kristallkrähe* erschien, verglichen die Kritiker sie mit Patricia Highsmith, Celia Fremlin und Margaret Millar.« *Titel, München*

Das Mädchen aus Paris

Roman. Deutsch von Nikolaus Stingl

Wohin sie geht, zieht Ellen Paget Liebhaber an: den ambivalenten Professor Bosschère in Brüssel, den unberechenbar-eigenwilligen Comte de la Ferté in Paris, ihren Stiefbruder Bénédict. Ihre gebieterische Patin, Lady Morningquest, bereitet einer zarten Romanze ein rasches Ende und schickt Ellen nach Paris …

»Wieder einer der bestrickenden, aufregenden Romane, die Joan Aiken seit vielen Jahren zu einem Publikumsliebling machen.«
Publishers Weekly, New York

Tote reden nicht vom Wetter

Roman. Deutsch von Nikolaus Stingl

Jane, Graham und die beiden Kinder sind eine ganz normale Familie. Graham ist Architekt, Jane hat ihre Arbeit bei einer Londoner Filmfirma aufgegeben, seit sie in das neue, teure Haus auf dem Land gezogen sind. Geldprobleme zwingen Jane bald dazu, ihren alten Job wieder anzunehmen und dem finsteren Ehepaar McGregor tagsüber Haus und Kinder anzuvertrauen …

»Joan Aiken präsentiert uns rabenschwarze, schaurigschöne Geschichten.« *Die Welt, Bonn*

Der eingerahmte Sonnenuntergang

Roman. Deutsch von Karin Polz

Lucy reist nach England, um herauszufinden, was mit ihrer alten Tante Fennel und deren Freundin geschehen ist. Was wie ein ganz normaler Verwandtenbesuch beginnt, entwickelt sich rasch zu einem gefährlichen Abenteuer für Lucy...

»Das Beiwort ›unterhaltsam‹ ist für diesen Psycho-Thriller von Joan Aiken schlichte Tiefstapelei. Die Lektüre dieses Buches ist ein hochgradiges Vergnügen.« *Frankfurter Rundschau*

Ärger mit Produkt X

Roman. Deutsch von Karin Polz

Als Martha Gilroy den Auftrag bekam, eine Werbekampagne für ein aufregendes neues Parfüm zu starten, hatte sie keine Ahnung, worauf sie sich einließ.

»*Ärger mit Produkt X* ist der Titel eines herrlich spannenden Krimis, dessen Autorin einen Hang zur Satire hat. Dies macht die Lektüre so amüsant.«
Frankfurter Rundschau

Haß beginnt daheim

Roman. Deutsch von Nikolaus Stingl

Nach einem Nervenzusammenbruch ist Caroline zur Erholung bei ihrer Familie: der Mutter Lad, Trevis, der älteren Schwester Hilda und einer alten Tante. Doch statt zu genesen, wird sie immer verwirrter...

Der letzte Satz

Roman. Deutsch von Edith Walter

Willkommen in Helikon, dem eleganten Insel-Sanatorium, das seine Gäste vor allen Bedrohungen schützen kann. Außer vor sich selber...

»Dieses Buch ist eine Wonne!« *The Times, London*

Du bist Ich

Die Geschichte einer Täuschung
Deutsch von Renate Orth-Guttmann

Man schreibt das Jahr 1815. In einem feinen Mädchenpensionat in England stellen Alvey Clement und Louisa Winship fest, daß ein einzigartiges Band sie eint. Zwar stammen sie aus sehr unterschiedlichen Gesellschaftsschichten und sind vom Temperament her ganz verschieden, aber vom Aussehen her *sind sie sich völlig gleich*. Dieser überraschende Zufall paßt der verwöhnten Louisa sehr gut ins Konzept.

Fanny und Scylla oder Die zweite Frau

Roman. Deutsch von Brigitte Mentz

In ein englisches Spukhaus des 18. Jahrhunderts und das bunt-grausame Indien der Maharadschas führt Publikumsliebling Joan Aiken in ihrem aufregenden Roman *Fanny und Scylla* …

»Joan Aiken besitzt ein seltenes Erzähltalent, in dem sich psychologischer Scharfblick mit der Gabe vereinigt, den heutigen Leser in Spannung zu halten, obwohl die Handlung in eine ferne Vergangenheit führt.« *Die Furche, Wien*

Schattengäste

Roman. Deutsch von Irene Holicki

»Eine Meisterin der Schauerromantik? Mehr noch, eine begnadete Erzählerin, die das Un-Begreifliche, das Un-Faßbare aus vergangenen und modernen Zeiten in mitreißende Geschichten packt, die ohne große Sentimentalität und falsches Spektakel auskommen. Joan Aikens *Schattengäste* ist ein wunderbares Buch über die unheimlichen Dinge des Lebens und wie man über einen Verlust zurück ins Leben findet.«
science fiction media, München

Wie es mir einfällt

Geschichten. Deutsch von Irene Holicki

Ein Reihe gruseliger, romantischer und phantastischer Erzählungen sind mit der gewohnt sicheren Hand und dem makabren Sinn für Humor geschrieben, die man an Joan Aiken so schätzt.

»Joan Aiken erweist sich als Meisterin im Darreichen süßer Pralinen, die mit Arsen gefüllt sind.«
Frankfurter Rundschau

Angst und Bangen

Roman. Deutsch von Renate Orth-Guttmann

Bei Außenaufnahmen auf einem Landsitz in Dorset lernt die Schauspielerin Cat den Besitzer kennen. Die beiden verlieben sich, heiraten und machen eine Hochzeitsreise nach Venedig. Die Idylle scheint perfekt. Doch als Cat ihrem Mann sagt, daß sie sich erinnert, ihn vor vielen Jahren als liebevollen Begleiter eines dahinsiechenden Greises gesehen zu haben, ändert er plötzlich sein Verhalten ihr gegenüber.

»Joan Aikens *Angst und Bangen* handelt von geheimen Untaten, von Habsucht, Verrat und Mord. Es kombiniert geschickt das Genre Liebesgeschichte und Thriller.« *London Review of Books*

Die Fünf-Minuten-Ehe

Roman. Deutsch von Helga Herborth

»*Die Fünf-Minuten-Ehe* ist eine Räuberpistole, die mit allen Formen des Kitsch-, Grusel- und Romantic-Romans spielt. Sie hat einen Sog, in dem meine literarischen Bedenken untergehen: Ich muß zu Ende lesen, bis Friede, Freude, Liebe den erwarteten Sieg antreten über Erbschleicher, Komplotte und Duelle.«
Brigitte, Hamburg

Jane Fairfax

Roman. Deutsch von Renate Orth-Guttmann

Jane Fairfax war musikalisch, vielseitig begabt und elegant. Soviel wissen wir aus Jane Austens *Emma.* Aber wie verliefen ihre Jugendjahre als Waise, was war mit ihrer Kinderfreundschaft zu Emma Woodhouse, und – was noch wichtiger ist – was passierte bei ihrem Sommeraufenthalt in Weymouth?

»Ein Lehrstück, eine Ermunterung für deutschsprachige Schriftsteller!« *Der Standard, Wien*

Anderland

Roman. Deutsch von Ilse Bezzenberger

Ein junges Mädchen, deren Mutter früh stirbt, findet in der Musikerfamilie Morningquest ein neues Zuhause. Sie wächst in diese Wahlfamilie hinein und bekommt durch sie die Kraft, ihr künstlerisches Talent zu entfalten.

»Im Zentrum jedes der wundervollen ›Unterhaltungs‹-Romane von Joan Aiken steht eine abenteuerliche Liebesgeschichte, die jene unausweichliche Spannung des Wartens, des Verfolgtwerdens erzeugt, die wir aus den Momenten beginnender Liebestaumel kennen...« *vogue, München*

Stimmen in einem leeren Haus

Roman. Deutsch von Hans-Christian Oeser

Der herzkranke Gabriel haut von zu Hause ab. Seine herrschsüchtige Mutter und sein Stiefvater machen sich aus unterschiedlichen Gründen auf die Suche nach ihm. Immerhin hat der sechzehnjährige Gabriel bei seiner Volljährigkeit eine große Erbschaft zu erwarten. Und wenn er gar nicht freiwillig verschwunden wäre?

»Man legt das Buch nicht mehr aus der Hand.«
Daily Telegraph, London

Mitternacht ist ein Ort

Roman. Deutsch von Ilse Bezzenberger

Als das Schloß Mitternacht abgebrannt ist, müssen sich Lucas Bell und seine junge französische Freundin Anna-Marie in der winterlichen Welt von Blastburn ganz allein durchschlagen. Ein Roman um Kinderarbeit im England des 19. Jahrhunderts, geschildert mit dickensscher Intensität.

Der Geist von Lamb House

Roman. Deutsch von Renate Orth-Guttmann

Tony Lamb und seine Familie waren im 18. Jahrhundert die ersten Bewohner von Lamb House, dem alten Backsteinhaus, das noch heute im südostenglischen Rye steht. Dort hat sich eine unheimliche Geschichte zugetragen, die der verkrüppelte Toby aufgeschrieben hat. Jahre später übernimmt der große englische Schriftsteller Henry James das Haus, oder vielmehr – so kommt es dem Poeten von Anfang an vor – das Haus übernimmt ihn. Von dem Moment an, als er auf Tobys Manuskript stößt, läßt ihm Tobys Geist keine Ruhe mehr. Auch dem nächsten Bewohner von Lamb House, dem spätviktorianischen Schriftsteller E.F. Benson (1867–1940), ergeht es nicht anders.

Elizas Tochter

Roman. Deutsch von Renate Orth-Guttmann

In Austens *Gefühl und Verstand* wird von Eliza und ihrem unehelichen Kind berichtet. Elizas Tochter folgt den Spuren des schönen, rothaarigen Mädchens, das in einer Pflegefamilie aufwuchs und nun versucht, seine Eltern zu finden. Sie lernt den Duke of Cumbria kennen, der fasziniert von Liz ist. Liz macht eine abenteuerliche Portugal-Reise, bevor sie als reiche Wohltäterin nach England zurückkehrt.

»Eine packende Liebesgeschichte.«
Kirkus Review, New York

Die Party-Köchin

Roman. Deutsch von Edith Walter und Michaela Link

Nach dreizehn Jahren quält die inzwischen gut situierte Chefin eines Party-Catering-Service, Clytie Churchill, immer noch die Frage, ob ihr Stiefsohn Finn bei einem Unglücksfall auf See wirklich mit ihrem Mann Daniel ums Leben kam, oder ob die Briefe, die sie seit einiger Zeit bekommt, von ihm sein könnten. Nach einem Ärztekongress, bei dem Clytie für das leibliche Wohl sorgt, wird sie von Dr. Rabuse in ein französisches Schloß eingeladen. Dort erzählt sie dem Arzt in einer langen Nacht ihre bewegte Lebensgeschichte.

»Die begabte britische Autorin erzählt eine Geschichte, die einen wieder einmal hypnotisch in Bann schlägt.« *Publishers Weekly, New York*

Emma Watson

Roman. Deutsch von Renate Orth-Guttmann

Margaret Drabble nennt Jane Austens unvollendeten Roman *Die Watsons* »ein verlockendes, bezauberndes und überaus gekonntes Fragment, das mit Sicherheit ihren anderen sechs Romanen ebenbürtig gewesen wäre«.
Die nach dem Tod ihrer Mutter von der Tante adoptierte Emma ist mit neunzehn zu dem kränkelnden Vater und ihrer Lieblingsschwester Elizabeth zurückgekehrt. Ihr Bruder Robert wohnt mit seiner habgierigen Frau in Croydon; die zänkische Schwester Penelope hat scheinbar eine gute Partie gemacht; ihr Bruder Sam bemüht sich um beruflichen Erfolg als Arzt, und Emmas Schwester Margaret glaubt, Tom Musgrave zu lieben. Dies alles sind Austen-Figuren, aber Joan Aiken gelingt es mit großer Kunstfertigkeit, ihnen ein eigenes Gesicht zu geben.

Kinderbücher von Joan Aiken im Diogenes Verlag

Das letzte Stück vom Regenbogen

Mit Bildern von Babette Maeder
Aus dem Englischen von Matthias Müller

In dieser phantasiereichen und humorvollen Märchensammlung vermischt Joan Aiken Elemente des klassischen Zaubermärchens mit neuen Inhalten: Der steinerne Kobold aus Zauberblatt klaut dem kleinen Tim das Dreirad und fährt damit davon. In *Die Königin mit den keifenden Haaren* wird die fünfjährige Christina von ihren Königseltern allein gelassen, weil sie ihr Königreich besichtigen müssen. Christina schneidet sich aus Verzweiflung ihre langen, goldenen Haare ab – und dann auch noch ein paar Blümchen aus der Tapete, damit der Tag nicht so traurig ist.

»Geschichten, die die Phantasie kräftig beflügeln und die Gedanken auf Abenteuerreise schicken.«
Marina Antonioni/Süddeutsche Zeitung, München

Prinz Koriander und die Trolle aus der Tiefkühltruhe

Mit Bildern von Babette Maeder
Deutsch von Michaela Link

Hinten im Geschirrschrank, hinter der Zuckerdose und den Suppenschüsseln, liegt Elfendorf. Bei Tag ist es unsichtbar, nur nachts, wenn man genau hinsieht, kann man es glühen sehen. Eines Nachts war ganz Elfendorf in Aufregung: König Korodil hatte seine Krone verloren. Und da er laut Elfengesetz ohne Krone nichts, aber auch gar nichts tun darf, außer vor sich hin grummeln, machten sich alle Elfen und sein Sohn Koriander sofort daran, die Krone zu finden.

»Joan Aiken schreibt mit der Genialität der geborenen Geschichtenerzählerin.« *The New Yorker*